Jane Austen

RAZÃO & SENSIBILIDADE

Tradução
UBK Publishing House

ubook ubk Publishing House

ubook UbK Publishing House

COORDENAÇÃO Alessandra Brito
EDIÇÃO Fernanda Avelino
COPIDESQUE Eduarda Rimi
REVISÃO Emerson Luiz Xavier e Fernanda Lutfi
PROJETO GRÁFICO E CAPA Clarissa Duarte
DIAGRAMAÇÃO Cristiano Marques
IMAGEM DE CAPA asrulaqroni | Freepik

Dados Internacionais de Catalogação na Publicação (CIP)
(Câmara Brasileira do Livro, SP, Brasil)

Austen, Jane, 1775-1817
Razão e sensibilidade / Jane Austen; [tradução UBK Publishing House]. – Rio de Janeiro : Ubook Editora, 2021.

Título original: Sense and sensibility.

ISBN 978-65-5875-657-6

1. Ficção inglesa I. Título.

21-89316 CDD-823

Índices para catálogo sistemático:
1. Ficção : Literatura inglesa 823
Eliete Marques da Silva - Bibliotecária - CRB-8/9380

Ubook Editora S.A
Av. das Américas, 500, Bloco 12, Salas 303/304,
Barra da Tijuca, Rio de Janeiro/RJ.
Cep.: 22.640-100
Tel.: (21) 3570-8150

"Não é o tempo, tampouco as oportunidades que determinam a intimidade, mas apenas a vontade. Sete anos seriam insuficientes para fazer algumas pessoas íntimas, e sete dias mais do que o bastante para outras."

CAPÍTULO I

HÁ muito tempo, a família Dashwood havia se estabelecido em Sussex. A área era muito vasta, e a residência ficava em Norland Park, bem no centro da propriedade. Moravam no local por gerações e viviam de maneira tão respeitável que todos os conhecidos da região os tinham em boa conta. O último dono dessas terras foi um homem solteiro que viveu até uma idade muito avançada e que, por muitos anos, teve a irmã como companheira constante e governanta. A morte dela, que ocorrera dez anos antes da do irmão, trouxe profundas mudanças na casa, uma vez que, para preencher o vazio deixado pela perda, ele convidou e recebeu em seu lar a família de seu sobrinho, Mr. Henry Dashwood, herdeiro legítimo da propriedade Norland e a quem o testamento seria direcionado. Na companhia do sobrinho e da sobrinha, e dos filhos deles, o velho cavalheiro desfrutou de dias agradáveis, e seu apego por todos aumentou. Mr. e Mrs. Dashwood, não por interesse, e sim por bondade, davam-lhe atenção constante, o que lhe trazia todos os confortos concretos exigidos pela velhice; e a alegria das crianças apenas completava a satisfação em sua vida.

Mr. Henry tinha quatro filhos, um garoto de um casamento anterior, e três meninas com a atual esposa. O filho, um jovem sensato e respeitado, era bastante estabelecido pela fortuna da mãe, bem abastada por sinal, cuja metade chegou às mãos dele assim que atingiu a maioridade. Não demorou muito a se casar, e a união, assim como a fortuna da mãe, apenas aumentou ainda mais seu patrimônio. Portanto, para ele, a sucessão hereditária de Norland não foi assim tão importante quanto para suas irmãs, cuja fortuna, independentemente da soma que lhes sobrasse após o pai herdar a propriedade, não era tão boa. A mãe das garotas não tinha nada, enquanto o pai possuía apenas sete mil libras à disposição, porque a metade restante da fortuna da primeira esposa também estava assegurada para o filho dela. Então, Mr. Henry Dashwood somente desfrutava dela enquanto em vida.

O velho cavalheiro morreu, e seu testamento foi lido; e como em quase todo testamento as reações advindas dele foram tanto de decepção quanto de satisfação. Ele não foi nem muito injusto nem muito ingrato a ponto de tirar a propriedade do sobrinho, mas os termos estabelecidos destruíram metade do valor da herança. Mr. Dashwood não pensava tanto em si e no filho, mas sim na esposa e nas filhas. No entanto, o filho e o neto, uma criança de quatro anos, estavam assegurados de modo tal que ele mesmo não tinha poderes para prover àqueles tão queridos a ele e que precisavam de provisões de qualquer quantia referente ao imóvel ou de qualquer venda advinda da próspera propriedade. Tudo estava atrelado ao nome daquela criança que, em visitas ocasionais com o pai e a mãe à Norland, se tornara tão querida para o tio devido a atrações que são comuns em crianças de dois ou três anos. Uma palavra pronunciada de modo imperfeito, uma vontade sincera de agir a seu modo, as travessuras astutas e uma boa quantidade de barulho superaram em valor toda a atenção dada por anos pela sobrinha e por suas filhas. Para não ser indelicado, porém, e como símbolo de afeição às três garotas, ele deixou mil libras para cada uma.

A princípio, a decepção de Mr. Dashwood foi bem severa, mas seu temperamento era de um homem alegre e otimista, o que lhe dava esperanças razoáveis de que viveria muitos anos de forma econômica e poupando uma quantia significativa da produção de uma propriedade já tão vasta e apta a melhorias quase imediatas. A fortuna tardia, porém, ficou em suas mãos apenas por um ano. Não viveu muito mais que o tio, e dez mil libras, incluindo os legados, foi tudo o que sobrou para sua viúva e filhas.

O filho foi chamado assim que o estado delicado de saúde do pai foi diagnosticado. Mr. Dashwood clamou ao filho, com toda a força e urgência possíveis em alguém moribundo, os interesses da madrasta e das irmãs.

Mr. John Dashwood não compartilhava dos mesmos sentimentos fortes que o restante da família, mas foi abalado pela recomendação do pai, ainda mais de tal natureza e em tal momento, e então prometeu fazer tudo ao seu alcance para deixá-las confortáveis. O pai se convenceu facilmente com tal garantia, e Mr. John Dashwood teve tempo para ponderar o quanto seria prudente e ao seu alcance prover para elas.

Não era má vontade do jovem rapaz, a menos que a indiferença e um pouco de egoísmo sejam considerados como tal. Ele era, no geral, bem respeitado, porque agia com propriedade em seus deveres comuns. Se tivesse se casado com uma mulher mais amável, ele talvez teria sido até mais respeitável do que era de fato; e é possível que ele mesmo pudesse ter se tornado amável, pois era demasiado jovem quando se casou e gostava muito da esposa. No entanto, Mrs. John Dashwood era uma caricatura forte de seu esposo: com a mente bem mais fechada e mais egoísta.

Quando fez a promessa ao pai, dentro de si ponderou e considerou aumentar a fortuna das irmãs em mil libras cada, e realmente se via capaz de fazê-lo. A perspectiva de lucro de quatro mil libras por ano, em adição à renda atual, além da metade restante da fortuna da mãe, amoleceu seu coração e lhe trouxe sentimentos de generosidade. "Sim, ele poderia dar às irmãs três mil libras. Seria um ato generoso e elegante! Seria o bastante para mantê-las tranquilas. Três mil libras! Poderia abrir mão de uma quantia tão significativa sem qualquer prejuízo." Ele pensou nisso o dia todo, e por muitos dias seguidos, sem qualquer arrependimento.

O funeral do sogro mal acabara e Mrs. John Dashwood, sem qualquer notificação à sogra, chegou à Norland com os filhos e a criadagem. Ninguém poderia contestar seu direito de ir, pois a casa passou a ser propriedade de seu marido assim que o pai dele morreu; entretanto, a indelicadeza de sua conduta foi tremenda, e para uma mulher na situação de Mrs. Dashwood, ainda de luto pela perda do marido, deve ter sido algo bastante desagradável. Entretanto, na mente *dela* havia um senso de honra tão ávido e uma generosidade tão romântica que qualquer ofensa do tipo, não importa quem a provocasse ou recebesse, seria para ela um motivo de repulsa irrevogável. Mrs. John Dashwood nunca fora a favorita de ninguém da família do marido, mas não houvera oportunidades, até o momento, de mostrar-lhes quão pouca atenção daria ao consolo e ao conforto de outras pessoas quando necessário.

Mrs. Dashwood encarou esse comportamento indelicado de maneira tão severa, e por isso desprezava a nora com tanta sinceridade, que na chegada desta ela teria deixado a casa para sempre não fossem as persuasões de sua filha mais velha, que a fizeram refletir sobre a viabilidade de partir. Além disso, seu amor e carinho pelas três filhas foi determinante para que ela ficasse, afinal, pensando também no bem delas ao não fazê-las romper com o irmão.

Elinor era a filha mais velha. Apesar de ter apenas 19 anos, seus conselhos eram tão eficazes, seu senso de compreensão era tão forte, e ela era tão racional em seus julgamentos, que se tornara a conselheira da mãe. Para benefício de todos, isso permitia que a garota se opusesse aos ímpetos da mente de Mrs. Dashwood, os quais muitas vezes teriam levado a atos imprudentes. Elinor tinha um coração enorme, temperamento carinhoso e sentimentos fortes, os quais sabia controlar, diferentemente da mãe, que ainda precisava aprender os caminhos para tal, e de uma das irmãs, que resolveu que nunca aprenderia a controlá-los.

As capacidades de Marianne eram, em muitos aspectos, quase iguais às de Elinor. Ela era sensível e inteligente, porém ávida em tudo: para suas tristezas e alegrias não havia moderação. Era generosa, amável e cativante; era tudo menos prudente, e a semelhança entre ela e a mãe era impressionantemente enorme.

Era com preocupação que Elinor olhava para o excesso de sensibilidade da irmã, mas, para Mrs. Dashwood, era algo a ser valorizado e estimado. No momento, encorajavam uma à outra enquanto sofriam de forma violenta. A agonia da tristeza que, a princípio, as tomou por completo, era renovada, buscada e recriada, de novo e de novo, propositalmente. Entregaram-se por inteiro ao pesar, procurando aumentar a infelicidade em cada possível reflexão, e resolveram não mais procurar consolo no futuro. Elinor também estava profundamente aflita, porém foi capaz de lutar e de se esforçar. Conseguiria consultar o irmão e receber a cunhada no momento que ela chegasse, seria capaz de tratá-la com a atenção apropriada e poderia se esforçar para levar a mãe a similares empenho e paciência.

Margaret, a outra irmã, era uma garota bem-humorada e amigável. Entretanto, por ter assimilado boa parte do romantismo de Marianne, mas sem ter muito do juízo da irmã, aos 13 anos não havia muitas expectativas de que se igualasse às outras no futuro.

CAPÍTULO II

Mrs. John Dashwood se proclamou senhora de Norland, fazendo com que as cunhadas e a sogra fossem rebaixadas ao nível de visitantes. Como tais, porém, eram tratadas por ela com uma cortesia disfarçada, enquanto seu marido agia com a mesma gentileza que sentia por qualquer um além dele mesmo, de sua esposa e de seus filhos. Ele realmente as pressionou, e era um tanto sincero, para que considerassem Norland seu lar; e, já que nenhum outro plano parecia tão bom candidato à Mrs. Dashwood quanto permanecer lá até que encontrasse alguma casa na vizinhança, elas aceitaram a proposta.

Continuar no lugar onde tudo a fazia recordar de deleites passados era exatamente o mais adequado à sua razão. Em épocas alegres, nenhum estado de espírito seria mais animado do que o dela ou teria, em demasia, aquela expectativa otimista da felicidade que é a alegria em si. Em momentos de tristeza, porém, ela se deixava levar igualmente pela imaginação, e estava tão distante de qualquer consolo e prazer quanto de qualquer moderação.

Mrs. John Dashwood não aprovava de modo algum o que o marido pretendia fazer pelas irmãs. Retirar três mil libras da fortuna do filhinho querido era empobrecê-lo ao nível mais pavoroso, então ela implorou para que o marido reconsiderasse. Como ele poderia lidar com o fardo de roubar de seu único filho uma quantia tão imensa? E qual era o direito das Dashwoods, que eram apenas suas irmãs por parte de pai – e a quem ela nem mesmo considerava como parentes –, de receberem tamanha generosidade? Era de conhecimento comum que nenhum afeto deveria existir entre filhos de casamentos diferentes de qualquer homem. E por que ele se afundaria, junto ao pobrezinho do Harry, ao doar todo o dinheiro para as meias-irmãs?

– Foi o último pedido que meu pai me fez – respondeu o marido. – É de minha obrigação assistir sua viúva e suas filhas.

– Ouso dizer que ele não sabia do que estava falando. É bem provável que ele estivesse atordoado. Se estivesse em seu bom juízo, nunca teria pensado em lhe pedir tal coisa como implorar que você abrisse mão de metade da fortuna de seu próprio filho.

– Ele não estipulou uma quantia, minha querida Fanny. O que ele fez foi apenas solicitar, em termos gerais, que eu as assistisse e garantisse que estariam em uma situação mais confortável do que aquela que estivera ao seu alcance prover. Talvez, fosse assim também caso ele tivesse deixado tudo em meu nome. Meu pai dificilmente supôs que eu as negligenciaria, mas, como ele me fez prometer, não posso quebrar a promessa. Ao menos, foi o que pensei à época. A promessa foi feita e, portanto, deve ser cumprida. Algo deverá ser feito por elas assim que deixarem Norland e se estabelecerem em um novo lar.

– Bem, faça *algo* por elas, mas desde que esse *algo* não seja três mil libras. Pense que, assim que o dinheiro for dado, não haverá retorno. Suas irmãs se casarão, e a fortuna terá ido embora para sempre. Na verdade, se a quantia pudesse ser devolvida ao nosso filhinho querido...

– Oras, tenha certeza – respondeu o marido em um tom sério – de que isso faria uma diferença enorme. Talvez chegue o momento em que Harry lamente a enorme quantia perdida. Se ele constituir uma família grande, por exemplo, seria um valor bem conveniente.

– Tenha certeza disso.

– Talvez, então, seja melhor para todos que a quantia seja cortada pela metade. Quinhentas libras é um aumento generoso em suas fortunas!

– Ah! Mais do que generoso! Que irmão no planeta faria metade disso pelas irmãs, até mesmo pelas irmãs *de verdade*? Considerando que são apenas meias-irmãs, você tem um coração muito caridoso!

– Não é de meu desejo agir mal – respondeu ele. – Em tais ocasiões, é preferível que se faça muito a pouco. Ninguém, pelo menos, poderá dizer que eu não fiz nada por elas, tampouco poderão esperar mais do que isso.

– Não há como saber o que *elas* esperam – respondeu a dama –, mas não pensemos em suas expectativas. A questão gira em torno daquilo que está ao seu alcance.

– Certamente. E penso estar em meu poder lhes dar quinhentas libras cada. Além disso, sem qualquer adição de minha fortuna, elas terão cerca de três mil libras quando a mãe falecer. É uma quantia confortável para qualquer jovem dama.

– Tenha certeza de que é. Na verdade, ocorreu-me que talvez elas nem mesmo desejassem qualquer quantia a mais. Haverá dez mil libras para que dividam entre elas. Caso se casem, será com alguém notável; caso não, podem muito bem viver juntas com as dez mil libras.

– É bem verdade. Portanto, considerando tudo, não sei se é mais aconselhável fazer algo pela mãe enquanto viva do que por elas... algo como uma pensão, eu digo. Minhas irmãs seriam tão beneficiadas quanto ela. Cem libras por ano fariam com que todas vivessem perfeitamente confortáveis.

A esposa hesitou um pouco, porém, em lhe conceder autorização quanto a esse novo plano.

— Tenha certeza — respondeu ela — de que é melhor do que se desfazer de mil e quinhentas libras de uma vez. Mas, caso Mrs. Dashwood viva mais 15 anos, teremos sido enganados e passados para trás.

— Quinze anos! Minha querida Fanny, a vida dela não pode ser tão valiosa quanto metade dessa aquisição.

— Certamente que não. Mas, se você prestar atenção, perceberá que as pessoas que recebem pensão vivem para sempre, e ela é bastante saudável e forte, e mal tem quarenta anos. Pensão é negócio sério, e deve ser paga ano após ano, sem possibilidade de voltarmos atrás. Você não está atento ao que propõe. Estou familiarizada com um bom tanto de problemas relacionados a pensões, já que minha mãe esteve presa a esse tipo de pagamento para três criados por vontade de meu pai, e é incrível o quanto ela achava tudo bem desagradável. Duas vezes ao ano essas quantias deveriam ser pagas, além de todo o trabalho para fazê-las chegar até os requerentes. Depois, houve o burburinho de que um deles havia morrido, mas no fim não era nada disso. Minha mãe estava cansada de tudo. Sua renda não era dela, costumava dizer, já que tinha tantas reivindicações. E foi bastante indelicado de meu pai porque, do contrário, o dinheiro estaria à disposição de minha mãe, sem qualquer restrição. Tudo isso criou em mim um pavor a pensões de tal modo que estou certa de que nunca me comprometeria a fazê-lo.

— É certamente algo desagradável — respondeu Mr. Dashwood — ver uma quantia ser retirada todo ano de sua renda. A fortuna de alguém, como sua mãe sabiamente afirmou, *não* pertence à pessoa. Estar preso ao pagamento regular de tamanha quantia, em dias fixos, não é de modo algum desejável, pois nos priva da independência.

— Sem dúvidas. Além disso, depois de tudo, sequer há agradecimentos. Pensam que estão garantidos, que não fazemos mais do que se é esperado e nem mesmo agradecem. Se eu fosse você, qualquer decisão tomada seria feita a meu modo. Não me comprometeria a lhes dar qualquer coisa anualmente. Em alguns anos, talvez seja bem inconveniente dispensar cem ou até mesmo cinquenta libras de nossas próprias despesas.

– Penso que esteja certa, meu amor. É melhor que não haja qualquer quantia de pensão nesse caso. Qualquer valor que eu lhes dê ocasionalmente será de muito mais ajuda do que qualquer soma anual, porque isso apenas lhes daria a possibilidade de melhorar o estilo de vida caso tivessem certeza da seguridade de uma boa renda e, no fim de um ano, não estariam mais ricas. Certamente, é o melhor plano. Uma doação, vez ou outra, de cinquenta libras servirá como prevenção a qualquer necessidade financeira e cumprirá, penso eu, minha promessa a meu pai.

– Tenho certeza disso. Na verdade, estou convencida de que seu pai não pensava que você daria qualquer dinheiro que fosse. A assistência que ele conjecturou, ouso dizer, era aquela que lhe cabia enquanto irmão. Por exemplo, procurar uma casinha confortável para elas, ajudá-las na mudança e presenteá-las com produtos de caça e pesca, e assim por diante, qualquer que fosse o momento. Coloco minha mão no fogo pelo fato de que ele não quis dizer nada além disso; na verdade, seria bem estranho e insensato se ele o fizesse. Considere, meu querido Mr. Dashwood, o quão excessivamente confortáveis sua madrasta e as filhas dela poderão viver com os juros de sete mil libras, além das mil libras de cada garota, que lhes rende cinquenta libras por ano cada, e, é claro, elas pagaram a mãe para cuidar de tudo. No total, terão quinhentas libras por ano. Por que diabos quatro mulheres poderiam querer mais? O custo de vida será barato! Os serviços domésticos pouco exigirão. Não haverá carruagem, nem cavalos, e nem mesmo criados. Não receberão convidados e talvez sequer tenham algum tipo de despesa! Apenas imagine o quão confortavelmente viverão! Quinhentas libras ao ano! Não consigo nem mesmo imaginar como poderão gastar metade disso. Quanto à possibilidade de você lhes dar ainda mais, é algo bastante absurdo de se pensar. Será mais fácil elas darem algo a *você*.

— Minha nossa — respondeu Mr. Dashwood —, você está absolutamente certa. Meu pai não pode ter querido dizer nada com seus pedidos além de tudo isso que você afirmou, e compreendo bem agora. Cumprirei por completo meu compromisso com elas por meio de assistência e gentilezas assim como você descreveu. Tão logo minha mãe se mude para outra casa, estarei pronto para lhe prestar meus serviços a fim de acomodá-la o melhor que posso. Alguma mobília como presente também será bem-vinda.

— Certamente — retrucou Mrs. John Dashwood —, mas, *uma* coisa deve ser levada em consideração. Quando seus pais se mudaram para Norland, apesar de terem vendido a mobília de Stanhill, as porcelanas, prataria e roupas de cama foram resguardadas, e agora pertencem à sua mãe. Seu novo lar estará quase mobiliado por completo assim que ela se mudar.

— É sem dúvida uma consideração material. Um legado valioso, com certeza! Mas, mesmo assim, um tanto da prataria seria uma adição agradável à nossa coleção aqui.

— Sim, e o conjunto de porcelanas para café da manhã é muito mais bonito do que aquele que temos aqui. Bonito até demais, em minha opinião, para qualquer lugar com o qual *elas* possam arcar. Mas, enfim, assim o é. Seu pai só pensou *nelas*, e devo dizer: a ele, você não deve gratidão especial, nem atenção a seus desejos, porque sabemos bem que, se ele pudesse, teria deixado quase tudo no mundo para *elas*.

Tal argumento era irresistível e conferiu às suas intenções qualquer decisão pretendida antes. Por fim, ele se convenceu de que seria absolutamente desnecessário, senão indecoroso, fazer qualquer coisa pela viúva e pelas filhas do pai que fugisse do escopo das boas ações de um vizinho, assim como pontuado por sua esposa.

CAPÍTULO III

Mrs. Dashwood permaneceu em Norland por muitos meses. Não por qualquer relutância em se mudar quando a visão de cada lugar conhecido não mais culminava em emoções violentas vivenciadas por um tempo. Quando seus ânimos começaram a se recuperar, e sua mente era capaz de qualquer empenho que não fosse a elevação de sua aflição devido a recordações melancólicas, ela ficava impaciente para ir embora e infatigável na busca por uma morada adequada na vizinhança de Norland, já que se mudar para muito longe daquele lugar querido seria impossível. No entanto, nenhuma das casas estavam à altura de sua noção de conforto e tranquilidade, e ela se satisfazia com a prudência da filha mais velha, cujo julgamento mais sensato recusou várias casas, que eram caras demais para suas rendas, e tais decisões foram aprovadas pela mãe.

Mrs. Dashwood fora informada pelo marido da promessa solene por parte do filho dele em favor a elas, o que garantiu ao marido um conforto em sua última reflexão terrena. Todavia, ela duvidou da sinceridade de tal promessa, mas, pelo bem das filhas, pensava nisso com satisfação; quanto a si mesma, porém, estava convencida de que uma provisão bem abaixo de sete mil libras seria suficiente para sustentá-la em abundância. Pelo bem do irmão das filhas, assim como do coração do jovem, ela se alegrou, e se recriminou quando olhou com injustiça para os méritos do rapaz por acreditar que ele não seria capaz de qualquer generosidade. O comportamento atencioso dele para com ela e as irmãs a convenceu de que o bem-estar delas era importante para ele e, por muito tempo, ela firmemente se apoiou na generosidade de suas intenções.

O desprezo que ela sentira por sua nora logo quando se conheceram aumentou pelo conhecimento posterior de seu caráter, possibilitado por meio ano de convivência em conjunto. Apesar de toda tentativa de polidez e afeto maternal pela Mrs. Dashwood, talvez as duas damas tivessem achado impossível conviver juntas por tanto tempo não fosse a ocorrência de uma situação particular que serviu de bom motivo, segundo a opinião da Mrs. Dashwood, para que as filhas continuassem em Norland.

A circunstância era o apego entre a filha mais velha e o irmão da Mrs. John Dashwood, um jovem agradável e muito cavalheiro, apresentado à família logo que a irmã se estabeleceu em Norland, e que, desde então, passara a maior parte do tempo por lá.

Algumas mães talvez tivessem encorajado a intimidade por motivos de interesse, pois Edward Ferrars era o filho mais velho de um homem que morrera muito rico; outras talvez tivessem repreendido por motivos de prudência, porque, com exceção de uma ninharia, a fortuna inteira do rapaz dependia da boa vontade da mãe. Mrs. Dashwood, porém, não era afetada por nenhuma das considerações, e para ela era suficiente o jovem parecer amável, amar a filha dela e Elinor corresponder à predileção. Mrs. Dashwood era contrária a todos os princípios ligados à noção de que casais cujas fortunas fossem diferentes deveriam permanecer separados mesmo que houvesse semelhanças de caráter, e não lhe entrava na cabeça que os méritos de Elinor não fossem reconhecidos por todos que a conheciam.

Não foram as graças peculiares de caráter e trato de Edward Ferrars que o recomendaram à boa opinião delas. Ele não era bonito, seus modos requeriam certa intimidade para que se tornassem agradáveis, e era acanhado demais para se defender. Entretanto, quando superou a timidez natural, seu comportamento indicou que ele tinha um coração aberto e afetuoso. Tinha boa compreensão, e a base educacional que recebera conferiu àquela uma melhoria concreta. O rapaz, porém, não se encaixava nem em habilidades tampouco em disposição para responder aos desejos da mãe e da irmã, que ansiavam por vê-lo se destacar. Elas desejavam que, de alguma forma, ele se tornasse uma figura importante na sociedade. A mãe gostaria de vê-lo se interessar pela política, colocá-lo no Parlamento, ou vê-lo conectado com alguns dos homens mais influentes do momento. Mrs. John Dashwood desejava o mesmo, mas, nesse meio tempo, até que alguma das bênçãos acima fosse conquistada, suas ambições seriam aquietadas só de vê-lo dirigir uma *barouche*.[1] Edward, por sua vez, não tinha interesse em homens influentes e em *barouches*. Todos os seus desejos estavam centrados no conforto doméstico e na quietude da vida privada. Felizmente, ele tinha um irmão mais novo que era mais promissor.

Edward estivera em Norland por várias semanas antes que conseguisse chamar a atenção de Mrs. Dashwood, uma vez que ela estava, à época, em tamanha aflição que pouco estava atenta aos arredores. Ela apenas notou que ele era quieto e não atrapalhava, por isso gostava dele. O rapaz não perturbava as desgraças da mente dela com conversas fora de hora. Mrs. Dashwood foi convidada pela primeira vez a observá-lo, e mais adiante aprová-lo, somente com um comentário que Elinor fez ao acaso quando apontou as diferenças entre ele e a irmã. Era um contraste que o recomendava quase que forçadamente à mãe da garota.

— É suficiente — disse Mrs. Dashwood —, dizer que ele é diferente de Fanny já basta. Implica tudo que há de amável, e eu já o amo.

1 Era uma carruagem com duas rodas puxada normalmente por quatro cavalos e que levava no máximo seis passageiros. Tinha uma cobertura removível que cobria apenas a metade traseira do veículo. Era utilizada em ocasiões menos formais como, por exemplo, um passeio no parque ou no campo.

— Penso que gostará dele — respondeu Elinor — quando você o conhecer melhor.

— Gostar dele! — retrucou a mãe com um sorriso. — Nenhum sentimento que tenho é inferior a amor.

— Talvez você o estime.

— Nunca soube como separar estima de amor.

Mrs. Dashwood, então, esforçou-se para se familiarizar com o jovem. Seus modos eram afetuosos, e logo baniram sua timidez. Tão logo ela compreendeu seus méritos; talvez a persuasão de que o rapaz tinha interesse por Elinor a auxiliara em sua perspicácia. Estava, porém, bem segura do valor de Edward, e mesmo aquela quietude nas maneiras, que ia contra todas as ideias estabelecidas de como a conduta de um jovem deveria ser, não mais importava quando descobriu seu coração bondoso e temperamento afetuoso.

Assim que percebeu qualquer sintoma de amor em seu comportamento com Elinor, passou a considerar a seriedade do apego como certeira, e estava ansiosa pelo casamento que se aproximava.

— Em poucos meses, minha querida Marianne — disse ela —, Elinor, por todas as probabilidades, estará estabelecida para o resto da vida. Sentiremos sua falta, mas *ela* será feliz.

— Ah! Mamãe, o que faremos sem ela?

— Meu amor, nem será assim uma separação. Viveremos a poucos quilômetros uma da outra e nos encontraremos todos os dias de nossas vidas. Você ganhará um irmão, que será verdadeiramente afetuoso. Tenho o coração de Edward em minha mais elevada opinião. Mas você parece séria, Marianne. Desaprova a escolha de sua irmã?

— Talvez — respondeu. — Talvez eu esteja surpresa. Edward é muito amável, e eu o amo de todo meu coração. Mesmo assim... ele não é o tipo de jovem... falta-lhe algo... sua figura não é marcante. Não há nada da graça que eu esperaria em um homem que se comprometesse seriamente com minha irmã. Seu olhar carece daquele espírito, daquele fogo que anuncia virtude e inteligência.

E, além disso, receio, mamãe, que lhe falta bom gosto. Parece pouco se interessar por música e, mesmo que admire muito os desenhos de Elinor, não é isso que estenderia seu valor. É bem evidente, apesar de sua atenção constante a ela enquanto desenha, que na verdade não sabe nada do assunto. Ele a admira como um amante, e não como um *connoisseur.*[2] Para me deixar satisfeita, essas características devem estar em uníssono. Nunca poderia ficar feliz com um homem cujos gostos não se assemelham em nada aos meus. Ele deve penetrar em todos os meus sentimentos; os mesmos livros e músicas devem encantar a ambos. Ah! Mamãe, quão sem paixão, quão monótona foi a maneira de Edward ler para nós ontem à noite! Lamento muito por minha irmã, severamente. Ainda assim, ela lidou com tanta compostura que pareceu mal ter notado. Já eu, mal conseguia ficar sentada por ouvir aqueles versos belos que, com tanta frequência, quase me levaram à loucura, mas que foram declamados com uma calmaria impenetrável e uma indiferença terrível!

– Com certeza ele teria se saído melhor se fosse uma prosa simples e elegante, pensei eu no momento. Mas você o mandou ler Cowper.

– Não, mamãe, se ele não se anima com Cowper!... mas permitamos diferenças nos gostos. Elinor não sente como eu e, portanto, ela deve relevar e ser feliz com ele. Mas teria cortado *meu* coração, se fosse eu a apaixonada, ouvi-lo declamar com tão pouca sensibilidade. Mamãe, quanto mais eu conheço o mundo, mais estou convencida de que nunca encontrarei um homem que eu realmente possa amar. Sou muito exigente! Ele deve ter todas as virtudes de Edward, e sua pessoa e modos devem adornar sua bondade com todos os encantos possíveis.

– Lembre-se, meu amor, de que você não tem nem 17 anos. Ainda é muito cedo para perder a esperança em tamanha felicidade. Por que você seria menos afortunada que sua mãe? Em apenas uma circunstância, minha Marianne, talvez seu destino seja diferente do dela!

---

2 É alguém que sabe muito sobre artes, comida, bebida ou é especialista em algum outro assunto.

CAPÍTULO IV

— É uma pena, Elinor — disse Marianne —, que Edward não tenha bom gosto para desenhos.

— Não tem bom gosto! — retrucou Elinor. — E por que você pensa assim? De fato, ele mesmo não desenha, mas sente um prazer enorme em ver outras pessoas executarem o trabalho, e lhe garanto que ele não é, de modo algum, deficiente em um bom gosto natural, apesar de terem lhe faltado oportunidades para aprimorá-lo. Se pudesse ter aprendido, penso que desenharia muito bem. Ele desconfia tanto do próprio julgamento em tais assuntos que nunca se dispõe a dar opiniões sobre qualquer retrato. Mas há nele uma propriedade e uma simplicidade inatas que geralmente o direcionam ao caminho correto.

Por medo de ofender, Marianne não tocou mais no assunto. Mas o tipo de consideração que Elinor descreveu como sendo empolgante nele em relação aos desenhos de outros estava bem distante daquele deleite entusiástico que, na opinião de Marianne, era a única forma de bom gosto. Ainda assim, apesar de sorrir para si mesma por causa do engano, ela respeitava a irmã pela predileção cega por Edward que produzia esse erro.

— Espero, Marianne — continuou Elinor —, que você não o considere deficiente em bons gostos gerais. Na verdade, penso que você não poderia, porque seu comportamento com ele é perfeitamente cordial; e se *essa* fosse sua opinião, tenho certeza de que você nunca conseguiria ser gentil com ele.

Marianne mal sabia o que dizer. De modo algum queria ferir os sentimentos da irmã, mas, mesmo assim, era impossível dizer coisas nas quais não acreditava. Depois de um tempo, respondeu:

— Não se ofenda, Elinor, se meus elogios não se igualam em todos os aspectos ao seu tino quanto aos méritos dele. Não tive muitas oportunidades de estimar as tendências minuciosas de sua mente, de suas inclinações e de seus gostos, assim como você. Mas considero muito a bondade e o bom-senso de Edward. Penso que ele seja tudo que há de mais amável e valoroso.

— Tenho certeza — respondeu Elinor, sorrindo — de que os amigos mais queridos dele não ficariam descontentes com tamanho elogio. Não vejo como você poderia se expressar de maneira mais amável.

Marianne ficou feliz em ver a irmã satisfeita tão facilmente.

— Quanto ao seu bom-senso e bondade — continuou Elinor —, penso que ninguém que o conheça o bastante para ter tido com ele uma conversa aberta possa ter alguma dúvida. A excelência de sua compreensão e de seus princípios somente é escondida por aquela timidez que muitas vezes o mantém calado. Você o conhece o bastante para reconhecer seu verdadeiro valor, mas, quanto às tendências minuciosas, como você as chama, foram circunstâncias peculiares que lhe mantiveram mais ignorante do que eu. Eu e ele passamos um bom tempo juntos, enquanto você esteve totalmente absorta, tomada, no ímpeto mais afetuoso, por nossa mãe. Eu vi um bom tanto dele, analisei seus sentimentos, ouvi suas opiniões em Literatura e suas preferências. No geral, ouso dizer que sua mente é bem-informada; seu prazer por livros, excessivamente bom; sua imaginação, viva; suas observações, justas e corretas; e suas preferências, delicadas e puras. Assim como seus modos e caráter, suas habilidades melhoram com a intimidade. À primeira vista, sua conduta não é marcante, e sua pessoa mal pode ser chamada de bonita, até que a expressividade em seus olhos, que são bons e raros, e a doçura geral de seu semblante sejam percebidas. No momento, eu o conheço tão bem que o acho realmente lindo; ou, ao menos, quase. O que me diz, Marianne?

– Devo achá-lo lindo em breve, Elinor, se já não é assim. Quando você me disser para amá-lo como um irmão, não deverei ver mais qualquer imperfeição em suas feições do que vejo agora em seu coração.

Elinor se assustou com essa declaração e se lamentou por ter caído na armadilha do afeto ao falar dele. Ela sentia que considerava bastante Edward, e que isso era recíproco. No entanto, era preciso uma certeza enorme para tornar a convicção de Marianne quanto ao enlace agradável para ela. Elinor sabia que qualquer coisa que a irmã e a mãe conjecturassem em um momento era o bastante para acreditarem logo em seguida; e, para elas, desejar era ter esperança, e ter esperança era esperar. Ela tentou explicar a situação verdadeira para a irmã.

– Não desejo negar – disse – que o tenho em alta conta... que o estimo bastante e que gosto dele.

Marianne explodiu de indignação.

– Estima-o! Gosta dele! Mas que coração gelado, Elinor! Ah, pior do que gelado! Envergonhada por ser diferente. Diga tudo isso mais uma vez e eu deixarei esta sala em um instante.

Elinor não pôde conter o riso.

– Perdoe-me – retrucou. – Tenha certeza de que eu não pretendia lhe ofender ao falar tão calmamente sobre meus próprios sentimentos. Acredite que são mais fortes do que eu os declaro; resumindo, acredite que são assim como os méritos dele, e a suspeita... a esperança de seu afeto por mim talvez se confirme, sem imprudência ou loucura. Mas *não* acredite em nada além disso. De modo algum eu tenho certeza de seu afeto recíproco. Há momentos em que a extensão dele é duvidosa, e, até que seus sentimentos sejam totalmente conhecidos, você não deve se espantar com a minha vontade de evitar qualquer encorajamento de minha parte ao crer ou falar que é tudo maior do que é. Em meu coração, há poucas... escassas dúvidas de sua preferência. Entretanto, há outros pontos a serem considerados além de sua inclinação. Ele está longe de ser independente. Como a mãe dele realmente é não há como saber, mas, pelas menções ocasionais de Fanny quanto às condutas e opiniões dela, nunca poderemos pensar que seja uma mulher amável. E muito me engano se pensar que Edward não reconhece que haverá dificuldades no caminho se ele deseja se casar com uma mulher sem fortuna e sem uma alta posição social.

Marianne ficou perplexa ao descobrir o quanto a imaginação dela e a da mãe tinham ultrapassado a verdade.

– E você não está mesmo noiva dele! – disse. – Ainda assim, com certeza em breve estará. Duas vantagens, porém, nascerão desse atraso. *Eu* não a perderei tão cedo, e Edward terá muitas oportunidades de aprimorar aquele gosto natural por sua atividade favorita, Elinor, tão indispensável e necessária para sua felicidade no futuro. Ah! Se ele pudesse ser estimulado pelo seu gênio a aprender a desenhar, seria tão maravilhoso!

Elinor dera sua opinião real à irmã. Ela não poderia considerar que a predileção por Edward estivesse em um patamar tão próspero quanto Marianne acreditara. Havia, às vezes, uma falta de ânimo nele que, se não significasse indiferença, denotaria algo tão pouco promissor quanto. Um pingo de dúvida quanto ao afeto dela por ele, se é que ele assim se sentia, causaria nele nada mais do que inquietude. Não era provável que desencadearia aquela tristeza de espírito que frequentemente o acompanhava. Uma razão mais sensata talvez residisse na situação de dependência que barrava o prazer de seu afeto. Ela sabia que a mãe dele nunca agia de maneira a tornar o lar confortável para o filho no momento, ou a dar qualquer garantia de que ele poderia formar uma família por si mesmo sem que atendesse estritamente às perspectivas dela quanto ao seu engrandecimento. Tendo compreensão de tudo isso, era impossível para Elinor se sentir calma. Estava longe de depender da possibilidade de afeto da parte dele, coisa que a mãe e a irmã julgavam como certa. Não, quanto mais ficavam juntos, mais duvidosa parecia a natureza de seu afeto, e, às vezes, por alguns minutos dolorosos, ela acreditava que tudo não passava de amizade.

Contudo, quaisquer que fossem os limites desse sentimento, quando percebido pela irmã dele, era o bastante para deixá-la inquieta e, ao mesmo tempo, grosseira (que era o mais comum). Na primeira oportunidade que surgiu, ela confrontou a madrasta do marido, falando para ela de modo bastante expressivo acerca das grandes expectativas do irmão, da resolução de Mrs. Ferrars de que ambos os filhos deveriam se casar bem e dos perigos que pairavam sobre qualquer jovem dama que tentasse seduzi-lo. Mrs. Dashwood não pôde fingir desatenção nem forçar a calmaria. Respondeu de modo que deixou bem claro seu desdém e imediatamente deixou a sala, tomando a decisão de que, qualquer que fosse a inconveniência ou a despesa de uma mudança repentina, sua amada Elinor não deveria mais ser exposta nem por uma semana mais àquelas insinuações.

Nesse estado de espírito, uma carta chegou às suas mãos, e continha uma proposta particularmente oportuna e com acordos bem simples. Era referente a uma casinha que pertencia a um conhecido, um cavalheiro de influência e propriedade em Devonshire. O remetente era este senhor, que escrevera em um espírito verdadeiro e amigável para acomodá-las. Ele sabia que ela estava em busca de uma residência e, apesar de a casa oferecida ser uma mera cabana, ele lhe assegurou que tudo seria ajustado ao gosto dela, se ela aceitasse a oferta. Com bastante sinceridade, após dar os pormenores da casa e do jardim, ele a pressionou para que fosse com as filhas a Barton Park, onde estava sua residência; dali ela poderia julgar se a

Cabana Barton, já que ambas eram no mesmo bairro, precisaria de qualquer alteração para se tornar confortável. Ele parecia bastante ansioso para acomodá-las, e a carta como um todo foi escrita de uma maneira tão amigável que era impossível não satisfazer a prima, especialmente em um momento em que sofria sob a frieza e a insensibilidade de comportamento das relações mais próximas. Não foi preciso tempo para deliberar e inquirir, e sua resolução estava feita assim que acabou de ler. A localização da casinha de Barton, em um condado tão distante de Sussex quanto Devonshire – que, há algumas horas, seria objeção suficiente para superar qualquer possibilidade de vantagem quanto ao lugar –, foi a primeira coisa que a recomendou. Largar a vizinhança de Norland não era mais um mal, e sim um objeto de desejo, uma bênção em comparação a continuar sendo visita de sua nora; e sair para sempre daquele lugar tão amado seria menos doloroso do que habitá-lo ou visitá-lo enquanto aquela mulher fosse a senhora.

No mesmo instante, ela escreveu para Sir John Middleton a fim de reconhecer sua gentileza e aceitar a proposta. Então, correu para mostrar as cartas às filhas para que tivesse certeza da aprovação delas antes de enviar a resposta.

Elinor sempre achara mais prudente se instalarem a uma certa distância de Norland do que imediatamente em meio aos conhecidos atuais. Considerando *esse* ponto, portanto, não havia objeções quanto a intenção da mãe de se mudar para Devonshire. A casa, como descrita por Sir John, era tão simples, e o aluguel tinha um valor não comumente moderado, que ela não poderia se opor a isso também. Assim sendo, apesar de não ser um plano que trouxesse charme a seus caprichos, e da mudança da vizinhança de Norland estar além de seus desejos, Elinor sequer tentou dissuadir a mãe de enviar a carta de aceitação.

CAPÍTULO V

TÃO logo a resposta foi enviada, Mrs. Dashwood teve o prazer de anunciar ao enteado e à esposa dele que havia encontrado uma casa e que não mais os incomodaria assim que tudo estivesse pronto para a mudança. Eles a ouviram surpresos. Enquanto Mrs. John Dashwood não disse nada, seu marido tinha uma esperança diplomática de que elas não se mudariam para muito longe de Norland. Ela, porém, teve o enorme prazer em lhe responder que iriam para Devonshire. Edward virou-se bruscamente para ela assim que ouviu isso e, em um tom de espanto e preocupação, que dispensava explicações, repetiu:

— Devonshire? Vocês estão mesmo indo para lá? É tão longe daqui! E em qual parte do condado?

Ela explicou a localização: ficava a uns seis quilômetros ao norte de Exeter.

— Nada mais é do que uma cabana — continuou —, mas espero receber muitos de meus amigos por lá. Um ou dois quartos podem facilmente ser ajeitados. Caso meus amigos não encontrem obstáculos em uma viagem tão longa para me visitar, tenho certeza de que não haverá dificuldades de acomodação.

Ao final, ela concluiu com um convite muito gentil a Mr. e Mrs. John Dashwood para que a visitassem em Barton; e a Edward o convite foi feito ainda com mais afeto. Embora sua última conversa com a nora tenha feito com que decidisse não permanecer mais em Norland além do necessário, essa não causou nela o menor efeito quanto a tal assunto, que era o objetivo principal. Separar Edward e Elinor estava bem distante de seus objetivos. Assim, com o convite direcionado ao rapaz, ela decidiu mostrar à Mrs. John Dashwood que discordava totalmente da desaprovação da união.

Mr. John Dashwood disse à madrasta, repetidas vezes, o quanto ele lamentava por ela ter escolhido uma casa tão longe de Norland a ponto de impedi-lo de prestar qualquer ajuda com a mudança da mobília. Ele se sentia conscientemente aborrecido na ocasião, já que o esforço ao qual fora reduzida a promessa que fez ao pai seria impraticável. Toda a mobília foi enviada via mar, e majoritariamente consistia em roupas de cama e banho da família, prataria, porcelanas e livros, além do lindo piano de Marianne. Mrs. John Dashwood viu as caixas partirem com um suspiro: ela não conseguia deixar de pensar, já que a renda de Mrs. Dashwood seria tão diminuta perto da deles, que ela deveria manter algumas das lindas peças da mobília.

Mrs. Dashwood alugou a casa para um ano; já estava mobiliada e a mudança poderia ser feita de imediato. Não houve dificuldades em nenhum dos lados do contrato, e ela apenas esperou até que seus pertences fossem despachados de Norland e a criadagem fosse escolhida antes de partir para o oeste; e isso, já que ela era tão ágil em colocar em prática aquilo que lhe era de interesse, foi feito bem depressa. Os cavalos deixados pelo marido em sua posse haviam sido vendidos logo após a morte dele. Uma oferta de se livrar da carruagem foi feita, e ela concordou em vendê-la após receber o conselho sábio da filha mais velha. Caso tivesse levado em consideração apenas os próprios desejos, em vez do conforto das filhas, ela teria mantido a carruagem. Mas o poder de decisão de Elinor prevaleceu. A sabedoria *dela* também limitou o número de criados a três: duas empregadas e um criado, rapidamente escolhidos entre a criadagem que as servira em Norland.

O criado e uma das empregadas foram mandados de imediato a Devonshire a fim de preparar a casa para a chegada da patroa. Por Lady Middleton ser uma completa desconhecida para Mrs. Dashwood, esta preferiu partir direto para a cabana a ser uma visitante em Barton Park; e sua confiança em Sir John Middleton e em sua descrição da casa era tão forte que não sentiu curiosidade de analisá-la antes de adentrá-la como moradora. Sua ansiedade em deixar Norland não diminuiu devido à evidente satisfação da nora com sua partida; uma satisfação que mal foi escondida sob um convite apático para que adiasse a ida. Era momento, então, que a promessa do afilhado ao pai fosse talvez cumprida com uma propriedade particular. Desde que ele se negara a cumpri-la logo quando se mudou para o local, a partida delas talvez fosse o momento mais adequado para fazê-lo. Mrs. Dashwood, porém, começou a perder aos poucos qualquer esperança do tipo e a se convencer, pelos pontos gerais levantados em suas conversas, que a assistência dele não iria além da manutenção da casa necessária para permanência delas em Norland por seis meses. Ele comentou com tanta frequência acerca do aumento nas despesas com o serviço doméstico e das demandas infinitas sobre sua renda, às quais um homem de qualquer influência estava exposto além do imaginável, que mais parecia possível que ele precisasse de dinheiro em vez de poder renunciar a qualquer quantia.

Em poucas semanas desde o recebimento da primeira carta de Sir John Middleton em Norland, tudo estava ajeitado na futura residência a ponto de permitir que Mrs. Dashwood e as filhas começassem a jornada.

Muitas lágrimas foram derramadas por elas no último adeus àquele local tão querido.

— Querida e amada, Norland! — exclamou Marianne enquanto vagava sozinha em frente à casa na última noite. — Quando a saudade cessará? Quando aprenderei a me sentir em casa em qualquer outro lugar? Ah! Casa alegre, você consegue sentir o quanto sofro agora em vê-la deste ângulo, de onde talvez eu nunca mais a veja? E vocês, árvores tão conhecidas! Continuarão as mesmas. Nenhuma folha cairá só porque estamos nos mudando, e nenhum galho cessará os movimentos só porque não poderemos mais observá-los! Não, vocês continuarão as mesmas; inconscientes do prazer ou do lamento que causam, e insensíveis a qualquer mudança naqueles que perambulam debaixo de suas sombras! Mas quem restará para aproveitá-las?

CAPÍTULO VI

A primeira parte da jornada foi feita com uma disposição tão melancólica que não poderia ser nada além de enfadonha e desagradável. Contudo, assim que se aproximavam do final, o interesse pela paisagem do condado no qual morariam superou o desalento, e a vista do Vale de Barton lhes trouxe alegria assim que elas chegaram. Era um local fértil, bastante agradável, bem arborizado e rico em pastos. Após passear por ele por mais de um quilômetro, chegaram à própria casa. Uma areazinha verde era tudo que havia em frente à propriedade, e um portão bem-cuidado dava passagem até ela.

Como uma casa, a Cabana Barton, apesar de pequena, era confortável e compacta, mas, enquanto cabana, era defeituosa. A construção era comum: o telhado, ladrilhado; as persianas não eram verdes, e nem as paredes eram cobertas por madressilvas. Por dentro da casa, uma passagem estreita levava diretamente para o jardim posterior. Em cada lado da entrada, ficava uma sala de estar de mais ou menos quatro metros quadrados, e, além delas, estavam os escritórios e as escadas. Quatro quartos e um sótão formavam o restante da casa. A construção não era antiga e estava bem conservada. Em comparação a Norland, era mesmo simplória e pequena! Entretanto, as lágrimas da recordação logo se secaram assim que a mãe e as filhas entraram. Foram recebidas com alegria pelos criados, que pareciam, pelo bem de todos, muito felizes. Era começo de setembro, e o clima estava agradável. Por contemplarem o lugar sob condições climáticas tão favoráveis, isso lhes deu uma impressão muito boa. O que era a última coisa que faltava para que pudessem aprová-lo por fim.

A localização da residência era boa. Colinas bem altas se elevavam logo atrás e pelos lados, a uma distância não tão longínqua. Algumas delas eram terrenos abertos, e outras, cultivadas e arborizadas. O vilarejo de Barton localizava-se majoritariamente em uma dessas colinas e formava uma vista agradável das janelas da cabana. A perspectiva à frente era mais extensa, porque tomava todo o vale e ia além dos campos. As colinas que cercavam a cabana limitavam o vale naquela direção; sob outro nome, e tomando outro curso, ele se expandia novamente entre a mais íngreme das elevações.

Quanto ao tamanho e à mobília da casa, Mrs. Dashwood estava, no geral, bem satisfeita. Apesar de seu antigo estilo de vida ter rendido muitas adições à última, ainda assim adicionar e aprimorar era um deleite para ela. No momento, ela já possuía dinheiro suficiente para abastecer com toda elegância cada cômodo.

— Quanto à casa em si, com certeza — disse ela — é pequena demais para nossa família, mas ficaremos confortáveis por enquanto, já que está demasiado tarde para qualquer melhoria neste ano. Talvez na primavera, se eu tiver muito dinheiro, e acredito que terei, possamos pensar em construção. Esses salões são muito pequenos para recebermos nossos amigos em festas, uma vez que espero vê-los por aqui com frequência. Penso também em direcionar a passagem para um dos salões, talvez pegando parte do outro, e deixar o restante de um como entrada. Essas mudanças, mais uma nova sala de estar, que pode facilmente ser construída, além de um aposento e sótão acima, farão desta cabaninha um lugar bem aconchegante. Gostaria que as escadas fossem bonitas, mas não se deve ter expectativas para tudo, apesar de achar que não seria difícil alargá-las. Devo esperar para ver como estarei financeiramente na primavera e somente então planejar as melhorias de acordo.

Nesse meio-tempo, até que as alterações pudessem ser feitas com as economias de uma renda de quinhentas libras ao ano por uma mulher que nunca poupou nada na vida, elas foram sábias o suficiente ao se contentarem com a casa como estava. Cada uma estava ocupada demais com preocupações pessoais e se esforçando, ao dispor livros e outros bens, para que aquele lugar virasse um lar. O piano de Marianne foi desembalado e corretamente instalado, enquanto os desenhos de Elinor foram afixados nas paredes da sala de estar.

Em meio a tais ocupações, logo após o café da manhã, elas foram interrompidas no dia seguinte pela chegada de seu senhorio, em visita para lhes dar boas-vindas a Barton, e para lhes oferecer cada acomodação da própria casa e jardim caso alguma ali estivesse com defeito. Sir John Middleton era um homem de boa aparência por volta de seus quarenta anos. Visitara Stanhill no passado, mas fazia tempo demais para que as primas mais jovens se lembrassem dele. Tinha um semblante bem-humorado, e suas maneiras eram tão amigáveis quanto o tom de sua carta. A chegada delas parecia lhe dar verdadeiro prazer, e o conforto era mesmo um ponto de atenção para ele. Ele comentou muito acerca de seu desejo mais sincero de que todas convivessem com sua família em bons termos, e as pressionou tão cordialmente para que jantassem todos os dias em Barton Park até que estivessem mais bem instaladas, que, apesar de todas as súplicas serem perseverantes além da cordialidade, não puderam recusar. A gentileza dele não estava limitada a palavras, porque apenas uma hora após sua partida uma cesta cheia de frutas e hortaliças chegou de Barton Park, seguida antes que terminasse o dia por uma carne de caça. Além disso, ele insistiu em levar e trazer todas as cartas do correio, e não aceitaria que negassem sua satisfação em lhes enviar o jornal todos os dias.

Lady Middleton enviou uma carta bastante cordial pelo marido, acentuando suas expectativas em visitar Mrs. Dashwood assim que esta lhe assegurasse que não seria um incômodo. E, como essa mensagem foi respondida com um convite igualmente cordial, no dia seguinte sua senhoria foi apresentada a elas.

Elas, é claro, estavam mais que ansiosas por conhecer a pessoa de quem o conforto em Barton tanto dependia, e cuja elegância na aparência era muito promissora a seus desejos. Lady Middleton não passava de 26 ou 27 anos; tinha um rosto muito bonito, uma figura marcante e alta, e sua maneira de falar era graciosa. Seus modos tinham toda a elegância desejada pelo marido, mas poderiam ser aprimorados com mais da franqueza e do carinho que ele possuía. No entanto, sua visita durou tempo suficiente para prejudicar um pouco da primeira impressão, pois, apesar de bem-educada, era reservada, fria e não tinha nada para dizer de si mesma além de comentários e respostas comuns.

Conversa, porém, era o que não faltava, porque Sir John era muito tagarela, e Lady Middleton tomara a sábia precaução de levar o filho mais velho, um garotinho gentil de seis anos. Ele garantia um assunto a ser recorrido pelas damas em casos extremos, já que precisavam perguntar seu nome e sua idade, admirar sua beleza e lhe fazer perguntas que eram respondidas pela mãe, enquanto ele se pendurava nela e ficava de cabeça baixa, para surpresa de Lady Middleton, que se espantou com a timidez do menino ante as companhias, já que era bastante barulhento em casa. Em toda visita formal, deveria haver uma criança para prover assuntos. Naquele caso, levaram dez minutos para determinar se o garoto era mais parecido com o pai ou com a mãe, em quais aspectos se assemelhava a um ou a outro, e, claro, que todos discordaram entre si e se espantaram com a opinião de cada um.

Logo mais uma oportunidade para que discutissem sobre outros filhos chegaria, porque Sir John não deixaria a casa até que elas prometessem jantar em Barton Park no dia seguinte.

CAPÍTULO VII

BARTON Park ficava a uns oitocentos metros da cabana. As damas haviam passado perto dele no caminho pelo vale, mas não era possível vê-lo de sua casa por estar encoberto pelas colinas. A casa era grande e bem bonita, e os Middleton tinham um estilo de vida igualmente hospitaleiro, para a satisfação de Sir John, e elegante, para o prazer de Lady Middleton. Eram raras as vezes em que não recebiam amigos, e suas companhias eram as mais variadas de toda a vizinhança. Isso era necessário para a felicidade de ambos, porque, quaisquer que fossem as diferenças de temperamento e de comportamento, a semelhança entre os dois era gritante no que dizia respeito à total falta de talento e de gosto, o que limitava suas ocupações não relacionadas à vida social a um raio bem pequeno. Sir John era um esportista; Lady Middleton, uma mãe. Ele caçava e atirava, e ela entretinha os filhos; e esses eram os únicos recursos que tinham. A dama tinha o privilégio de mimar as crianças o ano todo, enquanto as atividades independentes do marido eram realizadas apenas em metade do tempo. Compromissos contínuos em casa e fora dela, no entanto, compensavam todas as deficiências de caráter e de educação, auxiliavam no bom humor de Sir John e punham em prática a boa educação da esposa.

Lady Middleton se orgulhava da elegância com a qual arrumava as mesas e lidava com os preparativos domésticos e desse tipo de vaidade saía seu maior divertimento em qualquer uma das festas. Para Sir John, porém, sua satisfação em ter companhia era algo muito mais verdadeiro: ele se regozijava em ter por perto pessoas mais jovens do que sua casa poderia suportar e, quanto mais barulhentas fossem, mais satisfeito ficava. Ele era uma bênção para a juventude da vizinhança, porque no verão sempre dava festas ao ar livre, com direito a presunto frio e frango, e no inverno os bailes privativos eram numerosos o bastante para qualquer jovem dama que não estivesse sofrendo com o apetite voraz dos 15 anos.

A chegada de uma nova família no condado era sempre um motivo de alegria para ele, que em todos os aspectos estava encantado com as novas habitantes de sua cabana. As Dashwood eram jovens, bonitas e espontâneas. Isso era o bastante para assegurar a boa conta que ele tinha delas, porque ser espontânea era tudo que uma jovem garota poderia desejar se quisesse ter a mente tão cativante quanto sua pessoa. Sua disposição amigável fazia dele um homem feliz em acomodar aqueles cuja situação, em comparação ao passado, poderia ser considerada desafortunada. Ao mostrar gentileza às primas, portanto, ele sentiu o verdadeiro prazer advindo de um bom coração. Ao acomodar uma família de mulheres em sua cabana, sentiu toda a satisfação de um esportista, porque estes, apesar de admirarem apenas as pessoas do mesmo sexo que também são praticantes de esporte, raramente desejam nutrir seus gostos ao admiti-las em sua própria propriedade.

Mrs. Dashwood e as filhas foram recebidas na porta por Sir John, dando boas-vindas a Barton Park transparecendo sinceridade e espontaneidade. Enquanto as escoltava até a sala de estar, repetidas vezes ele expressou às jovens damas sua preocupação com um assunto já discutido no dia anterior: a incapacidade de apresentá-las a algum jovem inteligente. Além dele mesmo, haveria apenas um cavalheiro, que era um amigo em visita a Barton Park, mas que não era jovem demais, tampouco alegre o bastante. Ele esperava que elas desculpassem a pequeneza da festa, assegurando que isso não aconteceria de novo. Passara a manhã visitando várias famílias na esperança de encontrar mais pessoas para aumentar os convidados, mas já era noite e todos tinham compromissos. Por sorte, a mãe de Lady Middleton chegara a Barton Park na última hora, e, como ela era uma mulher muito alegre e amável, ele esperava que as jovens damas não ficassem entediadas como talvez esperassem. As garotas, por outro lado, assim como a mãe, estavam mais do que satisfeitas em ter apenas dois estranhos na festa, e não desejavam mais que isso.

Mrs. Jennings, mãe de Lady Middleton, era uma senhora de aspecto rechonchudo, bem-humorada e bastante tagarela, que parecia alegre demais e um pouco vulgar. Ela contava muitas piadas e ria bastante, e antes que o jantar tivesse acabado dissera coisas bem espirituosas acerca de amores e maridos. Esperava que elas não tivessem abandonado nenhum amado em Sussex e fingia vê-las corar, fosse verdade ou não. Marianne se aborreceu com o comentário por causa da irmã e se virou para ela a fim de ver como Elinor reagiria a esses ataques, mas fez isso com tanta ansiedade que causou na irmã mais dor do que as infligidas pelas meras provocações de Mrs. Jennings.

Coronel Brandon, o amigo de Sir John, em questão de semelhanças nos modos, diferia tanto dele quanto Lady Middleton se fosse sua esposa, ou quanto Mrs. Jennings como mãe de Lady Middleton. Ele era quieto e sério. Sua aparência, porém, não era desagradável, apesar de ser um absoluto solteirão na opinião de Marianne e Margaret, porque já tinha 35 anos. Embora não tivesse um rosto bonito, suas feições eram sensíveis e ele tinha um jeito bem cavalheiro de falar.

Não havia nada em nenhum deles que os recomendassem como companhias para as Dashwood; mas a fria monotonia de Lady Middleton era tão particularmente repulsiva que, em comparação, a seriedade do coronel Brandon e até mesmo a alegria e o escândalo de Sir John e de sua sogra se tornavam interessantes.

Lady Middleton pareceu se alegrar apenas quando os quatro filhos barulhentos apareceram depois do jantar, puxando-a por todos os lados, rasgando pedaços de sua roupa e colocando um ponto-final em qualquer conversa que não fosse relacionada a eles.

Durante a noite, quando descobriram os dons musicais de Marianne, convidaram-na para tocar. O instrumento foi destrancado, todos se prepararam para o encanto, e Marianne, que cantava muito bem, a pedido deles passou pela maioria das canções que Lady Middleton introduzira na família no dia do casamento, e cujas partituras talvez estivessem esquecidas no piano desde aquele dia, quando ela celebrou o evento desistindo da música; embora, por causa da mãe, tivesse tocado extremamente bem, e porque ela mesma gostava muito.

A atuação de Marianne foi bastante aplaudida. Sir John se admirou de maneira escandalosa, assim como foi tão barulhento quanto nas conversas mantidas durante cada canção. Lady Middleton frequentemente esbravejava com o marido, espantada com o fato de as pessoas terem a capacidade de desviar a atenção da música por um momento, e pedia a Marianne que tocasse repetidamente uma canção específica que tinha sido tocada recentemente. Apenas o coronel Brandon, de todos os presentes, a ouviu sem rompantes. Seu elogio era prestar atenção, e a garota sentiu muito respeito por ele na ocasião, já que os outros pareciam ter desistido disso pela falta vergonhosa de bom gosto. O prazer dele pela música, muito embora não remetesse àquele deleite extático que sozinho simpatizaria com o dela, era de muita estima quando em contraste à insensibilidade pavorosa dos outros. E ela era sensata o bastante para admitir que um homem de 35 anos tivesse sobrevivido à toda intensidade de sentimentos e a cada poder requintado do prazer. Marianne estava mais do que disposta a fazer qualquer concessão, que era exigida pela compaixão, ao estágio avançado de vida do coronel.

CAPÍTULO VIII

Mrs. Jennings era uma viúva com uma herança bem ampla. Tinha apenas duas filhas, as quais ela vivera para ver em casamentos respeitáveis, e, portanto, não tinha muitas coisas mais para fazer a não ser casar o resto do mundo. Era bem ativa e zelosa na promoção de tal objetivo, até onde suas habilidades alcançassem, e não perdia oportunidade alguma em planejar matrimônios entre todos os jovens de seu convívio. Sua capacidade de detectar afetos era notoriamente rápida, e ela se deliciara com a vantagem que tinha em fazer jovens damas corarem e se sentirem vaidosas quando dava mostras de seu poder sob jovens cavalheiros. Tal discernimento lhe permitiu, logo após sua chegada a Barton, a decididamente afirmar que o coronel Brandon estava bastante enamorado de Marianne Dashwood. As suspeitas lhe foram levantadas na primeira noite em que se encontraram, quando percebeu que o cavalheiro ouvia com atenção Marianne cantar. Por fim, ao se reunirem em um jantar na cabana, as suspeitas foram confirmadas, pois ele teve a mesma atitude. Deveria ser assim. Mrs. Jennings estava perfeitamente convencida disso. Seria uma união excelente, porque *ele* era rico, e *ela* era linda. A velha senhora estivera bastante ansiosa por casar o coronel Brandon desde que o conheceu por meio de Sir John, e estava sempre muito ansiosa para conseguir um bom marido para toda bela menina.

A vantagem imediata para ela não era de modo algum irrelevante, porque lhe munia de piadas inesgotáveis com os dois. Em Barton Park, ela ria às custas do coronel, e na cabana, de Marianne. Para o cavalheiro, até onde lhe dizia respeito, suas provocações eram talvez perfeitamente indiferentes; mas, para a jovem dama, em um primeiro momento eram incompreensíveis. Quando compreendeu o objetivo das piadas, Marianne mal sabia se deveria rir do quão absurdo era ou se a censurava por sua impertinência, já que ela considerava a reflexão de Mrs. Jennings quanto à idade avançada do coronel, e à sua condição lastimável como um velho solteirão, bastante insensível.

Mrs. Dashwood, que não conseguia imaginar um homem cinco anos mais novo do que ela e com uma aparência excessivamente velha cogitado para os caprichos joviais de sua filha, logo se atreveu a retirar qualquer possibilidade da cabeça de Mrs. Jennings ao ridicularizar a idade do cavalheiro.

— Mas, mamãe, ao menos você não pode negar o quão absurda é a acusação, muito embora você não deva pensar que é intencionalmente por mal. O coronel Brandon é com certeza mais novo que Mrs. Jennings, mas ele é velho o bastante para ser *meu* pai. E, se ele estivesse animado o bastante para estar apaixonado, é porque sobreviveu a cada emoção do tipo. É tão ridículo! Quando um homem estará a salvo de tal juízo se a velhice e a debilidade nunca o protegerão?

— Debilidade!? — exclamou Elinor. — Você acha que o coronel Brandon é débil? Posso facilmente supor que para você ele pareça muito mais velho do que para minha mãe, mas você mal consegue se iludir quanto ao pleno funcionamento de todos os membros dele.

— Você não o ouviu reclamar do reumatismo? E essa não é a debilidade mais comum de uma vida em declínio?

— Minha criança mais amada — respondeu a mãe, rindo —, desse jeito você deve viver o terror constante da *minha* decadência. E deve lhe parecer um milagre que eu esteja viva aos quarenta anos.

— Mamãe, você não está sendo justa comigo. Sei muito bem que o coronel Brandon não é velho o suficiente para deixar os amigos apreensivos de perdê-lo para o curso natural da vida. Talvez ele viva mais vinte anos, mas 35 em nada se relaciona a matrimônio.

— Talvez — respondeu Elinor —, porque 35 e 17 não devem mesmo se relacionar em matrimônio. Mas se houver, por qualquer acaso, uma mulher solteira de 27, eu não penso que a idade do coronel Brandon seja qualquer impedimento para que ele se case com *ela*.

— Uma mulher de 27 anos — retrucou Marianne, após pausar por um momento —, nunca deve ter esperanças de sentir ou inspirar afeto novamente. E caso tenha um lar desconfortável, ou uma fortuna pequena, suponho que ela talvez se submeta ao cargo de enfermeira pelo bem das provisões e seguranças de uma esposa. Casar-se com tal mulher, portanto, não seria inapropriado. Seria um acordo de conveniência, e todos sairiam satisfeitos. A meu ver, não seria de modo algum um casamento, seria nada. Para mim, pareceria apenas uma troca comercial, em que cada parte deseja se beneficiar às custas da outra.

— Seria impossível, eu sei — respondeu Elinor —, lhe convencer que uma mulher de 27 anos poderia sentir algo perto de amor por um homem de 35, e desejar fazê-lo seu companheiro. Devo, porém, me opor a você condenando o coronel Brandon e sua esposa ao constante confinamento da doença somente porque, ao acaso, ele reclamou ontem (um dia bastante frio e úmido) de uma leve sensação reumática em um dos ombros.

— Mas ele comentou algo sobre coletes de flanela — disse Marianne —, e para mim coletes de flanela estão invariavelmente relacionados a dores, câimbras, reumatismo e toda sorte de enfermidades que possam afligir os velhos e os debilitados.

— Se ele estivesse apenas com uma febre muito forte, você não o desprezaria tanto. Confesse, Marianne, não há algo que lhe desperte interesse nas bochechas coradas, nos olhos fundos e nos rápidos batimentos cardíacos de uma febre?

Logo depois, assim que Elinor saiu da sala:

— Mamãe — disse Marianne —, algo relacionado a enfermidades me preocupa, e não posso mais esconder de você. Estou bem certa de que Edward Ferrars não está bem. Faz quase duas semanas que chegamos, e ele ainda não nos visitou. Nada além de uma indisposição verdadeira poderia causar esse atraso excepcional. O que mais o estaria detendo em Norland?

— Você pensava que ele viria tão cedo? — indagou Mrs. Dashwood. — *Eu* não. Pelo contrário, se qualquer coisa me deixa aflita quanto a isso é lembrar que, às vezes, ele mostrava uma total falta de prazer e disposição para aceitar meus convites quando comentei de sua vinda a Barton. Elinor já o espera?

— Nunca comentei nada com ela, mas é claro que sim.

— Penso que você esteja enganada, porque enquanto eu conversava com ela ontem sobre comprarmos uma lareira para o quarto de hóspedes, ela disse que não havia necessidade imediata para isso, já que o aposento não seria usado por um tempo.

— Mas que estranho! O que significa? Mas o comportamento de ambos fora, no todo, inexplicável! E quão fria e contida foi a despedida deles! Quão letárgica a conversa na última noite em que estiveram juntos! No adeus de Edward não houve distinção entre Elinor e eu: nada mais foi do que os bons desejos de um irmão afetuoso. Por duas vezes eu os deixei sozinhos de propósito ao longo da última manhã, e a cada vez ele inexplicavelmente me seguia para fora do cômodo. Além disso, Elinor, ao deixar Norland e Edward, não chorou como eu. Até mesmo agora, seu autocontrole é invariável. Quando ela está abatida ou melancólica? Quando ela tenta evitar companhia, ou aparenta inquietude e insatisfação em círculos sociais?

CAPÍTULO IX

As Dashwood enfim estavam instaladas em Barton com o conforto que lhes era tolerável. A casa e o jardim, com todos os objetos que os cercavam, estavam se tornando familiar, e as atividades comuns que conferiram a Norland metade de seu encanto estavam naquele momento sendo realizadas com um divertimento jamais proporcionado pela antiga morada, desde a perda de Mr. Dashwood. Sir John Middleton, que as visitou todos os dias nas primeiras duas semanas, e que não estava acostumado a ver tanta agitação em casa, não conseguia esconder seu encantamento ao vê-las sempre muito ocupadas.

Seus visitantes, com exceção daqueles de Barton Park, não eram muitos, e, apesar das súplicas urgentes de Sir John para que elas se entrosassem mais na vizinhança e das repetidas garantias de que sua carruagem estava sempre à disposição, o espírito de independência de Mrs. Dashwood superou o desejo de companhia para as filhas. E ela estava decidida a recusar qualquer visita a famílias que estivessem a uma distância além de uma caminhada. Havia poucos que pudessem ter classe, e nem todos eram alcançáveis. A cerca de uns dois quilômetros da cabana, por entre o vale sinuoso e estreito de Allenham, que nascia daquele em Barton, como já descrito, durante uma das caminhadas da manhã as garotas descobriram uma mansão antiga e de aspecto respeitável, a qual, por lembrá-las um pouco de Norland, instigou a imaginação e as fez desejar conhecerem-na melhor.

Toda a extensão do campo ao redor delas transbordava por belos caminhos. As dunas altas, que as convidavam de quase todas as janelas da cabana a aproveitarem o deleite extraordinário dos ventos em seus cumes, eram uma alternativa feliz quando a poeira dos vales abaixo encobria suas belezas primorosas. Em uma manhã notável, cansadas de suportar o confinamento causado por dois dias seguidos de chuva, Marianne e Margaret marcharam em direção a essas colinas, pois foram atraídas pelos poucos raios de sol de um céu chuvoso. O clima não era tentador o suficiente para tirar as outras duas de seus desenhos e livros, mesmo com as afirmações de Marianne de que o dia permaneceria claro e que cada nuvem ameaçadora seria repelida para longe das colinas. Assim, as duas garotas partiram juntas.

Bastante animadas, as irmãs subiram em direção às dunas, regozijando-se a cada vislumbre do céu azul; e, quando um vendaval agitado vindo do sudoeste as pegou em cheio no rosto, elas sentiram pena da mãe e da irmã que ficaram com medo de sensações tão prazerosas.

— Há felicidade maior no mundo — indagou Marianne — do que isto? Margaret, caminharemos por aqui por pelo menos duas horas.

Margaret concordou, e elas abriram caminho contra o vento, resistindo e rindo com prazer por aproximadamente vinte minutos, até que de repente as nuvens se aglomeraram sobre suas cabeças e uma chuva torrencial as pegou em cheio. Zangadas e perplexas, elas foram obrigadas, mesmo contra sua vontade, a voltar, já que não havia abrigo próximo que não fosse a própria casa. Havia, porém, um ponto de consolação, cuja exigência do momento conferia nada mais do que propriedade comum: se elas descessem o mais rápido possível pelo lado íngreme da colina, elas chegariam imediatamente ao portão do jardim.

E assim partiram. Marianne, a princípio, estava na frente, mas um passo em falso a fez cair de repente no chão; e Margaret, sem conseguir parar e ajudá-la, involuntariamente apressou-se e chegou na parte debaixo em segurança.

Um cavalheiro, que carregava uma arma e tinha dois cães perdigueiros brincando ao seu redor, estava de passagem pela colina a poucos metros de Marianne e viu o momento em que ela se acidentou. Colocando a arma no chão, ele correu em sua assistência. Ela havia conseguido se levantar sozinha, mas torcera o tornozelo na queda e mal conseguia andar. O cavalheiro ofereceu ajuda e, percebendo que a garota era modesta a ponto de recusar o necessário, pegou Marianne nos braços sem mais delongas e a carregou colina abaixo. Ao passar pelo jardim e pelo portão aberto por Margaret, ele a levou diretamente para dentro de casa, onde a irmã havia acabado de chegar, e não a largou até que a sentasse em uma cadeira no saguão.

Elinor e a mãe se levantaram espantadas quando ambos entraram e, enquanto seus olhares estavam fixos nele com um encantamento evidente e uma admiração secreta – ambos surgindo devido à aparência do cavalheiro –, ele se desculpou pela intromissão ao relatar o motivo; e fez isso de maneira tão sincera e graciosa que sua pessoa, de uma beleza incomum, ganhou todos os charmes adicionais de sua voz e semblante. Mesmo que fosse velho, feio e vulgar, a gratidão e a gentileza de Mrs. Dashwood estariam garantidas por qualquer atenção prestada à filha. No entanto, a influência da juventude, da beleza e da elegância instigaram o interesse pelo gesto tão óbvio a seus sentimentos.

Ela o agradeceu repetidas vezes. Com uma doçura que lhe era familiar, convidou o cavalheiro a se sentar, mas ele recusou, já que estava molhado e sujo. Mrs. Dashwood implorou para que ela soubesse a quem deveria ser grata. O nome dele, respondeu, era Willoughby, e sua casa ficava em Allenham, de onde ele esperava que ela lhe concedesse a honra de sair para prestar uma visita e inquirir sobre Miss Dashwood no dia seguinte. A honra foi imediatamente concedida, e então ele partiu no meio da chuva torrencial, tornando-o ainda mais interessante.

Sua beleza viril e elegância mais do que comum foram assunto de admiração geral mais do que depressa. As risadas dirigidas à Marianne devido ao galanteio do rapaz receberam particular espirituosidade por causa dos atrativos externos. Marianne prestara menos atenção à sua pessoa do que as outras damas, porque a confusão que a enrubesceu assim que ele a levantou a impedira de agradecê-lo após entrarem em casa. Entretanto, ela notava o bastante para se juntar à admiração das outras, com a mesma energia que sempre adornava seus elogios. Sua pessoa e ares eram iguais àquilo que ela sempre imaginara para o herói de sua história favorita e o fato de o cavalheiro tê-la carregado para dentro de casa sem muita formalidade fez com que ela processasse de forma rápida o gesto como algo adequado para ela. Todas as circunstâncias relacionadas a ele eram interessantes. O nome era bom, a residência ficava no vilarejo favorito delas, e logo Marianne descobriu que de todas as vestimentas masculinas um casaco de caça era o mais elegante. Sua imaginação estava ocupada, suas reflexões eram agradáveis e a dor de um tornozelo torcido não era nada.

Sir John apareceu para uma visita assim que o próximo respiro de céu claro naquela manhã o permitiu sair de casa. Quando o acidente de Marianne foi relatado, com muita ânsia lhe questionaram se ele conhecia qualquer cavalheiro de nome Willoughby, em Allenham.

— Willoughby! — exclamou ele. — O quê? *Ele* está por aqui? Boas notícias, porém. Amanhã, irei até ele a fim de convidá-lo para jantar na quinta-feira.

— Então você o conhece — disse Mrs. Dashwood.

— Se eu o conheço! Tenha certeza de que sim. Oras, ele está por aqui todo ano.

— E que tipo de jovem ele é?

— O melhor tipo de sujeito que já existiu, garanto-lhe. Um rapaz muito decente, e não há cavaleiro mais corajoso na Inglaterra.

— E *isso* é tudo que você tem para falar sobre ele? — exclamou Marianne bastante indignada. — Como são seus modos em um convívio mais íntimo? Quais são suas atividades, talentos e inteligências?

Sir John pareceu um tanto confuso.

— Minha nossa! — disse ele. — Eu não sei muita coisa além *disso*. Mas ele é um rapaz agradável e bem-humorado, e tem a cadelinha perdigueira e de pelagem negra mais linda que já vi. Ela estava com ele hoje?

Marianne, porém, não poderia satisfazê-lo quanto à cor da cachorrinha de Mr. Willoughby tanto quanto ele não poderia lhe descrever as nuances da mente do rapaz.

— Mas quem ele é? — indagou Elinor. — De onde ele vem? Ele tem uma casa em Allenham?

Quanto a essas questões, Sir John poderia fornecer respostas mais certeiras. Ele lhes explicou que Mr. Willoughby não tinha uma propriedade no campo e que ele residia ali apenas enquanto em visita à velha senhora em Allenham Court, sua parente cujas posses ele herdaria, e adicionou:

— Sim, sim, ele é um partido que vale a pena agarrar, asseguro-lhe, Mrs. Dashwood. Além disso, ele tem uma linda casinha própria em Somersetshire. E, se eu fosse você, não o entregaria para minha irmã mais nova, mesmo com todas essas colinas tortuosas entre vocês. Miss Marianne não deve esperar conseguir todos os homens para si. Brandon ficará com ciúmes se ela não tomar cuidado.

— Eu não creio — disse Mrs. Dashwood com um sorriso bem-humorado — que Mr. Willoughby se incomodará com as tentativas de nenhuma de *minhas* filhas naquilo que você chama de *agarrá-lo*. Não as criei para isso. Os homens estão bastante seguros conosco, não importa o quão ricos sejam. Estou feliz, porém, com o que você disse acerca de ele ser um jovem respeitável cuja companhia não será negada.

– Ele é do melhor tipo de jovem que já viveu – repetiu Sir John. – No Natal passado, em um pequeno baile em Barton Park, lembro-me de que ele dançou das oito horas da noite às quatro da manhã sem descansar.

– É verdade? – exclamou Marianne, com olhos brilhantes. – Com elegância e vontade?

– Sim, e já estava de pé às oito da manhã para ir embora.

– É disso que eu gosto, é assim que um jovem deve ser. Quaisquer que sejam suas atividades, seu entusiasmo em cada uma delas não deve ser moderado e nem lhe dar vislumbre de fadiga.

– Sim, sim, vejo como será – respondeu Sir John. – Vejo como será. Você jogará sua rede a fim de pegá-lo e nunca mais pensará no pobre Brandon.

– Essa é uma expressão, Sir John – retrucou Marianne, carinhosamente – da qual eu não gosto. Abomino cada expressão do senso comum que implica astúcia; e "jogar a rede" ou "atraí-lo" são as mais detestáveis e tendem a ser nojentas assim como deselegantes. E, se seu uso alguma vez foi considerado inteligente, o tempo há muito já destruiu toda a ingenuidade.

Sir John não entendeu muito bem a repreensão, mas riu de modo cordial como se tivesse compreendido, e então respondeu:

– Sim, você conquistará bastante, ouso dizer, de um modo ou de outro. Pobre Brandon! Ele já está um tanto encantado, e vale a pena jogar sua rede nele, asseguro-lhe, mesmo com todas essas quedas e tornozelos torcidos.

CAPÍTULO X

A discrição de Marianne, assim como a de Margaret, com mais elegância do que precisão, encantaram Willoughby, em visita prestada à cabana logo na manhã seguinte a fim de fazer seu interrogatório. Ele foi recebido por Mrs. Dashwood com nada mais do que polidez, com a gentileza instigada pelas palavras de Sir John e pela própria gratidão. E cada acontecimento durante a visita somente assegurou ao rapaz quanto ao juízo, elegância, afeto mútuo e conforto doméstico da família cujo acidente o levou a conhecer. Quanto aos encantos de cada uma, não foi necessário mais nenhum interrogatório para convencê-lo.

Miss Dashwood tinha feições delicadas, traços comuns e uma figura bonita e notável. Marianne era ainda mais linda. Sua postura, apesar de não tão ereta quanto a das irmãs, tinha a vantagem de ser alta, o que lhe conferia um ar mais marcante e seu rosto era tão adorável que, quando falavam que era uma linda garota em elogios de conversas fiadas, a verdade era menos violentamente ferida do que o normal. Sua pele era bastante bronzeada, mas, devido a sua franqueza, seu semblante brilhava de modo incomum; suas feições transpareciam somente o bem; o sorriso era doce e atraente; em seus olhos, muito escuros, cintilavam vida, vontade e ímpeto, tão difíceis de serem vistos sem contemplação. A princípio, a expressão em seus olhos foi encoberta de Willoughby pela vergonha causada por sua assistência. Mas, quando isso passou; quando seus ânimos se recuperaram; quando ela percebeu que à boa e perfeita educação do cavalheiro se juntaram a franqueza e a vivacidade, e, acima de tudo, quando o ouviu declarar que a música e a dança eram suas paixões, ela lhe dirigiu um olhar de aprovação como se quisesse assegurar para si a maior parte da conversa durante o restante da visita.

Bastava mencionar qualquer entretenimento querido por ela, já era razão suficiente para engajá-la em uma conversa. Ela não conseguia ficar em silêncio quando tais assuntos eram debatidos, e toda sua timidez e discrição eram esquecidas. Tão logo descobriram um encanto mútuo por música e dança, levando-os a compreender que isso surgia de uma conformidade geral de julgamento relacionada a ambas. Encorajada por tal fato a analisar mais a fundo outras opiniões do rapaz, Marianne continuou a fazer perguntas sobre livros. Trouxe à tona seus autores favoritos e os debateu de forma tão demorada e com um deleite tão extático, que qualquer jovem de 25 anos que fosse insensível quanto a eles logo se converteria à excelência de tais obras, mesmo que as tivesse desprezado antes. Seus gostos eram incrivelmente parecidos. Os mesmos livros e os mesmos trechos eram idolatrados por ambos — ou, mesmo quando qualquer diferença ou objeção apareciam, não duravam muito até que a força dos argumentos da garota e o brilho em seus olhos aparecessem. Ele concordava com todas as decisões e era pego pelo entusiasmo de Marianne; e, antes que a visita terminasse, eles conversaram com uma familiaridade de longa data.

— Bem, Marianne — disse Elinor assim que Mr. Willoughby saíra —, para apenas *uma* manhã penso que você fez muito bem. Você já verificou a opinião de Mr. Willoughby em quase todos os assuntos importantes. Você sabe o que ele acha de Cowper e de Scott, você tem certeza de que ele aprecia a beleza de suas obras como deveria, e ele lhe garantiu que admira Pope não mais do que o necessário. Mas como vocês vão manter um longo convívio sob tamanha queima de todos os assuntos?

Logo mais você terá exaurido cada tópico favorito. Outro encontro será suficiente para explicar o que ele sente em relação a belezas pitorescas e a segundos casamentos, e você não terá mais nada a perguntar.

— Elinor! — exclamou Marianne. — Isso é certo? Isso é justo? Minhas ideias são tão superficiais? Mas vejo o que quer dizer. Estou muito tranquila, muito feliz, sou muito franca. Pequei contra todo o senso comum de compostura; fui aberta e sincera quando deveria ter sido reservada, apática, chata e falsa... se eu tivesse falado apenas no tempo e nas estradas, se eu tivesse aberto a boca uma única vez em dez minutos, essa repreensão não aconteceria.

— Meu amor — respondeu a mãe —, não se ofenda com Elinor... ela estava apenas brincando. Darei eu mesma uma bronca nela, caso ela seja mesmo capaz de supervisionar o deleite de suas conversas com nosso novo amigo — Marianne ficou mais tranquila por um instante.

Willoughby, da própria parte, com um desejo evidente de fazer evoluir a intimidade com as damas, deu cada prova de seu prazer em estar na companhia delas. Sua primeira desculpa era perguntar sobre Marianne, mas o incentivo que recebia a cada visita, cada vez com mais gentileza, tornou tal desculpa desnecessária antes que deixasse de ser possível com a recuperação perfeita da garota. Ela estava confinada em casa há alguns dias, porém nunca nenhum confinamento foi menos tedioso. Willoughby era um jovem com boas habilidades, pensamento ágil, espírito vivaz e modos sinceros e afetuosos. Ele fora feito para conquistar o coração de Marianne, porque, além de tudo, ele não era apenas uma pessoa cativante, mas tinha também um ardor natural da mente que despertou e cresceu pelo exemplo da garota, e que o recomendava ao afeto dela mais do que tudo.

A companhia dele, aos poucos, tornou-se o entretenimento mais prazeroso para ela. Eles liam, conversavam e cantavam juntos. Os talentos musicais do cavalheiro eram consideráveis, e ele declamava com toda a sensibilidade e espírito que faltavam em Edward.

Na opinião de Mrs. Dashwood, assim como na de Marianne, ele era perfeito; e Elinor não o censurava em nada além de uma propensão, em que ele fortemente se assemelhava e peculiarmente encantava sua irmã, de dizer demais o que pensava em cada ocasião sem prestar atenção às pessoas ou às circunstâncias. Ao formar e dar sua opinião sobre outras pessoas muito rápido; ao sacrificar a polidez geral para o deleite de uma atenção absoluta aos assuntos em que estava engajado; e ao desprezar tão facilmente algumas formas materiais de decoro, ele demonstrava uma falta de cuidado que Elinor não poderia aprovar, apesar de tudo que Marianne e ele pudessem falar em sua defesa.

Marianne passou a notar que o desespero que sentira aos 16 anos e meio, de pensar que um homem nunca poderia satisfazer seu ideal de perfeição, fora duro e injustificável. Willoughby era tudo aquilo que sua imaginação, em momentos infelizes e em cada instante mais iluminado, havia desenhado como sendo capaz de conquistá-la; e o comportamento dele declarava que seus desejos eram tão sinceros quanto suas capacidades eram fortes.

Mrs. Dashwood, em cuja mente nem um único pensamento especulativo quanto ao casamento deles surgira devido a perspectivas de enriquecimento, até o final da semana foi levada a esperar e torcer por isso e secretamente a parabenizar a si mesma por ter dois genros como Edward e Willoughby.

A preferência do coronel Brandon por Marianne, tão cedo descoberta pelos amigos, tornou-se perceptível para Elinor quando deixou de ser para os outros. A atenção e a perspicácia haviam sido direcionadas para o rival mais afortunado e as provocações causadas por eles antes mesmo que qualquer interesse existisse cessaram assim que seus sentimentos começaram realmente a prever o ridículo atado à sensibilidade de maneira tão merecida. Elinor foi obrigada, mesmo contrariada, a acreditar que os sentimentos que Mrs. Jennings implicara a ele apenas por prazer pessoal estavam na verdade sendo estimulados pela irmã, e, que, embora uma semelhança geral de disposição entre os pares talvez aumentasse o afeto de Mr. Willoughby, uma oposição igualmente marcante de caráter, não era obstáculo para o coronel Brandon. Elinor via isso com preocupação, porque o que poderia esperar um homem quieto de 35 anos quando comparado a um jovem vivaz de 25? E já que ela não poderia desejar que ele sucedesse, de todo coração, ela esperava que ele fosse indiferente. Ela gostava dele, e, mesmo com toda a seriedade e discrição, ela observava nele um objeto de interesse. Seus modos, apesar de sérios, eram moderados e sua discrição mais parecia o resultado de alguma opressão de espírito do que qualquer melancolia natural de temperamento. Sir John já havia dado pistas de decepções e mágoas passadas, que justificavam as crenças de Elinor de que ele era um homem desafortunado, e ela o via com respeito e compaixão.

Talvez ela sentisse pena dele e o estimasse mais por conta do desprezo de Willoughby e Marianne, a qual parecia determinada a subestimar seus méritos por ser preconceituosa com a falta de vivacidade dele e por ele não ser jovem.

— Brandon é o tipo de homem — disse Willoughby um dia enquanto conversavam — de quem todos falam bem, mas com quem ninguém se importa. A quem todos amam ver, mas com quem ninguém se lembra de conversar.

— É exatamente isso que penso dele! — exclamou Marianne.

— Não se gabe disso, porém — respondeu Elinor —, porque é injusto por parte de ambos. Todos em Barton Park o estimam demais, e eu nunca o vi deixar de se esforçar para manter uma conversa.

— Ser tratado com indulgência por *você* — retrucou Willoughby — é certamente um ponto a favor dele, mas, quanto à estima de outros, é em si uma repreensão. Quem se submeteria à indignidade de ser aprovado por mulheres como Lady Middleton e Mrs. Jennings, que poderiam instigar a indiferença de qualquer um?

— Mas, talvez, a aprovação de Lady Middleton e sua mãe compense o abuso de tais pessoas como você e Marianne. Se o elogio delas é repreensão, então a sua talvez seja um elogio, porque a elas falta bom-senso assim como para você sobra preconceito e injustiça.

— Para defender seu *protégé* você é até mesmo ousada.

— O meu *protégé*, como você o chama, é um homem sensível e a sensibilidade sempre me atrairá. Sim, Marianne, até mesmo em um homem entre seus trinta e quarenta anos. Ele já viu um bom tanto do mundo, já viajou para o exterior, leu muito e tem uma mente a todo vapor. Descobri que ele é capaz de me fornecer conhecimento em vários assuntos e ele sempre responde às minhas perguntas com a prontidão de uma boa educação e caráter.

— Ou seja — retrucou Marianne com desdém —, ele lhe contou que nas Índias Orientais é quente e que os mosquitos são um problema.

— Ele teria me dito, sem dúvidas, se eu o tivesse inquirido sobre isso, mas acontece que são pontos acerca dos quais eu já havia me informado anteriormente.

— Talvez — disse Willoughby —, suas observações se estendessem à existência de nababos,[3] *Mohurs* de ouro[4] e palanquins.[5]

— Ouso dizer que as observações *dele* se estenderam muito mais do que a *sua* candura. Mas por que você não gosta dele?

— Não é que eu não goste dele. Pelo contrário, eu o considero um homem muito respeitável, a quem todos têm em alta conta, mas que ninguém nota. Além disso, tem mais dinheiro do que consegue gastar, tempo demais e que não sabe como empregar, além de ter dois novos casacos todo ano.

---

3 Trata-se do britânico que adquiriu uma grande fortuna na Índia. Pode, ainda, se referir a qualquer homem rico e poderoso.

4 Era, à época, uma moeda indiana, equivalente a aproximadamente 15 rupias.

5 É uma estrutura que era utilizada na Ásia Oriental para o transporte de uma pessoa. Ela consiste em uma caixa que é transportada por quatro ou seis pessoas por meio de postes.

— Acrescente — disse Marianne — que ele não tem talento, nem bom gosto, nem ímpeto; que sua compreensão não é brilhante, que falta ardor em seus sentimentos e expressividade em sua voz.

— Você aponta as imperfeições dele de forma tão generalizada — respondeu Elinor — e tão baseadas na força de sua imaginação, que o elogio que sou capaz de fazer é comparativamente frio e insípido. Posso apenas afirmar que ele é um homem sensível, bem-educado, bem-informado, que fala de forma gentil e que tem, acredito, um coração amável.

— Miss Dashwood! — exclamou Willoughby. — Você está me usando de forma rude. Você se empenha em me desarmar pela razão e em me convencer contra minha vontade. Mas não adiantará. Você descobrirá que sou tão teimoso quanto você é engenhosa. Tenho três razões incontestáveis para não gostar do coronel Brandon: ele me ameaçou com chuva quando eu queria um bom clima; encontrou defeitos na suspensão do meu cabriolé; e eu não consigo persuadi-lo a comprar minha mula marrom. No entanto, se lhe satisfaz ouvir que creio que, em outros aspectos, o caráter do cavalheiro é irrepreensível, estou pronto para confessá-lo. E, como retorno por tal reconhecimento, o qual me dói, você não pode me negar o privilégio de desgostar dele mais do que nunca.

CAPÍTULO XI

Mal imaginaram Mrs. Dashwood e as filhas que logo que chegassem a Devonshire haveria tantos compromissos que lhes ocupasse o tempo, ou que haveria tantos convites e visitas constantes a ponto de terem pouco tempo livre para atividades mais sérias. Porém, o caso era esse. Quando Marianne se recuperou, os esquemas de entretenimento em casa e fora dela, tão planejados com antecedência por Sir John, foram postos em prática. Os bailes privativos em Barton Park, então, começaram e festas ao mar foram feitas e executadas com a frequência permitida por um outubro chuvoso. Em cada reunião do tipo, Willoughby estava; e a tranquilidade e a familiaridade, tão naturais a essas festas, foram calculadas para aumentar a intimidade dele com as Dashwood e para lhe dar a oportunidade de testemunhar as excelências de Marianne, de ressaltar sua admiração por ela e de receber, por meio do comportamento dela para com ele, a garantia mais evidente do afeto da garota.

Elinor não estava surpresa com o apego de ambos. Ela apenas desejava que o demonstrassem menos, por isso, ousou, uma ou duas vezes, sugerir à Marianne o decoro de um pouco de autocontrole. Mas a irmã abominava qualquer disfarce em que nenhuma desonra real pudesse justificar a falta de franqueza, e focar a supressão de sentimentos que não eram em si condenáveis não apenas lhe parecia um esforço desnecessário, como também uma submissão desonrosa da razão ao senso comum e a noções equivocadas. Willoughby pensava da mesma forma, e o comportamento de ambos, em todas as ocasiões, era uma demonstração de suas opiniões.

Quando ele estava presente, Marianne não tinha olhos para mais ninguém. Tudo que ele fazia, estava certo. Tudo que dizia era inteligente. Se as noites em Barton Park acabassem em carteado, ele trapaceava a si mesmo e aos outros para conseguir uma boa mão para ela. Se a dança era o entretenimento da noite, eles eram parceiros pela metade do tempo e, quando obrigados a se separar por algumas danças, eram cuidadosos o bastante para estarem perto e mal falavam com mais ninguém. Tal conduta os tornou alvo de piadas, mas o ridículo não os envergonhava, e mal parecia provocá-los.

Mrs. Dashwood abraçou esse sentimento com tanto carinho que não havia meios de enxergar o excesso de tais demonstrações. Para ela, nada mais eram do que as consequências naturais de um apego muito forte em uma mente jovem e ardente.

Era uma época de felicidade para Marianne. Seu coração era devoto de Willoughby, e o apego carinhoso por Norland, que a acompanhou até Sussex, estava no caminho de ser suavizado de uma maneira que ela pouco achava possível, devido aos encantos com os quais a companhia dele lhe presenteou na nova morada.

Já Elinor, não estava tão feliz. Seu coração não estava tão tranquilo, nem sua satisfação pelos entretenimentos era muito pura. Não lhe serviam de companhia para que compensasse o que havia deixado em Norland, nem eram capazes de ensiná-la a pensar em tal localidade com menos tristeza do que antes. Nem Lady Middleton ou Mrs. Jennings poderiam satisfazê-la com conversas das quais sentia falta, mesmo que esta fosse uma fonte inesgotável de falatório e tivesse gostado de Elinor desde o começo, o que lhe garantia sempre participar das conversas. Ela já havia repetido sua história para Elinor umas três ou quatro vezes; e, se a memória da moça fosse igualmente boa quanto suas habilidades para aprimoramento, ela talvez soubesse assim que se conheceram todos os pormenores da doença de Mr. Jennings e o que ele dissera à esposa minutos antes de falecer. Lady Middleton só era mais agradável que a mãe por ser mais quieta. Elinor não precisava de tanta compreensão para entender que a discrição dela era uma mera questão de modos calmos com os quais a razão não tinha relação alguma. Agia com o marido e com a mãe da mesma maneira que agia com elas; e a intimidade, portanto, não era algo que pudesse ser esperada ou desejada. Não havia nada que pudesse dizer num dia que não dissera no outro. Sua apatia era invariável, porque seus ânimos sempre eram os mesmos, e, embora não se opusesse às festas planejadas pelo marido, tivesse certeza de que tudo fosse feito com elegância e suas duas crianças mais velhas comparecessem, ela nunca expressava mais deleite do que se estivesse sentada em casa. Sua presença tão pouco acrescentava ao prazer dos outros, já que nem sequer participava das conversas, que às vezes as pessoas somente se lembravam dela quando ela se preocupava com os dois garotos bagunceiros.

Somente no coronel Brandon, de todos os novos conhecidos, foi que Elinor encontrou uma pessoa que pudesse, em qualquer nível, reivindicar sua estima pelas habilidades, estimular um interesse pela amizade ou ser uma companhia prazerosa. Willoughby estava fora de questão. Sua admiração e respeito, até mesmo fraternal, eram tudo que ela poderia lhe dar, mas ele era um apaixonado, suas atenções estavam todas voltadas para Marianne, e um homem bem menos agradável talvez fosse em geral mais simpático. Para o coronel Brandon, infelizmente, não havia incentivo para que pensasse somente em Marianne, e, conversando com Elinor, foi capaz de encontrar a maior fonte de consolo para a indiferença da irmã dela.

A compaixão de Elinor por ele aumentou, uma vez que ela tinha razões para acreditar que a tristeza de um amor desiludido já fosse conhecida por ele. Tal suspeita foi levantada quando acidentalmente o cavalheiro deixou escapar algumas palavras em uma das noites em

Barton Park, quando estavam sentados juntos por consentimento mútuo, enquanto os outros dançavam. Tinha os olhos fixos em Marianne e, após alguns minutos de silêncio, ele disse, com um sorriso sutil:

— Entendo que sua irmã não aprova segundas uniões.

— Não — respondeu Elinor —, suas opiniões são todas românticas.

— Ou ela, como penso ser, talvez as considere impossíveis de existir.

— Acredito que seja isso. Mas como ela consegue pensar assim sem refletir sobre o caráter do próprio pai, que tivera duas esposas, eu não sei. Poucos anos, no entanto, serão suficientes para assentar suas opiniões nas bases sensatas do senso comum e de observações; e, então, serão mais fáceis de definir e justificar do que são agora por qualquer um que não ela mesma.

— Esse provavelmente será o caso — respondeu —, e mesmo assim há algo de tão amável nos preconceitos de uma mente jovem que é de se lamentar vê-los ceder à recepção de opiniões mais gerais.

— Com isso não posso concordar — retrucou Elinor. — Há inconveniências presentes nos sentimentos de Marianne que nem mesmo todo o encanto do entusiasmo e a ignorância do mundo podem expiar. Seus sistemas têm todas as tendências lamentáveis de não se adequar a nada. Apenas uma convivência melhor com o mundo é o que eu anseio como sua possível e maior vantagem.

Após pausar por um momento, ele retomou a conversa ao dizer:

— As opiniões de sua irmã quanto a segundas uniões não variam caso a caso? Ou são igualmente criminosas em todos? Aqueles que foram decepcionados pela primeira escolha, seja pela inconstância de seu par ou pela perversidade das circunstâncias, devem permanecer indiferentes pelo resto da vida?

— Minha nossa, não estou familiarizada com os pormenores de seus princípios. Somente sei que nunca a ouvi admitir que alguma segunda união seria perdoável.

— Isso — respondeu ele — pode não durar; mas uma mudança absoluta de sentimentos... Não, não, não a deseje, porque, quando os refinamentos românticos de uma mente jovem são obrigados a ceder, por quantas vezes foram sucedidos por opiniões comuns e perigosas demais? Falo por experiência. Certa vez, conheci uma dama que lembrava sua irmã em temperamento e pensamento, que julgava e pensava como ela, mas que por uma mudança forçada... por uma série de circunstâncias lastimáveis...

Ele parou de repente. Parecia ter falado demais, e pelo seu semblante Elinor formou conjecturas, as quais, do contrário, talvez tivessem passado despercebidas. A dama provavelmente não teria levantado suspeitas se ele não tivesse convencido Miss Dashwood de que as preocupações ligadas a ela não deveriam ter escapado de seus lábios. Do jeito que era, não era necessário mais do que um esforço diminuto para conectar as emoções dele à lembrança carinhosa de um afeto passado. Elinor não pensou mais nisso. Mas Marianne, em seu lugar, não teria feito o mesmo. A história toda já teria sido desenhada rapidamente sob a influência de sua imaginação fértil, e tudo seria posto sob a ordem mais melancólica de um amor desastroso.

CAPÍTULO XII

ENQUANTO Elinor e Marianne caminhavam juntas na manhã seguinte, esta comunicou à irmã uma notícia, a qual, apesar de seu conhecimento prévio sobre a imprudência e a falta de reflexão de Marianne, a tomou de surpresa pelo testemunho extravagante de ambas. Marianne lhe contou, com o maior prazer, que Willoughby havia lhe presenteado com um cavalo, que ele mesmo procriara em sua propriedade em Somersetshire e que era pensado exatamente para carregar uma dama. Sem considerar que não estava nos planos da mãe manter nenhum cavalo. Além disso, caso mudasse de ideia em favor de aceitar o presente, ela precisaria comprar outro para o criado, e manter um empregado para cavalgá-lo, e, além de tudo, deveria ser construído um estábulo para os animais. Entretanto, Marianne aceitara o presente sem hesitação e contou à irmã em êxtase.

— Ele pretende mandar o mordomo para Somersetshire imediatamente para buscá-lo — ela acrescentou —, e, quando o animal chegar, cavalgaremos todos os dias. Você pode dividi-lo comigo. Imagine, minha querida Elinor, o prazer de uma cavalgada nessas colinas.

Marianne não estava nem um pouco disposta a acordar de tamanho sonho de felicidade a fim de compreender as verdades infelizes de tal situação e por um tempo recusou a se submeter a elas. Quanto à aquisição de um novo empregado, as despesas seriam irrisórias; tinha certeza de que a mãe não se oporia a isso e de que qualquer cavalo serviria para ele, porque seria sempre possível emprestar algum de Barton Park. Quanto ao estábulo, qualquer barracão seria o suficiente. Elinor, então, ousou duvidar da decência de receber um presente de um homem tão pouco, ou ao menos, tão recentemente conhecido. Isso foi demais.

— Você se engana, Elinor — respondeu carinhosamente —, em supor que conheço tão pouco Willoughby. De fato, não o conheço há muito tempo, mas estou muito mais familiarizada com ele do que com qualquer outra criatura no mundo, com exceção de você e da mamãe. Não é o tempo, tampouco as oportunidades, que determinam a intimidade, mas apenas a vontade. Sete anos seriam insuficientes para fazer algumas pessoas íntimas, e sete dias mais do que o bastante para outras. Eu me sentiria culpada de tamanha indecência se aceitasse um cavalo de meu irmão do que de Willoughby. Conheço muito pouco de John, mas quanto a Willoughby meu julgamento foi há muito formado.

Elinor julgou sábio não tocar mais nesse assunto, pois conhecia bem o temperamento da irmã. Opor-se em um assunto tão sensível apenas aumentaria o apego da irmã às próprias opiniões. Contudo, ao apelar para a consideração pela mãe e ao demonstrar as inconveniências nas quais uma mãe indulgente cairia, caso consentisse com o aumento das despesas domésticas (como seria provavelmente o caso), Marianne foi vencida bem depressa; e ela prometeu não provocar a mãe com essa gentileza imprudente ao mencionar a oferta e dizer a Willoughby assim que o encontrasse que o presente deveria ser recusado.

Ela foi fiel à promessa e, quando o cavalheiro a visitou na cabana no mesmo dia, Elinor a ouviu expressar sua decepção a ele em voz baixa, sobre ter sido obrigada a renunciar ao presente. Todas as razões estavam relacionadas, a ponto de impedir qualquer insistência futura da parte dele. A preocupação do jovem, porém, era bem nítida, e, após expressá-la com sinceridade, ele acrescentou no mesmo tom baixo:

– Mas, Marianne, o cavalo ainda é seu, mesmo que não possa fazer uso dele agora. Vou mantê-lo até que você possa reivindicá-lo. Quando você deixar Barton para formar sua própria família em um lar mais duradouro, Queen Mab será toda sua.

Miss Dashwood entreouviu tudo; e, no todo da fala, na maneira como ele pronunciava cada palavra e no modo como o cavalheiro chamou a irmã dela apenas pelo primeiro nome, ela percebeu de imediato uma intimidade tão determinada e um significado tão claro quanto um acordo perfeito entre ambos. Daquele momento em diante, ela não mais duvidava de que estavam noivos, e a crença nisso criou nada mais do que a surpresa de que ela, e qualquer um dos amigos, deveria descobrir por acidente, por meio de comportamentos tão francos.

Margaret relatou algo a ela no dia seguinte, de modo que o assunto se tornou ainda mais claro. Willoughby passara a noite anterior com elas, e Margaret, ao ficar sozinha com ambos na sala de estar, tivera a oportunidade para observações, as quais comunicou à irmã mais velha com o semblante mais sério assim que ficaram sozinhas:

– Ah, Elinor! – exclamou. – Preciso lhe contar um segredo daqueles sobre Marianne. Creio que ela se casará com Mr. Willoughby muito em breve.

– Você diz isso – respondeu Elinor – quase todos os dias desde que eles se conheceram na colina Highchurch. Além disso, não havia se passado uma semana desse encontro, penso eu, antes que você estivesse certa de que Marianne tinha um retrato dele pendurado no colar, só que na verdade era apenas uma miniatura de nosso tio.

– Mas, de fato, agora é diferente. Tenho certeza de que eles se casarão muito em breve, já que ele pegou uma mecha do cabelo dela.

— Cuidado, Margaret. Pode ser apenas uma mecha de cabelo de algum tio *dele*.

— Na verdade, é da Marianne, Elinor. Estou bem certa, porque vi o momento em que ele a cortou. Ontem à noite depois do chá, quando você e a mamãe saíram da sala, eles estavam cochichando e falando um com o outro o mais rápido que conseguiam, e me pareceu que ele implorava por algo. Logo em seguida, ele pegou a tesoura de Marianne e cortou uma mecha bem comprida do cabelo dela, que estava todo caído pelas costas, e, então, ele deu um beijo e a guardou em um pedaço de papel branco, que colocou no bolso.

Com tantos pormenores, ditos com tamanha autoridade, Elinor não era capaz de fazer vista grossa a isso, nem de se recusar a acreditar, uma vez que tudo estava em perfeita harmonia com o que ela mesma ouvira.

A esperteza de Margaret nem sempre se mostrava de um modo tão satisfatório à irmã. Quando Mrs. Jennings a provocou certa noite em Barton Park para que dissesse o nome do jovem favorito de Elinor, assunto de enorme curiosidade para ela há muito tempo, Margaret respondeu olhando para a irmã e dizendo: "Não devo contar, devo, Elinor?"

Claro, isso fez com que todos rissem, e Elinor tentou acompanhá-los. Mas o esforço foi bem doloroso. Ela estava convencida de que Margaret pensava em uma pessoa cujo nome ela não poderia tolerar com compostura caso se tornasse uma piada constante para Mrs. Jennings.

Marianne sentiu por Elinor de todo coração, mas piorou ainda mais a situação ao se enrubescer e virar para Margaret em um tom zangado:

— Lembre-se de que quaisquer que sejam suas suspeitas, você não tem o direito de dizê-las.

— Eu nunca tive suspeitas quanto a nada — respondeu Margaret. — Foi você quem me contou.

Isso apenas aumentou a alegria das pessoas, e Margaret foi avidamente pressionada a dizer mais.

— Ah! Minha nossa, Miss Margaret, conte-nos tudo — disse Mrs. Jennings. — Como se chama o cavalheiro?

— Não posso contar, madame. Mas sei quem é e onde ele está.

— Sim, sim, podemos adivinhar onde ele está: em sua casa em Norland, com certeza. Ele é o coadjutor da paróquia, ouso dizer.

— Não, *isso* não. Ele não tem profissão alguma.

— Margaret — disse Marianne com muito afeto —, você sabe muito bem que tudo isso é invenção sua e que não há alguém assim.

— Bem, então ele está morto há muito tempo, Marianne, porque tenho certeza de que houve um homem assim certa vez, e seu nome começava com F.

Elinor se sentiu muito grata à Lady Middleton por observar, nesse momento, que "havia chovido muito", mesmo que ela acreditasse que a interrupção surgiu menos de uma atenção a ela do que do enorme desgosto que sua senhoria sentia por assuntos deselegantes de tais provocações que tanto divertiam seu marido e sua mãe. A ideia foi seguida imediatamente pelo coronel Brandon, que sempre estava ciente dos sentimentos das outras pessoas; e muito foi dito sobre a chuva por ambos. Willoughby destrancou o piano e pediu à Marianne que tocasse. E entre os esforços variados de diferentes pessoas para silenciar o tópico, logo ele caiu no esquecimento. Elinor, todavia, não se recuperou tão tranquilamente do choque que recaíra sobre ela.

Nessa noite, um passeio foi combinado para que, no dia seguinte, visitassem um lugar bastante bonito que se localizava a vinte quilômetros de Barton e pertencia a um cunhado do coronel Brandon. O local não poderia ser visto sem a presença de Brandon, já que o proprietário, que estava fora, havia deixado ordens estritas quanto a isso. Declarava-se que a propriedade era linda, e Sir John, tão afetuoso em seus elogios, tinha a honra de ser um juiz razoável, porque já havia planejado passeios para visitá-lo, pelo menos, duas vezes a cada verão pelos últimos dez anos. Havia um lago bastante majestoso, um barco no qual seria feita a maior parte do entretenimento matinal, refeições frescas seriam levadas, carruagens abertas estariam à disposição, e tudo seria conduzido no estilo comum das festas prazerosas.

Para alguns, soava como um empreendimento audacioso, considerando o período do ano e o fato de que chovera pelas duas últimas semanas. E Mrs. Dashwood, que já tivera um resfriado, foi persuadida por Elinor a ficar em casa.

CAPÍTULO XIII

A excursão pretendida à Whitwell foi bem diferente do que Elinor havia esperado. Ela estava preparada para ficar encharcada, cansada e assustada. Mas o evento foi ainda mais desafortunado, já que não ocorreu.

Às dez da manhã, estavam todos reunidos em Barton Park, onde deveriam tomar café da manhã. O dia estava bastante favorável, mesmo que houvesse chovido a noite toda, porque as nuvens estavam se dissipando pelo céu e o sol aparecia com frequência. Estavam todos animados e bem-humorados, ansiosos pela felicidade e determinados a se submeterem às maiores inconveniências e dificuldades.

Enquanto comiam, as cartas chegaram. Entre a pilha, havia uma para o coronel Brandon. Ele a pegou, olhou para ela, empalideceu e saiu da sala.

— O que houve com Brandon? — indagou Sir John.

Ninguém sabia dizer.

— Espero que não sejam más notícias — comentou Lady Middleton. — Deve ser algo incomum para que o coronel Brandon deixasse minha mesa de café tão subitamente.

Em cerca de cinco minutos, ele voltou.

— Nada de notícias ruins, eu espero, coronel — disse Mrs. Jennings assim que ele entrou na sala.

— De maneira alguma, madame, obrigado.

— Era de Avignon? Espero que não sejam para dizer que sua irmã piorou.

— Não, madame. É da cidade, apenas uma carta de negócios.

— Mas por que você se abateu tanto se é apenas uma carta de negócios? Vamos, vamos, isso não basta, coronel. Conte-nos a verdade.

— Minha cara senhora — retrucou Lady Middleton —, preste atenção no que diz.

— Talvez seja um anúncio de que sua prima Fanny se casou? — disse Mrs. Jennings sem ouvir a repreensão da filha.

— Na verdade, não.

— Bem, então sei de quem é, coronel. E espero que ela esteja bem.

— De quem a senhora fala, madame? — perguntou o coronel, corando um pouco.

— Ah! Você sabe a quem me refiro.

— Lamento profundamente, madame — disse ele, voltando-se para Lady Middleton — que eu tenha recebido esta carta hoje, porque são negócios que exigem minha presença imediata na cidade.

— Na cidade!? — exclamou Mrs. Jennings. — O que você poderia ter que fazer na cidade nessa época do ano?

— Lamento muito — continuou — em ser obrigado a deixar companhias tão agradáveis, mas o que mais me chateia é o receio de que minha presença seja necessária para que consigam entrar em Whitwell.

Mas que tremendo choque foi para todos!

— Mas e se você escrever um bilhete para a governanta, Mr. Brandon — perguntou Marianne, ansiosa —, não é suficiente?

Ele balançou a cabeça.

— Devemos ir — disse Sir John. — Não devemos adiar o passeio quando estamos tão próximos de fazê-lo. Você não pode ir à cidade hoje, Brandon. Isso é tudo.

— Quem me dera fosse tão fácil de resolver. Mas não está em meu poder adiar minha viagem em um dia!

— Se você ao menos nos contasse qual negócio é esse — disse Mrs. Jennings —, talvez pudéssemos debater se é possível adiá-lo ou não.

— Você não estaria nem seis horas atrasado — acrescentou Willoughby — se pudesse adiar sua viagem até voltarmos.

— Não posso me dar ao luxo de perder *uma* hora.

Elinor ouviu Willoughby dizer, em voz baixa à Marianne:

— Há pessoas que não suportam uma festa prazerosa. Brandon é uma delas. Ele está com medo de pegar um resfriado, ouso dizer, e inventou essa manobra para escapar dela. Eu apostaria cinquenta guinéus que a carta é dele mesmo.

— Não tenho dúvida alguma disso — respondeu Marianne.

— Sei que não há como persuadi-lo a mudar de ideia quando você está determinado a algo, Brandon, pois lhe conheço há muito tempo — disse Sir John. — No entanto, espero que pense melhor. Considere que as Careys vieram de Newton, as Dashwood caminharam desde a cabana, e Mr. Willoughby se levantou duas horas antes do horário usual para ir à Whitwell.

O coronel Brandon, mais uma vez, repetiu sua tristeza em ser a causa de tamanha decepção, mas ao mesmo tempo afirmou ser inevitável.

— Bem, então quando você volta?

— Espero que nos vejamos em Barton — acrescentou sua senhoria — assim que você conseguir deixar a cidade. E o passeio à Whitwell deve ser adiado até que você retorne.

— Você é muito gentil, mas é tão incerto quando poderei retornar que prefiro não me comprometer a tal de modo algum.

— Ah! Ele deve e vai voltar — exclamou Sir John. — Se ele não retornar até o fim da semana, eu mesmo vou buscá-lo.

— Sim, faça isso, Sir John! — exclamou Mrs. Jennings. — E talvez você descubra que negócios são esses.

— Não quero me intrometer nos negócios de outros homens. Suponho que seja algo do qual se envergonha.

Então, anunciou-se que os cavalos do coronel Brandon haviam chegado.

— Você não vai cavalgar até a cidade, vai? — acrescentou Sir John.

— Não. Vou apenas até Honiton. Devo ir ao correio.

— Bem, já que você está decidido a ir, desejo-lhe uma boa viagem. Mas é melhor que mude de ideia.

— Asseguro-lhe de que não está em minhas mãos.

O cavalheiro, então, se despediu de todo o resto.

— Não há chances de encontrar suas irmãs e você na cidade neste inverno, Miss Dashwood?

— Receio que não.

— Então devo me despedir por mais tempo do que gostaria.

Para Marianne, ele apenas fez uma referência e nada disse.

— Vamos, coronel — disse Mrs. Jennings —, antes que vá, conte-nos o motivo da partida.

Ele lhe desejou um bom-dia e, escoltado por Sir John, deixou a sala.

As reclamações e lamentos que a polidez antes restringira agora estouraram em uníssono. E todos concordaram repetidas vezes do quão irritante era tamanha decepção.

— Posso adivinhar qual negócio é esse, porém — disse Mrs. Jennings em deleite.

— Pode mesmo, madame? — perguntaram quase todos.

— Sim. É tudo relacionado com Miss Williams, tenho certeza.

— E quem é Miss Williams? — perguntou Marianne.

— O quê!? Você não sabe quem Miss Williams é? Estou certa de que você já ouviu falar dela antes. Ela é parente do coronel, minha querida; uma parente bem próxima. Não direi o quão próxima por medo de chocar as jovens damas — então, abaixando um pouco o tom de voz, ela disse à Elinor — ela é filha dele.

— De verdade!?

— Ah, sim. É tão parecida com ele quanto é possível. Ouso dizer que o coronel lhe deixará toda sua fortuna.

Quando Sir John retornou, ele de todo coração se juntou ao lamento geral devido a tão desafortunado acontecimento. Todavia, concluiu que, já que estavam todos juntos, deveriam fazer algo para se alegrarem; e após uma discussão ficou acordado que, mesmo que somente pudessem encontrar alegria em Whitwell, deveriam trabalhar em uma compostura mental ao passear pelos campos. As carruagens foram solicitadas; a de Willoughby chegou primeiro, e Marianne nunca pareceu tão feliz como quando entrou nela. Ele dirigiu por Barton Park bem depressa, e logo estavam fora de vista e não mais foram vistos até que retornassem, o que não ocorreu antes do retorno do restante. Ambos pareciam satisfeitos com o passeio, mas apenas comentaram por cima que haviam permanecido pela estrada, enquanto os outros foram para as dunas.

Ficou combinado que haveria dança à noite e que todos deveriam ficar extremamente felizes durante o restante do dia. Alguns membros da família Carey apareceram para o jantar e tiveram o imenso prazer de encontrar quase vinte pessoas sentadas à mesa, o que Sir John observou com bastante satisfação. Willoughby tomou seu lugar usual entre as Dashwood mais velhas. Mrs. Jennings sentou-se à direita de Elinor; e não havia passado muito tempo desde que se acomodaram antes que ela se inclinasse por trás de Elinor e Willoughby e dissesse à Marianne, alto o bastante para ambos ouvirem:

— Apesar de todos os seus truques, eu descobri. Sei bem onde você passou a manhã.

Marianne ficou vermelha e respondeu bastante ansiosa:

— Oras, onde?

— Você não sabia — disse Willoughby — que estivemos passeando em meu cabriolé?

— Sim, sim, Mr. Insolência, sei muito bem disso, e estava determinada a descobrir *onde* vocês estavam. Espero que goste de sua casa, Miss Marianne. É bastante grande, eu sei. E, quando eu for visitá-la, espero mesmo que a mobília seja nova, porque isso já era necessário quando eu estive lá há seis anos.

Marianne se virou bastante confusa, e Mrs. Jennings riu com toda a vontade. Elinor descobriu que a velha senhora, determinada a saber onde estiveram, havia na verdade ordenado que a criada inquirisse o mordomo de Mr. Willoughby. Por meio disso, ela fora informada de que ambos haviam estado em Allenham e passado um tempo considerável por lá, andando pelo jardim e pela casa.

Elinor mal acreditava que isso pudesse ser verdade, já que parecia improvável que Willoughby propusesse, e Marianne aceitasse, entrar na casa enquanto Mrs. Smith, com quem Marianne não tinha a menor intimidade, estivesse lá.

Assim que deixaram a sala de jantar, Elinor a interrogou sobre isso e muito se surpreendeu quando descobriu que cada circunstância relatada por Mrs. Jennings era perfeitamente verdadeira. Marianne estava bastante zangada por ela ter duvidado.

— E por que você deveria imaginar que nós não fomos até lá ou que não vimos a casa? Não é algo que você mesma sempre desejou fazer?

— Sim, Marianne, mas eu não iria se Mrs. Smith estivesse lá, e sem qualquer outra companhia além de Mr. Willoughby.

— Mr. Willoughby, porém, é o único que tem o direito de mostrar a casa; e, já que estávamos em um cabriolé, era impossível acomodar outra pessoa. Nunca passei uma manhã mais agradável em minha vida.

— Receio — respondeu Elinor — que o prazer de um entretenimento nem sempre indique decência.

— Pelo contrário. Nada pode ser prova maior disso, Elinor. Se houvesse qualquer indecência no que fiz, eu teria a sensibilidade, à época, de percebê-la, porque sempre sabemos quando agimos errado, e com tal convicção eu não sentiria prazer algum.

— Mas, minha amada Marianne, agora que isso já lhe expusera a comentários tão impertinentes, você não começa a duvidar de sua própria conduta?

— Se os comentários impertinentes de Mrs. Jennings são provas de condutas indecentes, todos nós estamos maculando cada momento de nossas vidas. Eu não valorizo sua repreensão mais do que valorizo seus elogios. Não estou ciente de ter agido mal em caminhar pela propriedade de Mrs. Smith, ou em conhecer sua casa. Um dia, serão de Mr. Willoughby e...

— Se fossem seus um dia, Marianne, isso não justificaria o que você fez.

Ela corou com essa insinuação, mas que lhe pareceu muito gratificante e, após dez minutos de pensamentos cuidadosos, ela foi até a irmã novamente e disse, muito bem-humorada:

— Talvez, Elinor, *tenha sido* um tanto mal pensado ir até Allenham, mas Mr. Willoughby queria particularmente me mostrar o local; e é uma casa encantadora, asseguro-lhe. Há uma linda sala de estar no andar de cima, cujo tamanho é bem confortável para o uso constante, e com uma mobília nova ficaria aconchegante. É um cômodo de esquina e tem janelas em ambos os lados. De um lado, é possível ver por todo o relvado onde se joga *bolws*,[6] atrás da casa, um lindo bosque ao lado da colina, de outro, há a vista da igreja e do vilarejo e, para além deles, aquelas belas e imponentes colinas que sempre admiramos. Não vi como uma vantagem, porque nada poderia ser mais detestável do que a mobília, mas se esta pudesse ser renovada, com umas duzentas libras, segundo Willoughby, faria daquele cômodo uma das mais agradáveis salas de veraneio da Inglaterra.

Se Elinor tivesse conseguido ouvi-la sem a interrupção dos outros, Marianne teria descrito cada cômodo da casa com o mesmo encanto.

6 É um jogo típico inglês, parecido com o boliche.

CAPÍTULO XIV

O término súbito da visita do coronel Brandon em Barton Park e sua determinação em esconder sua causa encheram a mente e aumentaram os questionamentos de Mrs. Jennings por dois ou três dias; ela era uma grande questionadora, assim como todos aqueles que possuem verdadeiro interesse nas idas e vindas de conhecidos devem ser. Ela se perguntava, com poucas interrupções, qual poderia ser o motivo disso e tinha certeza de que eram más notícias, pensando em cada miséria que poderia recair sobre ele, determinada a crer que ele não escaparia de todas.

– É um assunto de grande pesar, tenho certeza. Pude ver no rosto dele. Pobre homem! Receio que as circunstâncias sejam ruins. A propriedade em Delaford nunca teve gastos superiores a duas mil libras ao ano, e seu irmão, infelizmente, deixou tudo bastante complicado. Penso que ele deva ter sido chamado por questões financeiras, para o que mais seria? Pergunto-me se é isso mesmo. Daria tudo para saber a verdade. Talvez seja algo com Miss Williams, e ouso dizer, a propósito, que é sim, porque ele parecia tão desperto quando a mencionei. Talvez ela esteja doente lá na cidade; não há nada mais provável, pois tenho uma vaga noção de que ela está sempre doente. Apostaria qualquer coisa sobre Miss Williams. Não é muito provável que ele estaria consternado com sua situação financeira *agora*, já que ele é um homem muito prudente e com certeza já ajeitou a propriedade a essa altura. Pergunto-me o que pode ser! Talvez sua irmã tenha piorado em Avignon e o mandou chamar. Sua partida súbita dá a entender isso. Bem, desejo de todo coração que ele resolva os problemas e que consiga uma esposa.

Não somente se perguntava, mas também falava Mrs. Jennings. Suas opiniões variavam com cada nova conjuntura, e pareciam igualmente prováveis conforme surgiam. Por mais que estivesse interessada no bem-estar do coronel Brandon, Elinor não poderia estar de acordo com todos os questionamentos sobre sua partida repentina, coisa que Mrs. Jennings queria que cla fizesse. Em sua opinião, a circunstância não justificava esse espanto duradouro ou essa variedade de especulações, então sua mente estava livre disso; mas estava ocupada com o silêncio incomum de sua irmã e Willoughby quanto a um assunto que ambos sabiam ser de interesse peculiar a todos. Conforme o silêncio permanecia, a cada dia parecia mais estranho e incompatível com o comportamento dos dois. Por que não reconheciam abertamente a ela e à mãe aquilo que os modos constantes de um com o outro já era declarado, Elinor não era capaz de imaginar.

Era fácil conceber que um casamento talvez não estivesse imediatamente sob poder de ambos, porque, por mais que Willoughby fosse independente, não havia razões para acreditar que fosse rico. Sir John calculara que a propriedade do jovem deveria render mais ou menos seiscentas ou setecentas libras ao ano, mas ele vivia de forma que a renda mal poderia sustentar as despesas, e ele mesmo já reclamara de sua pobreza. No entanto, ela não conseguia explicar esse segredo estranho, que na verdade não era nem um pouco secreto, quanto ao noivado; e era totalmente contraditório às opiniões e às práticas de ambos, o que a fazia às vezes duvidar se estavam mesmo noivos, e essa dúvida era o bastante para impedi-la de inquirir Marianne.

Aos olhos de todos, nada mais provava tamanho apego do que o comportamento de Willoughby. Para Marianne, havia todo o carinho típico que o coração de um apaixonado poderia dar, e para o restante da família, havia a atenção afetuosa de um genro e cunhado. Parecia que o cavalheiro considerava e amava a cabana como se fosse seu lar, pois passava mais tempo lá do que em Allenham. Se nenhuma reunião os juntasse em Barton Park, seus exercícios matinais bem certo o levariam até a cabana, onde ele passava o resto do dia com Marianne e com sua amada cadelinha perdigueira aos pés dela.

Em uma noite em particular, uma semana após o coronel Brandon ter deixado o interior, o coração de Willoughby parecia bem mais aberto a cada sentimento de apego aos objetos à sua volta. Quando, então, Mrs. Dashwood mencionou seus planos para aprimorar a cabana na primavera, o cavalheiro se opôs calorosamente a cada mudança do lugar cuja afeição era perfeita a seu ver.

— O quê!? — exclamou. — Melhorar esta tão querida cabana? Não. Com *isso* eu nunca consentirei. Nem mesmo uma pedra deve ser adicionada às paredes, nem um centímetro à largura, se meus sentimentos forem levados em consideração.

— Não se desespere — respondeu Miss Dashwood. — Nada será feito, porque minha mãe nunca terá dinheiro suficiente para fazê-lo.

— Sou grato de todo coração! — exclamou. — Talvez ela seja sempre pobre, caso não consiga aplicar a riqueza de melhores formas.

— Obrigada, Willoughby. Mas asseguro-lhe que eu não sacrificaria um sentimento de apego que fosse, seja seu ou de qualquer um que amo, por nenhuma melhoria no mundo. A depender disso, qualquer quantia que sobre, assim que eu fizer a contabilidade na primavera, eu prefiro que fique sem uso a abrir mão por meios tão dolorosos para você. Mas você realmente é tão apegado a este lugar a ponto de não ver seus defeitos?

— Eu sou — respondeu. — Para mim, é perfeito. Não, melhor ainda: considero que seja a única construção em que a felicidade é possível e, se eu fosse rico o suficiente, imediatamente eu derrubaria Combe e construiria de novo seguindo a planta exata desta cabana.

— Com escadas estreitas e escuras e uma cozinha com bastante fumaça, suponho — disse Elinor.

— Sim! — exclamou o cavalheiro no mesmo tom exasperado. — Com tudo aquilo que lhe pertence. Para a conveniência, ou inconveniência, nem mesmo a mínima variação deve ser perceptível. Assim, e somente assim, debaixo de tal teto, eu talvez fosse tão feliz em Combe quanto sou em Barton.

— Fico lisonjeada — respondeu Elinor — que até mesmo com as desvantagens de cômodos não tão bons e uma escada estreita você futuramente acharia sua própria casa tão perfeita quanto você acha esta agora.

— Certamente há circunstâncias — disse Willoughby — que estimo imensamente. Mas este lugar terá sempre uma coisa que reivindica meu afeto e que nenhum lugar mais é capaz de compartilhar.

Mrs. Dashwood olhou com satisfação para Marianne, cujos belos olhos estavam fixos em Willoughby com tanta expressividade que denotavam com clareza o quão bem ela o entendera.

— Com quanta frequência — acrescentou ele —, enquanto estive em Allenham por um ano e desejei que a cabana em Barton fosse habitada! Nunca passei por aqui sem admirar a localização e lamentar que ninguém vivia aqui. Mal eu imaginava que as primeiras notícias que ouviria de Mrs. Smith assim que eu chegasse ao interior seriam de que a Cabana Barton havia sido ocupada. Logo senti uma satisfação e fiquei interessado no ocorrido, nada além de um tipo de pressentimento da felicidade que seria experienciada é capaz de explicar. Não deve ter sido isso, Marianne? — perguntou, falando com ela em um tom mais baixo. Depois, continuou no tom anterior — e mesmo assim você arruinaria esta casa, Mrs. Dashwood? Você roubaria sua simplicidade com melhorias imaginárias! E esta amada sala de estar, onde nos conhecemos e onde tantas horas felizes foram compartilhadas, teria sua condição de entrada comum arruinada, e todos ficariam ansiosos para passar por este cômodo que até agora tem em seu interior o conforto e as acomodações mais verdadeiras do que qualquer outro lugar de dimensões mais belas poderia comprar.

Mrs. Dashwood mais uma vez lhe garantiu que nenhuma alteração do tipo seria feita.

— Você é uma mulher gentil — respondeu ele calorosamente. — Suas promessas me tranquilizam. Prometa mais um pouco, e isso me fará feliz. Diga-me que não apenas sua casa permanecerá a mesma, mas que também sempre encontrarei você e as suas imutáveis como sua morada; e que você sempre vai me tratar com a gentileza que fez tudo relacionado a você tão querido para mim.

A promessa foi feita de imediato, e o comportamento de Willoughby durante toda a noite declarava ao mesmo tempo sua felicidade e seu afeto.

— Podemos lhe esperar amanhã para o jantar? — indagou Mrs. Dashwood quando ele estava de partida. — Não falo de você vir pela manhã porque vamos caminhar até Barton Park para uma visita a Lady Middleton.

Ele se comprometeu a visitá-las às quatro da tarde.

CAPÍTULO XV

A visita de Mrs. Dashwood a Lady Middleton ocorreu no dia seguinte, e duas de suas filhas a acompanharam. Marianne, por sua vez, se desculpou por não lhes fazer companhia sob o pretexto de alguma atividade. Chegando à conclusão de que Willoughby prometera na noite anterior prestar uma visita à filha enquanto elas estivessem fora, sua mãe ficou perfeitamente satisfeita por ela permanecer em casa.

Assim que retornaram de Barton Park, elas encontraram o cabriolé e o criado de Willoughby esperando perto da cabana, e Mrs. Dashwood estava convencida de que sua suspeita era correta. Até ali, estava tudo como ela previra, mas, ao entrar em casa, ela presenciou uma cena que intuição alguma lhe ensinara a esperar. Mal estavam no saguão quando Marianne apareceu correndo da sala de estar, aparentemente com uma violenta aflição, com o lenço nos olhos; sem notá-las, ela correu para o andar de cima. Surpresas e assustadas, elas seguiram direto para o cômodo do qual ela saíra, onde encontraram Willoughby, que estava encostado na prateleira da lareira de costas para elas. Assim que chegaram, ele se virou, e seu semblante mostrava que ele compartilhava da emoção que dominou Marianne.

– O que aconteceu com ela!? – exclamou Miss Dashwood enquanto entrava. – Ela está doente?

– Espero que não – respondeu o cavalheiro, tentando parecer alegre e forçando um sorriso. – Sou eu quem talvez fique doente... porque neste momento estou sofrendo com uma decepção pesarosa.

– Decepção?

– Sim, porque não posso manter meu compromisso com vocês. Nesta manhã, Mrs. Smith exerceu seu privilégio de rica sob um primo pobre e dependente ao me mandar a Londres para negócios. Acabo de receber a notícia e de me despedir de Allenham. E, para me alegrar, vim me despedir de vocês.

– Para Londres!? E você vai hoje de manhã?

– Vou agora.

– Isso é muito triste. Mas Mrs. Smith deve ser grata... e seus negócios não devem tê-lo longe de nós por muito tempo, espero.

Ele enrubesceu enquanto respondia:

– Você é muito gentil, mas não espero retornar a Devonshire imediatamente. Minhas visitas à Mrs. Smith nunca se repetem dentro de um ano.

– E Mrs. Smith é sua única amiga? Allenham é a única casa na vizinhança em que você seria bem-vindo? Por Deus, Willoughby, você acha que não o convidaremos?

O cavalheiro ficou ainda mais vermelho e, com o olhar fixo no chão, apenas respondeu:

– Vocês são muito gentis.

Mrs. Dashwood olhou surpresa para Elinor, que também se sentiu igualmente perplexa. Por uns instantes, ninguém falou. As primeiras palavras foram pronunciadas por Mrs. Dashwood.

– Quero apenas acrescentar, meu querido Willoughby, que você sempre será bem-vindo à Cabana Barton. Não posso lhe pressionar a voltar imediatamente, porque apenas você é capaz de julgar o quanto seria adequado para Mrs. Smith. Quanto a este assunto, portanto, não ousarei questionar seu julgamento nem duvidar de sua predisposição.

— Meus compromissos no momento — respondeu ele, confuso — são de tal natureza... que... não posso me dar ao luxo...

Ele parou. Mrs. Dashwood estava perplexa demais para falar, e então outra pausa sucedeu. Dessa vez, quem a quebrou foi Willoughby, dizendo com um sorriso sutil:

— É bobagem continuar agindo assim. Não posso me atormentar mais ao permanecer entre amigos cuja companhia será impossível de aproveitar.

Então, apressadamente, ele saiu da sala e partiu. Elas o viram entrar na carruagem e, em segundos, estava fora de vista.

Mrs. Dashwood estava magoada demais para falar e, de imediato, deixou a sala de estar para cuidar da preocupação e do espanto que aquela partida repentina causou.

A inquietude de Elinor se equiparava à da mãe. Ela pensava em tudo o que ocorrera com ansiedade e desconfiança. O comportamento de Willoughby ao deixá-las, seu embaraço, sua simulação de alegria e, acima de tudo, sua má vontade em aceitar o convite de Mrs. Dashwood, um retrocesso a alguém apaixonado e a ele mesmo, fizeram com que Elinor ficasse agitada. Em alguns momentos, ela temia que nenhum apego sério existia por parte dele; em outros, que houvesse ocorrido uma discussão entre ele e a irmã. A angústia com que Marianne deixara o cômodo era tamanha que apenas uma discussão séria poderia justificá-la, apesar de que, ao considerar o amor da irmã, uma briga parecia quase impossível.

Todavia, quaisquer que fossem os pormenores da separação, a angústia da irmã era incontestável. Munida de uma compaixão mais afetuosa, ela pensava que a tristeza profunda de Marianne, por todas as possibilidades, era sentida não apenas como um meio de alívio, mas sim alimentada e instigada como um dever.

Dentro de meia hora, sua mãe retornou e, apesar de ter os olhos vermelhos, seu semblante não estava de todo tristonho.

— Nosso querido Willoughby está agora a alguns quilômetros de Barton, Elinor — disse enquanto se sentava para trabalhar. — Quão pesado está o coração dele neste momento?

— É tudo muito estranho. Partir assim tão de repente! Nada mais me parece do que algo do momento. E na noite passada ele esteve conosco tão alegre, tão feliz, tão afetuoso? E agora, apenas com dez minutos de visita, ele partiu sem a intenção de retornar! Há algo mais acontecendo e que ele não nos contou. Ele não falou e não se comportou como ele mesmo. *Você* deve ter notado a diferença tanto quanto eu. O que pode ser? Será que eles discutiram? Por qual outro motivo ele mostraria tamanha má vontade em aceitar seu convite para nos visitar?

— Não era má vontade, Elinor; vejo *isso* muito bem. Estava fora de seu poder aceitar nosso convite. Garanto-lhe que pensei em tudo repetidas vezes, e tenho explicações perfeitamente plausíveis para cada coisa que me pareceu estranha assim como a você.

— Você tem mesmo?

— Sim. Eu mesma encontrei respostas muito satisfatórias, mas *você*, Elinor, que ama ver suspeitas e duvidar de tudo, não ficará satisfeita, sei bem. Entretanto, não tente se convencer do contrário. Estou convencida de que Mrs. Smith suspeite do afeto dele por Marianne, desaprove-o (talvez por ter outros planos para ele) e, por isso, está muito ansiosa para mantê-lo longe e quanto ao negócio que ela pediu que ele cuidasse é uma desculpa para despachá-lo. E é nisso que eu acredito. Além disso, ele está ciente de que ela *realmente* desaprova a união e, portanto, não ousa confessar o noivado com Marianne, sentindo-se obrigado, devido à situação de dependência, a se submeter aos esquemas dela e a ficar longe de Devonshire por enquanto. Você me dirá, eu sei, que talvez seja isso que aconteceu, ou *não*, mas eu não ouvirei ironias, a menos que você consiga apontar qualquer outra explicação tão satisfatória quanto essa. O que você tem a dizer, Elinor?

— Nada, já que você antecipou minha resposta.

— Então você me diria mesmo que minhas convicções podem ou não ser verdadeiras. Ah, Elinor, seus sentimentos são tão incompreensíveis! Você prefere dar crédito ao mal do que ao bem. Você prefere lançar Marianne em miséria e culpar Willoughby a justificar as ações dele. Você está convencida a culpá-lo somente porque ele partiu demonstrando menos afeto do que é comum a seu comportamento. E não há concessões a fazer por inadvertências ou ânimos deprimidos devido a decepções recentes? Probabilidades não podem ser aceitas somente porque não são certezas? Nada está em favor do homem que temos todas as razões para amar e nenhuma para pensarmos mal? Nada favorece a possibilidade de motivos inexplicáveis, porém secretos por enquanto? E, afinal, por que você suspeita dele?

— Mal posso explicar para mim mesma. Mas a suspeita de algo desagradável é uma consequência inevitável da tamanha alteração que testemunhamos. Há verdades, porém, nas concessões que você agora pontuou e que devem ser feitas por ele, e desejo ser imparcial em meu julgamento de qualquer pessoa. Willoughby talvez tenha, sem dúvidas, motivos suficientes para tal conduta, e espero que tenha mesmo. Mas seria muito mais de seu feitio se ele os tivesse reconhecido de uma vez. Discrição é recomendada, mas ainda assim não posso deixar de me perguntar se é do caráter dele.

— Não o culpe, porém, por fugir do que lhe é comum quando for necessário. Mas você realmente reconhece o que eu disse em sua defesa? Estou feliz, e ele, absolvido.

— Não totalmente. Talvez seja sensato esconder o noivado (se é que *há mesmo* um noivado) de Mrs. Smith. E, se for o caso, é bastante conveniente que Willoughby fique pouco em Devonshire no momento. Mas isso não é desculpa para que eles o escondam de nós.

— Escondê-lo de nós! Minha querida criança, você acusa Marianne e Willoughby de ocultarem o noivado? Isso é bem estranho, de fato, já que você os reprova todos os dias por serem descuidados.

— Não preciso de provas do afeto deles — respondeu Elinor —, mas do noivado, sim.

— Estou perfeitamente satisfeita com ambos.

— E mesmo assim nem uma palavra sequer lhe foi dita quanto ao assunto, por nenhum dos dois.

— Não preciso de palavras quando as ações falam por si. Seu comportamento, pelo menos nas duas últimas semanas, com Marianne e com todas nós não demonstrou que ele a ama e a considera sua futura esposa, assim como sente por nós o afeto que sentiria pelo parente mais próximo? Não nos entendemos todos muito bem? Ele não procurou todos os dias pelo meu consentimento por meio de seus olhares, modos e respeito atento e afetuoso? Minha Elinor, é mesmo possível duvidar do noivado? Como pode tal pensamento lhe ocorrer? Como podemos supor que Willoughby, convencido do quanto Marianne o ama, a deixaria, talvez por meses, sem lhe confessar seu afeto? Que eles se separariam sem uma troca mútua de confidências?

— Confesso — respondeu Elinor — que todas as circunstâncias, exceto *uma*, são favoráveis ao noivado. Mas essa *uma* é o silêncio de ambos quanto ao assunto; e para mim, ela equilibra a balança.

— Mas que estranho! Você deve pensar muito mal de Willoughby, de fato, se, depois de tudo que se passou abertamente entre eles, você ainda consegue duvidar da natureza dos termos sob os quais eles estão juntos. Ele está fingindo em seu comportamento com Marianne esse tempo todo? Você pensa mesmo que ele é indiferente a ela?

— Não, não penso isso. Ele não só deve como também a ama, tenho certeza.

— Mas ama com um tipo estranho de ternura, já que ele é capaz de deixá-la com tamanha indiferença e negligência com o futuro, como assim você lhe atribui.

— Você deve se lembrar, minha querida mãe, de que eu nunca considerei esse ponto como certo. Tive minhas dúvidas, confesso; mas são mais leves do que foram, e talvez logo desapareçam. Se descobrirmos que eles se correspondem, cada medo meu será extinguido.

— De fato, é uma concessão poderosa! Se você os visse no altar, você suporia que eles iriam se casar. Que garota indelicada! *Eu*, no entanto, não preciso de tal prova. Nunca houve nada que me fizesse ter dúvidas. Nenhuma tentativa de acobertamento foi feita, e tudo foi uniformemente aberto e sem discrição. Você não pode duvidar dos desejos de sua irmã, ou seja, é de Willoughby que você suspeita. Mas por quê? Ele não é um homem honrável e afetuoso? Houve alguma inconsistência da parte dele para todo esse alarde? Ele pode ser um mentiroso?

— Espero e acredito que não! — exclamou Elinor. — Amo Willoughby, de verdade; e qualquer suspeita quanto à sua integridade não pode ser mais dolorosa para você do que para mim. É involuntário, e não devo nutrir isso. Confesso que fiquei assustada com a mudança em sua conduta nesta manhã. Ele não soava como ele mesmo, e não retornou sua gentileza com qualquer cordialidade. Mas tudo isso pode ser justificado pela situação na qual ele se encontra, assim como você supôs. Ele havia acabado de se separar de minha irmã e de vê-la partir em tamanha agonia; e ele se sentia obrigado a resistir à tentação de voltar tão logo por medo de ofender Mrs. Smith. Se é assim, ele talvez tenha se sentido envergonhado e agitado ao estar consciente de que, ao recusar o convite dizendo que ficaria um tempo longe, deveria fingir uma partida ingrata e suspeita. Nesse caso, uma explicação clara e sincera das dificuldades teria sido bem mais honrosa, penso eu, assim como mais condizente com seu caráter. Mas não levantarei objeções quanto à conduta de ninguém a partir de fundamentos tão indelicados, o que difere muito de meus julgamentos ou desvia daquilo que penso ser correto ou consistente.

— Você fala muito bem. Certamente, não é justo que suspeite de Willoughby. Embora *nós* não o conheçamos há muito tempo, ele não é um estranho neste vilarejo. Quem alguma vez falou contra ele? Se ele estivesse em uma situação financeira de independência e pudesse se casar de imediato, talvez fosse mesmo estranho sua partida sem nos confessar tudo de uma vez. Mas esse não é o caso. Em alguns aspectos, é um noivado que não começou de uma maneira muito próspera, já que o casamento acontecerá daqui a um bom tempo e, mesmo a discrição, até onde se pode observar, talvez seja agora bem apropriada.

Foram interrompidas pela entrada de Margaret, e Elinor pôde ter a liberdade de pensar em todas as convicções da mãe e de reconhecer a probabilidade de muitas, esperando que todas se justificassem.

Não viram Marianne até a hora do jantar, quando ela entrou na sala, tomou seu lugar à mesa e nada falou. Estava com os olhos vermelhos e inchados e muito parecia que mal conseguia conter as lágrimas. Ela evitou os olhares de todas, não conseguia comer nem falar e, após um tempo, quando a mãe silenciosamente apertou sua mão em um gesto afetuoso de compaixão, sua pouca força emocional foi um tanto abatida, e ela explodiu em lágrimas e deixou a sala.

Esse abatimento profundo dos ânimos perdurou pela noite. Ela não tinha poder algum, porque não havia o menor desejo de autocontrole. Qualquer mínima menção a algo relacionado a Willoughby se apoderava dela em um instante. Embora sua família estivesse ansiosamente atenta a seu conforto, era impossível para elas, se falassem qualquer coisa, estarem livres de assuntos aos quais os sentimentos de Marianne se ligassem ao cavalheiro.

CAPÍTULO XVI

SE Marianne tivesse sido capaz de pregar os olhos na primeira noite após a separação de Willoughby, ela não teria se perdoado. Ela não teria conseguido olhar a família nos olhos se não tivesse levantado da cama com mais necessidade de repouso do que quando fora se deitar. Mas aqueles sentimentos que lhe tornaram a compostura uma desgraça não a colocavam sob esse risco. Ela ficou acordada a noite toda, chorando uma boa parte dela. Levantou-se com dor de cabeça, não conseguia falar e se recusava a qualquer cuidado; a todo momento, afligia a mãe e as irmãs e as proibia de qualquer tentativa de consolo. Já estava sensível o bastante!

Quando terminou o café da manhã, ela saiu e perambulou sozinha pelo vilarejo de Allenham, entregando-se às recordações de alegrias passadas e chorando por causa dos reveses presentes boa parte da manhã.

A noite passou com os mesmos sentimentos de entrega. Ela tocou cada canção que costumava tocar para Willoughby, cada acorde em que suas vozes com frequência se uniam e sentou-se ao piano contemplando cada linha de música que ele escrevera para ela, até que seu coração estivesse tão pesado a ponto de não haver mais lugar para novas tristezas; e esse sustento do pesar recebeu atenção todos os dias. Ela passava horas inteiras ao piano, entre cantar e chorar; sua voz era frequente e totalmente oprimida pelas lágrimas. Assim como na música, nos livros ela também com certeza encontraria a miséria do contraste entre passado e presente. Não lia nada que não tivesse lido com ele.

Tal agonia violenta não poderia ser suportada para sempre e, portanto, transformou-se em uma melancolia mais serena dentro de alguns dias. Mas as atividades às quais recorria diariamente, como as caminhadas solitárias e as meditações silenciosas, ainda geravam uma efusão de tristeza tão viva quanto antes.

Nenhuma carta de Willoughby chegou, e nenhuma era esperada por Marianne. Sua mãe ficou surpresa; e Elinor, angustiada mais uma vez. Mas Mrs. Dashwood conseguia encontrar explicações quando bem quisesse, e isso pelo menos a satisfazia.

— Lembre-se, Elinor, da frequência com a qual Sir John busca e leva nossas cartas ao correio. Já concordamos que a discrição talvez seja necessária, e devemos reconhecer que ela não seria mantida caso as correspondências passassem pelas mãos dele.

Elinor não conseguiria negar a veracidade de tal fato, tentando, portanto, encontrar um motivo naquele silêncio todo. Mas havia um jeito tão direto, tão simples e, em sua opinião, tão elegível de descobrir a situação real do caso deles, instantaneamente dissolvendo todo o mistério, que ela não pôde resistir a sugeri-lo à mãe.

— Por que você não pergunta de uma vez à Marianne se ela está ou não noiva de Willoughby? Vinda de você, uma mãe tão gentil e indulgente, essa pergunta não poderia ofender. Seria o resultado natural de sua afeição por ela. Ela sempre foi bastante aberta, principalmente com você.

— Eu nunca faria essa pergunta por nada no mundo. Supondo que não estivessem noivos, que tipo de sofrimento tal inquisição afligiria? Seria muito mesquinho. Eu perderia a confiança que ela tem em mim, após forçar uma confissão de algo que no momento deve ser mantido em segredo. Conheço o coração de Marianne. Sei que ela me ama profundamente e que não serei a última a ser comunicada quando o caso vier à tona, assim que as circunstâncias permitirem. Não tentarei forçar a confidência de ninguém, de uma filha menos ainda porque um senso de dever preveniria a negação à qual seus desejos talvez se direcionem.

Elinor achou que essa generosidade toda era exagerada, considerando a juventude da irmã, e pressionou mais a mãe, porém em vão. O senso, o cuidado e a prudência comuns estavam afundados na delicadeza romântica de Mrs. Dashwood.

Passaram-se vários dias até que o nome de Willoughby fosse pronunciado na frente de Marianne por sua família. Sir John e Mrs. Jennings, porém, não foram tão gentis, já que suas pilhérias somente acrescentaram mais sofrimento a uma situação já dolorosa. Mas, em uma noite, Mrs. Dashwood, acidentalmente pegando uma obra de Shakespeare, exclamou:

– Marianne, nós nunca terminamos Hamlet. Nosso querido Willoughby foi embora antes que pudéssemos ler tudo. Vamos esperar até que ele volte... Mas talvez demore meses até que *isso* aconteça.

– Meses?! – exclamou Marianne, com espanto feroz. – Não... nem muitas semanas.

Mrs. Dashwood lamentou pelo que dissera, mas Elinor ficou satisfeita, uma vez que isso gerou na irmã uma resposta bastante expressiva de confiança em Willoughby e de conhecimento das intenções do rapaz.

Certa manhã, após uma semana da partida do cavalheiro, Marianne foi persuadida a caminhar com suas irmãs em vez de vagar sozinha. Até então, ela cuidadosamente evitara qualquer companhia em suas peregrinações. Se as irmãs tinham intenção de caminhar pelas dunas, ela de imediato se dirigia à estrada; se elas comentavam de ir ao vale, ela mais do que depressa subia as colinas, e nunca poderia ser encontrada quando as outras partiam. Enfim, porém, ela cedeu aos esforços de Elinor, que desaprovava bastante essa exclusão contínua. Caminharam pela estrada ao longo do vale, majoritariamente em silêncio, porque a *mente* de Marianne não poderia ser controlada, e Elinor, satisfeita com a pequena conquista, não tentaria nem um passo a mais. Para além da entrada do vale, onde os campos, embora ainda abastados, tinham menos vegetação e eram mais abertos, uma longa extensão da estrada pela qual viajavam em sua jornada a Barton estava à frente delas. Alcançando esse ponto, elas pararam para olhar em volta e para examinar o panorama que formava a distância da vista da cabana até aquele local ao qual nunca haviam chegado em suas caminhadas antes.

Entre os objetos do cenário, elas logo avistaram algo que se movia. Tratava-se de um homem a cavalo se dirigindo até elas. Em poucos minutos, conseguiram identificá-lo como um cavalheiro; uns instantes depois, Marianne exclamou em êxtase:

— É ele! É ele mesmo... sei que é! — e estava se apressando para encontrá-lo quando Elinor gritou:

— Marianne, penso que esteja enganada. Não é Willoughby. Essa pessoa não é tão alta nem se parece com ele!

— Se parece, sim! — exclamou a irmã. — Tenho certeza disso. Sua aparência, seu casaco, seu cavalo. Eu sabia o quão cedo ele retornaria.

Caminhava ansiosa enquanto falava; e Elinor, para resguardar Marianne de tal solicitude, porque ela estava quase certa de que não era Willoughby, apertou o passo e alcançou a irmã. Logo estavam a quase trinta metros do cavalheiro. Marianne olhou de novo, e seu coração afundou. Ela deu meia volta abruptamente e estava voltando às pressas quando as vozes de ambas as irmãs gritaram para que ela parasse. Uma terceira, quase tão familiar quanto à de Willoughby, se juntou às outras nas súplicas, e ela se virou, surpresa, para ver e receber Edward Ferrars.

Naquele momento, ele era a única pessoa no mundo que poderia ser perdoada por não ser Willoughby; a única que poderia lhe arrancar um sorriso. Ela dispersou as lágrimas para sorrir para *ele* e, pela felicidade da irmã, esqueceu-se por um tempo da própria decepção.

Ele desmontou do cavalo e o entregou ao criado, juntando-se, então, às damas no caminho de volta a Barton, local ao qual se dirigia para visitá-las.

Foi recebido por todas com imensa cordialidade, especialmente por Marianne, que mostrou calorosa consideração em sua recepção a ele, mais até do que Elinor. Entretanto, para Marianne, o encontro entre Edward e sua irmã nada mais era do que a continuação daquela frieza inexplicável que ela observara com tanta frequência em Norland de ambos os lados. Mais particularmente do lado de Edward, havia aquela deficiência geral nos modos e nas condutas de um apaixonado naquela ocasião. Ele estava confuso, parecia pouco sensível ao prazer de vê-las, não estava nem alegre nem entusiasmado, não disse nada além do que lhe foi arrancado por perguntas e não deu atenção a Elinor com nenhum sinal de afeto. Marianne via e ouvia tudo com espanto crescente. Quase começou a cultivar certa antipatia por Edward; por fim, assim como todos os sentimentos, seus pensamentos voltaram-se para Willoughby, cujos modos formavam um contraste arrebatador em comparação àqueles do possível cunhado.

Após um breve silêncio que sucedeu a surpresa inicial e as perguntas do encontro, Marianne lhe perguntou se ele vinha direto de Londres. Não, ele estivera em Devonshire por duas semanas.

— Duas semanas!? — repetiu, surpresa por saber que ele estava no mesmo condado que Elinor há tanto tempo e não fora vê-la antes.

Ele pareceu bastante consternado ao completar que estivera com alguns amigos perto de Plymouth.

— Você esteve recentemente em Sussex? — indagou Elinor.

— Estive em Norland mais ou menos há um mês.

— E como está minha querida Norland!? — exclamou Marianne.

— Sua querida Norland — respondeu Elinor — provavelmente está bem parecida com o que é nesta época do ano. Os bosques e os caminhos bastante cobertos por folhas secas.

— Ah — exclamou Marianne —, eu as vi cair com uma sensação arrebatadora! Enquanto eu caminhava, era um deleite vê-las sendo levadas aos montes pelo vento! As folhas, a estação e o clima inspiraram tamanhas emoções! Agora, não há ninguém para contemplá-las. São vistas apenas como um aborrecimento, varridas de forma bruta e escondidas o máximo possível da vista.

— Nem todo mundo — retrucou Elinor — é apaixonado por folhas secas como você.

— Não. Meus sentimentos não são frequentemente compartilhados nem compreendidos. Mas às vezes são.

Assim que falou, Marianne mergulhou num devaneio por uns instantes, mas logo se recuperou. Chamando a atenção de Edward, disse:

— Edward, aqui é o vale de Barton. Olhe bem e tranquilize-se, se puder. Veja as colinas! Você vê seus pares? À esquerda, fica Barton Park, no meio daquele bosque e plantações. Dá para ver os fundos da casa. E lá, abaixo da colina mais distante, que se eleva majestosa, está nossa cabana.

— São belos campos — respondeu ele —, mas essas partes mais baixas devem ficar imundas no inverno.

— Como você pode pensar em sujeira com tantas coisas belas à sua frente?

— Porque — respondeu, sorrindo — entre as belezas, eu vejo uma estrada bastante suja.

— Mas que estranho! — disse Marianne, continuando seu caminho.

— A vizinhança é agradável? Os Middleton são pessoas aprazíveis?

— Não, nem um pouco — respondeu Marianne. — Não poderíamos estar em uma vizinhança pior.

— Marianne! — exclamou a irmã. — Como você pode dizer uma coisa dessa? Como pode ser tão injusta? Eles são uma família bastante respeitável, Mr. Ferrars, e conosco têm se comportado da maneira mais amigável. Você se esqueceu, Marianne, de quantos dias agradáveis devemos a eles?

— Não — retrucou a garota, em uma voz mais baixa —, assim como não me esqueço dos dolorosos.

Elinor não ouviu a resposta e, voltando sua atenção ao visitante, se esforçou para manter algum tipo de conversa ao lhe contar acerca da morada atual, do conforto, etc., arrancando dele questionamentos ocasionais e comentários. A frieza e o comedimento do cavalheiro a mortificaram severamente. Ela estava aborrecida e um tanto zangada, mas, ao balancear o próprio comportamento pensando mais no passado do que no presente, ela evitou demonstrar qualquer ressentimento ou insatisfação e o tratou como pensava que ele deveria ser tratado devido à relação familiar que tinha com ele.

CAPÍTULO XVII

Mrs. Dashwood ficou surpresa em vê-lo apenas por uns instantes, já que, para ela, sua visita a Barton era bastante natural. Sua alegria e afeto há muito superaram o espanto. Edward foi recebido por ela da maneira mais amorosa. Com isso, a timidez, a frieza e o comedimento não poderiam permanecer diante de tamanha recepção. Esses sentimentos começaram a deixá-lo antes que entrasse na casa, e foram quase superados pelos modos cativantes de Mrs. Dashwood. Era fato que um homem não poderia estar apaixonado por uma das filhas dela sem lhe estender a paixão; e Elinor teve o prazer em vê-lo se transformar mais nele mesmo. Os afetos pareciam renovados com todas, e seu interesse no bem-estar delas mais uma vez era perceptível. Ele não estava animado, porém. O cavalheiro elogiou a casa, admirou a vista, era atencioso e gentil, mas ainda assim lhe faltava ânimo. Todas notaram isso, e Mrs. Dashwood, atribuindo o fato à falta de generosidade da mãe dele, sentou-se à mesa indignada com todos os pais egoístas.

— Quais são as expectativas de Mrs. Ferrars para você no momento, Edward? — perguntou ela assim que o jantar acabou e todos se reuniram ao redor da lareira. — Você ainda será um grande orador mesmo contra sua vontade?

— Não. Espero que minha mãe esteja convencida de que não tenho talentos nem inclinação para a vida pública!

— Mas como você estabelecerá fama? Já que somente isso irá satisfazer sua família. Sem propensão a gastos, sem apego a estranhos, sem profissão e garantias, talvez seja difícil.

— Nem mesmo tentarei. Não tenho vontade alguma em me destacar; e tenho todos os motivos para acreditar que nunca terei. Graças a Deus! Não podem me forçar esse talento e eloquência.

— Sei bem que não tem ambição alguma. Suas vontades são moderadas.

— Tão moderadas quanto aquelas do resto do mundo, acredito. Assim como todos, desejo ser perfeitamente feliz, mas, assim como todos, deve ser à minha maneira. E a grandeza não é o caminho.

— Seria estranho se fosse! — exclamou Marianne. — O que têm a ver a riqueza e a grandeza com a felicidade?

— A grandeza pouco — respondeu Elinor —, mas a riqueza muito.

— Elinor, tenha vergonha! — disse Marianne. — O dinheiro traz felicidade somente aos lugares onde mais nada é feliz. Além do conforto, não traz satisfação real no que diz respeito ao nosso íntimo.

— Talvez — respondeu Elinor, sorrindo — possamos chegar a um acordo. *Seu* conforto e *minha* riqueza são muito parecidos, ouso dizer; e, sem eles, como o mundo está hoje, ambas devemos concordar que todo tipo de conforto externo deve estar em falta. Seus ideais são apenas mais nobres do que os meus. Vamos, diga-me. Qual o valor de seu conforto?

— Cerca de mil e oitocentas ou duas mil libras ao ano; não mais que *isso*.

Elinor riu.

— *Duas* mil ao ano! *Mil* é minha riqueza! Adivinho como isso acabaria.

– Ainda assim, duas mil libras ao ano é uma renda bastante moderada – respondeu Marianne. – Com menos que isso, uma família não consegue se manter bem. Estou certa de que não sou extravagante em minhas demandas. Criados apropriados, uma carruagem, talvez duas, e cães de caça não podem ser mantidos por menos.

Elinor sorriu de novo ao ouvir a irmã descrever em detalhes suas despesas futuras em Combe Magna.

– Cães de caça! – repetiu Edward. – Por que você precisa ter cães de caça? Nem todo mundo caça.

Marianne enrubesceu ao responder:

– A maioria das pessoas caça.

– Eu gostaria – disse Margaret, colocando um novo ponto de vista – que alguém desse uma grande fortuna para cada!

– Ah, quem me dera! – exclamou Marianne, e seus olhos cintilaram de entusiasmo e suas bochechas brilharam de prazer ao imaginar tamanha felicidade.

– Suponho que somos todos unânimes quanto a esse desejo – disse Elinor –, mesmo que a riqueza por si só seja insuficiente.

– Ah, minha nossa! – exclamou Margaret. – Eu seria tão feliz! Pergunto-me o que eu faria com o dinheiro!

Marianne parecia não ter dúvidas quanto a isso.

– Eu ficaria atordoada se gastasse essa fortuna sozinha – disse Mrs. Dashwood –, caso minhas filhas conseguissem enriquecer sem minha ajuda.

– Você deveria começar as melhorias nesta casa – observou Elinor –, e então as dificuldades desapareceriam.

– Esta família faria encomendas magníficas em Londres – disse Edward – em tal situação! Seria um dia feliz para as livrarias, os vendedores de partituras e as lojas de gravuras! Você, Miss Dashwood, encomendaria cada nova gravura de qualidade; quanto à Marianne, não haveria partituras suficientes em Londres para satisfazê-la, pois muito conheço a grandeza de sua alma. E livros! Thomson, Cowper, Scott... ela compraria todas as obras, repetidas vezes: compraria cada edição, acredito eu, para evitar que caíssem em mãos erradas; ela teria cada livro que a ensinasse como admirar uma árvore velha e retorcida. Não é verdade, Marianne? Perdoe-me, fui muito abusado. Mas estava determinado a lhe mostrar que eu não me esqueci de nossas velhas discussões.

— Amo que me recordem o passado, Edward, ainda que melancólico ou alegre; amo recordá-lo, e você nunca me ofenderá ao falar de tempos passados. Você está corretíssimo em supor como eu gastaria meu dinheiro, uma parte pelo menos. O que sobrasse certamente seria usado para aumentar minha coleção de livros e de partituras.

— A maior parte de sua fortuna seria gasta em pensões aos autores ou a seus herdeiros.

— Não, Edward, eu faria algo mais com ela.

— Talvez, então, você premiasse a pessoa que escreveu a defesa mais competente da sua máxima favorita, a de que ninguém se apaixona mais do que uma vez na vida. Sua opinião quanto a isso não mudou, presumo?

— Sem dúvidas. Na minha idade, as opiniões são bastante fixas. Não é provável que eu veja ou ouça algo que me faça mudar de ideia.

— Marianne continua inflexível, como pode ver — disse Elinor. — Ela não mudou em nada.

— Ela apenas está mais séria do que antes.

— Não, Edward — retrucou Marianne —, *você* não deve me repreender. Você mesmo não está lá muito alegre.

— E por que acha isso? — respondeu o cavalheiro, com um suspiro. — Mas, enfim, a alegria nunca foi mesmo um traço de *meu* caráter.

— E nem do caráter de Marianne — disse Elinor. — Mal posso dizer que ela é uma garota cheia de vida. Ela é muito sincera e ansiosa com tudo que faz, às vezes fala demais e com muito entusiasmo, mas não é assim tão feliz.

– Acredito que esteja certa – respondeu ele. – Mesmo assim, sempre a vi como uma garota cheia de vida.

– Muitas vezes caí nesse engano – disse Elinor –, diante dessa total falta de compreensão do caráter em um ponto ou outro, ao imaginar que as pessoas são muito mais alegres, sérias, ingênuas ou estúpidas do que realmente são. E mal posso dizer qual é a raiz do engano. Às vezes, você se deixa levar pelo que as pessoas dizem delas mesmas, e muito frequentemente pelo que os outros dizem delas, sem se permitir tempo para ponderar e julgar.

– Mas sempre achei correto, Elinor – retrucou Marianne –, se deixar levar completamente pela opinião de outras pessoas. Pensava que nossos julgamentos nos foram dados apenas para que fôssemos subservientes com o próximo. Essa sempre foi sua doutrina, tenho certeza.

– Não, Marianne, nunca foi. Minha doutrina nunca objetivou a subjugação da compreensão. Tudo o que sempre tentei influenciar foi o comportamento. Você não deve se confundir com o que eu quis dizer. Sou culpada, confesso, por desejar várias vezes que você tratasse nossos conhecidos com mais atenção, mas quando lhe aconselhei a adotar os sentimentos ou a se conformar com o julgamento deles em assuntos de importância?

– Não conseguiu convencer sua irmã a concordar com seus ideais de cordialidade geral – comentou Edward para Elinor. – Não avançou nem um pouco?

– Muito pelo contrário – respondeu, olhando expressivamente para Marianne.

– Meu julgamento – retrucou ele – está do seu lado, mas receio que minhas práticas estão muito mais com sua irmã. Nunca quis ofender, mas sou tão tímido que muitas vezes pareço negligente, quando na verdade me seguro apenas pela dificuldade natural.

Com frequência penso que a natureza tem a intenção de me manter com poucos amigos, já que fico inquieto em meio a estranhos da alta sociedade.

— Marianne não é tímida a ponto de justificar a falta de atenção — disse Elinor.

— Ela sabe muito bem de seu valor para se envergonhar falsamente — respondeu Edward. — A timidez é apenas o efeito de um senso de inferioridade, de um modo ou de outro. Se eu pudesse me convencer de que meus modos são perfeitamente calmos e graciosos, não seria tímido.

— Mas você ainda seria comedido — disse Marianne. — O que é pior.

Edward se espantou.

— Comedido!? Eu sou comedido, Marianne?

— Sim, bastante.

— Eu não lhe compreendo — respondeu ele, enrubescendo. — Comedido! Como? De que forma? O que posso lhe dizer? O que você supõe?

Elinor pareceu surpresa com aquela reação, mas deu uma risada a fim de mudar de assunto, e lhe disse:

— Não conhece minha irmã o suficiente para saber o que ela quis dizer? Não sabe que ela diz que são comedidos todos aqueles que não falam rápido como ela e que não admiram as mesmas coisas que ela de forma extática?

Edward não respondeu. Sua seriedade e sua ponderação retornaram com toda força, e ele ficou sentado por um tempo em completo silêncio e monotonia.

CAPÍTULO XVIII

Era com bastante inquietação que Elinor olhava para os ânimos de seu amigo. Sua visita nada mais lhe deu do que uma satisfação parcial, já que o divertimento dele não parecia dos melhores. Era evidente que estava infeliz e ela desejava que fosse igualmente evidente que ele ainda a tratava com o mesmo afeto que uma vez ela despertara. Mas, até o momento, a continuidade de sua preferência parecia bastante incerta. E o comedimento de suas maneiras para com ela contradizia num momento aquilo que um olhar mais atencioso sugerira em outro.

Ele se juntou a ela e à Marianne na sala de café da manhã no dia seguinte antes que as outras descessem. Marianne, por sua vez, ansiosa por promover a felicidade de ambos o quanto conseguisse, logo os deixou sozinhos. Mas, antes que chegasse à metade da escada, ela escutou a porta do saguão se abrir e, dando meia volta, ficou espantada ao ver Edward sair.

— Vou até o vilarejo para ver meus cavalos — ele disse —, já que vocês ainda não estão prontas para o café da manhã. Devo estar de volta logo.

Edward retornou com a admiração pelos entornos renovada. A partir de sua caminhada pelo vilarejo, ele vira muitas partes do vale de uma perspectiva mais favorável. E o vilarejo em si, em uma localização bem mais alta do que a cabana, conferia uma visão geral que muito o agradou. Esse era um assunto que prendia a atenção de Marianne, e ela nem bem começou a descrever sua admiração pelas paisagens e o questionar mais minuciosamente acerca dos pontos que mais lhe tiraram o fôlego quando Edward a interrompeu dizendo:

— Não pergunte demais, Marianne. Lembre-se que pouco sei no que diz respeito ao pitoresco e posso lhe ofender com minha ignorância e falta de bom gosto se falarmos nos detalhes. Eu chamaria as colinas de íngremes quando deveria chamá-las de arrojadas; as superfícies, de estranhas e grosseiras, quando deveriam ser irregulares e acidentadas; e objetos distantes estariam fora de vista, quando apenas deveriam estar indistinguíveis através do terreno brando de atmosfera enevoada. Você deve ficar satisfeita com a admiração honesta que tenho a oferecer. Penso ser um lugar muito bom: as colinas são íngremes, os bosques são repletos de árvores de excelentes madeiras, e o vale parece ser confortável e aconchegante. Há prados muito ricos e várias fazendas elegantes lá e cá. Corresponde exatamente ao meu ideal de um excelente lugar, porque une beleza e utilidade, e ouso dizer que é um tanto pitoresco, já que você o admira. É fácil imaginar que está repleto de rochas e promontórios, silvados e musgos cinzentos, mas não os percebo. Não sei nada da beleza do que é considerado exótico.

— Receio que seja verdade — respondeu Marianne. — Mas por que você se gaba disso?

— Suspeito — disse Elinor — que, a fim de evitar um tipo de maneirismo, ele recaia em outro. Ele acredita que muitas pessoas fingem admirar muito mais as belezas naturais do que realmente sentem, e se sente enojado com tais pretensões. Assim, ele finge maior indiferença e menos discriminação em relação ao que sente de verdade. Ele é exigente e quer um maneirismo só dele.

— É verdade — respondeu Marianne — que a admiração por paisagens naturais está se tornando um mero jargão. Todos fingem sentir e tentam descrever com o mesmo gosto e elegância de quem, a princípio, definiu o que é a beleza exótica. Detesto jargões de todo tipo, e às vezes guardo meus sentimentos para mim, porque não sou capaz de encontrar palavras que não estejam desgastadas e banalizadas em todos os sentidos e significados.

— Eu acredito — disse Edward — que você realmente sinta todo o prazer em uma paisagem encantadora como você diz sentir. Mas, em compensação, sua irmã deve permitir que eu sinta não mais do que professo. Muito me agrada uma paisagem bonita, mas não com conceitos pitorescos. Não gosto de árvores tortas, contorcidas e sem folhas. Eu as admiraria muito mais se fossem altas, retas e floridas. Não me agradam cabanas arruinadas e em pedaços. Também não são de meu gosto urtigas, cardos ou urzes. Sinto mais prazer em uma casa de campo aconchegante do que em uma torre de vigia; e um grupo de camponeses felizes me agrada muito mais do que os mais esplêndidos arruaceiros do mundo.

Para Edward, Marianne olhou com assombro; para a irmã, com pena. Elinor apenas riu. O assunto se deu por encerrado, e a garota permaneceu em um silêncio contemplativo até que um novo assunto chamasse sua atenção. Ela estava sentada ao lado de Edward, que, ao esticar a mão para pegar o chá com Mrs. Dashwood, não pôde evitar que ela passasse bem em frente à Marianne. Um de seus dedos trazia de forma muito visível um anel com uma mecha de cabelo no centro.

— Nunca o vi usar esse anel antes, Edward! — exclamou ela. — É uma mecha do cabelo da Fanny? Lembro-me de que ela prometeu-lhe um pedacinho. Mas eu pensei que o cabelo dela era mais escuro.

Sem consideração alguma, Marianne falou o que lhe veio em mente, mas, ao perceber o quanto foi doído para Edward, a própria vergonha pela falta de cuidado não poderia ser superada pela do jovem. Ele enrubesceu profundamente e, dando uma rápida olhadela para Elinor, respondeu:

— Sim, é de minha irmã. A iluminação sempre muda a cor da mecha... sabe como é.

Os olhos de Elinor se encontraram com os dele, e ela também parecia bem alarmada. Assim como Marianne, ela estava convencida de que aquela mecha era do próprio cabelo. A única diferença de conclusão, porém, era que Marianne considerava aquilo um presente da irmã para o cavalheiro, já Elinor estava ciente de que não passava de um roubo por meio de uma estratégia sem que ela tivesse percebido. Não estava no clima, no entanto, de tomar isso como uma afronta e, fingindo não perceber nada, mudou de assunto, enquanto internamente resolveu dali em diante aproveitar qualquer oportunidade para olhar a mecha e se convencer, sem sombra de dúvida, de que era mesmo sua.

O embaraço de Edward durou mais um tempo e terminou em uma mente desatenta ainda mais pronunciada. Ficou sério a manhã toda, e Marianne se culpava severamente pelo que disse, porém poderia ter se perdoado mais cedo caso soubesse o quão pouco a irmã se ofendera.

Antes que o dia chegasse à metade, elas receberam a visita de Sir John e de Mrs. Jennings, que, ao ouvir que havia um cavalheiro na cabana, mais que depressa foram investigá-lo. Com a assistência da sogra, Sir John não demorou a descobrir que o nome de Mr. Ferrars começava com F., e isso era combustível para uma futura mina de zombarias contra a leal Elinor, que só puderam ser evitadas de imediato porque eles mal conheciam o cavalheiro. Contudo, do jeito que era, ela apenas captou, por meio de alguns olhares significativos, o quanto haviam compreendido baseados nas explicações de Margaret.

Sir John nunca prestava uma visita às Dashwood sem convidá-las para um jantar em Barton Park no dia seguinte ou para um chá no mesmo dia. Na ocasião presente, para melhor entreter o visitante, a quem se sentia obrigado a promover diversão, por isso o velho cavalheiro decidiu estender o convite a ele também.

– Você *deve* tomar chá conosco hoje – disse –, já que estaremos em pouca gente. E amanhã você deve, absolutamente, jantar em minha casa, porque haverá mais pessoas.

Mrs. Jennings reforçou a necessidade.

– E quem sabe você comece uma dança. Isso lhe deixará tentada, Miss Marianne.

– Uma dança?! – exclamou Marianne. – Impossível! Com quem eu dançaria?

– Com quem? Oras, com vocês mesmos, com os Carey e os Whitaker, com certeza. O quê?! Você acha que ninguém pode dançar só porque uma certa pessoa que não deve ser nomeada foi embora?

– Eu desejo de todo coração que Willoughby estivesse conosco de novo! – exclamou Sir John.

Isso, e o fato de Marianne ter ficado toda vermelha, deu a Edward novas suspeitas.

– E quem é Willoughby? – perguntou em uma voz baixa para Miss Dashwood, ao lado de quem estava sentado.

Ela respondeu brevemente. O semblante de Marianne era mais expressivo, e Edward viu o bastante para compreender não apenas o significado das expressões dos outros, mas também as de Marianne que haviam o intrigado em um momento anterior. Quando os visitantes foram embora, ele imediatamente foi até a garota e disse, num sussurro:

– Tinha minhas suspeitas. Devo contá-las?

– O que você quer dizer?

– Devo lhe dizer?

– Certamente.

– Bem, imagino que Mr. Willoughby pratique caça.

Marianne ficou surpresa e confusa, mesmo assim não pôde deixar de sorrir à audácia sutil na conduta do cavalheiro e, após uns instantes, respondeu:

– Ah, Edward! Como você pode? Mas será chegado o momento, espero eu... tenho certeza de que você gostará dele.

– Não tenho dúvida – respondeu, um tanto impressionado com a sinceridade e a expressividade dela, porque, se soubesse que não era uma piada entre todos os conhecidos, acerca de algo que poderia ou não existir entre ela e Mr. Willoughby, não se atreveria a mencionar nada.

CAPÍTULO XIX

EDWARD ficou uma semana na cabana e foi pressionado por Mrs. Dashwood a ficar mais tempo. Mas, como se estivesse apenas parcialmente em agonia, ele parecia resoluto em partir quando seu prazer entre os amigos estava nos melhores dias. Seus ânimos, durante os dois ou três últimos dias, embora ainda muito desgastados, sofreram uma enorme melhoria. Identificava-se cada vez mais com a casa e com as redondezas. Além disso, nunca deixava de suspirar quando mencionava a partida. Afirmava que tinha todo o tempo livre e até mesmo ficava em dúvida de onde deveria ir quando partisse, mas, ainda assim, precisava ir. Nunca uma semana havia passado tão rápido, e ele mal conseguia acreditar que já terminara. Ele disse isso repetidas vezes; disse outras coisas também, que explicavam a mudança de humor e contradiziam suas ações. Não sentia prazer algum em Norland e detestava estar na cidade, mas precisaria retornar para lá ou para Londres. Ele estimava a gentileza das Dashwood acima de qualquer coisa e sua felicidade residia em estar com elas. Mesmo assim, ele precisaria deixá-las ao final de uma semana, mesmo contra a vontade de todos e sem qualquer tempo definido.

Elinor atribuiu toda a estranheza de comportamento à mãe dele, e estava muito feliz por ele ter uma mãe cujo caráter era tão desconhecido para ela, assim seria possível usá-la como desculpa para cada coisa peculiar que seu filho fizesse. Desapontada e aborrecida, porém, e às vezes insatisfeita com o comportamento incerto dele com ela, Elinor estava bastante disposta a considerar as ações do cavalheiro com concessões amorosas e explicações generosas, que foram extorquidas dolorosamente dela pela própria mãe a favor de Willoughby. A falta de ânimo, de sinceridade e de consistência do jovem era muitas vezes atribuída à sua falta de independência e à sua melhor compreensão quanto aos propósitos de Mrs. Ferrars. A curta duração de sua visita e sua resolução em partir surgiram da mesma explicação limitada e da necessidade inevitável de atender aos desejos da mãe. A queixa eterna entre dever e vontade, entre pais e filhos, era a causa de tudo. Elinor ficaria contente em saber quando as dificuldades deixariam de existir, e essa oposição deveria acabar, assim que Mrs. Ferrars se conformasse e que o filho tivesse o direito de ser feliz. Com tantos desejos vazios, porém, ela se viu forçada a procurar conforto na renovação de sua confiança de que Edward gostava dela, nas recordações de cada olhar significativo ou de cada palavra dita enquanto em Barton e, acima de tudo, naquela prova lisonjeira que ele constantemente usava ao redor do dedo.

— Penso, Edward — disse Mrs. Dashwood, enquanto tomavam café da manhã no último dia — que você seria muito mais feliz se tivesse algum trabalho para se dedicar e que desse rumo a seus planos e suas ações. Algumas inconveniências surgiriam para seus amigos, é verdade, já que você não disporia de tanto tempo para eles. Mas — dando um sorriso — você seria beneficiado em um ponto específico: saberia para onde ir quando os deixasse.

— Eu lhe garanto — respondeu o cavalheiro — que há muito venho pensando nisso, assim como a senhora agora. Tem sido, e provavelmente sempre será, um pesaroso azar o fato de não haver negócios necessários aos quais me dedicar, profissão alguma que me garanta um emprego ou qualquer coisa que me dê independência. Mas, infelizmente, minha própria indulgência, assim como a de meus amigos, fez de mim o que sou: uma pessoa ociosa e inútil.

Nunca conseguimos concordar com a escolha de uma profissão. Eu sempre preferi a igreja, e ainda prefiro, mas minha família não via isso como algo muito inteligente. Recomendaram-me servir, mas para mim era demais. A advocacia era requintada o suficiente; muitos jovens, que ocupavam cadeiras no Parlamento, causaram uma boa impressão entre a alta sociedade e desfilavam pela cidade em carruagens bastante notáveis. Entretanto, não tenho tendência à advocacia, mesmo nos estudos das áreas mais obscuras, os quais minha família aprova. Quanto à Marinha, há seu encanto, mas eu já estava velho demais para me alistar quando o assunto surgiu. E, no longo prazo, como não havia necessidade de que eu arrumasse qualquer emprego, e eu poderia ser elegante e gastar muito sem vestir um casaco vermelho, ou mesmo vestindo um, a ociosidade se mostrou vantajosa e honrável; e um jovem de 18 anos não está tão propenso a se ocupar a ponto de dispensar os convites dos amigos para fazer nada. Portanto, eu entrei em Oxford e tenho sido ocioso desde então.

— Suponho que as consequências disso tudo — respondeu Mrs. Dashwood —, já que o tempo livre não lhe trouxe felicidade, é que seus filhos serão educados a fim de procurarem atividades, empregos, profissões e negócios assim como em Columella.[7]

— Eles serão educados — disse ele, sério — para serem menos parecidos comigo quanto possível, em sentimentos, ações, situação financeira; em tudo.

— Oras, vamos. Isso não passa de uma efusão pela falta de ânimo, Edward. Você está melancólico e acredita que somente pessoas diferentes de você merecem ser felizes. Mas lembre-se de que todos sentem com a despedida de um amigo, qualquer que seja a formação ou a situação financeira. Reconheça sua própria felicidade. Você não precisa de nada além de paciência, ou chame isso de algo mais fascinante: esperança. Sua mãe lhe concederá, com o

---

7 *Columella; or the Distressed Anchoret, a Colloquial Tale*, 1779. Livro do romancista inglês Richard Graves.

tempo, a independência pela qual você tanto anseia, é dever dela. Logo mais, ficará feliz em evitar que toda a juventude do filho seja desperdiçada em descontentamento. O quanto alguns poucos meses não são capazes de fazer?

— Penso — respondeu o jovem — que serão necessários muitos meses até que algo de bom aconteça comigo.

Essa mudança de ânimos, embora não pudesse ser comentada com Mrs. Dashwood, trouxe a todos uma tristeza quando ele partiu, o que ocorreu logo em seguida e deixou os sentimentos de Elinor com uma impressão incômoda, sendo necessários tempo e ocupação para cessarem. Estava determinada a superar esses sentimentos e a evitar que parecesse sofrer o mesmo tanto que todas quando ele se foi, então ela não usou do mesmo método de Marianne, que em uma situação semelhante procurou o silêncio, a solidão e a ociosidade a fim de curar a dor. Os meios de ambas eram tão diferentes quanto seus pretendentes e igualmente serviam para a melhoria de cada caso.

Assim que Edward saiu, Elinor se sentou à escrivaninha e se manteve ocupada o dia todo, não procurou nem evitou menções ao nome dele e parecia mais interessada do que nunca nos assuntos familiares. Se, no entanto, tal método não aliviasse a dor, ao menos preveniria um aumento desnecessário, e tanto a mãe quanto as irmãs foram poupadas de lhe prestar cuidados.

Tal comportamento, tão exatamente o oposto de seu próprio, não carregava mais mérito para Marianne do que mais defeitos que o dela na opinião de Elinor. Quanto ao autocontrole, estava resolvido: para relações de afeto fortes, era impossível; para os tranquilos, não trazia mérito algum. Que o afeto da irmã *era* tranquilo, isso ela não ousaria negar, embora corasse ao reconhecê-lo. E Marianne deu uma prova incontestável da própria força ao ainda amar e respeitar a irmã, apesar de uma convicção tão humilhante.

Sem que precisasse se isolar da família, ou sair de casa em solidão deliberada a fim de evitá-la, ou permanecer acordada a noite toda para refletir, Elinor descobriu que todos os dias lhe concediam tempo livre para pensar em Edward e em sua conduta, com todas as possíveis variações permitidas por seus diferentes estados de espírito em diferentes momentos: pensava com carinho, pena, aprovação, censura ou dúvida. Havia muitos momentos, senão pela ausência da mãe e das irmãs, pela natureza de suas atividades, que conversas eram impossíveis, então os efeitos da solidão apareciam. Sua mente inevitavelmente estava livre; seus pensamentos não se prendiam a mais nada; e o passado e o futuro, de um assunto tão interessante, passavam diante dela, forçando a atenção dela e a mantinham absorta em recordações, reflexões e imaginações.

E foi desse tipo de devaneio, no qual estava absorta enquanto estava sentada à escrivaninha, que ela foi retirada pela chegada de companhias na manhã logo após a partida de Edward. Ela estava sozinha. O barulho do portãozinho sendo fechado, logo na entrada do jardim verde em frente à casa, atraiu seu olhar para a janela e viu várias pessoas caminhando até a porta. Entre elas, estavam Sir John, Lady Middleton e Mrs. Jennings, mas havia dois outros: um cavalheiro e uma dama, desconhecidos por ela. Elinor estava sentada próxima à janela e, assim que Sir John a notou, ele andou na frente e deixou aos outros a cerimônia de bater à porta. Ao passar pelo gramado, ele a obrigou a abrir o caixilho para falar com ele, mas o espaço entre a janela e a porta era tão curto que era quase impossível falar sem ser ouvido pelos outros.

– Bem – disse ele –, trouxemos alguns estranhos. Você gosta deles?

– Shiu! Eles podem lhe ouvir.

– Não me importo se ouvirem. É apenas a família Palmer. Charlotte é muito bonita, garanto-lhe. Você conseguirá vê-la se olhar para cá.

Como Elinor estava certa de que a conheceria em poucos minutos e sem necessidade de tomar tal liberdade, ela pediu licença.

– Onde está Marianne? Fugiu assim que nos viu? Vejo que o piano está aberto.

– Acho que está caminhando.

Mrs. Jennings, cuja paciência era muito curta para esperar até que entrasse na casa para contar a história *dela*, se juntou a eles na janela, cumprimentando Elinor:

– Como vai, minha querida? Como vai Mrs. Dashwood? E onde estão suas irmãs? O quê!? Você está sozinha? Então ficará feliz em ter companhia. Trouxe meu genro e minha outra filha para lhe conhecerem. Nunca pensei que viriam tão logo! Ouvi uma carruagem ontem à noite, enquanto tomávamos chá, mas nunca pensei que eram eles. Para mim, não seria ninguém mais do que o coronel Brandon retornando. Então eu disse a Sir John "acho que ouvi uma carruagem, talvez seja o coronel Brandon...".

Elinor foi obrigada a desviar a atenção no meio da história para receber os outros. Lady Middleton apresentou os dois estranhos, Mrs. Dashwood e Margaret desceram as escadas juntas, e todos se sentaram e se encararam enquanto Mrs. Jennings continuava a história ao passar pelo saguão, assistida por Sir John.

Mrs. Palmer era anos mais jovem que Lady Middleton e totalmente diferente dela em todos os aspectos. Ela era baixinha, rechonchuda e tinha um belo rosto, no qual repousava o melhor humor possível. Seus modos não eram de maneira alguma mais elegantes que os da irmã, mas eram muito mais agradáveis. Ela chegou sorrindo e sorriu o tempo todo, exceto quando ria. Por fim, sorriu quando foi embora. Seu marido era um jovem sério de 25 ou 26 anos, com ares mais elegantes e sensatos que a esposa, mas menos disposto a agradar ou a ser agradado. Ele entrou na casa com um olhar arrogante, curvou-se sutilmente para as damas, sem dizer nada, e, após fazer algumas perguntas em relação a elas e aos cômodos, pegou um jornal da mesa e continuou a lê-lo enquanto permaneceu lá.

Mrs. Palmer, pelo contrário, sendo sempre muito cordial e feliz por natureza, mal havia se sentado quando passou a admirar a sala de estar e tudo mais que lá havia.

– Oras! Mas que cômodo mais agradável! Nunca vi nada tão encantador! Pense, mamãe, o quanto melhorou desde a última vez em que estive aqui! Sempre pensei ser um lugar maravilhoso, madame – voltando-se para Mrs. Dashwood –, mas você o tornou encantador! Veja, minha irmã, como tudo é lindo! Gostaria tanto de uma casa assim para mim! Você não, Mr. Palmer?

O cavalheiro não respondeu e nem mesmo desviou o olhar do jornal.

– Mr. Palmer não me ouve – disse ela, rindo. – Às vezes, nunca mesmo. É ridículo!

Isso era novo para Mrs. Dashwood, que não estava acostumada a ver bom-senso na falta de atenção por parte de ninguém e que, portanto, não pôde deixar de olhar com espanto para ambos.

Enquanto isso, Mrs. Jennings falava o mais alto que conseguia, continuando a mencionar a surpresa, na noite anterior, ao vê-los chegar, e apenas ficou quieta quando disse tudo. Mrs. Palmer ria com entusiasmo ao se lembrar da perplexidade geral, e todos ali concordaram, duas ou três vezes, que fora mesmo uma surpresa agradável.

– Você pode imaginar o quão felizes ficamos em vê-los? – acrescentou Mrs. Jennings, curvando-se em direção a Elinor e falando em voz baixa como se quisesse que mais ninguém a ouvisse, mesmo com todos sentados em direções opostas na sala. – Embora eu não desejasse que tivessem viajado tão rápido nem feito uma longa viagem, porque vieram de Londres por causa de negócios. Mas você sabe – acenando e apontando bastante para a filha –, foi errado na situação em que está. Queria que ela tivesse ficado em casa para descansar nesta manhã, mas quis vir; estava ansiosa demais para conhecê-las!

Mrs. Palmer ria e disse que não lhe faria mal algum, e Mrs. Jennings continuou:

— Ela espera dar à luz em fevereiro.

Lady Middleton não poderia mais suportar tal conversa e, portanto, permitiu-se perguntar ao Mr. Palmer se havia alguma notícia nova no jornal.

— Não, nenhuma — respondeu e continuou a leitura.

— Aí vem Marianne! — exclamou Sir John. — Veja, Palmer, prepare-se para contemplar a garota mais linda.

Imediatamente ele se dirigiu ao saguão, abriu a porta da frente e a fez se apressar para entrar. Assim que entrou, Mrs. Jennings perguntou se ela não estivera em Allenham e Mrs. Palmer riu com bastante entusiasmo a fim de deixar claro que havia compreendido. Já Mr. Palmer olhou por cima do jornal quando ela entrou, a fitou por uns minutos e retornou à leitura. Mrs. Palmer teve a atenção voltada para os desenhos na parede ao redor da sala, levantando-se para analisá-los.

— Minha nossa, como são lindos! Poxa, tão belos! Venha ver, mamãe, que delicados! Digo que são encantadores. Poderia olhar para eles para sempre — e, sentando-se, logo esqueceu que havia qualquer coisa nas paredes.

Quando Lady Middleton se levantou para ir embora, foi acompanhada por Mr. Palmer, que colocou o jornal na mesa, se alongou e olhou para todos.

— Meu amor, você estava dormindo? — comentou a esposa, rindo.

Ele não respondeu, apenas observou, após examinar o cômodo, que estava pouco iluminado e que o teto era torto. Ele se curvou e saiu com o resto.

Sir John insistiu bastante para que passassem o dia seguinte em Barton Park. Mrs. Dashwood, que não priorizava um jantar com eles tanto quanto priorizava os jantares na cabana, absolutamente se recusou, mas as filhas poderiam fazer o que bem quisessem. Elas, porém, não tinham qualquer curiosidade em saber como Mr. e Mrs. Palmer jantavam, nem qualquer expectativa de diversão por parte deles em nenhum aspecto. Assim como a mãe, portanto, elas se desculparam por recusar. O tempo estava instável e não mostrava sinais de que estaria bom. Todavia, Sir John não se deu por satisfeito: mandaria a carruagem buscá-las, e elas deveriam ir. Lady Middleton, embora não tenha insistido com Mrs. Dashwood, pressionou suas filhas. Mrs. Jennings e Mrs. Palmer se uniram na súplica, pois pareciam igualmente ansiosas para evitar uma reunião apenas familiar. As damas foram obrigadas a ceder, então.

– Por que eles nos convidam? – disse Marianne, assim que todos haviam saído. – O aluguel desta cabana é baixo, mas as condições são complicadas, já que precisamos jantar em Barton Park sempre que eles recebem alguém ou quando alguém fica aqui.

Elinor retrucou:

– Eles não desejam ser menos cordiais e gentis conosco com esses convites frequentes do que quando nos convidaram semanas atrás. O problema não está neles se nos cansamos e nos entedíamos com sua companhia. Precisamos entender de onde vem essa mudança.

CAPÍTULO XX

QUANDO as Dashwood entravam por uma das portas da sala de estar em Barton Park no dia seguinte, Mrs. Palmer apareceu correndo por outra, tão feliz e bem-humorada como antes. Ela deu a mão a todas de forma bem afetuosa e expressou enorme prazer em vê-las de novo.

— Estou tão feliz em recebê-las! — disse, sentando-se entre Elinor e Marianne. — O clima está tão ruim que fiquei com medo de que não viessem, o que seria terrível, porque vamos embora amanhã. Precisamos ir. Os Weston nos visitarão semana que vem, veja bem. Nossa visita foi um tanto inesperada, e eu de nada sabia até a carruagem se aproximar do portão. Mr. Palmer, então, me perguntou se eu iria com ele até Barton. Ele é engraçado demais! Nunca me conta nada. Lamento tanto que não possamos ficar mais, entretanto, espero nos encontrarmos de novo na cidade muito em breve.

Foram obrigadas a colocar um fim em tal expectativa.

— Não vão à cidade?! — exclamou Mrs. Palmer, rindo. — Eu ficaria desapontada se fizessem isso. Posso conseguir a melhor casa do mundo para vocês, vizinha à nossa, em Hanover Square. Devem ir, com certeza. Estou certa de que ficarei feliz em acompanhá-las a qualquer momento antes que eu dê à luz, caso Mrs. Dashwood não goste de sair.

Elas agradeceram, mas foram obrigadas a resistir a todas as súplicas.

– Ah, meu amado! – exclamou Mrs. Palmer ao marido, que havia acabado de entrar na sala. – Você precisa me ajudar a persuadir as Dashwood a irem à cidade neste inverno.

Seu amado, no entanto, não respondeu e, após se curvar sutilmente às damas, passou a reclamar do clima.

– É tudo tão horrível! – disse. – Este clima deixa a tudo e a todos nojentos. É monótono tanto dentro quanto fora de casa, por causa da chuva. Faz qualquer um detestar todas as companhias. Mas que diabos Sir John pretende ao não ter uma sala de jogos nesta casa? Poucas pessoas sabem o que é conforto! Sir John é tão estúpido quanto este clima.

Logo em seguida, todos os demais apareceram.

– Receio, Miss Marianne – observou Sir John –, que você não pôde caminhar até Allenham hoje.

Marianne ficou bastante séria e não respondeu.

– Ah, não seja tão tímida em nossa presença – disse Mrs. Palmer. – Nós sabemos tudo o que se passa, garanto-lhe. E admiro muito o seu bom gosto, porque acho o cavalheiro extremamente bonito. Sabe, não vivemos tão longe dele no interior. Mais ou menos uns 16 quilômetros.

– Quase uns trinta – retrucou o marido.

– Ah, oras! A diferença não é assim tão grande. Nunca estive na casa dele, mas dizem ser um lugarzinho lindo.

– O lugar mais detestável que já vi na vida – disse Mr. Palmer.

Marianne permaneceu em silêncio, embora seu semblante entregasse seu interesse no que estava sendo dito.

– É muito feio? – continuou Mrs. Palmer. – Então deve ser algum outro lugar que é tão bonito, suponho.

Assim que se sentaram na sala de jantar, Sir John observou com bastante aborrecimento que havia apenas oito pessoas lá.

– Minha querida – disse ele à esposa –, é terrível termos poucos convidados. Por que você não convidou os Gilbert para se juntarem a nós hoje?

– Eu não lhe disse, Sir John, quando você falou comigo acerca disso, que não seria possível? Eles jantaram conosco ontem.

– Você e eu, Sir John – disse Mrs. Jennings –, não devemos dar muita importância a essas cerimônias.

– Desse modo vocês seriam muito mal-educados! – exclamou Mr. Palmer.

– Meu amor, você contradiz todo mundo – disse a esposa, rindo como de costume. – Você não percebe que é um tanto rude?

– Não sabia que era considerado grosseria chamar sua mãe de mal-educada.

– Sim, trate-me mal o quanto quiser – retrucou a velha e amável senhora. – Você tirou Charlotte de mim e não pode devolvê-la. Então, estou levando a melhor.

Charlotte riu de todo coração ao pensar que o marido não podia se livrar dela e com muito prazer disse que não se importava com o quanto ele se zangava com ela, já que tinham de viver juntos. Era impossível que alguém fosse mais verdadeiramente amável ou mais determinado a ser feliz do que Mrs. Palmer. As consideráveis indiferenças, insolências e insatisfações do marido não lhe magoavam e, quando ele a repreendia ou a maltratava, ela se divertia aos montes.

– Mr. Palmer é tão engraçado! – disse ela, num sussurro a Elinor. – Está sempre tão mal-humorado.

Após algumas observações, Elinor não estava inclinada a dar crédito ao cavalheiro por ser tão verdadeira e naturalmente desagradável ou mal-educado como gostaria de parecer. Assim como muitos outros de seu sexo, o temperamento dele talvez fosse um tanto amargo por descobrir que, por alguma tendência inexplicável em favor da beleza, ele era casado com uma mulher bastante tola, mas ela sabia que esse erro era muito comum para que qualquer homem sensato se deixasse abalar por muito tempo. Era apenas um desejo por distinção, acreditava ela, que produzia o tratamento desdenhoso e os maus-tratos a tudo e a todos à sua volta. Era o desejo de parecer superior. O motivo era comum demais para causar surpresa, entretanto, os meios usados, sendo ou não bem-sucedidos a fim de estabelecer sua superioridade pela má educação, não eram prováveis de atrair ninguém além da esposa.

– Ah, minha querida Miss Dashwood – disse Mrs. Palmer logo em seguida. – Tenho um grande favor a pedir a você e às suas irmãs. Vocês passariam um tempo em Cleveland neste Natal? Por favor, digam que sim! E venham enquanto os Weston estiverem conosco. Vocês não imaginam o quanto eu ficarei feliz! Será maravilhoso! Meu amor – dirigindo-se ao marido –, você não anseia pela visita das irmãs Dashwood a Cleveland?

– Certamente – respondeu, sarcástico. – Vim até Devonshire somente com esse objetivo.

– Pois bem – retrucou a esposa –, vejam que Mr. Palmer as espera. Então, não recusem.

Mais que depressa, e muito resolutas, ambas recusaram o convite.

– Mas vocês devem ir! Estou segura de que vocês gostarão de tudo. Os Weston estarão conosco, e será muito agradável. Vocês não imaginam que lugar lindo Cleveland é e estamos tão felizes, porque Mr. Palmer sempre roda o interior trabalhando na campanha eleitoral. E tantas pessoas que nunca vi jantam conosco, é bem encantador! Pobre homem, porém! É muito cansativo para ele, que precisa fazer com que todos gostem dele!

Elinor mal conseguiu manter a compostura ao concordar com a dificuldade de tal obrigação.

— Será tão maravilhoso — disse Charlotte — quando ele estiver no Parlamento, não será? Darei tantas risadas! Será tão ridículo ver todas as cartas endereçadas a ele com as iniciais MP,[8] mas, veja, ele disse que nunca franqueará minhas cartas. Não é, Mr. Palmer?

Mr. Palmer, no entanto, não lhe deu atenção.

— Ele detesta escrever — continuou. — Diz que é um tanto irritante.

— Não — retrucou o marido —, eu nunca disse algo tão irracional. Não coloque todos esses abusos à linguagem em minha boca.

— Pois bem, veja como ele é engraçado. É sempre assim com ele! Às vezes, ele passa metade do dia sem falar comigo e, então, aparece com alguma observação divertida sobre qualquer assunto.

Enquanto retornavam à sala de estar, Elinor foi pega de surpresa por Mrs. Palmer lhe questionando se ela não gostava demais de Mr. Palmer.

— Certamente — respondeu. — Ele parece um cavalheiro muito agradável.

— Bem, fico feliz. Pensei mesmo que gostaria, ele é tão amável; e posso dizer que Mr. Palmer está bastante satisfeito com você e suas irmãs. Você mal pode imaginar o quanto decepcionado ele ficará se não forem a Cleveland. Não consigo pensar em motivos para a recusa.

Elinor, mais uma vez, se viu obrigada a recusar e, ao mudar de assunto, colocou um ponto-final nas insistências. Já que viviam no mesmo condado, ela achava bem possível que Mrs. Palmer pudesse lhe contar com mais detalhes sobre o caráter geral de Willoughby, mais do que poderia reunir a partir da convivência parcial dos Middleton com o rapaz. Com a intenção de descartar qualquer medo por Marianne, ela estava ansiosa por obter de qualquer um confirmações dos méritos dele. Começou, então, por inquirir se eles viam muito Mr. Willoughby em Cleveland e se eram íntimos.

---

8 A sigla significa "Membro do Parlamento".

— Minha nossa, sim. Eu o conheço muito bem — respondeu Mrs. Palmer. — Não que eu tenha conversado com ele, mas sempre o vejo na cidade. Por algum motivo, nunca aconteceu de estarmos em Barton enquanto ele estava em Allenham. Mamãe o viu certa vez antes, mas eu estava com meu tio em Weymouth. Enfim, ouso dizer que veríamos o cavalheiro um bom tanto em Somersetshire, se não fosse a infeliz coincidência de nunca estarmos juntos no interior. Ele fica pouco em Combe, creio. Mas, mesmo que ficasse, não acho que Mr. Palmer o visitaria muito, porque ele é do partido oposto, entende? Além disso, é muito longe. Sei bem por que você faz essas perguntas. Sua irmã se casará com ele. Sou tremendamente grata por isso, porque a terei como vizinha.

— Oras, meu Deus! — respondeu Elinor. — Você deve saber muito mais do assunto do que eu, se tem qualquer motivo para esperar que tal união aconteça.

— Não tente negar, porque você sabe muito bem que é disso que todos falam. Garanto-lhe que ouvi a história no caminho até a cidade.

— Cara Mrs. Palmer!

— Juro que é verdade. Encontrei o coronel Brandon na segunda-feira de manhã, em Bond Street, pouco antes de sairmos da cidade, e ele me disse sem cerimônias.

— Você me surpreende muito. O coronel Brandon lhe contou? Com certeza é algum tipo de engano. Passar uma informação desse tipo a alguém que talvez nem esteja interessado, mesmo sendo verdade, não é algo que eu esperaria dele.

— Eu lhe asseguro que é verdade e, por conta disso, lhe contarei como aconteceu. Quando o encontramos, ele deu meia-volta e caminhou conosco. Começamos a conversar sobre meu cunhado e minha irmã. Uma coisa levou à outra, e eu lhe disse, "Então, coronel, fiquei sabendo que há uma nova família na Cabana Barton. Mamãe me escreveu para dizer que elas são lindas e que uma delas vai se casar com Mr. Willoughby de Combe Magna. É mesmo verdade? Porque, claro, você deve estar a par, uma vez que esteve em Devonshire há pouco".

– E o que o coronel respondeu?

– Ah... não muito. Mas suas expressões eram como se ele soubesse que era verdade. Daquele momento em diante, eu tive o caso como certo. Digo que será muito maravilhoso! Quando será o casamento?

– E Mr. Brandon estava bem, não?

– Ah, sim! Bastante. E teceu muitos elogios. Não disse nada além de coisas muito boas sobre você.

– Fico lisonjeada pelos elogios. Ele parece ser um homem muito bom e penso que ele seja agradável de uma maneira incomum.

– Eu também. Ele é um homem muito encantador, e é uma pena que seja tão sério e monótono. Mamãe disse que *ele* estava apaixonado por Marianne também. Garanto que seria uma grande honra se estivesse, porque dificilmente se apaixona.

– Mr. Willoughby é muito conhecido pela sua vizinhança em Somersetshire?

– Ah, sim! Muito. Digo, não creio que muitas pessoas sejam íntimas dele, porque Combe Magna é demasiado distante, mas todos o têm em boa conta, garanto-lhe. Ninguém é mais adorado do que Mr. Willoughby em qualquer lugar a que vá, e diga isso à sua irmã. Ela é uma garota tremendamente sortuda por enlaçá-lo, já que é tão linda e agradável e nada é bom o bastante para ela. Enfim, não pense que ela seja tão mais bela do que você, acredite. Acho ambas excessivamente bonitas, e Mr. Palmer é da mesma opinião, embora não tenhamos conseguido fazê-lo confessar ontem.

As informações de Mrs. Palmer sobre Willoughby não eram muito concretas, mas qualquer testemunho em seu favor, não importava o quão pequeno, era satisfatório para Elinor.

– Estou feliz por finalmente termos nos conhecido – continuou Charlotte. – E espero que continuemos boas amigas. Você não imagina o quanto esperei para conhecê-las! É tão maravilhoso que vocês tenham se mudado para a cabana! Nada se compara àquele lugar! E estou muito feliz que sua irmã arranjou uma boa união! Tenho esperanças de que vocês visitarão bastante Combe Magna. Todos dizem ser um lugarzinho delicioso.

— Você conhece o coronel Brandon há muito tempo, certo?

— Sim, há muito tempo, desde que minha irmã se casou. Ele era amigo íntimo de Sir John, creio eu — e acrescentou em um tom mais baixo —, ele teria ficado muito feliz em se casar comigo, se pudesse. Sir John e Lady Middleton queriam muito, mas mamãe não pensava ser um partido bom o bastante para mim; do contrário, Sir John teria comentado com o coronel, e nós teríamos nos casado imediatamente.

— O coronel Brandon sabia da proposta de casamento de Sir John à sua mãe antes que fosse feita? Ele nunca demonstrou seu afeto por você?

— Ah, não. Mas, se mamãe não tivesse qualquer objeção, ele teria adorado fazê-lo. Ele não me vira mais que duas vezes, porque eu ainda estava na escola. Enfim, estou bem feliz como estou. Mr. Palmer é o tipo de homem que me agrada.

CAPÍTULO XXI

Os Palmer retornaram a Cleveland no dia seguinte, e as duas famílias restantes mais uma vez foram deixadas como entretenimento uma da outra. Mas isso não durou muito. Elinor mal havia esquecido os últimos visitantes – mal havia deixado de se espantar com a felicidade sem motivos de Charlotte, com os modos contidos de Mr. Palmer, mesmo com tantas qualidades, e com a estranha discordância que era comum entre marido e esposa –, e o zelo ativo de Sir John e de Mrs. Jennings ao bem-estar de seus amigos logo lhe rendeu mais pessoas novas para conhecer e observar.

Em um passeio matinal a Exeter, encontram duas jovens damas, que Mrs. Jennings teve o prazer de descobrir serem suas parentes, e isso bastou para que Sir John as convidasse imediatamente a Barton Park assim que o compromisso em Exeter terminasse. Diante de tal convite, elas encerraram o compromisso, e Lady Middleton ficou bastante alarmada ao descobrir, assim que o marido retornou, que logo receberia duas jovens desconhecidas de cuja elegância e possível parentesco ela não tinha provas, já que as garantias do marido e da mãe não serviam de nada. O fato de serem parentes deixava tudo ainda pior e as tentativas de Mrs. Jennings em consolar a filha foram ainda mais infelizes quando a aconselhou a não se importar caso fossem muito requintadas, porque eram primas e deveriam se tolerar. Era impossível, porém, impedir que elas prestassem a visita, então Lady Middleton se conformou com a ideia, usando toda a filosofia de uma mulher bem-educada e se contentando apenas com algumas poucas reprimendas ao marido, cinco ou seis vezes todo dia.

As jovens chegaram, e eram bastante requintadas: os vestidos eram muito elegantes, e os modos, demasiado cordiais. Ficaram encantadas com a casa e com a mobília, e eram tão afeiçoadas a crianças, que Lady Middleton as teve em boa conta antes que completassem uma hora em Barton Park. Ela admitiu que eram garotas muito agradáveis, de fato, o que para ela se traduzia em uma entusiasmada admiração. A confiança de Sir John no próprio julgamento se elevou devido aos ânimos da esposa e, então, ele partiu imediatamente em direção à cabana para contar às Dashwood sobre a chegada das Steele, e para lhes assegurar de que eram as garotas mais amáveis do mundo. De tal elogio, entretanto, não havia muito o que concluir. Elinor sabia bem que as garotas mais amáveis do mundo poderiam ser encontradas em todas as partes da Inglaterra, sob todas as variações de tamanho, rosto, temperamento e inteligência. Sir John queria que todas partissem de imediato para Barton Park para dar uma olhada nas visitas. Mas que homem benevolente e filantrópico! Era difícil até mesmo guardar o segredo de uma prima de terceiro grau.

— Vamos agora — disse ele —, por favor, vamos! Vocês devem vir. Declaro que devem. Vocês não imaginam o quanto vão gostar delas. Lucy é tremendamente bonita, além de ser bem-humorada e agradável! As crianças já estão todas penduradas nela, como se fosse uma velha conhecida. E elas querem muito conhecer vocês, mais que tudo, porque eu lhes contei em Exeter que vocês eram as criaturas mais lindas do mundo e ainda confirmei e disse que eram mais um tanto. Vocês se encantarão com elas, tenho certeza. Elas cobriram todo o sofá com brinquedos para as crianças. Como vocês podem ser rabugentas a ponto de não irem? Oras, elas são suas primas de consideração, saibam disso. *Vocês* são minhas primas, e elas de minha esposa, então somos todos parentes.

Todavia, Sir John não venceu, e a única coisa que conseguiu foi uma promessa de que elas iriam a Barton Park dentro de um ou dois dias, deixando-o então espantado com tamanha indiferença, pronto para chegar em casa e gabar-se mais uma vez do interesse delas pelas Steele, como já fizera com as Dashwood sobre estas.

Quando enfim a visita prometida a Barton Park aconteceu, e consequentemente a apresentação às jovens, elas notaram que não havia nada para admirar na aparência da mais velha, que tinha quase trinta anos e um rosto bem comum e nada distinto. No entanto, na outra, que deveria ter não mais que 22 ou 23 anos, elas perceberam uma beleza reconhecível: suas feições eram bonitas, e ela tinha olhos ágeis e atentos e ares perspicazes que, embora não lhe trouxessem elegância e delicadeza, conferiam à sua pessoa bastante distinção. Os modos de ambas eram particularmente cordiais, e Elinor logo lhes concedeu crédito por um tanto de sensibilidade quando as viu agir com atenção constante e diligente a Lady Middleton. Com as crianças, elas permaneciam em êxtase, louvando sua beleza, paparicando-as e sendo indulgentes com seus caprichos. E o tempo que sobrava das exigências da polidez era gasto para admirar o que quer que Lady Middleton estivesse fazendo, se estivesse fazendo algo, ou para comentar da elegância de algum vestido que ela usara no dia anterior e que as deixara em puro êxtase. Felizmente, para aqueles que paparicam por meio de tais pequenezas, uma mãe amável, sempre em busca dos melhores elogios para os filhos, mesmo sendo o mais ávido dos seres humanos, é também o mais crédulo: suas demandas são exorbitantes, mas ela engolirá qualquer coisa. E a atenção excessiva e a tolerância das Steele com as crias dela eram vistas, portanto, por Lady Middleton sem o menor espanto ou desconfiança. Ela via com complacência maternal as transgressões impertinentes e as travessuras às quais suas primas se submetiam. Ela via os laços de seus vestidos serem desamarrados, seus cabelos sendo desarrumados, suas bolsas de costura vasculhadas, e suas tesouras e faquinhas roubadas, e não tinha dúvidas de que as primas se divertiam tanto quanto as crianças. Não havia surpresas também no fato de que Elinor e Marianne continuavam sentadas muito compostas, sem que manifestassem qualquer vontade de participar no que acontecia.

— John está tão animado hoje! — disse ela, enquanto o filho pegava o lenço de bolso de Miss Steele e o jogava pela janela. — Está cheio das travessuras.

Em seguida, após o segundo garotinho beliscar o dedo da mesma dama, ela observou com ternura:

— Como o William está brincalhão!

Acariciou com carinho uma garotinha de três anos, que estava quietinha há dois minutos, e acrescentou:

— Aqui está minha doce Annamaria. Ela é sempre tão gentil e quieta. Nunca houve uma coisinha tão quietinha assim!

Infelizmente, ao afagar a filha com tantos abraços, um grampo de seu chapéu roçou de leve o pescoço da criança, o que foi suficiente para arrancar de tamanha ternura o mais violento berreiro, que não seria facilmente superado por nenhuma criatura conhecida por ser barulhenta. O pânico da mãe foi exagerado, mas não poderia ganhar do alarde das Steele, e naquela situação emergencial as três fizeram tudo que seu afeto poderia lhes permitir a fim de minimizar a agonia da pequenina. Ela foi sentada no colo da mãe, coberta de beijos, e a ferida foi banhada em água de lavanda por uma das Steele, que estava de joelhos para cuidar da menina, enquanto a outra a enchia de docinhos. Com tantos prêmios pelo berreiro, a criança era esperta demais e não parou de chorar. Ela ainda gritava e soluçava com vontade e chutou os dois irmãos que tentaram lhe tocar, e todos os mimos foram inúteis até que Lady Middleton, por sorte, lembrou-se de uma ocasião similar de aborrecimento que ocorrera na semana anterior: usaram geleia de damasco para um machucado na têmpora, então esse mesmo remédio foi proposto com ansiedade para curar aquele arranhão infeliz. Uma breve pausa nos choros da menina ao ouvir isso lhes deu esperanças de que ela não rejeitaria. Portanto, a mãe a carregou para fora da sala nos braços, em busca do remédio, e os dois garotinhos as seguiram, embora a mãe tenha pedido para ficarem. As quatro damas foram deixadas na maior das calmarias desconhecida há horas.

– Pobres criaturinhas! – disse Miss Steele, assim que os outros partiram. – Talvez tenha sido um acidente bem ruim.

– Não sei como poderia – retrucou Marianne –, a menos que as circunstâncias fossem outras. Mas esse é o jeito mais comum de criar alarde: quando não há nada com o que se alarmar.

– Que mulher adorável Lady Middleton é! – comentou Lucy Steele.

Marianne ficou em silêncio, pois era impossível não dizer o que sentia, por mais trivial que fosse a ocasião. Sobrou, é claro, para Elinor, que precisou assumir a tarefa de mentir quando a educação assim requeria. Fez o melhor que pôde quando precisou falar de Lady Middleton com muito mais afeto do que realmente sentia, embora com bem menos do que Miss Lucy.

– Posso dizer o mesmo de Sir John! – exclamou a mais velha. – Mas que homem encantador!

Os elogios de Miss Dashwood quanto ao cavalheiro também foram simples e justos, mas sem floreio algum. Ela apenas comentou que ele era muito bem-humorado e amigável.

– E que família mais adorável eles têm! Nunca vi crianças mais maravilhosas em minha vida. Confesso que já os bajulo, e que sempre me deixo distrair pelo afeto que sinto pelas crianças.

– Eu bem que poderia adivinhar mesmo – respondeu Elinor, sorrindo –, pelo que presenciei hoje.

– Tenho a sutil ideia – disse Lucy – de que você pensa que os pequenos Middleton são muito mimados, e talvez até sejam demais mesmo, mas é tão natural para Lady Middleton. E, de minha parte, gosto de ver crianças cheias de vigor e ânimo. Não as suporto se forem comportadas e quietas.

— Confesso — respondeu Elinor — que, enquanto estou em Barton Park, nunca penso em crianças comportadas e quietas com alguma repulsa.

Uma pausa breve se assentou após essa declaração, e logo foi quebrada por Miss Steele, que parecia disposta a conversar, dizendo abruptamente:

— Você gosta de Devonshire, Miss Dashwood? Suponho que se lamente por ter deixado Sussex.

Um tanto espantada com a intimidade da pergunta, ou ao menos com a maneira com que foi dita, Elinor respondeu que se lamentava.

— Norland é um lugar enorme e belo, não é? — acrescentou Miss Steele.

— Ouvimos Sir John admirá-lo excessivamente — disse Lucy, que parecia ver necessidade em se desculpar pela liberdade tomada pela irmã.

— Penso que todos *devem* admirar o lugar — respondeu Elinor —, ao menos quem já o viu, muito embora não se possa supor que alguém estime suas belezas como nós.

— E havia muitos jovens bonitinhos por lá? Penso que não há muitos por aqui; na minha opinião, um belo rapaz nunca é demais.

— E por que você acha — disse Lucy, um tanto envergonhada pela irmã — que não há tantos rapazes elegantes em Devonshire como em Sussex?

— Não, minha querida, não pretendo dizer que não há. Tenho certeza de que há muitas belezinhas em Exeter. Mas você sabe, como eu poderia saber quantos há em Norland? E tenho receio de que as Dashwood pensem que Barton é um lugar chato se não encontrarem tantos jovens bonitinhos como costumavam. Mas talvez vocês, jovens damas, não se importem tanto com namorados e possam viver muito bem com ou sem eles. Para mim, são sempre agradáveis, desde que se vistam bem e se comportem com cordialidade. Mas não suporto vê-los sujos e nojentos. Em Exeter, há Mr. Rose, um jovem inteligente e promissor, bem bonitinho, que trabalha para Mr. Simpson, e mesmo assim, se você o encontrar pela manhã, ele não está em condições de ser visto. Suponho, Miss Dashwood, que seu irmão devia ser bem bonito antes de se casar, já que era rico.

— Meu bom Deus! — respondeu Elinor — Não sei lhe dizer, já que não compreendo totalmente o significado dessa palavra. Mas isto eu posso lhe afirmar: se era bonito antes de se casar, ainda é, porque não mudou em nada.

— Ah, minha nossa! Nunca pensamos em homens casados bonitões. Eles têm outras preocupações.

— Meu Deus! Anne! — exclamou a irmã. — Você não tem outro assunto a não ser homens bonitos... Desse jeito, Miss Dashwood acreditará que você não pensa em mais nada — e, para mudar de assunto, ela começou a admirar a casa e a mobília.

Essa pequena amostra do que eram as Steele foi o suficiente. A liberdade vulgar e as bobagens da mais velha somente lhe prejudicaram. Com isso, Elinor, que não deixou a beleza, ou a perspicácia, da mais nova lhe cegar para a falta de elegância verdadeira e honestidade, foi embora sem qualquer desejo de lhes conhecer melhor.

Mas as Steele eram o contrário. Elas vieram de Exeter muito bem providas de admiração por Sir John Middleton, por sua família e por todos os parentes, e um bom tanto era então direcionado às primas dele, que foram declaradas pelas Steele como as garotas mais belas, elegantes, talentosas e agradáveis que já haviam contemplado, e com quem estavam ansiosas para estreitar laços. Não tardou para que Elinor descobrisse ser um destino inevitável se conhecerem melhor, já que Sir John estava completamente de acordo com as Steele, e, portanto, a companhia delas era requisitada demais para sofrer qualquer objeção. Era preciso se submeter a tal tipo de intimidade, o que consistia em se sentar por uma ou duas horas no mesmo cômodo quase todos os dias. Não havia mais nada que Sir John pudesse fazer, mas ele sequer sabia que algo mais poderia ser necessário: estar junto significava, em sua opinião, ser íntimo; e, enquanto seus esquemas contínuos de reunião fossem efetivos, não lhe restavam dúvidas de que seriam amigas certeiras.

Para lhe fazer jus, ele fez tudo ao seu alcance para promover a desinibição das damas, como colocar as Steele a par de qualquer coisa que ele soubesse ou supusesse em relação às primas nos mais detalhados pormenores. Por causa disso, Elinor não havia se encontrado com elas mais de duas vezes, e a mais velha delas já estava desejando felicidades por Marianne ser sortuda o bastante ao conquistar um cavalheiro tão esperto e bonito desde que chegara em Barton.

— É uma coisa ótima que ela se case tão cedo — comentou —, e eu ouvi dizer que ele é bem bonitinho e que tem tudo para ser um galã. Espero que você tenha a mesma sorte o mais breve possível, mas, talvez, você até já tenha um amigo na manga.

Elinor não poderia supor que Sir John seria mais respeitoso ao proclamar suas suspeitas quanto a Edward do que fora com Marianne. Na verdade, sua situação lhe proporcionava as provocações favoritas dele, já que era algo mais novo e mais especulativo. Além disso, desde que Edward as visitou, nunca conseguiram jantar juntos sem que Sir John brindasse à alegria dela com tanto significado, piscadelas e acenos, como se quisesse instigar a atenção de todos. Invariavelmente, a letra F era mencionada, e servia de fonte para inúmeras piadinhas, de modo que há muito fora atribuída a Elinor como sendo a letra mais sagaz do alfabeto.

Como ela suspeitava, as Steele, portanto, estavam por dentro de todas as piadinhas, e a mais velha passou a cultivar uma curiosidade em saber o nome do cavalheiro ao qual elas aludiam, e, isso, embora sempre expresso de modo impertinente, fazia parte do repertório de suas inquisições gerais acerca da família. Sir John, porém, não permaneceu muito tempo na curiosidade, que, com muito prazer cultivou, porque era tão divertido para ele dizer o nome quanto era para Miss Steele ouvi-lo.

— O nome dele é Ferrars — disse, num sussurro bem audível. — Mas peço-lhe que não conte a ninguém, pois é um imenso segredo.

— Ferrars? — repetiu Miss Steele. — Mr. Ferrars é então o sortudo, não é? O quê?! O irmão de sua cunhada, Miss Dashwood? Com certeza é um jovem muito agradável. Eu o conheço muito bem.

— E como você poderia saber, Anne?! — exclamou Lucy, que sempre estava fazendo emendas pelas afirmações da irmã. — Embora o tenhamos visto uma ou duas vezes na casa de nosso tio, é exagero demais fingir que você o conhece bem.

Elinor ouviu isso com atenção e espanto.

— E quem é esse tio? Onde ele mora? Como eles se conhecem?

Ela queria muito que o assunto continuasse, embora não tivesse escolhido participar dele. Nada mais foi dito, porém, e pela primeira vez na vida, achou Mrs. Jennings carente ou curiosa por informações insignificantes ou com disposição para pedi-las. O modo como Miss Steele falou de Edward aumentou sua curiosidade, porque a tomou de surpresa como fora dito um tanto na má intenção ao mesmo tempo que sugeria a suspeita de que a dama sabia, ou pensava saber, algo contra o cavalheiro. Mas a curiosidade de Elinor era inútil, uma vez que o nome de Mr. Ferrars não despertou mais a atenção de Miss Steele quando aludido, ou nem mesmo quando mencionado abertamente por Sir John.

CAPÍTULO XXII

Marianne, que nunca teve muita paciência para qualquer coisa como impertinência, vulgaridade, inferioridade ou até mesmo divergências de gostos, estava naquele momento bastante indisposta, muito devido a seu estado de espírito, a ser agradável com as Steele ou a encorajar qualquer aproximação. À frieza invariável de seu comportamento, que impedia cada tentativa de intimidade das irmãs, Elinor atribuía a preferência que elas tinham por ela mesma, cada vez mais evidente nos modos de ambas, mas principalmente de Lucy, que não perdia oportunidade alguma de engajá-la em conversas ou de se esforçar para melhorar a intimidade por meio de observações sinceras e descomedidas de seus sentimentos.

Lucy era esperta por natureza, e seus comentários eram quase sempre sinceros e divertidos. Como companhia por meia hora, Elinor a achava até agradável, mas suas qualidades não receberam a assistência da boa educação: ela era ignorante e iletrada; e a carência de aprimoramento mental e a falta de informação nos assuntos mais comuns não poderiam ser ocultadas de Miss Dashwood, apesar de seus esforços constantes para parecer superior. Elinor via a negligência das capacidades que poderiam ter se tornado respeitáveis se houvessem recebido boa educação, e sentia pena. Entretanto, com menos empatia, ela também notava a total falta de delicadeza, de retidão moral e de integridade mental, desmascarada pelo excesso de atenção, de bajulações e de assiduidade em Barton Park. E era impossível restar qualquer prazer na companhia de uma pessoa que unia falsidade e ignorância. A falta de instrução de Miss Steele impedia uma conversa de igual nível, e sua conduta para com os outros tornava qualquer demonstração de cuidado e de respeito perfeitamente inútil.

— Ouso dizer que você achará minha pergunta estranha — disse Lucy um dia enquanto caminhavam juntas de Barton Park para a cabana —, mas, diga-me, você conhece pessoalmente Mrs. Ferrars, mãe de Edward?

Elinor *realmente* achou a pergunta bastante estranha, e seu semblante traduziu isso muito bem quando respondeu que nunca vira Mrs. Ferrars.

— É mesmo? — respondeu Lucy. — Isso me espanta, porque eu pensava que você a tivesse visto em Norland alguma vez. Então talvez você não possa me dizer que tipo de mulher ela é, não é mesmo?

— Não. Não sei nada sobre ela — retrucou Elinor, cautelosa para que não deixasse transparecer sua real opinião sobre a mãe de Edward e sem vontade alguma de satisfazer o que lhe parecia uma curiosidade impertinente.

— Estou certa de que você me acha estranha por perguntar dela desse modo — observou Lucy, fitando Elinor com atenção enquanto falava —, mas talvez eu tenha motivos... Gostaria de ousar dizê-los. Enfim, espero que você me faça a gentileza de acreditar que não desejo ser impertinente.

Elinor lhe respondeu de forma cortês, e elas caminharam em silêncio por alguns minutos. Lucy, porém, o quebrou, trazendo à tona o assunto mais uma vez e dizendo, com certa hesitação:

— Não posso suportar a ideia de que você me ache impertinentemente curiosa. Tenha certeza de que eu preferiria fazer qualquer coisa a ser vista dessa forma pela pessoa cuja opinião é tão valiosa como a sua. Estou certa de que não deveria ter o menor receio de confiar em *você*. Na verdade, eu ficaria muito grata se você me aconselhasse em uma situação desconfortável na qual me encontro, porém não há motivos para *lhe* perturbar. Lamento muito que você não conheça Mrs. Ferrars.

— Lamento que eu *não* a conheça — respondeu Elinor perplexa. — Até poderia ser proveitoso para *você* saber minha opinião sobre ela, mas nunca compreendi de verdade sua relação com essa família. Portanto, fico um tanto surpresa, confesso, com perguntas tão sérias sobre o caráter daquela senhora.

— Ouso dizer que você está mesmo surpresa, e saiba que não me espanto com isso. Mas, se eu ousasse lhe contar, você não ficaria tão perplexa assim. Mrs. Ferrars não significa nada para mim agora, mas chegará o momento, e depende dela o quão cedo será, em que seremos talvez intimamente relacionadas.

Lucy olhou para baixo ao dizer isso, um tanto acanhada, dando apenas uma olhadela de lado para a companheira a fim de observar os efeitos causados.

— Meu bom Deus! O que você quer dizer? Que está comprometida com Mr. Robert Ferrars? É isso mesmo? — exclamou Elinor, sem se sentir muito satisfeita com a possibilidade de tê-la como cunhada.

— Não, não com Mr. *Robert Ferrars*... nunca o vi na vida... — fixando os olhos em Elinor — mas sim com o irmão mais velho dele.

O que Elinor sentia naquele momento? Perplexidade, que seria tão dolorosa quanto poderosa, não fosse a descrença imediata na afirmação que ouvira. Ela se virou para Lucy em um assombro silencioso, incapaz de detectar o motivo ou objetivo de tal declaração, e, embora suas expressões mudassem, ela permaneceu firme na incredulidade e não sentiu medo de ter um ataque histérico, ou até mesmo de desmaiar.

— É normal que esteja espantada — continuou Lucy —, porque tenho certeza de que você não sabia e ouso dizer que ele nunca deu a menor pista para você e para sua família, já que era para ser sempre um grande segredo muito bem guardado por mim até agora. Ninguém além de Anne sabe, e eu não lhe contaria se não confiasse totalmente que você manterá como está. Além disso, penso que meu comportamento foi muito estranho ao perguntar tanto sobre Mrs. Ferrars, então decidi que eu deveria lhe explicar. Não creio que Mr. Ferrars ficará zangado quando descobrir que confiei em você, porque ele lhe tem, assim como sua família, na mais alta conta, e as vê quase como suas irmãs.

Ela fez uma pausa, e Elinor permaneceu em silêncio por alguns instantes. O espanto era grande demais para que conseguisse falar, mas, aos poucos, forçando-se a falar com cautela, disse da maneira mais calma e tolerável que pôde, escondendo o choque e a preocupação:

— Posso lhe perguntar há quanto tempo estão noivos?

— Há quatro anos.

— Quatro anos!?

— Sim.

Apesar do choque, Elinor ainda não conseguia acreditar em nada.

— Eu nem sequer sabia, até outro dia, que vocês se conheciam.

— Nossa amizade, porém, é de longa data. Ele ficou sob os cuidados de meu tio por um tempo considerável.

— Seu tio?

— Sim, Mr. Pratt. Você nunca o ouviu falar de Mr. Pratt?

— Penso que sim — respondeu Elinor com ânimos exaltados, inflamados pelo aumento em suas emoções.

— Ele ficou por quatro anos sob tutela de meu tio, que vive em Longstaple, perto de Plymouth. Foi quando nos conhecemos, porque minha irmã e eu ficávamos com nosso tio com frequência, e começamos o noivado; embora isso tenha ocorrido apenas um ano depois de ele deixar de ser pupilo de nosso tio, ele quase sempre estava conosco.

Eu não estava muito disposta a aceitar, como pode imaginar, sem que antes a mãe dele soubesse e aprovasse, mas eu era nova demais e o amava muito para ser prudente como deveria. Mesmo que você não o conheça tão bem quanto eu, Miss Dashwood, você deve ter visto o suficiente para ter a sensatez de entender a capacidade dele de fazer uma mulher se apegar a ele com toda a sinceridade.

— Certamente — respondeu Elinor, sem prestar muita atenção.

Mas, após um momento de reflexão, ela acrescentou, com a confiança restabelecida na honra e no amor de Edward, assim como na falsidade de sua companheira:

— Noiva de Mr. Edward Ferrars! Confesso que estou tão espantada com o que me disse que realmente... desculpe-me, mas com certeza há algum engano em relação à pessoa ou ao nome. Não podemos estar falando no mesmo Mr. Ferrars.

— Não podemos estar falando em outro! — exclamou Lucy, sorrindo. — A pessoa é esta: Mr. Edward Ferrars, o filho mais velho de Mrs. Ferrars, de Park Street, e irmão de sua cunhada, Mrs. John Dashwood. Não pense que me engano quanto ao nome daquele cuja minha felicidade depende.

— É muito estranho — respondeu Elinor, na mais dolorosa perplexidade — que ele nunca tenha mencionado seu nome.

— Considerando nossa situação, não é estranho. Cuidamos para que tudo fosse mantido em segredo. Você não sabia nada sobre mim, ou sobre minha família, e, portanto, não haveria *ocasião* para nem sequer mencionar meu nome a você. E, já que ele tinha muito receio de que a irmã suspeitasse de algo, *isso* já era motivo suficiente para a não menção.

Elinor ficou em silêncio, e sua confiança afundou, mas sem levar junto o autocontrole.

— Noiva há quatro anos — disse, num tom bem firme.

— Sim, e só Deus sabe quanto mais devemos esperar. Pobre Edward! Isso lhe parte o coração — retirando uma miniatura do bolso, acrescentou —, para prevenirmos a possibilidade de qualquer engano, faça a gentileza de olhar esta gravura. Não faz jus a ele, com certeza, mas estou certa de que você não se enganará quanto à pessoa. Carrego-a comigo há três anos.

Lucy colocou o objeto na mão de Elinor enquanto falava. Quando esta viu a gravura, quaisquer outras dúvidas que pudessem permanecer em sua mente, por medo de decisões precipitadas ou por um desejo de detectar falsidades, foram banidas pelo rosto de Edward. Quase de imediato ela devolveu o objeto, reconhecendo a semelhança.

— Nunca consegui retribuir com qualquer pintura minha, o que muito me aborrece, porque ele está tão ansioso por ter uma! Mas estou determinada a conseguir na primeira oportunidade que tiver.

— Você está certa — respondeu Elinor com tranquilidade.

Andaram mais alguns passos em silêncio até que Lucy falou:

— Estou segura de que guardará esse segredo, porque você sabe o quanto é importante para nós que a mãe dele não descubra, já que ela nunca aprovaria o noivado, ouso dizer. Não sou rica, e imagino que ela seja uma mulher excessivamente orgulhosa.

— Certamente, eu não busquei por suas confidências — respondeu Elinor —, e mesmo assim você me achou digna de guardá-las. Seu segredo está a salvo comigo, mas desculpe-me por expressar tamanha surpresa em um pedido desnecessário. Penso que você ao menos sente que me colocar a par dele não é suficiente para garantir sua segurança.

Olhou para Lucy com sinceridade ao dizer isso, na esperança de descobrir algo em suas feições, talvez desonestidade da maior parte do que fora dito, mas Lucy permaneceu a mesma.

— Tive receio de que você pensasse que eu estaria tomando muitas liberdades ao lhe contar tudo. Pessoalmente, não lhe conheço há tanto tempo para ter certeza, mas por relatos conheço sua família, e você, há um bom tanto e no momento em que nos encontramos, senti quase como se fôssemos velhas amigas. Além disso, no caso presente, realmente considerei necessárias explicações devido ao fato de eu inquirir tanto sobre a mãe de Edward, e sou tão azarada que não há uma criatura que possa me aconselhar. Anne é a única que sabe, mas ela não pode julgar nada, na verdade, ela me causa mais danos do que bem, porque estou sempre com medo de que ela traia minha confiança. Ela não consegue segurar a língua, como deve ter percebido, e fiquei morrendo de medo certo dia, quando Sir John mencionou o nome de Edward, de que ela desse com a língua nos dentes. Considerando tudo, você não imagina como minha mente está. Muito me espanta ainda estar viva após tudo que sofri por causa de Edward nesses últimos quatro anos. É tudo tão incerto e carrega tanto suspense, e vê-lo raras vezes... mal nos encontramos mais de duas vezes ao ano. Fico perplexa com o fato de que meu coração ainda não se partiu.

Nesse momento, ela pegou um lenço, mas Elinor não sentiu lá muita compaixão. E Lucy continuou, após secar as lágrimas:

— Às vezes, me pergunto se não seria melhor para ambos desfazermos o noivado — E olhou diretamente para sua companheira. — Mas, em outros momentos, não tenho coragem o suficiente para isso. Não suporto a ideia de fazê-lo infeliz, pois sei muito bem que a simples menção assim o faria. E, pensando em mim, já que ele é tão querido, não acredito que eu estaria à altura. Miss Dashwood, o que você me aconselha a fazer? O que você faria?

— Perdoe-me — respondeu Elinor, assustada pela pergunta —, mas não posso lhe dar conselho algum. Deixe que seu próprio julgamento lhe direcione.

— Tenho certeza — continuou Lucy, após um momento de silêncio de ambas — de que a mãe dele, cedo ou tarde, arrumará meios para sustentá-lo. Mas o pobre Edward fica tão deprimido por isso!

Você não achou que ele estava terrivelmente cabisbaixo quando as visitou em Barton? Ele parecia tão infeliz quando nos deixou em Longstaple para lhes encontrar, que tive receio de que vocês pensassem que ele estava doente.

— Então ele vinha da casa de seu tio quando nos visitou?

— Ah, sim. Faz duas semanas que esteve conosco. Você pensou que ele vinha direto de Londres?

— Não — respondeu Elinor, sentindo-se sensível a cada nova circunstância em favor da sinceridade de Lucy. — Lembro-me de que ele nos contou que estivera por duas semanas com amigos perto de Plymouth.

Lembrou-se também do próprio espanto, à época, quando não mencionara mais nada de tais amigos, nem com respeito a seus nomes.

— Você não o julgou tristemente desanimado? — repetiu Lucy.

— Mais especificamente quando chegou.

— Implorei para que ele se esforçasse por temer que vocês suspeitariam de algo, mas ficar conosco apenas duas semanas e me ver tão abalada o deixou bastante infeliz. Pobre sujeito! Instantes antes de deixar Exeter, recebi notícias dele — retirando uma carta do bolso e cuidadosamente mostrando para Elinor. — Você conhece a caligrafia dele, ouso dizer... bastante charmosa. Mas não está bem escrita como de costume. Ele estava cansado, creio eu, porque preencheu toda a folha por mim.

Elinor reconheceu que era a caligrafia *dele* e não poderia mais ter dúvidas. A gravura, permitira-se acreditar, talvez tivesse sido obtida por acidente, não sendo um presente de Edward. Uma carta, porém, poderia somente existir sob a circunstância de um noivado e nada mais. Por um momento, ela quase desmoronou: sentiu o coração afundar e mal podia ficar de pé... Mas precisava se esforçar, era indispensável. Lutou tão resoluta contra a opressão de suas emoções, que teve sucesso imediato, por enquanto.

— Trocar correspondências — disse Lucy, recolocando a carta no bolso — é o único consolo que temos em uma separação tão longa. Sim, *eu* encontro consolo nesta gravura, mas o pobre Edward *nem isso*. Se ele tivesse uma gravura minha, ficaria mais tranquilo. Dei uma mecha de meu cabelo presa em um anel quando ele esteve em Longstaple pela última vez, e isso serviu de consolo para ele, mas sem se igualar à pintura. Talvez você tenha reparado no anel quando o encontrou.

— Reparei, sim — respondeu Elinor, em um tom de voz estável que escondia emoções e sofrimentos nunca sentidos antes. Ela estava mortificada, chocada e perplexa.

Felizmente, chegaram à cabana, e o assunto não poderia ser mantido. Após passarem alguns minutos por lá, as Steele voltaram a Barton Park, permitindo que Elinor tivesse a liberdade de refletir e de sofrer.

CAPÍTULO XXIII

Por menor que fosse a confiança de Elinor na sinceridade de Lucy, era impossível, naquele caso, suspeitar de algo, já que não havia nada que pudesse persuadi-la à bobagem de inventar uma mentira com tantos pormenores. Portanto, o que Lucy dissera ser verdade, Elinor não poderia e nem ousaria duvidar por mais um minuto, mesmo porque o embasamento vinha de probabilidades e provas e era contradito apenas pelo desejo dela. A oportunidade que tiveram de se conhecer na casa de Mr. Pratt servia como argumento para o que restava, dando provas irrefutáveis e alarmantes. A visita de Edward perto de Plymouth, seu estado melancólico, sua insatisfação com o que o futuro lhe reservava, seu comportamento incerto com Elinor, o conhecimento detalhado das Steele no que dizia respeito a Norland e às pessoas que lá viviam – o que muito sempre impressionou Elinor –, a carta e o anel formavam um conjunto sólido de evidências e isso superava qualquer medo que ela tivesse de condená-lo injustamente e de colocar como verdade a péssima forma com que Edward lhe tratava, e isso predileção alguma poderia relevar.

O ressentimento dela quanto a esse tratamento e a indignação por ter sido tão ingênua foram sentidos apenas por ela, por um curto período, mas outras reflexões e considerações surgiram logo. Será que Edward estivera enganando-a propositalmente? Será que ele havia fingido sentir algo por ela que nunca existira? Será que havia amor nesse noivado com Lucy? Não. Qualquer que tenha sido a verdade, ela não mais existia. Todo o afeto de Edward era dela, Elinor, e disso não poderia duvidar. A mãe, as irmãs, Fanny... todos em Norland estavam cientes do afeto do cavalheiro. Não era uma ilusão da própria vaidade dela. Certamente ele a amava. Que alívio para o coração era essa persuasão! O quanto não poderia fazê-la perdoar Edward? Ele era culpado, muito culpado, por permanecer em Norland depois de sentir que os primeiros sinais da influência dela sobre ele soavam mais do que deviam. Quanto a isso, nada poderia defendê-lo; mas, se ele a magoou, quanto mais magoou a si mesmo? Se o caso dela era digno de pena, o dele era uma causa perdida. A imprudência dele fez Elinor sofrer por um tempo, mas parecia tê-lo privado de todas as possibilidades de ser feliz. Em breve, ela poderia descansar tranquila, porém *ele*... o que havia para ele ansiar? Será que ele poderia ser toleravelmente feliz com Lucy Steele? Sem o afeto de Elinor e com toda sua integridade, delicadeza e boa educação, será que ele ficaria satisfeito com uma esposa como Lucy: iletrada, astuta e egoísta?

A loucura apaixonada do jovem de 19 anos naturalmente o cegaria, fazendo com que ele enxergasse apenas a beleza e a amabilidade da moça. Quatro anos sucessivos, se gastos de forma inteligente, lapidariam essa compreensão e abririam os olhos do rapaz quanto aos lapsos na educação da dama. Já do lado dela, esses anos, se passados na companhia de pessoas inferiores e de buscas frívolas, talvez tenham lhe roubado a simplicidade que uma vez lhe moldou o caráter de forma interessante.

Se até mesmo a suposição de se casar com Elinor lhe mostrava o quão enormes eram as barreiras levantadas pela mãe dele, quanto pior seriam agora uma vez que não havia dúvidas quanto às relações e fortuna inferiores de sua noiva em comparação a ela? Tais dificuldades, estando ele tão longe de Lucy, talvez não diminuíssem sua paciência, porém a melancolia era um alívio para aqueles cujas expectativas familiares eram de oposição e indelicadeza!

Conforme essas considerações ocorriam a Elinor em sucessões dolorosas, ela chorava, mais por ele do que por ela mesma. Baseada na convicção de que não fizera nada para alimentar sua infelicidade e consolada pela crença de que Edward não agira de modo a perder o respeito de Elinor, ela pensava que poderia, mesmo sob o primeiro sopro de tamanho tombo, controlar a si mesma a fim de evitar qualquer suspeita da mãe e das irmãs. Assim que desceu para jantar, uma ou duas horas após ter visto todas as suas esperanças morrerem, Elinor agiu tão bem dentro daquilo que esperava, que ninguém poderia suspeitar do que se passava apenas olhando para as duas irmãs: a mais velha lamentava em segredo os obstáculos que dividiriam para sempre ela de seu amor e Marianne internamente se perdia nas perfeições de um homem cujo coração ela tinha como certo que lhe pertencia por inteiro e a quem esperava ver em qualquer carruagem que passasse perto de sua casa.

A necessidade de esconder de Marianne e da mãe aquilo que lhe foi confidenciado em segredo, muito embora lhe exigisse esforço contínuo, não agravava a angústia de Elinor. Pelo contrário: era um alívio ser poupada do comunicado que traria tanta ansiedade a elas e das condenações que recairiam sobre Edward, as quais provavelmente fluiriam do excesso de afeto parcial que sentiam por ela e que eram demais para ela suportar.

Dos conselhos e das conversas, ela não poderia esperar qualquer ajuda, e a gentileza e as lamúrias apenas aumentariam seu sofrimento, enquanto seu autocontrole não seria nem encorajado e nem receberia elogios. Era mais forte sozinha, e seu bom-senso a apoiava tão bem, que sua firmeza era inabalável e sua atitude era alegre, invariável, mesmo com tantos arrependimentos intensos e recentes.

Embora tenha sofrido com a primeira conversa com Lucy sobre o assunto, logo Elinor sentiu um desejo verdadeiro de retomá-lo por mais de uma razão. Ela queria ouvir de novo os detalhes do noivado e compreender melhor os sentimentos de Lucy por Edward, se havia mesmo qualquer sinceridade nas declarações de amor que ela dissera em relação a ele. E mais: Elinor queria particularmente convencer Lucy, por sua disposição a tocar no assunto mais uma vez e calmaria ao manter a conversa, de que ela não tinha outros interesses senão o de amizade, já que na manhã da revelação ela temeu que sua agitação involuntária pudesse ter dado brechas para dúvidas. Era bem provável que Lucy estivesse com ciúmes: era nítido que Edward sempre falara muito bem de Elinor, não apenas porque Lucy assim mencionou, mas também por sua ousadia em confiar à Miss Dashwood, a quem conhecia há pouco tempo, um segredo clara e evidentemente importante. E até mesmo as piadinhas de Sir John devem ter pesado em favor disso.

De fato, enquanto Elinor continuava convencida de que Edward a amava, eram impossíveis outras considerações de que o ciúme de Lucy fosse natural; e sua confiança era uma prova. Quais outras razões existiriam para a revelação de tal caso amoroso, senão Elinor ser informada do direito de Miss Steele sobre Edward e ensinada a evitá-lo no futuro? Não havia muitas dificuldades em compreender as intenções da rival e, embora decidida a agir com honra e honestidade, em lutar contra o afeto por Edward e em vê-lo o mínimo possível, ela não poderia negar a si mesma o conforto de convencer Lucy de que seu coração não batia por ele. Como ela não poderia ouvir nada mais doloroso do que aquilo que já havia sido dito, não duvidava da própria capacidade de ouvir tudo de novo sem perder a compostura.

Não foi de imediato, porém, que uma oportunidade surgiu, mesmo que Lucy estivesse tão disposta quanto ela mesma em aproveitar qualquer uma que aparecesse. O tempo não estava dos melhores para que pudessem caminhar juntas, quando poderiam se separar dos outros muito facilmente, e mesmo que se vissem pelo menos noite sim, noite não, quer fosse em Barton Park ou na cabana, nesta principalmente, não poderiam supor que haveria espaço para conversas. Tal possibilidade não ocorria a Sir John e a Lady Middleton e, portanto, havia pouco tempo livre para tagarelices gerais, e nenhum para conversas particulares. Os encontros eram feitos para comer, beber, dar risadas, jogar carteado ou *consequences*,[9] ou qualquer outro jogo que fosse barulhento o bastante.

Uma ou duas reuniões do tipo foram feitas sem que Elinor tivesse a oportunidade de conversar em particular com Lucy, até que Sir John as visitou na cabana certa manhã para implorar, em nome da compaixão, que todas fossem jantar com Lady Middleton, porque ele fora obrigado a ir ao clube em Exeter, então ela ficaria muito sozinha, exceto pela companhia da mãe e das Steele. Elinor de imediato aceitou o convite, pois viu uma brecha para colocar em ação o que queria, já que uma reunião do tipo, conduzida pela tranquilidade e pela educação de Lady Middleton – e impossibilitada pelo marido quando ele as unia apenas com propósito de fazer barulho –, lhe daria mais liberdade. Margaret, com a aprovação da mãe, concordou, e Marianne, embora sempre indisposta a comparecer a qualquer reunião deles, foi persuadida pela mãe, que não suportaria vê-la se segregar de qualquer chance de diversão.

As jovens damas foram a Barton Park, e Lady Middleton ficou feliz por ser poupada da solidão aterrorizante que lhe ameaçara. A monotonia da reunião era o que Elinor havia esperado: não havia novidades a serem ditas ou expressadas, e nada poderia ser menos interessante do que a conversa tanto durante o jantar quanto na sala de estar, na qual as crianças permaneceram, o que convencia Elinor da impossibilidade de ter a atenção de Lucy. Apenas quando o chá se encerrou, as crianças se retiraram. O tabuleiro de jogos foi montado, e Elinor começou a se espantar consigo mesma por pensar que poderia ter uma chance de conversar em Barton Park. Todas se levantaram e se prepararam para uma rodada.

---

9 Um jogo típico do século XIX, que consistia em contar histórias: cada participante dá continuidade à história a partir de um trecho escrito pelo participante anterior.

— Estou contente — disse Lady Middleton a Lucy — por você não terminar de fazer o cesto da pobrezinha da Annamaria, porque estou certa de que ornamentar qualquer coisa somente à luz de velas poderia lhe doer a vista. Compensamos a pequenina amanhã, e espero que ela não se importe.

Essa deixa foi o bastante para Lucy, que se lembrou imediatamente e respondeu:

— Você se engana, Lady Middleton. Apenas queria saber se você poderia continuar a reunião sem mim, ou eu já estaria trabalhando na filigrana. Nunca decepcionaria aquele anjinho por nada no mundo e, se você quiser que eu fique para o jogo, então posso terminar o cesto após a ceia.

— Você é tão gentil, mas espero mesmo que sua vista não doa. Você pedirá mais velas se necessário? Minha pobre menininha ficaria muito chateada, sei bem, se o cesto não estivesse pronto amanhã, porque eu lhe garanti que estaria, então ela espera por isso.

Lucy de imediato pegou suas ferramentas de costura e se sentou em um novo lugar com tamanha vontade e satisfação, que parecia que nada no mundo lhe dava mais prazer do que costurar um cesto de filigrana para uma criança mimada.

Lady Middleton propôs uma partida de *Casino*.[10] Ninguém se opôs, exceto Marianne, que, em seu tom usual de desatenção aos traquejos sociais, exclamou:

— Lady Middleton, peço que me desculpe, mas *eu* detesto carteado. Tocarei um pouco de piano, porque não cheguei perto dele desde que foi afinado.

E, sem qualquer cerimônia, ela se virou e foi até o instrumento. Lady Middleton agradecia aos céus por *ela* nunca ter sido tão grosseira.

---

10 É um jogo de cartas no qual o dez de ouros e o dois de espadas se destacam.

— Marianne não consegue ficar longe do piano por muito tempo, madame — disse Elinor, esforçando-se para amenizar a ofensa. — E não me espanta, pois é o piano mais bem afinado que já ouvimos.

As cincos damas restantes estavam prestes a pegar as cartas, mas Elinor continuou:

— Talvez, se me permitem interromper, eu possa ajudar a Miss Lucy Steele a enrolar os papéis. E ainda há tanto para fazer no cesto, que penso que seria impossível terminar o trabalho sozinha ainda hoje. Gostaria muito de fazê-lo, se ela permitir que eu a ajude.

— Com certeza! Sua ajuda será muito bem-vinda! — exclamou Lucy. — Há muito mais a fazer do que eu havia pensado. Seria uma tristeza decepcionar a pequena Annamaria.

— Ah, sim, seria terrível! — disse Miss Steele. — Coisinha mais adorável, como eu a amo!

— Você é muito gentil — respondeu Lady Middleton a Elinor. — E, já que o trabalho lhe agrada tanto, talvez você queira participar apenas da próxima partida, ou gostaria de tentar a sorte agora?

Elinor alegremente se beneficiou da primeira proposta e, com um pouco de atenção, que Marianne nunca aceitaria praticar, conseguiu o que queria e ainda agradou Lady Middleton. Lucy abriu espaço para ela de imediato. As duas rivais logo estavam sentadas lado a lado à mesma mesa e, com muita harmonia, se engajaram no mesmo trabalho. Miss Dashwood por sorte estava bem perto do piano, que Marianne tocava envolta na música e nos próprios pensamentos a ponto de se esquecer dos outros, e, sob tantos sons, ela julgava seguro introduzir o assunto de interesse sem qualquer risco de ser ouvida lá da mesa de carteado.

CAPÍTULO XXIV

Em um tom firme, porém cauteloso, Elinor começou:

— Eu não seria digna de sua confiança anterior se eu não sentisse vontade de continuar o assunto munida de qualquer curiosidade a mais. Portanto, não pedirei desculpas por tocar nele mais uma vez.

— Muito obrigada por quebrar o gelo! — exclamou Lucy com afeto. — Você me tranquilizou, porque eu estava com medo de tê-la ofendido, de um modo ou de outro, pelas coisas que lhe disse na segunda-feira.

— Me ofendido?! Mas como poderia? — Elinor disse na mais verdadeira sinceridade. — Acredite, nada poderia estar mais distante de minhas intenções. Haveria qualquer motivo para sua confiança que não fosse honrável e lisonjeiro para mim?

— Mesmo assim — respondeu Lucy, com o olhar cheio de significado —, você pareceu agir com frieza e desaprovação, o que me deixou muito desconfortável. Tive a certeza de que você estava zangada comigo e, desde então, venho me repreendendo por ter tomado tamanha liberdade em lhe perturbar com meu caso amoroso. Estou feliz, então, por ter descoberto que era coisa da minha cabeça e que você não me culpa. Se você soubesse o alívio que foi abrir meu coração com você sobre aquilo em que mais penso, sua compaixão relevaria todo o resto.

— Acredito mesmo que tenha sido um grande alívio me contar a situação e estar assegurada de que nunca deve se arrepender disso. Seu caso é bastante desafortunado, e parece que você está cercada de dificuldades e que será necessário todo o apoio para superá-las. Mr. Ferrars, creio eu, é totalmente dependente da mãe.

— Ele tem apenas duas mil libras, então se casar assim seria loucura, muito embora eu pudesse renunciar a qualquer perspectiva de aumento sem problema algum. Sempre fui acostumada com uma renda baixa e poderia lutar contra qualquer pobreza por ele, mas eu o amo demais para ser egoísta a ponto de privá-lo de tudo aquilo que a mãe dele lhe daria se ele se casasse para agradá-la. Devemos esperar, e talvez isso dure muitos anos. Com qualquer outro homem seria uma perspectiva terrível, mas nada pode me fazer duvidar do afeto e da constância de Edward.

— Tal certeza deve ser tudo para você, e sem dúvidas ele se apoia na mesma confiança. Se a força de seu afeto mútuo houvesse falhado, como ocorre com muitas pessoas, e sob muitas circunstâncias de um noivado de quatro anos isso seria natural, a situação seria lamentável, de fato.

Lucy levantou o olhar, mas Elinor foi cautelosa em manter suas expressões livres de qualquer coisa que desse a suas palavras um tom suspeito.

— O amor de Edward por mim — disse Lucy — foi muito bem posto à prova pela nossa longa ausência desde que nos tornamos noivos, e passou no teste com tanto mérito, que seria imperdoável se eu duvidasse dele agora. Posso lhe assegurar que em momento algum eu tive motivos para me preocupar.

Elinor mal sabia se deveria sorrir ou suspirar com tal declaração. E Lucy continuou:

– Sou ciumenta por natureza. Portanto, devido às nossas vidas diferentes, por ele sempre estar mais pelo mundo do que eu e por nossa separação constante, estaria predisposta a qualquer suspeita e a descobrir a verdade num instante se houvesse qualquer mudança mínima em seu comportamento quando nos encontrássemos, se qualquer desânimo inexplicável aparecesse, se ele falasse mais em uma dama do que em mim, ou se aparentasse estar menos feliz em Longstaple do que de costume. Não quero insinuar que sou uma observadora perspicaz de modo geral, mas nesse caso em particular eu não seria enganada.

"Tudo isso", pensou Elinor, "é muito bonito, mas não engana a nenhuma de nós". Após um breve silêncio, ela disse:

– Mas quais são suas perspectivas? Ou não há nenhuma além de esperar que Mrs. Ferrars morra?... o que é de uma extremidade melancólica e chocante. O filho dela está mesmo determinado a se submeter a isso e ao tédio de todos os anos de suspense que envolvem correr o risco de desagradar a mãe por um tempo ao contar a verdade?

– Se ao menos tivéssemos a certeza de que seria apenas por um tempo! Mas Mrs. Ferrars é uma mulher orgulhosa e cabeça-dura. Na primeira menção ao caso, em um rompante de raiva, é muito provável que ela deixasse tudo em nome de Robert, e somente essa ideia, pelo bem de Edward, espanta toda a minha inclinação a medidas inconsequentes.

– E pelo seu bem também, ou você está levando sua imparcialidade para além do que é razoável.

Lucy olhou para Elinor mais uma vez, mas ficou em silêncio.

– Você conhece Mr. Robert Ferrars? – indagou Elinor.

– Nem um pouco. Nunca o vi, mas imagino que ele seja bem diferente do irmão. Tolo e um almofadinha.

— Um tremendo de um almofadinha! — repetiu Miss Steele, que ouvira tais palavras durante a pausa da música de Marianne. — Ah, elas estão falando de seus amores favoritos, ouso dizer.

— Não, minha irmã — disse Lucy —, você se engana. Nossos amores favoritos *não* são almofadinhas.

— Posso responder pela Miss Dashwood que o dela não é mesmo — disse Mrs. Jennings, rindo bastante —, porque ele é um dos jovens mais modestos e bem-comportados que já vi. Agora, quanto a Lucy, ela é uma criaturinha tão furtiva que não é possível descobrir de quem *ela* gosta.

— Ah! — exclamou Miss Steele, lançando olhares significativos para todas. — Ouso dizer que o amorzinho da Lucy é tão modesto e bem-comportado quanto o de Miss Dashwood.

Elinor enrubesceu involuntariamente, e Lucy mordeu os lábios, olhando com raiva para a irmã. Um silêncio mútuo recaiu sobre o lugar por alguns minutos. Embora Marianne lhes protegesse com um concerto magnífico, Lucy encerrou o assunto ao falar bem baixinho:

— É com muita honestidade que eu lhe contarei um dos esquemas nos quais pensei para tornar a situação tolerável. Na verdade, vou compartilhar o segredo porque você é uma pessoa interessada. Ouso dizer que você conheceu Edward o suficiente para saber que ele preferiria a igreja a qualquer outro cargo. Meu plano é: que ele se ordene o mais rápido que puder e, sob sua influência, por sua amizade com ele, e por algum afeto por mim, penso que você será gentil de persuadir seu irmão a dar a Edward o benefício eclesiástico de Norland; que sei que é muito bom e que o titular atual não viverá muito mais para mantê-lo. Isso seria o suficiente para que nos casássemos, e deixássemos o resto com o tempo e a sorte.

— É sempre uma alegria — respondeu Elinor — mostrar minha estima e amizade por Mr. Ferrars, mas você não percebe que minha influência nessa ocasião é perfeitamente desnecessária? Ele é irmão de Mrs. John Dashwood. *Isso* já não é indicação suficiente ao marido dela?

— Contudo, Mrs. John Dashwood não aprova que Edward se ordenhe.

— Então penso que minha influência pouco fará.

Ficaram em silêncio por bastante tempo. Depois, Lucy exclamou com um suspiro profundo:

— Penso que o jeito mais inteligente seria romper o noivado de uma vez. Estamos cercados de tantas dificuldades que, embora ficássemos infelizes por um tempo, talvez seríamos mais felizes no fim. Você não me dará conselhos, Miss Dashwood?

— Não — respondeu Elinor, com um sorriso que escondia sentimentos muito ansiosos. — Em tal assunto, certamente não. Você sabe muito bem que minha opinião não teria qualquer peso para você, ao menos que se alinhasse com seus desejos.

— Você se engana — respondeu Lucy muito solene. — Não há ninguém cujo julgamento estimo mais do que o seu. Se você me dissesse "aconselho que você termine seu noivado com Edward Ferrars, pois isso é para a felicidade de ambos", eu realmente acredito que o faria imediatamente.

Elinor ficou vermelha pela falsidade da futura esposa de Edward e respondeu:

— Se eu tivesse qualquer opinião, esse elogio com certeza me espantaria de compartilhá-la, pois ele eleva demais minha influência. O poder de separar duas pessoas tão apaixonadas é enorme para alguém não envolvido.

— É exatamente por não estar envolvida — respondeu Lucy, com certo despeito e ênfase nestas palavras — que seu julgamento talvez tenha algum peso para mim. Se houvesse a possibilidade de você se enviesar por seus próprios sentimentos, então não valeria a pena ouvir sua opinião.

Elinor achou mais sensato não responder, por medo de culminar em um aumento reprovável de desinibição e de sinceridade, e estava quase determinada a nunca mais trazer o assunto à tona. Portanto, outra pausa de muitos minutos se sucedeu, e mais uma vez foi Lucy que a quebrou.

– Você estará em Londres neste inverno, Miss Dashwood? – indagou com a complacência que lhe era natural.

– Certamente não.

– Lamento – respondeu a outra, enquanto seus olhos cintilavam com a informação –, pois seria uma alegria lhe encontrar lá! Mas aposto que irá de qualquer jeito. Tenho certeza de que seu irmão e cunhada a convidarão para uma visita.

– Não está em minhas mãos aceitar um convite deles.

– Mas que azar! Estava certa de que nos encontraríamos lá. Anne e eu iremos a Londres no fim de janeiro, pois alguns parentes esperam nossa visita há anos! Mas apenas faço isso para ver Edward. Ele estará lá em fevereiro, do contrário Londres não teria encanto algum. Não me anima de modo algum.

Elinor logo foi chamada para se juntar à mesa de carteado, assim que a primeira rodada acabou, e a conversa de confidências foi, portanto, encerrada e ambas aceitaram seu fim sem qualquer relutância, porque nada fora dito por nenhuma que as fizesse desgostar uma da outra menos do que outrora. Elinor se sentou à mesa com a persuasão melancólica de que Edward não apenas não gostava da pessoa que seria sua esposa, mas também que ele não teria uma chance de ser minimamente feliz no casamento, coisa que o afeto *dela* poderia proporcionar, porque somente o interesse próprio poderia induzir uma mulher a manter um casamento e ela estava ciente de que Edward estava cansado disso.

Desse momento em diante, o assunto nunca mais foi trazido à tona por Elinor. Lucy raramente perdia uma oportunidade de fazê-lo e era bastante cuidadosa em informar a sua confidente quanto às cartas recebidas por Edward. Então, quando ela falava disso, Miss Dashwood tratava com calma e cautela a situação, dispersando-a assim que o traquejo social lhe permitia. Ela sentia que manter essa conversa era uma indulgência não merecida por Lucy, além de ser perigosa para ela mesma.

A visita das Steele a Barton Park se estendeu muito além daquilo que implicava o primeiro convite. O favoritismo cresceu, e elas não poderiam ser dispensadas. Sir John não queria nem sequer ouvir de sua partida. Apesar dos inúmeros compromissos em Exeter e da necessidade absoluta de retornar a fim de cumpri-los imediatamente, o que estava decidido com vigor no fim da semana, elas foram convencidas a ficar quase dois meses em Barton Park e a ajudar na celebração do festival que exigia mais do que bailes privativos e grandes jantares para mostrar sua importância.

CAPÍTULO XXV

Muito embora Mrs. Jennings cultivasse o hábito de passar enormes períodos do ano na casa das filhas e de amigos, ela tinha uma casa própria. Desde a morte do marido, que fora comerciante numa parte menos elegante de Londres, ela vivera, a cada inverno, em uma casa em uma das ruas perto de Portman Square. Com a aproximação de janeiro, seus pensamentos começaram a se dirigir para o local, por isso, de forma abrupta e inesperada para todos, ela pediu que Elinor e Marianne a acompanhassem até lá. Elinor, sem notar as expressões da irmã e os olhares animados com o plano, imediatamente negou, de forma educada, porém absoluta, porque achava que ambas pensavam da mesma forma. O motivo alegado era a resolução de não deixar a mãe sozinha naquela época do ano. A recusa foi recebida por Mrs. Jennings com espanto, repetindo mais que depressa o convite.

– Oras, por Deus! Tenho certeza de que sua mãe pode ficar sem vocês muito bem, e eu *imploro* para que me façam companhia, porque já estava certa de que aceitariam. Não pensem que seria um incômodo para mim, já que não mudarei os planos por causa disso. A única mudança é que eu preciso mandar Betty em uma carruagem separada, e espero poder bancar *isso*. Nós três iremos muito bem em minha carruagem e quando estivermos na cidade, se não gostarem dos lugares que frequento, vocês podem acompanhar uma de minhas filhas. Estou certa de que sua mãe não se oporá, porque sou muito sortuda pelos maridos que minhas filhas arranjaram, então ela com certeza vai achar que sou qualificada para cuidar de vocês. E, bem, não será minha culpa se eu não conseguir casar pelo menos uma de vocês ao final da visita. Acreditem: falarei muito bem de vocês para todos os jovens cavalheiros.

— Suspeito — disse Sir John — que Miss Marianne não se oponha a tal esquema, se a irmã a acompanhar. É muito duro que ela não possa se divertir um pouquinho só porque Miss Dashwood não quer ir. Meu conselho a vocês duas é: vão para a cidade, quando se cansarem de Barton, sem dizer uma palavra à Miss Dashwood.

— Oras! — exclamou Mrs. Jennings. — Tenho certeza de que a companhia de Miss Marianne muito me animaria, com ou sem Miss Dashwood, mas quanto mais, melhor para mim. E pensei que seria mais confortável para elas se estivessem juntas, porque, se cansarem de mim, podem conversar uma com a outra e rir dos meus trejeitos pelas minhas costas. Mas ou uma ou outra, senão ambas, devo levar comigo. Que Deus me ilumine! Como podem pensar que sou capaz de viver por aí sozinha? Eu, que sempre tive a companhia de Charlotte em todos os invernos. Vamos, Miss Marianne, vamos fechar um acordo, e se Miss Dashwood mudar de ideia por acaso, muito melhor.

— Madame, eu lhe agradeço, honestamente — respondeu Marianne com afeto. — Serei para sempre grata a esse convite, que me deixaria muito feliz se pudesse aceitá-lo, sim, mais feliz do que nunca fui. Mas minha mãe, mais querida e amada... sinto a urgência nas palavras de Elinor... ficaria bem menos alegre e menos confortável se nos ausentássemos. Ah, não! Nada me tenta a deixá-la. Isso não deve, e não será, uma luta.

Mrs. Jennings repetiu a garantia de que Mrs. Dashwood poderia passar muito bem sem as filhas. Elinor, que naquele momento compreendera a irmã, e via que, por mais indiferente que fosse, ela se deixava levar pela ansiedade em ver Willoughby, não se opôs mais ao plano. Ela apenas falava da decisão da mãe, com quem na verdade não poderia contar para prevenir a visita, que não faria bem a Marianne e que ela mesma tinha razões para evitar. Qualquer que fosse a vontade da irmã, a mãe faria de tudo para promovê-la, então ela não poderia esperar que fosse possível influenciar Mrs. Dashwood a ser cautelosa com um caso de amor sobre o qual ela mesma nunca conseguiu persuadi-la à desconfiança; e ela não ousaria explicar o motivo do próprio desinteresse em não ir a Londres. Exigente como era, e consciente dos modos de Mrs. Jennings e sempre enojada por eles, Marianne seria capaz de ignorar todas as inconveniências do tipo e qualquer coisa que pudesse ferir seus sentimentos facilmente irritáveis em sua busca pela pessoa amada. Isso era uma prova tão forte e tão completa da importância do convite, que Elinor, apesar de tudo, não estava preparada para testemunhar.

Persuadida de que tal passeio agregaria muito à diversão das filhas e convencida de todo o afeto delas, quando Mrs. Dashwood ficou sabendo do ocorrido e percebeu o quanto Marianne desejava ir, ela não queria sequer saber da possibilidade de recusa por causa *dela*, insistindo que ambas aceitassem de imediato. Como lhe era de costume, ela começou a prever com muita alegria todas as vantagens que tal separação resultaria para todas.

— Esse plano muito me agrada! — exclamou ela. — É tudo que eu poderia desejar. Margaret e eu seremos muito beneficiadas por isso. Quando vocês e os Middleton forem embora, ficaremos ambas muito tranquilas e felizes com nossos livros e música! E vocês encontrarão Margaret com as habilidades aprimoradas assim que voltarem! E há um plano para mudar um pouco os quartos de vocês também, que pode então ser colocado em prática sem atrapalhar ninguém. É mais que certo: vocês *devem* ir a Londres. Penso que todas as jovens garotas de suas idades devem se familiarizar com os modos e as diversões da cidade. Estarão sob os cuidados de uma mulher muito maternal, e de cuja bondade não posso duvidar. É possível ainda verem seu irmão. Quaisquer que sejam os defeitos dele, ou os defeitos da esposa, quando penso de quem ele é filho, não posso suportar a ideia de vocês serem totalmente estranhos uns aos outros.

— É por causa de sua ânsia natural por nossa felicidade — retrucou Elinor — que você está obviando cada obstáculo que lhe ocorre em relação a esse esquema, mas ainda há uma objeção que, na minha opinião, não pode ser ignorada facilmente.

O semblante de Marianne ficou obscuro.

— E qual é a sugestão da minha querida e prudente Elinor? — indagou Mrs. Dashwood. — Qual obstáculo formidável ela trará à tona agora? Nem ouse mencionar as despesas com essa viagem.

— Minha objeção é esta: embora eu veja com bons olhos a gentileza de Mrs. Jennings, ela é uma mulher cujas companhias não são prazerosas ou cuja proteção não tem importância alguma para nós.

— Isso é verdade — respondeu a mãe —, mas quanto à companhia dela, quando não acompanhada por outras pessoas, vocês não precisam se preocupar. E vocês estarão em público quase sempre com Lady Middleton.

— Se Elinor quer recusar por causa de sua antipatia à Mrs. Jennings — disse Marianne —, ao menos não deixe que isso me impeça de aceitar o *meu* convite. Não tenho tais escrúpulos e sei que poderia lidar com cada coisa desagradável do tipo, sem quase esforço algum.

Elinor não pôde evitar de sorrir com essa mostra de indiferença em relação aos modos daquela pessoa com quem ela sempre tivera dificuldades em persuadir Marianne a tratar com uma polidez tolerável. Resolveu, portanto, que se a irmã insistisse em ir ela iria junto, porque não pensava ser apropriado deixar Marianne ser guiada pelo próprio julgamento, ou que Mrs. Jennings deveria ficar à mercê de Marianne como única companhia dentro de casa. Essa decisão foi ainda mais fácil de ser tomada quando ela se lembrou que Edward Ferrars, de acordo com Lucy, não estaria em Londres antes de fevereiro e que a visita delas, sem qualquer prolongamento desnecessário, talvez se encerrasse antes.

– Eu quero que vocês *duas* vão – disse Mrs. Dashwood. – Essas objeções não fazem o menor sentido. Será um enorme prazer passear por Londres, ainda mais na companhia uma da outra. E, se Elinor se permitisse antecipar diversões, ela já enxergaria um bom tanto delas. Talvez, seja até possível melhorar a convivência com a família da cunhada.

Por muitas vezes, Elinor desejou ter uma chance de suavizar a esperança que a mãe tinha na união dela com Edward, para que o choque fosse menor quando toda a verdade fosse revelada. Com essa provocação, embora sem esperar muito sucesso, ela se forçou a tentar um começo, dizendo com a tranquilidade que lhe era possível:

– Gosto muito de Edward Ferrars, e sempre ficarei feliz em vê-lo, mas, quanto ao resto da família, pouco me interessa se algum dia eu os conhecerei ou não.

Mrs. Dashwood apenas sorriu e nada disse, enquanto Marianne levantava o olhar espantada. Elinor pensou que a irmã também tinha segurado a língua.

Após mais um pouco de conversa, chegaram ao acordo de que o convite deveria ser aceito, por ambas. Mrs. Jennings recebeu a notícia com muita alegria e assegurou que as trataria com gentileza e cuidado. Tal situação não foi uma fonte de satisfação apenas para ela. Sir John estava entusiasmado, porque, para um homem cujo medo em ficar sozinho era constante, ter mais duas pessoas em Londres era algo a se comemorar. Até mesmo Lady Middleton agiu fora de seu normal ao ficar feliz. Quanto às Steele, especialmente Lucy, nunca ficaram tão contentes na vida como quando receberam essa notícia.

Elinor se submeteu a esse arranjo, que ia contra suas vontades, com menos relutância do que esperava sentir. Com relação a si mesma, não mais importava se ela iria para Londres ou não. Quando percebeu o quanto a mãe estava feliz com o plano e como a irmã demonstrava entusiasmo no olhar, na voz e nos modos – tendo recuperado a animação usual e estando mais feliz que o normal –, ela não poderia ficar insatisfeita com os motivos nem se permitir desconfiar das consequências.

A alegria de Marianne estava um passo além da felicidade, tão grande era a agitação de seus ânimos e a impaciência para ir. Sua relutância em abandonar a mãe era a única coisa que lhe trazia tranquilidade, e, no momento de partir, seus lamentos com essa questão eram excessivos. Mrs. Dashwood estava menos aflita, mas não tanto assim, e Elinor era a única das três que parecia entender que a separação não seria para sempre.

Elas partiram na primeira semana de janeiro, e os Middleton iriam uma semana depois. As Steele permaneceram em Barton Park e só partiriam com o restante da família.

CAPÍTULO XXVI

ERA impossível para Elinor estar na carruagem com Mrs. Jennings e começar a viagem para Londres sob sua proteção e sendo sua convidada, sem pensar na própria situação, no quanto se conheciam há pouco tempo, na diferença de idade e de disposição entre ambas e nas muitas objeções que tinha há poucos dias! Mas essas objeções desapareceram ou foram ignoradas, por conta daquela felicidade resplandecente que Marianne e a mãe compartilhavam. Apesar de todas as dúvidas que tinha em relação à lealdade de Willoughby, Elinor não poderia testemunhar o rompante de tão gloriosa expectativa que preenchia a alma e cintilava nos olhos de Marianne sem admitir o quanto suas perspectivas foram vazias, o quanto havia sido infeliz em suas comparações e que ficaria feliz em partilhar da mesma situação de Marianne ao ter os mesmos objetivos em vista e a mesma chance de esperança. Em pouco tempo, porém, ficariam claras as intenções de Willoughby, e, por todas as probabilidades, ele já estaria na cidade. A ansiedade de Marianne em partir demonstrava sua esperança de encontrá-lo por lá. Elinor estava decidida não só a descobrir mais do caráter do jovem, por suas próprias observações ou informações alheias, como também a ficar atenta ao comportamento dele com a irmã, a fim de entender quem ele era e o que queria, antes que os muitos encontros fossem feitos. Se os resultados de tais observações fossem desfavoráveis, ela estava determinada, a todo custo, a abrir os olhos da irmã. Caso fosse o contrário, seus esforços seriam de natureza diferente: ela precisaria aprender a evitar comparações egoístas e a banir cada arrependimento que pudesse interferir na sua satisfação em ver Marianne feliz.

Estavam há três dias na estrada, e o comportamento de Marianne conforme a viagem avançava era um feliz exemplo daquilo que a condescendência e o companheirismo futuros com Mrs. Jennings deveriam ser. Por quase todo o trajeto, ela ficou em silêncio, envolta nos próprios pensamentos, e pouco falava por vontade própria, exceto quando alguma paisagem pitoresca lhe arrancava uma exclamação de deleite, exclusivamente dirigida à irmã. Para compensar essa atitude, portanto, Elinor tomou a frente da cordialidade, como deveria ser, e assim dava toda a atenção à Mrs. Jennings, conversava e ria com ela, e a ouvia sempre que possível. A velha senhora as tratava com a maior das gentilezas, era atenciosa com o conforto e o divertimento delas, e apenas ficou chateada por não as convencer a escolher o próprio jantar na pousada nem lhes arrancar a confissão se preferiam salmão a bacalhau, ou frango cozido a costela de vitela. Às três horas do terceiro dia, elas chegaram a Londres, e estavam mais que felizes em saírem do confinamento da carruagem, após a longa viagem, assim como estavam prontas para aproveitar os luxos de uma boa lareira.

A casa era linda e belamente arrumada, e as jovens damas foram imediatamente acomodadas em um quarto muito confortável. Ele pertencera a Charlotte e, sobre a lareira, ainda estava pendurada na parede uma paisagem colorida feita de seda, pelas mãos dela, como se fosse uma prova que os sete anos passados em uma ótima escola em Londres deram resultado.

O jantar não ficaria pronto em menos de duas horas, então Elinor decidiu usar esse tempo para escrever uma carta para a mãe, sentando-se para tal fim. Em poucos instantes, Marianne fez o mesmo.

– *Eu* estou escrevendo para nossa mãe, Marianne. Não é melhor adiar sua carta em um ou dois dias?

– Pois eu *não* vou escrever para ela.

Marianne respondeu de forma ríspida, como se quisesse evitar qualquer interrogatório. Elinor não disse mais nada, pois logo lhe ocorreu que a irmã deveria estar escrevendo para Willoughby. Dessa forma, a conclusão que se seguiu de imediato foi: por mais misteriosa que fosse a conduta de tal caso amoroso, eles deveriam estar noivos. Com essa convicção, embora não tão satisfatória, Elinor ficou feliz e continuou a carta com muito entusiasmo. Marianne terminou a dela em poucos minutos e, considerando o tamanho, não poderia ser mais que uma nota. Então, foi dobrada, selada e endereçada com uma acelerada ânsia. Elinor pensou ter distinguido a letra W no destinatário, e, assim que finalizou, Marianne tocou a campainha, a fim de chamar um criado, que respondeu imediatamente e recebeu as ordens de postar a carta no correio expresso; e assim o assunto foi encerrado de uma vez.

Os ânimos de Marianne ainda estavam agitados, mas havia algo como uma hesitação neles que não deixava a irmã ficar muito satisfeita, e tal agitação somente aumentou conforme a noite chegava. Marianne mal conseguiu jantar e, quando retornaram à sala de estar, parecia ficar atenta ao som de cada carruagem.

Era de um grande alívio para Elinor o fato de que Mrs. Jennings estivesse trancada em seu quarto, assim não poderia ver muito do que se passava. Os preparativos para o chá foram arranjados, e Marianne, já desapontada com uma batida à porta da casa vizinha, deu um salto quando ouviu uma batida mais alta, que não poderia ser em nenhuma outra residência, e assim Elinor teve certeza de que era Willoughby chegando. A irmã correu em direção à porta, e tudo ficou em silêncio. No entanto, ela não suportaria mais nem um segundo, então abriu a porta, avançou alguns lances de escada e, após ouvir por meio minuto, retornou à sala em toda a agitação que apenas a certeza de que ouvira seu cavalheiro poderia produzir. Por causa do êxtase de todos os seus sentimentos naquele momento, Marianne não pôde deixar de exclamar:

— Ah, Elinor! É Willoughby, sei que é! — e estava mais do que pronta para se jogar nos braços dele quando o coronel Brandon apareceu.

O choque era grande demais para ser suportado com calma, e ela imediatamente deixou a sala. Elinor também estava desapontada, mas seu respeito pelo coronel Brandon garantiu suas boas-vindas. Além disso, se sentiu particularmente magoada pelo fato de que o homem que gostava tanto de sua irmã poderia perceber que Marianne não sentiu nada além de tristeza e decepção ao vê-lo. De imediato, ela notou que isso não passou despercebido e que ele, com espanto e preocupação, observou Marianne enquanto ela deixava a sala, fazendo com que se esquecesse de cumprimentar Elinor com a cordialidade exigida pela ocasião.

— Sua irmã está doente? — perguntou.

Elinor, com certa angústia, respondeu que sim, enumerando dores de cabeça, desânimo e fadiga, e mais um tanto que pudesse ser decente relacionar ao comportamento da irmã.

O cavalheiro ouviu com muita atenção, mas pareceu se recompor e nada mais disse em relação ao assunto, pulando de uma vez para a alegria que sentia em vê-las em Londres. Aproveitou para fazer as perguntas usuais sobre a viagem e os amigos que ficaram para trás.

Nessa calmaria e com pouco interesse de ambos os lados, eles continuaram conversando, sem muito ânimo, cada um com os pensamentos em outros lugares. Elinor queria muito perguntar se Willoughby estava na cidade, mas estava receosa de lhe magoar se mencionasse o rival. Depois de um tempo, a fim de dizer qualquer coisa, ela lhe perguntou se ele estivera em Londres desde que se viram pela última vez.

— Sim — respondeu ele, um tanto envergonhado —, quase sempre. Uma ou duas vezes estive em Delaford, mas nunca esteve em minhas mãos a possibilidade de retornar a Barton.

A maneira como a resposta foi articulada imediatamente reavivou na memória de Elinor todas as circunstâncias sob as quais ele partiu, envolto em inquietação e suspeitas do lado de Mrs. Jennings, e isso a fez temer que a pergunta tivesse implicado mais curiosidade do que ela realmente sentia.

Não tardou para que Mrs. Jennings aparecesse.

— Ah, coronel! — exclamou, em sua alegria barulhenta e costumeira. — Estou imensamente feliz em lhe ver. Desculpe minha demora em aparecer, mas eu precisava resolver umas coisinhas pessoais, porque fazia muito tempo desde que estive aqui. E você bem sabe que sempre há coisas estranhas para tomar conta quando ficamos longe por um tempo. E ainda precisei resolver as questões de Cartwright. Deus meu, desde o jantar estive tão ocupada quanto uma abelha-operária! Mas, por favor, coronel, diga-me: como você descobriu que estaríamos na cidade hoje?

— Tive o prazer de descobrir enquanto jantava com Mr. Palmer.

— Ah, é mesmo? Bem, e como vão todos? Como vai Charlotte? Tenho certeza de que ela está com um barrigão a essa altura.

— Mrs. Palmer parecia estar bem, e fui encarregado de lhe informar que você a verá amanhã.

— Sim, claro, imaginei mesmo. Bem, coronel, como pode ver, eu trouxe duas jovens damas comigo... quero dizer, você está vendo apenas uma, mas a outra está em algum lugar por aqui. É Miss Marianne, o que lhe agradará muito. Não sei o que você e Mr. Willoughby arranjarão entre vocês em relação a ela. Sim, é ótimo ser jovem e bonito. Oras! Eu já fui jovem, mas nunca muito bonita... que azar. De qualquer jeito, arranjei um bom marido e não sei como a beleza poderia ter ajudado. Ah, pobre homem! Faz oito anos que morreu. Mas, coronel, onde você esteve desde que nos separamos? E como vão os negócios? Vamos, deixe de segredos entre amigos.

Ele respondeu aos questionamentos com a brandura que lhe era usual, mas sem que satisfizesse a velha senhora em nenhum ponto. Elinor preparava o chá, e Marianne foi obrigada a aparecer de novo. Após isso, o coronel Brandon ficou mais quieto e pensativo do que antes, e as tentativas de Mrs. Jennings para que ele ficasse mais, falharam. Nenhum outro visitante deu as caras naquela noite, e as damas concordaram que deveriam ir mais cedo para a cama.

Marianne se levantou na manhã seguinte com os ânimos recobrados e a aparência mais feliz. A decepção da noite anterior parecia esquecida diante das expectativas do dia. Não haviam terminado o café da manhã há tanto tempo quando a *barouche* de Mrs. Palmer estacionou à porta, e dentro de poucos minutos ela apareceu na sala já toda sorridente: estava tão contente em vê-las, que era difícil dizer se estava mais animada por encontrar a mãe ou as Dashwood. Embora já esperasse por isso, estava surpresa de vê-las em Londres, e muito zangada por elas terem aceitado o convite da mãe após terem recusado o dela, muito embora não as teria perdoado se tivessem recusado aquele também!

— Mr. Palmer ficará tão feliz em vê-las! O que vocês acham que ele disse quando soube que vocês viriam com a mamãe? Esqueci, mas era algo muito engraçado!

Após uma ou duas horas daquilo que Mrs. Jennings chamava de conversa tranquila — ou seja, risadas sem motivo de Mrs. Palmer e uma variedade de questionamentos da parte de Mrs. Jennings com relação ao círculo social das jovens —, foi proposto por aquela que a acompanhassem às compras nas lojas em que tinha negócios a tratar. A mãe e Elinor assentiram imediatamente, pois também precisam comprar algumas coisas, e Marianne, apesar de ter negado a princípio, foi convencida a ir.

Em qualquer lugar que fossem, ela estava atenta. Em Bond Street, especialmente, onde estavam a maioria dos negócios, seu olhar era de constante inquisição, e, em qualquer loja que entrassem, sua mente se abstraía de qualquer coisa à sua frente, de qualquer objeto que interessasse e chamasse a atenção das outras. Por estar inquieta e insatisfeita em todos os lugares, não poderia opinar sobre as coisas que Elinor compraria, mesmo que interessassem a ambas. Marianne não sentia prazer em nada, estava impaciente para voltar para casa e conseguiu, com dificuldade, controlar seu aborrecimento com o passeio enfadonho de Mrs. Palmer, cujos olhares eram atraídos por tudo que era bonito, caro ou novo. Ela desejava comprar tudo, não conseguia decidir o que e perdia tempo com indecisões e deslumbramentos.

Já era tarde naquela manhã quando voltaram para casa. Assim que chegaram, Marianne não perdeu tempo e subiu correndo as escadas, com Elinor em seu encalço. Quando encontrou a irmã, viu que esta dava as costas para a mesa com um semblante de tristeza, o que demonstrava que Willoughby não estivera por lá.

— Nenhuma carta foi entregue enquanto estivemos fora? — perguntou ao criado assim que ele entrou com as correspondências, recebendo uma resposta negativa logo após. — Você tem certeza? Está certo de que nenhum criado nem entregador deixaram uma carta ou um bilhete?

O homem respondeu que ninguém havia aparecido, e Marianne disse, em um tom baixo e desapontado, enquanto se afastava da janela:

— Mas que estranho!

"Estranho mesmo!", repetiu Elinor em pensamentos, olhando para a irmã com inquietação. "Se ela soubesse que ele não estaria na cidade, não teria lhe escrito como fez; em vez disso, teria endereçado a carta a Combe Magna. Se ele está em Londres, é estranho que ele não tenha nem escrito e tampouco aparecido! Ah, minha querida mãe, você está errada em permitir que o noivado entre uma filha tão nova e um homem pouco conhecido seja mantido de modo tão misterioso e duvidoso! *Eu* preciso perguntar e ver como a *minha* interferência será tolerada."

Após algumas considerações, Elinor decidiu que, se a situação se mantivesse tão infeliz como estava naquele momento, ela apresentaria à mãe, do jeito mais severo, a necessidade de fazer sérias perguntas sobre o caso da irmã.

Mrs. Palmer e mais duas senhoras íntimas de Mrs. Jennings, com as quais ela havia encontrado de manhã e feito o convite, jantaram com elas. A filha precisou ir embora logo após o chá a fim de atender a alguns compromissos noturnos, e Elinor se viu obrigada a organizar uma mesa de uíste[11] para as outras. Marianne era inútil nesse caso, já que não aprenderia nunca a jogar aquele jogo, mas, mesmo com tempo livre à sua disposição, a noite não foi mais agradável para ela do que para Elinor, porque foi passada com a ansiedade da expectativa e a dor da decepção. Às vezes, por uns minutos, ela se esforçava para ler, mas logo colocava o livro de lado, retornando à mais interessante atividade de andar por todos os lados ao longo da sala e parando apenas por uns instantes sempre que se aproximava da janela, na esperança de ouvir a batida à porta há muito esperada.

11 Jogo de cartas antecessor ao bridge, jogado geralmente entre duas duplas.

CAPÍTULO XXVII

— Se o bom tempo continuar muito mais — disse Mrs. Jennings, assim que se juntaram para o café da manhã —, Sir John não sairá de Barton na próxima semana. É sempre uma tristeza para esportistas perder um dia de deleite. Pobres almas! Sinto pena deles quando isso acontece, porque parecem levar isso muito a sério.

— É verdade! — exclamou Marianne, em um tom animado enquanto caminhava até a janela a fim de dar uma olhada no dia. — Eu não tinha pensado *nisso*. Este clima mantém muitos esportistas no interior.

Foi uma lembrança afortunada, e seus ânimos foram restaurados por ela. E Marianne continuou, enquanto se sentava à mesa do café com um semblante alegre:

— Está um clima agradável para *eles*, de fato. Eles devem aproveitar tanto! Mas... — sentindo a ansiedade voltar — não se pode esperar que dure muito mais. Nesta época do ano, e após tantos dias consecutivos de chuva, certamente devemos esperar que chova mais. Geadas logo ocorrerão, e serão muito severas, considerando as probabilidades. Dentro de um ou dois dias, talvez. O fato é que este clima ameno não pode durar muito. Não, talvez esfrie muito esta noite!

Elinor, tentando evitar que Mrs. Jennings compreendesse claramente os pensamentos de Marianne assim como ela compreendera, disse:

– De qualquer modo, ouso dizer que Sir John e Lady Middleton estarão em Londres no fim da próxima semana.

– Ah, minha querida, garanto-lhe que sim. A Mary sempre faz as coisas do jeito dela.

"E agora", pensou Elinor, "ela escreverá para Combe ainda hoje".

Se Marianne *fez* isso, a carta foi escrita e enviada de uma forma tão privativa que impediu que a irmã pudesse ficar atenta a fim de confirmar o fato. Qualquer que fosse a verdade e distante de estar satisfeita com ela, mesmo vendo Marianne animada, Elinor não conseguiria ficar tranquila. E a irmã estava mesmo animada, feliz com o clima ameno e mais ainda com a expectativa de uma geada.

A maior parte da manhã foi usada para deixar bilhetes nas casas dos conhecidos de Mrs. Jennings a fim de informá-los de que ela estava de volta à cidade, e Marianne esteve ocupada o tempo todo observando a direção do vento e as variações do céu, além de imaginar mudanças climáticas.

– Você não acha que esfriou, Elinor? Para mim, está bem mais frio. Mal posso aquecer as mãos mesmo dentro do regalo.[12] Ontem não estava assim, penso eu. As nuvens parecem se dispersar, o sol sairá num instante e teremos uma tarde de céu límpido.

Elinor ora se divertia, ora se doía, mas Marianne perseverou, vendo sinais de uma geada todas as noites no brilho do fogo na lareira, e todas as manhãs, na aparência da atmosfera.

Não havia razões no estilo de vida de Mrs. Jennings, nem em seu círculo de amigos, que desagradassem às Dashwood, e não era diferente com o comportamento da senhora, sempre tão invariavelmente gentil. Todos os planejamentos caseiros eram feitos da

12 Agasalho de peles que as senhoras usavam para resguardar as mãos do frio.

maneira mais generosa e, com exceção de alguns amigos de longa data que residiam na cidade e de quem ela nunca se livrou, para desgosto de Lady Middleton, a velha senhora não prestou visitas a ninguém cuja apresentação poderia abalar os sentimentos das jovens companhias. Feliz em ver que estava mais à vontade do que havia esperado nessa situação específica, Elinor estava bastante disposta a se contentar com a falta de diversão real durante as reuniões noturnas, as quais, em casa ou fora, eram feitas apenas para carteado e pouco poderiam animá-la.

O coronel Brandon, tendo recebido um convite geral, estava com elas quase todos os dias e aparecia para ver como Marianne estava e falar com Elinor, que encontrava mais satisfação em conversar com ele do que em qualquer outro acontecimento diário. No entanto, ao mesmo tempo, ela via com preocupação o afeto que ele ainda nutria por Marianne, e temia que estivesse até mais intenso. Ela sentia demais ao vê-lo observar a irmã com tanta sinceridade e frequência, e seus ânimos certamente eram piores do que em Barton.

Após uma semana da chegada a Londres, era certo que Willoughby também havia chegado. Quando retornaram da caminhada matinal, a carta do cavalheiro estava em cima da mesa.

— Meu bom Deus! — exclamou Marianne. — Ele esteve aqui enquanto estávamos fora.

Elinor, feliz em ter a garantia de que ele estava em Londres, se aventurou e disse:

— No que tudo indica, ele virá amanhã de novo.

Marianne, no entanto, mal parecia tê-la ouvido e, com a entrada de Mrs. Jennings, deu um jeito de escapar com a preciosa carta em mãos.

Esse acontecimento, enquanto elevava os ânimos de Elinor, apenas trouxe de volta a agitação da irmã. Desse momento em diante, a mente de Marianne ficou ainda mais inquieta, e a expectativa de vê-lo a cada hora do dia fez com que ela se tornasse inapta para qualquer atividade. Na manhã seguinte, enquanto as outras saíam, ela insistiu para que a deixassem em casa.

Elinor não parava de pensar no que poderia acontecer enquanto estivessem ausentes de Berkeley Street, entretanto, somente com um olhar para a irmã assim que retornaram, ela conseguiu entender que Willoughby não passara por lá. Um bilhete, então, foi entregue e posto sobre a mesa.

– É para mim!? – exclamou Marianne, dando um passo à frente um tanto bruta.

– Não, madame, é para minha patroa.

Mas a garota não acreditou e agarrou a correspondência na hora.

– É para Mrs. Jennings mesmo. Que chateação!

– Então você está esperando uma carta? – indagou Elinor, incapaz de permanecer em silêncio.

– Sim, algumas... não muitas.

Após uma breve pausa:

– Você não confia em mim, Marianne.

– Oras, Elinor, tal censura vinda de *você*... você é que não confia em ninguém!

– Eu?! – retrucou Elinor, um tanto confusa. – Na verdade, eu não tenho nada a dizer, Marianne.

– Nem eu – respondeu, bastante enérgica. – Estamos na mesma situação: ninguém tem nada a dizer. Você, porque nunca conversa e eu, porque não escondo nada.

Elinor, atormentada por tal acusação de ser reservada, e da qual não poderia se livrar, não sabia, sob tais circunstâncias, como pressionar Marianne para se abrir mais.

Assim que Mrs. Jennings apareceu, o bilhete lhe foi entregue e lido em voz alta por ela. Era de Lady Middleton, anunciando sua chegada a Conduit Street na noite anterior e pedindo a companhia da mãe e das primas na noite seguinte. Os negócios de Sir John e um terrível resfriado por parte dela impediam que fossem a Berkeley Street, então o convite foi aceito. No entanto, conforme a hora de ir se aproximava, e em necessária e usual cordialidade à Mrs. Jennings, pois se esperava que as Dashwood fossem também, no entanto Elinor teve dificuldade em persuadir a irmã, porque esta ainda não havia visto Willoughby. Sendo assim, a moça não estava com ânimos para diversões fora de casa, já que corria o risco de perder a visita do rapaz se lá não estivesse.

Com o decorrer da noite, Elinor descobriu que a disposição de uma pessoa não se alterava com a mudança de residência, porque, mesmo há tão pouco tempo na cidade, Sir John conseguira reunir quase vinte jovens e entretê-los com um baile. Lady Middleton, por outro lado, não aprovava coisas desse tipo. No interior, uma dança não planejada era aceitável, mas em Londres, onde a reputação por elegância era mais importante e mais difícil de ser conquistada, era arriscar demais em favor da satisfação de algumas poucas garotas tornar de conhecimento geral que Lady Middleton organizara um bailinho para oito ou nove casais, com dois violinos e um mero bufê de aperitivos.

Mr. e Mrs. Palmer marcaram presença. O cavalheiro, que não havia sido visto desde que chegaram na cidade, foi tão cauteloso para não chamar a atenção da sogra, não se aproximando dela então, que ninguém os viu entrar. Ele olhou para as Dashwood como se não as reconhecesse e apenas acenou para Mrs. Jennings do outro lado da sala. Marianne deu outra boa olhadela ao redor quando entrou: foi o bastante para saber que *ele* não estava lá, então ela se sentou, igualmente indisposta para se divertir ou demonstrar deleite. Após uma hora de reunião, Mr. Palmer caminhou até as Dashwood para informá-las da surpresa em vê-las na cidade, muito embora o coronel Brandon tenha sido avisado da chegada quando estava na casa daquele, que dissera algo bem engraçado ao ficar sabendo da visita.

— Pensei que ambas ficariam em Devonshire — observou.

— É mesmo? — perguntou Elinor.

— Quando vocês voltarão?

— Ainda não sei.

E assim encerraram a conversa. Quanto a Marianne, nunca na vida estivera tão indisposta para uma dança quanto naquela noite, nem nunca tão exaurida por ela. No caminho de volta a Berkeley Street, ela teceu suas reclamações.

— Sim, sim — disse Mrs. Jennings —, sabemos bem os seus motivos. Se certa pessoa, que não deve ser nomeada, estivesse lá, você não estaria nem um pouco cansada. E, para dizer a verdade, não foi muito educado da parte dele deixar de aparecer mesmo sendo convidado.

— Convidado?! — exclamou Marianne.

— Minha filha que me contou, porque aparentemente Sir John encontrou com ele em algum lugar nesta manhã.

Marianne ficou calada e parecia estar extremamente magoada. Impaciente para fazer algo que trouxesse algum alívio à irmã, Elinor resolveu escrever para a mãe no dia seguinte, na esperança de que ela despertasse quanto ao bem-estar de Marianne e a questionasse, coisa que já demorava a ser feita. Na manhã seguinte, ela estava ainda mais decidida a tomar essa medida quando percebeu que a irmã escrevia para Willoughby mais uma vez, já que não poderia pensar em nenhuma outra pessoa.

No meio da tarde, Mrs. Jennings saiu sozinha a negócios, e Elinor de imediato começou a escrever a carta, enquanto Marianne, muito inquieta para qualquer atividade e muito ansiosa para conversar, caminhava de janela a janela, ou ficava sentada perto da lareira em uma meditação melancólica. Elinor foi bem sincera nas palavras dirigidas à mãe, relatando tudo aquilo que ocorrera e suas suspeitas da infidelidade de Willoughby. Pressionava Mrs. Dashwood, por meio de súplicas de dever e de afeto, a forçar Marianne a uma explicação quanto ao real caminhar do caso com ele.

Mal havia acabado a carta quando uma batida à porta anunciou um visitante: coronel Brandon. Marianne, que o avistara da janela e no momento odiava qualquer companhia, deixou a sala antes da entrada dele. Ele parecia mais sério do que o habitual e, apesar de parecer satisfeito em encontrar Miss Dashwood sozinha, como se tivesse algo para lhe falar em particular, se sentou por alguns tempo sem dizer uma palavra. Elinor, convencida de que ele diria algo em relação a Marianne, impacientemente esperou que falasse. Não era a primeira vez que tivera tal convicção, porque, mais de uma vez, ao começar com comentários como "sua irmã não parece bem hoje" ou "sua irmã parece desanimada", ele tocara em algum ponto referente a ela, fosse para descobrir ou para perguntar algo. Após uma pausa de muitos minutos, ele rompeu o silêncio ao perguntar, um tanto agitado, quando ele deveria parabenizá-la por ter um cunhado. Elinor não estava preparada para tal questionamento e, ao não responder de imediato, se viu obrigada a adotar o simples e comum recurso de perguntar:

— O que você quer dizer com isso?

Ele tentou sorrir enquanto respondia:

— Todos sabem do noivado de sua irmã com Willoughby.

— Isso não é possível — retrucou Elinor. — A própria família dela não sabe de nada.

O cavalheiro se surpreendeu e disse:

— Desculpe-me, receio que meus questionamentos foram bastante impertinentes, mas nunca que eu suporia qualquer segredo, uma vez que eles se correspondem abertamente, e fala-se no casamento por todos os cantos.

— E como isso pode ser possível? De quem você anda ouvindo isso?

— De muitos... alguns são pessoas desconhecidas, mas outros você conhece bem: Mrs. Jennings e Mrs. Palmer, e os Middleton. E mesmo assim eu não teria acreditado, porque quando não queremos nos convencer de algo há sempre alguma coisa em que basear nossas dúvidas. Se eu não tivesse visto uma carta nas mãos do criado quando ele me deixou entrar, e essa carta tinha a caligrafia de sua irmã e era endereçada a Willoughby. Eu iria perguntar, mas logo me convenci. Tudo está ajeitado, enfim? É impossível...? Mas não tenho direito, e eu nunca teria chances de qualquer forma. Perdoe-me, Miss Dashwood. Cometi um erro ao falar tanto assim, porém mal sei o que fazer e confio demais em sua prudência. Diga-me que tudo está resolvido, que qualquer tentativa... qualquer fingimento, se é que é possível fingir, é tudo que me resta.

Tais palavras, que revelavam uma confissão aberta do amor dele por Marianne, mexeram bastante com Elinor. Ela não foi capaz de dizer uma palavra de imediato e, mesmo quando seus ânimos melhoraram, ela ponderou por um tempo qual resposta seria a mais apropriada. A situação real entre a irmã e Willoughby era tão pouco conhecida por ela que, num esforço de explicar algo, estaria propensa a falar muito ou quase nada. Ainda assim, todo o apreço de Marianne por Willoughby não deixaria qualquer espaço para o sucesso do coronel Brandon, qualquer que fosse o fim de tal afeto. Ao mesmo tempo, ela queria proteger suas condutas de censura, então pensou ser mais prudente e gentil, após algumas considerações, dizer mais do que realmente sabia ou acreditava. Portanto, ela admitiu que, apesar de nunca ter sido informada por eles acerca da situação em que se encontravam, não tinha dúvidas quanto ao afeto mútuo e que não estava surpresa em saber da correspondência trocada.

Ele a ouviu de uma forma atenta e silenciosa. Quando ela terminou, ele se levantou imediatamente da cadeira e, após dizer com emoção "desejo à sua irmã toda a felicidade do mundo; e a Willoughby, que ele se esforce para merecê-la", saiu e foi embora.

Não havia sentimentos agradáveis naquela conversa que pudessem amenizar a inquietação de sua mente em outros pontos. Do contrário: ela foi deixada com uma impressão triste da infelicidade do coronel Brandon, e nem poderia desejar que ela passasse, já que estava ansiosa pelo evento que a confirmaria.

CAPÍTULO XXVIII

Nada ocorreu nos próximos três ou quatro dias que fizesse Elinor se arrepender de ter escrito à mãe, porque Willoughby não apareceu nem escreveu. Tinha um compromisso naquela tarde: ir com Lady Middleton a uma festa, da qual Mrs. Jennings não poderia participar devido a uma indisposição da filha mais nova. Totalmente desanimada, desleixada com a aparência e parecendo indiferente se iria ou não, Marianne se preparou para o evento sem um olhar de esperança ou semblante de desfrute. Ela se sentou ao lado da lareira na sala de estar após o chá sem mexer um músculo ou mudar de atitude. Estava perdida nos próprios pensamentos e inconsciente da presença da irmã, e assim ficou até que Lady Middleton chegasse. Logo que foram avisadas da chegada desta, Marianne deu um pulo como se tivesse esquecido que esperavam por alguém.

Elas chegaram ao local de destino em hora apropriada. Assim que a fila de carruagens permitiu, elas desceram do veículo, subiram as escadas, ouviram seus nomes anunciados de um patamar ao outro de forma bem audível e entraram em um cômodo esplendorosamente iluminado, repleto de pessoas e insuportavelmente quente. Quando cumprimentaram a dona da festa como mandavam os costumes, elas puderam se juntar às pessoas, partilhando um pouco do calor e da inconveniência, acrescidos por sua chegada. Após um tempo sem falar muito ou fazer nada, Lady Middleton se sentou para jogar *Casino* e, como Marianne não estava com ânimo algum para perambular pelo lugar, ela e Elinor por sorte encontraram cadeiras e se acomodaram não muito longe da mesa.

Não estavam sentadas há muito tempo quando Elinor avistou Willoughby, que estava de pé a poucos metros e engajado em uma conversa com uma jovem muito elegante. Tão logo seus olhares se cruzaram, ele imediatamente se curvou, mas sem qualquer tentativa de falar com ela ou se aproximar de Marianne, mesmo que pudesse vê-la, entretanto, continuou a conversa com a mesma dama. Elinor se virou para a irmã de forma involuntária para ver se isso teria passado despercebido por ela. Quando Marianne o viu pela primeira vez, e todo seu semblante cintilou de uma emoção repentina, ela teria ido ao encontro dele na mesma hora, não fosse Elinor a segurando.

— Meu bom Deus! — exclamou ela. — Ele está lá, ele está lá! Ah, mas por que não olha para mim!? Por que não posso falar com ele?

— Oras, por favor, se recomponha! — Elinor pediu. — E não mostre a todos o que você sente. Talvez, ele nem sequer tenha lhe visto.

Isso era demais para ela acreditar, porém. Manter a compostura em tal momento não apenas estava fora do alcance de Marianne, como também além de sua vontade. Sentou-se, e toda a agonia da impaciência estava em suas feições.

E finalmente Willoughby se virou e cumprimentou as duas. Marianne se levantou em um pulo e, pronunciando o nome do cavalheiro em um tom de afeição, esticou a mão para ele. Ele se aproximou e, dirigindo-se mais a Elinor do que a ela, como se quisesse evitar seus olhos e estivesse determinado a não notar sua ação, perguntou depressa sobre Mrs. Dashwood e há quanto tempo estavam em Londres. Toda a consciência de Elinor lhe foi roubada e ela não conseguiu dizer uma palavra, mas os sentimentos de Marianne logo se colocaram à mostra. Ela estava toda vermelha e exclamou, com muita emoção:

— Meu Deus! Willoughby, o que isso significa? Você não recebeu minhas cartas? Você não me dará as mãos?

Então, ele não pôde mais evitá-la, mas o toque dela lhe parecia doloroso, e ele segurou a mão de Marianne apenas por um momento. Era evidente que ele se esforçava para manter a compostura o tempo todo. Elinor observou seu semblante e viu que estava mais tranquilo. Após um momento de pausa, ele disse com calma:

— Eu mesmo tomei a liberdade de prestar uma visita a Berkeley Street na última terça-feira, e muito me lamentei por não ter tido a sorte de encontrá-las junto com Mrs. Jennings em casa. Espero que meu bilhete não tenha sumido.

— Mas você não recebeu minhas cartas!? — exclamou Marianne na mais pura ansiedade. — Há algum engano, tenho certeza. Algum engano horrível. O que isso significa? Diga-me, Willoughby. Pelo amor de Deus, diga-me qual é o problema!

Mas o cavalheiro não respondeu, seu semblante mudou e o embaraço retornou. Assim que seu olhar encontrou o da jovem dama com quem outrora conversava, sentiu a necessidade de se esforçar e se recompôs, dizendo:

— Sim, tive o prazer de receber a informação de que haviam chegado à cidade, o que foi muito gentil de sua parte.

Com isso e se curvando a elas sutilmente, ele deu as costas apressado e se juntou à amiga mais uma vez. Marianne, que estava branca como um fantasma e incapaz de permanecer em pé, afundou-se na cadeira. Elinor, esperando que a irmã desmaiasse a qualquer momento, tentou encobri-la da vista dos outros enquanto a reanimava com um pouco de água de lavanda.

— Fale com ele, Elinor! — exclamou, assim que pôde falar. — E obrigue-o a vir até mim. Diga-lhe que preciso vê-lo de novo, preciso falar com ele agora. Não conseguirei ficar em paz, não terei um minuto de paz até que tudo isso se explique. Há algum mal-entendido, ou algo assim. Ah, vá até ele!

— E como eu poderia fazer isso? Não, minha mais amada Marianne, você deve esperar. Aqui não é lugar para explicações. Espere pelo menos até amanhã.

Com muita dificuldade, Elinor conseguiu evitar que a irmã fosse ela mesma até Willoughby. Era impossível persuadi-la a controlar a ansiedade e a esperar, com mais compostura, até que pudesse falar com ele com mais privacidade e propriedade. Marianne continuava, em voz baixa, a entregar seus sentimentos de forma incessante, ao soltar exclamações tristonhas. Em pouco tempo, Elinor viu Willoughby sair do cômodo pela porta até a escada e disse à irmã que ele havia ido embora, pontuando que seria impossível falar com ele naquela noite, na esperança de ter encontrado um argumento que a acalmasse. Imediatamente, pediu que Elinor persuadisse Lady Middleton a levá-las para casa, porque ela se sentia infeliz demais para permanecer ali por mais um minuto.

Lady Middleton, embora no meio de uma partida, ao ser informada que Marianne não estava bem, foi educada demais para se opor por um instante ao desejo da garota de ir embora. Após entregar as cartas a alguém conhecido, elas partiram assim que a carruagem foi encontrada. Falaram pouco no caminho de volta a Berkeley Street. Marianne estava presa em uma agonia silenciosa, oprimida demais até mesmo para chorar. Felizmente, Mrs. Jennings ainda não estava em casa, então elas puderam correr direto para o quarto, onde os sais[13] a animaram um pouco. Mais que depressa, ela retirou as roupas e estava na cama e, como queria ficar sozinha, Elinor a deixou. Enquanto esperava Mrs. Jennings retornar, teve tempo o suficiente para pensar em tudo.

Ela não tinha dúvidas de que existira um noivado entre ambos, e que Willoughby se cansara dele era igualmente óbvio. Mesmo que Marianne alimentasse o próprio desejo, *ela* não conseguiria relacionar tal comportamento a nenhum tipo de engano ou

13 No original "*Hartshorn*", que é um sal de amônia extraído de chifres de veados. Era uma composição que ajudava a pessoa a se recompor após algum desmaio.

mal-entendido. Nada além de uma mudança completa de sentimentos poderia explicar isso. Estaria ainda mais indignada se não houvesse percebido o embaraço do cavalheiro, que parecia transparecer o reconhecimento da própria má conduta e que a impedia de acreditar que ele era uma pessoa sem princípios por ter brincado com os sentimentos da irmã desde o começo, sem qualquer intenção que suportasse perguntas. A ausência talvez houvesse enfraquecido seu afeto, e a conveniência o convenceu a desistir de tudo, mas ela não poderia negar que houvera sentimentos envolvidos.

Não conseguiria deixar de se preocupar com Marianne, cujas dores de um encontro tão infeliz já deveriam estar se abatendo sobre ela, além daquelas mais severas que viriam após as prováveis consequências. Sua própria situação era melhor quando comparada à da irmã. Enquanto poderia *estimar* Edward como nunca, mesmo que separados no futuro, sua mente talvez conseguisse aguentar a separação. Mas cada circunstância capaz de nutrir esse mal parecia ter se unido para aumentar a miséria de Marianne na separação de Willoughby, em uma ruptura imediata e irreconciliável.

CAPÍTULO XXIX

ANTES que a empregada tivesse acendido a lareira no dia seguinte, ou que o sol prevalecesse naquela manhã gelada e nublada de janeiro, Marianne, meio-vestida, estava ajoelhada contra um dos assentos da janela a fim de conseguir o máximo de luz possível e escrevia o mais rápido que suas lágrimas contínuas permitiam. Sob tal circunstância, Elinor, que havia acordado por causa da agitação e dos soluços da irmã, primeiro a notou; depois de observá-la por uns instantes um tanto ansiosa, disse, em um tom da mais amável gentileza:

– Marianne, posso lhe perguntar...?

– Não, Elinor. Não me pergunte nada. Logo você estará a par de tudo.

A calma e o desespero com os quais dissera isso não duraram muito mais e imediatamente foram substituídos pela volta da mesma excessiva inquietação. Passaram-se alguns minutos até que ela conseguisse retomar a carta, e os rompantes sucessivos de tristeza que a obrigavam, intermitentemente, a reter a escrita eram provas suficientes de que ela sentia ser bem provável que aquela era a última carta que escreveria para Willoughby.

Elinor lhe deu toda a atenção silenciosa e discreta que poderia. Todavia, ela teria tentado acalmá-la e tranquilizá-la ainda mais se Marianne não a houvesse convencido, com toda a ânsia da irritabilidade mais tempestuosa, a não falar com ela por nada no mundo. Em tal situação, era melhor para ambas que não ficassem juntas. O estado inquieto da mente de Marianne não apenas a impediu de ficar no quarto assim que estava vestida, mas também requeria solidão e uma mudança contínua de cômodos, fazendo-a perambular pela casa até o café da manhã, sem que se permitisse ser vista por alguém.

Durante o café, ela não comeu nem tentou comer. A atenção de Elinor não estava voltada a persuadir a irmã a comer, ou a sentir pena dela, nem mesmo a tentar cuidar dela, mas em se esforçar para que as atenções de Mrs. Jennings recaíssem apenas sobre ela mesma.

Como essa era a refeição favorita de Mrs. Jennings, ela durou um tempo bem considerável. Tão logo se acomodaram em torno da mesa de costura, após terminarem a refeição, uma carta chegou para Marianne, a qual ela mais que depressa tomou das mãos do criado e, empalidecendo como um fantasma, imediatamente saiu correndo da sala. Elinor, como se houvesse notado de onde vinha a carta, entendeu claramente que era de Willoughby pela atitude da irmã; e sentiu um desespero real que mal a deixava levantar a cabeça, sentando-se com tantos tremores pelo corpo que ficou com medo de ser impossível esconder algo de Mrs. Jennings. A boa senhora, porém, notou apenas que Marianne recebera uma carta de Willoughby, o que lhe deu uma brecha para uma boa piadinha, oportunidade que não perdeu, e esperou, com uma risada, que fosse de seu gosto. Por estar ocupada demais na atividade de medir tiras de lã para um tapete, ela não notou a inquietação de Elinor e calmamente continuou a conversa. Assim que Marianne desapareceu, disse:

— Minha nossa! Eu nunca vi uma jovem tão desesperadamente apaixonada em toda a minha vida! As *minhas* filhas nem se comparam a ela, e olhe que eram tolas o bastante. Miss Marianne me parece uma criaturinha bastante alterada. Espero, do fundo do meu coração, que ele não a mantenha muito tempo esperando, porque é bem pesaroso vê-la tão mal e miserável. Oras, quando eles se casam?

Elinor, embora mais indisposta a conversar naquele momento do que nunca, sentiu-se na obrigação de responder àquela provocação e, portanto, tentando sorrir, respondeu:

– Madame, você se convenceu mesmo de que minha irmã está noiva de Willoughby? Pensei que eram apenas piadas, mas uma pergunta séria assim implica em algo mais. Imploro, portanto, que não se engane. Garanto-lhe que nada no mundo me surpreenderia mais do que descobrir que eles iriam se casar.

– Mas que vergonha, Miss Dashwood! Como pode falar isso? Não sabemos todos que é a união perfeita, que eles estavam perdidamente apaixonados desde que se conheceram? Não fui eu que os viu juntos em Devonshire todos os dias, o dia inteiro? E acha que não sei que sua irmã veio comigo a Londres apenas com o propósito de comprar roupas de casamento? Oras, vamos, é inútil. Você pensa que só porque você se engana quanto a isso ninguém mais tem a sensibilidade de perceber, mas não é assim, digo-lhe. Toda a cidade sabe disso há tempos, porque eu conto para todo mundo, e Charlotte também.

– Na verdade, madame – retrucou Elinor, muito séria –, você está enganada. E está sendo muito indelicada ao espalhar tal notícia. Logo perceberá isso, mesmo que não acredite em mim agora.

Mrs. Jennings riu de novo, mas Elinor não estava com paciência para dizer mais nada e, ansiosa para saber o que Willoughby escrevera, correu até o quarto, onde, ao abrir a porta, encontrou Marianne largada na cama, quase se afogando em dor, com uma carta nas mãos e mais duas ou três ao redor dela. Elinor se aproximou, mas sem dizer uma palavra. Sentando-se na cama, pegou a mão da irmã, beijou-a com carinho várias vezes e se rendeu às lagrimas, que, a princípio, não eram menos violentas que as de

Marianne. Esta, mesmo incapaz de falar, parecia sentir todo o amor de tal gesto e, após um tempo de aflição conjunta, colocou todas as cartas nas mãos de Elinor, e, cobrindo o rosto com um lenço, quase gritou de agonia. Sabendo que esse tipo de dor deveria seguir o curso natural e chocada por presenciá-la, Elinor observou a irmã até que o excesso de sofrimento se exaurisse de algum modo por conta própria. Depois de um tempo, voltou-se ansiosamente para as cartas de Willoughby e leu:

"Bond Street, janeiro.

Minha cara madame,

Tive a honra de receber sua carta, que necessita de uma resposta sincera. Muito me preocupa o fato de que me comportei ontem à noite de uma maneira que não lhe agradou. Embora eu não tenha ideia de como posso tê-la ofendido, imploro que me perdoe por algo que lhe garanto não ter sido intencional. Nunca consigo pensar na companhia passada com sua família em Devonshire sem sentir enorme prazer, e consigo me vangloriar de que não será rompida por nenhum engano ou mal-entendido de minhas condutas. Meu respeito por sua família é muito verdadeiro, mas se fui infeliz em nutrir algo para além do que eu sentia, ou quis expressar, devo me repreender por não ter sido mais cuidadoso nas expressões de tal afeto. Quando você compreender que há muito tempo tenho sentimentos por outra pessoa, será impossível que pense que alguma vez eu quis dizer algo mais. Não demorará muitas semanas, acredito eu, até que esse compromisso esteja completo. É com muito pesar que obedeço a suas ordens de devolver as cartas, que recebi com muita honra, e a mecha de cabelo, com a qual você tão gentilmente me presenteou.

Eu sou, cara Madame,
seu servo mais obediente e humilde,
John Willoughby."

É possível imaginar a indignação com a qual Miss Dashwood lera a carta. Embora estivesse consciente, antes de começar, que tais linhas expressariam a infidelidade do cavalheiro e confirmaram a separação deles para sempre, ela não esperava que tais palavras poderiam ser usadas para tal. Além disso, nem teria suposto que Willoughby fosse capaz de se manter distante de cada expressão de sentimentos honráveis e delicados... tão distante do decoro comum a um cavalheiro, ao enviar uma carta tão cruel e arrogante. Uma carta que, em vez de expressar qualquer declaração de arrependimento, não reconhecia qualquer quebra de confiança, negava quaisquer afetos peculiares que fossem... uma carta cujas linhas todas eram um insulto e declaravam que o autor era uma pessoa maldosa e insensível.

Elinor fez uma pausa com perplexidade e indignação, e depois leu a carta várias vezes. Mas, a cada leitura atenta, sua repulsa àquele homem somente aumentava. Seus sentimentos eram tão amargos que ela não ousaria confiar em si mesma para dizer uma palavra, com medo de que magoasse ainda mais Marianne ao tratar o rompimento não como uma perda de coisas boas, mas como um livramento real, uma bênção importante e uma escapatória do pior e mais irremediável dos males: uma relação, para vida toda, com um homem sem princípios.

Elinor se esqueceu do sofrimento da irmã e de que ainda havia três cartas para ler, tão concentrada estava nas reflexões quanto ao conteúdo da carta, na imoralidade da mente que a escrevera e, provavelmente, na mente contrária de uma pessoa bastante diferente, que não tinha relação alguma com aquele caso a não ser aquilo que seu coração lhe entregou sobre tudo que ocorria. Esqueceu-se também do tempo que estava ali e, quando ouviu uma carruagem se aproximar da porta, foi até a janela para descobrir quem estaria ali tão cedo e muito se espantou quando viu a carruagem de Mrs. Jennings, que não deveria chegar antes da uma da tarde.

Determinada a não abandonar Marianne, mesmo sem esperanças de poder ajudá-la a se tranquilizar no momento, ela correu até Mrs. Jennings para se desculpar por não poder acompanhá-la, pois a irmã não estava se sentindo bem. A velha senhora, com uma preocupação bastante bem-humorada devido ao motivo, perdoou Elinor de imediato. Esta, ao vê-la partir, voltou para Marianne, a quem encontrou tentando se levantar da cama e a quem alcançou a tempo de impedir que caísse no chão, fraca e zonza por estar há muito tempo sem descanso e comida. Fazia muitos dias que sentira algum apetite e muitas noites sem um descanso real. Com a mente, então, livre da febre do suspense, as consequências foram sentidas com dores de cabeça, estômago enjoado e uma fraqueza generalizada. Uma taça de vinho, que Elinor conseguiu imediatamente, a fez se sentir melhor, e ela conseguiu pelo menos reconhecer um pouco da gentileza da irmã, dizendo:

— Pobre de você, Elinor! Veja o quão triste eu lhe deixo!

— Eu apenas queria que houvesse qualquer coisa que eu *pudesse* fazer para lhe confortar.

Isso, como qualquer coisa teria sido, foi demais para Marianne, que apenas conseguiu exclamar, com toda a angústia em seu coração:

— Ah, Elinor! Estou tão infeliz! — e sua voz se perdeu em soluços.

Elinor não poderia mais suportar em silêncio essa torrente de sofrimento descontrolada.

— Pois se esforce, querida Marianne, se você não quiser enfartar ou que todos que lhe amam enfartem. Pense em nossa mãe, pense na tristeza dela enquanto *você* sofre. Pelo bem dela, você deve se esforçar.

— Não consigo, não consigo! Deixe-me sozinha, se eu lhe aborreço. Deixe-me, me odeie, esqueça-se de mim! Mas não me torture desse jeito. Ah, é tão fácil para aqueles que não sofrem falarem em esforço! Mas que Elinor mais feliz, *você* não tem ideia do quanto estou sofrendo.

— Você acha que estou feliz, Marianne? Ah! Se você apenas soubesse... E como você pode pensar que estou feliz quando lhe vejo tão devastada?

— Perdoe-me, por favor! — jogando os braços em volta do pescoço da irmã. — Sei que você sente por mim. Conheço o bom coração que você carrega, mas, mesmo assim, você está... você deve estar feliz. Edward lhe ama... O que... ah! O que poderia afastar tamanha felicidade?

— Muitas e muitas situações — respondeu Elinor, solene.

— Não, não e não! — exclamou Marianne com exagero. — Ele lhe ama, e apenas a você. Você *não* pode sofrer.

— Não serei feliz enquanto lhe vejo nesse estado.

— E você nunca me verá de outro jeito. Minha tristeza não tem cura.

— Marianne, não fale assim. Você não tem luxos? Amigos? Sua perda é tamanha que não deixa espaço para consolos? Por mais que você sofra agora, imagine o quanto mais sofreria se descobrisse o caráter dele bem mais tarde... se o noivado fosse levado por meses a fio, como poderia ter sido, antes que ele escolhesse dar um fim em tudo. Cada dia a mais de infelizes confidências, do seu lado, teria feito com que o choque fosse muito pior.

— Noivado!? Não havia noivado algum.

— Não!?

— Não. Ele não é tão indigno quanto você pensa e não quebrou confiança alguma.

— Mas ele disse que lhe amava.

— Sim... não... nunca na verdade. Estava implícito, mas nunca declarado abertamente. Às vezes, eu pensava que sim, mas nunca amou na verdade.

— E mesmo assim você escreveu para ele?

– Sim. E foi errado depois de tudo que ocorreu? Mas não posso dizer.

Elinor não disse mais nada e, voltando-se às três cartas restantes e que aumentavam ainda mais a curiosidade, imediatamente leu todo o conteúdo. A primeira, escrita pela irmã assim que chegaram a Londres, assim corria:

"Berkeley Street, janeiro.

Quão surpreso ficará Willoughby ao receber esta carta. E penso que sentirá mais que um espanto quando souber que estou na cidade. A oportunidade de vir para cá, mesmo com Mrs. Jennings, era muito tentadora para resistirmos. Espero que você a receba a tempo de vir me visitar hoje à noite, mas não esperarei por isso. De qualquer forma, devo esperá-lo amanhã. Por enquanto, adieu.

M.D."

A segunda carta, escrita na manhã seguinte ao baile nos Middleton, assim corria:

"Não consigo expressar minha decepção em não tê-lo visto anteontem, nem meu assombro em não ter recebido uma resposta à carta que lhe enviei há uma semana. Estive esperando por notícias suas, e mais ainda por vê-lo, a cada hora de cada dia. Peço-lhe que venha me visitar o mais rápido possível para explicar o motivo pelo qual me deixa esperando em vão. É melhor que venha mais cedo, porque normalmente saímos à uma da tarde. Ontem à noite estivemos na casa de Lady Middleton, onde ocorreu um baile. Disseram-me que você foi convidado. É verdade? Você deve estar muito alterado desde que nos despedimos, se for esse o caso, para não ter comparecido. Mas não penso que seja possível e espero, muito em breve, receber pessoalmente a garantia de que é por outro motivo.

M.D."

O conteúdo da última carta segue assim:

"O que devo pensar, Willoughby, sobre seu comportamento ontem à noite? Mais uma vez: exijo uma explicação. Estava preparada para encontrá-lo com toda a satisfação, pois nossa separação assim o fez, e com toda a familiaridade justificada pela nossa intimidade em Barton. Fiquei enojada! Passei por uma noite terrível na tentativa de encontrar uma desculpa para uma conduta que não pode ser compreendida a não ser como um insulto. Embora eu não possa ainda encontrar uma desculpa sensata para seu comportamento, estou mais do que pronta para ouvir suas justificativas. Talvez você tenha sido mal-informado, ou enganado propositalmente, sobre algo que possa ter feito seu respeito por mim cair. Diga-me o que é, explique suas ações, e eu ficarei satisfeita. Seria muito doloroso se me fizesse pensar mal de você. Mas, se assim for, se eu estou prestes a descobrir que você não é nada daquilo que imaginamos até aqui, que seu afeto por nós não era verdadeiro e que sua conduta comigo tinha apenas o intento de me enganar, então diga-me de uma vez. Meus sentimentos, agora, estão em um estado de terrível indecisão. Gostaria de poder absolvê-lo de qualquer culpa, mas a certeza, qualquer que seja, será melhor do que este sofrimento. Se seus sentimentos mudaram, você devolverá minhas cartas e a mecha de meu cabelo que você guarda.

M.D."

Elinor não seria capaz de acreditar, pelo bem de Willoughby, que tais cartas, cheias de afeto e confiança, pudessem ser respondidas daquela maneira. Mas sua condenação do cavalheiro não a cegava para a impropriedade de terem sido escritas, no entanto. Em silêncio, ela lamentava a imprudência que havia exposto provas não solicitadas de ternura, sem justificativas anteriores e severamente condenadas pela ocasião. Marianne, ao perceber que a irmã havia terminado de ler, comentou que elas não continham nada que ninguém não escreveria na mesma situação, e acrescentou:

— Senti que estava solenemente noiva dele, como se o mais estrito pacto legal houvesse nos unido.

— Eu acredito nisso, mas infelizmente ele não sentia o mesmo.

— Ele *sentia* sim, Elinor. Por semanas a fio, ele sentiu. Sei que sim. Qualquer que tenha sido a mudança de sentimentos (e nada além de mau-olhado contra mim pode ter feito isso!), certa vez fui muito querida para ele, tanto quanto meu coração poderia desejar. Por esta mecha de cabelo, que agora me foi devolvida tão facilmente, ele implorou em meio a súplicas muito sinceras. Você viu como ele ficou, como se comportou e como falou naquele momento! Você se esqueceu da última noite que estivemos juntos em Barton? E da manhã em que nos separamos? Quando ele me disse que se passariam semanas até que nos víssemos de novo... sua angústia... Como poderia me esquecer do quanto ele estava angustiado?

Por alguns instantes, Marianne não disse mais nada, mas, quando essa emoção havia passado, ela disse, em um tom mais firme:

— Elinor, fui usada de maneira cruel, mas não por Willoughby.

— Minha querida Marianne, senão por ele, por quem? E quem poderia tê-lo instigado a isso?

— Pelo mundo, mais do que pelo coração dele. Eu poderia acreditar que cada pessoa de meu convívio se uniu para arruinar minha reputação com ele, mais do que acreditar que ele seria capaz de tamanha crueldade. Com exceção de você, da mamãe e de Edward, essa mulher sobre a qual ele escreve, quem quer que seja, ou qualquer um, resumindo, podem ter sido cruéis o suficiente para fazer minha caveira. Além de vocês três, há alguma criatura no mundo de quem eu não suspeitaria de qualquer mal que não fosse Willoughby, já que conheço tão bem seu coração?

Elinor não queria contra-argumentar e apenas respondeu:

— Quem quer que seja seu inimigo terrível, deixe que provem do próprio triunfo maligno, minha amada irmã, ao verem com quanta dignidade a consciência de sua própria inocência e as boas intenções de seu coração apoiam seu espírito. É um orgulho sensato e louvável que resiste a tamanha maldade.

— Não, não! Miséria como a minha não é motivo de orgulho. Não me importo com quem sabe que estou devastada. O triunfo de me verem assim deve ser conhecido por todos. Elinor, aqueles que sofrem pouco talvez sejam livres e orgulhosos como queiram, possam resistir a insultos ou devolver a humilhação, mas eu não sou assim. Eu preciso sentir, preciso estar devastada, e eles são bem-vindos para desfrutar da consciência disso se puderem.

— Mas pelo bem de nossa mãe e pelo meu...

— Eu faria mais por vocês do que por mim mesma. Mas aparentar felicidade quando estou tão infeliz... Ah! Quem poderia pedir algo assim?

Mais uma vez ficaram em silêncio. Pensativa, Elinor estava ocupada andando da janela para a lareira, e vice-versa, sem perceber que aquela lhe aquecia e esta lhe oferecia a visão de objetos distorcidos. Marianne, sentada ao pé da cama e com a cabeça apoiada em um dos varões, pegou a carta de Willoughby e, após soluçar sobre cada uma das frases, exclamou:

— É demais! Ah, Willoughby, esta carta é mesmo sua?! Cruel, cruel... nada pode lhe inocentar. Elinor, nada pode. O que quer que ele tenha ouvido sobre mim... ele não deveria suspeitar? Não deveria ter me contado para que eu pudesse me defender? "A mecha de cabelo" (relendo a carta) "com a qual você tão gentilmente me presenteou"... Isso é imperdoável! Willoughby, onde estava seu coração quando escreveu tais palavras? Ah, terrivelmente insolente! Elinor, podemos justificar suas ações?

— Não, Marianne, é impossível.

– E essa mulher? Quem sabe o que ela fez? Há quanto tempo foi tudo premeditado? E com quanto ímpeto ela planejou? Quem é ela? Quem pode ser? De quem ele já falou que era jovem e atraente entre suas amigas? Ah, ninguém, ninguém! Ele conversava comigo somente sobre mim mesma.

Outra pausa se deu. Marianne estava muito agitada, mas enfim encerrou.

– Elinor, devo ir para casa e confortar a mamãe. Não podemos ir amanhã?

– Amanhã, Marianne?!

– Sim, e por que eu deveria ficar aqui? Eu vim apenas por causa de Willoughby. E agora quem se importa comigo? Quem me respeita?

– É impossível irmos amanhã. Devemos à Mrs. Jennings muito mais do que cordialidade e a mais comum delas deve evitar uma partida tão abrupta assim.

– Bem, então mais um ou dois dias, mas não posso ficar aqui por muito mais tempo. Não suportarei as perguntas e os comentários de todas essas pessoas. Os Middleton e os Palmer... Como poderia suportar a pena que sentirão de mim? A pena de uma mulher como Lady Middleton! Ah, o que *ele* diria quanto a isso?!

Elinor pediu que Marianne se deitasse de novo. Por um momento, ela o fez, mas nada poderia lhe tranquilizar. Com mente e corpo inquietos e machucados, Marianne andava de um lado para o outro, ficando cada vez mais histérica. Com muita dificuldade, Elinor conseguiu mantê-la no quarto, e, por um tempo, ficou com medo de que não pudesse sair para pedir ajuda. Algumas gotinhas de lavanda, porém, que com muito custo Marianne foi persuadida a tomar, ajudaram; e desde então, até que Mrs. Jennings retornasse, ela continuou deitada na cama, quieta e sem mexer um músculo.

CAPÍTULO XXX

Assim que retornou, Mrs. Jennings correu imediatamente para o quarto delas e, sem esperar sua permissão para entrar, abriu a porta e entrou, com um olhar de extrema preocupação.

– Como se sente, minha querida? – perguntou, com muita compaixão à Marianne, que virou o rosto sem nem sequer responder.

– Como ela está, Miss Dashwood? Pobrezinha! Ela parece muito mal. Pudera, não? Ai, é verdade mesmo. Ele se casará logo... Mas que sujeitinho mais sem-vergonha! Minha paciência com ele é zero. Mrs. Taylor me contou faz meia hora, e ela ficou sabendo por meio de uma amiga íntima de Miss Grey; do contrário, eu não teria acreditado, e quase desmaiei quando soube. "Bem", eu disse, "se tudo for verdade, ele tratou uma jovem de meu círculo muito mal, e desejo de todo coração que a esposa o atormente". Sempre direi isso, minha querida, tenha certeza. Não imagino como homens podem fazer algo desse tipo, e, se eu encontrá-lo, lhe passarei um belo de um sermão. Mas há algo com o que se confortar, minha querida Miss Marianne: ele não é o único jovem digno no mundo, e com esse rostinho lindo que você tem, nunca lhe faltarão admiradores. Bem, pobrezinha! Não lhe perturbarei mais, porque é melhor que chore todas as lágrimas de uma vez e esqueça isso. Os Parrys e os Sandersons por sorte nos visitarão hoje à noite, e isso há de alegrá-la.

Mrs. Jennings se retirou na ponta dos pés, como se pensasse que a agonia da amiga pudesse piorar com barulhos. E, para a surpresa da irmã, Marianne estava determinada a jantar com eles. Elinor protestou, mas "não, ela desceria; poderia suportar tudo muito bem, além do que o murmurinho sobre ela seria menor". Elinor, feliz em vê-la dominada por tal incentivo, embora achasse dificilmente possível que ela fosse jantar, não disse mais nada. Ajeitando o vestido da irmã tão bem quanto pôde, enquanto Marianne estava deitada, ela estava mais do que pronta para ajudá-la até a sala de jantar assim que fossem chamadas.

Uma vez lá, mesmo aparentando estar devastada, comeu mais e estava mais tranquila do que a irmã havia esperado. Essa calmaria não teria se mantido caso Marianne tentasse falar, ou estivesse consciente de metade das atenções bem-intencionadas de Mrs. Jennings, porém fora de hora. Mas nem uma sílaba sequer lhe escapou dos lábios, e a abstração de sua mente a preservou ignorante de tudo que se passava diante dela.

Elinor, fazendo jus à gentileza de Mrs. Jennings — embora tais efusões fossem muitas vezes irritantes e até ridículas —, prestou-lhe tais reconhecimentos e retornou às cordialidades, que a irmã não conseguiria por si só. A gentil senhora percebeu que Marianne estava infeliz e se sentiu na obrigação de fazê-la se sentir menos. Portanto, Mrs. Jennings a tratou com toda a indulgência de uma mãe com aquele filho favorito em seu último dia de férias. Marianne ganhou o melhor lugar perto da lareira, era tentada a comer cada guloseima da casa e entretida com cada notícia do dia. Se Elinor não tivesse visto, no semblante da irmã, uma tentativa de conter qualquer alegria, ela até poderia ter se divertido com as tentativas de Mrs. Jennings de curar as decepções de um amor, ao oferecer à irmã uma variedade de docinhos, azeitonas e uma boa lareira. No entanto, assim que Marianne tomou consciência de tais tentativas, não conseguiu mais permanecer ali. Com uma exclamação pesarosa, e sinalizando que a irmã não a seguisse, se levantou imediatamente e saiu correndo da sala.

— Pobrezinha! — exclamou a velha senhora assim que Marianne se fora. — Como me dói vê-la assim! Oras, vejam, ela nem sequer terminou o vinho! E as cerejas secas também! Deus meu, parece que nada lhe cai bem! Se eu soubesse de qualquer coisa de que ela gostasse, vasculharia a cidade toda atrás. Bem, é muito estranho que um homem trate uma mocinha linda assim tão mal! Contudo, quando há muito dinheiro envolvido de um lado, e quase nada do outro, que Deus perdoe... eles não se importam com mais nada!

— A dama... Miss Grey, penso eu?... é muito rica?

— Cinquenta mil libras, minha querida. Você já a viu? Dizem ser uma garota esperta e elegante, mas não bonita. Lembro-me muito bem de sua tia, Biddy Henshawe, que se casou com um cavalheiro riquíssimo. De qualquer forma, a fortuna da família é imensa. Cinquenta mil libras! Pelo que dizem, o dinheiro virá no tempo certo, porque parece que Willoughby está endividado. Pudera! Desfilando por aí com seu cabriolé e cães perdigueiros. Bem, não quero fazer fofoca, mas quando um jovem, seja quem for, aparece e se apaixona por uma bela garota, e ainda lhe promete casamento, não tem o direito de quebrar a promessa só porque ficou pobre e uma garota mais rica surgiu prontinha para aceitá-lo. Nesse caso, por que ele não vende os cavalos, sai de casa, dispensa os criados e faz uma verdadeira mudança? Garanto-lhe, Miss Marianne esperaria até que tudo isso se ajeitasse, mas não é assim hoje em dia. Os jovens cavalheiros não renunciam ao prazer de jeito algum.

— Você saberia me dizer que tipo de garota Miss Grey é? Ela é amável?

— Nunca ouvi nada de ruim; na verdade, dificilmente é mencionada. Exceto, é claro, hoje de manhã, quando Mrs. Taylor disse que certa vez Miss Walker insinuou que acreditava que Mr. e Mrs.

Ellison não ficariam tristes com o casamento, porque Miss Grey e Mrs. Ellison não se bicam muito.

– E quem são os Ellison?

– Os tutores dela, minha querida. Mas ela já é maior de idade e pode escolher por si mesma. Que bela escolha, não?... O que...? – fez uma pausa por uns instantes. – Sua pobre irmã foi para o quarto, imagino, para se lamentar sozinha. Há algo que possamos fazer para confortá-la? Pobrezinha, é tão cruel deixá-la só. Bem, de qualquer modo, teremos novas companhias, e isso pode animá-la um pouco. O que podemos jogar? Sei que ela detesta uíste, mas não há nenhum outro jogo de que ela goste?

– Minha cara madame, essa gentileza toda não é necessária. Ouso dizer que Marianne ficará trancada no quarto pelo resto da noite. Posso convencê-la a dormir mais cedo, porque tenho certeza de que ela precisa descansar.

– Sim, penso que seja o melhor mesmo. Deixe que ela decida quando vai cear e dormir. Deus! Não me espanta ela estar tão mal e deprimida nessas duas últimas semanas, porque o assunto devia estar pesando em seus pensamentos desde então, suponho. E a carta que chegou hoje colocou um fim em tudo! Pobrezinha! Saiba que, se eu soubesse disso, não teria feito qualquer piada por nada no mundo. Mas como poderia adivinhar? Estava certa de que era apenas uma carta comum de amor, e você sabe como os jovens gostam de ser provocados. Deus! Sir John e minhas filhas ficarão tão preocupados quando souberem! Se eu estivesse em perfeito juízo, teria ido até Conduit Street no caminho de volta para cá, apenas para lhes contar. Mas devo visitá-los amanhã.

– Não será necessário alertar Mrs. Palmer e Sir John para que não mencionem o nome de Mr. Willoughby, ou qualquer alusão ao ocorrido, na frente de Marianne. Eles são educados o bastante para saberem por si só que seria bem cruel deixarem claro que sabem de alguma coisa quando ela estiver presente. E quanto menos me perguntarem, mais meus sentimentos serão poupados, como poderá facilmente acreditar, minha cara madame.

— Ah, meu Deus, mas é claro que acredito! Deve ser terrível para você ter que ouvir e falar sobre isso. E, quanto à sua irmã, fique tranquila, pois não mencionarei uma palavra na frente dela. Você viu que agi bem no jantar, e assim farão Sir John e minhas filhas, porque são bem cuidadosos e empáticos, principalmente se eu lhes der a dica, o que farei com certeza. Quanto a mim, penso que, quanto menos falarmos, mais rápido e melhor tudo será esquecido e apagado. E que bem a tagarelice já fez, não é?

— Nesse caso, só pode fazer mal. Mais até do que em casos similares, talvez, porque é acompanhado de circunstâncias que, pelo bem de todos os envolvidos, tornam o assunto inadequado para conversas públicas. Mas devo fazer *essa* justiça a Mr. Willoughby: ele não rompeu noivado efetivo algum com minha irmã.

— Seja justa, minha cara! Não tente defendê-lo. Não havia noivado efetivo, é? Mesmo depois de tê-la levado até Allenham House e apresentado todos os cômodos em que morariam no futuro?!

Em consideração à irmã, Elinor não conseguiria levar o assunto adiante e, pelo bem de Willoughby, esperava que não lhe fizessem mais perguntas. Isso porque, embora Marianne tivesse perdido muito, não ganharia nada se falasse a verdade. Após um breve silêncio de ambas, Mrs. Jennings, com toda a alegria que lhe era comum, irrompeu de novo:

— Bem, minha querida, há aquele ditado: há males que vêm para o bem, e o coronel Brandon, no caso, se beneficiará disso. Enfim, ele terá o coração dela, sim, será assim. Estarei muito enganada se eles não estiverem casados em meados do verão. Deus! Ele se regozijará com essa notícia! Espero que ele venha hoje à noite. No fim das contas, ele é um partido muito melhor. Duas mil libras ao ano, sem dívidas ou descontos, com exceção, claro, de sua filhinha biológica. Sim, havia me esquecido dela, mas é possível mantê-la com uma pensão pequena, então o quanto isso importa? Delaford é um bom lugar, garanto. É exatamente o que chamo de um lugar agradável à moda antiga, cheio de luxos e aposentos, quase cercado por muros de um jardim imenso, recheado pelos melhores pomares da região e há uma tremenda amoreira em um dos cantos! Deus! Eu e Charlotte aproveitamos muito a única vez em que estivemos lá! Há um pombal, um viveiro de peixes adorável e um riozinho muito bonito. Resumindo: tudo aquilo que alguém poderia desejar. Além disso, é perto da igreja e está apenas a quatrocentos metros da estrada principal, então nunca há um dia de tédio, pois, se você se sentar sob um velho teixo atrás da casa, é possível ver as carruagens passando. Ah, é um belo lugar! O açougue fica no vilarejo, e a casa paroquial fica bem pertinho. Na minha opinião: é mil vezes mais bonito do que Barton Park, onde as pessoas são obrigadas a andar quatro quilômetros para comprar carne, e não há um vizinho por perto além de sua mãe. Bem, devo animar o coronel Brandon o mais rápido possível. Você sabe, uma coisa puxa a outra. Se apenas conseguíssemos tirar Willoughby da cabeça dela!

— Bem, se pudermos fazer *isso*, madame, podemos conseguir com ou sem o coronel Brandon.

Elinor, então, se levantou e foi até Marianne, a quem encontrou, como esperado, no próprio quarto triste e silenciosa, inclinada sob os restos pequeninos de uma chama na lareira, que, até a chegada da irmã, haviam sido sua única fonte de luz.

— É melhor me deixar em paz — foi tudo o que Elinor recebeu da irmã.

— Eu deixarei, se você for se deitar.

A princípio, Marianne se recusou, muito devido à insensatez momentânea de um sofrimento impaciente. A persuasão séria, porém gentil, da irmã, no entanto, logo a convenceu, e, antes de deixá-la, Elinor a viu deitar a cabeça dolorida no travesseiro e, como esperava, de um jeito que pudesse descansar tranquilamente.

Ela retornou à sala de estar, onde Mrs. Jennings logo se juntou a ela, com uma taça de vinho em mãos, cheia de algum líquido.

– Minha querida – disse, conforme entrava –, acabei de me lembrar que tenho um pouco do melhor vinho Constancia envelhecido já saboreado por aqui, então aqui está uma taça para Marianne. Meu pobre marido! Ele gostava tanto disso! Sempre que sentia dores devido à gota, costumava dizer que nada no mundo lhe fazia tão bem quanto este vinho. Leve até sua irmã, por favor.

– Cara madame – respondeu Elinor, sorrindo por causa das diferentes recomendações de uso –, como é gentil! Mas Marianne acabou de se deitar e espero que já esteja quase dormindo. E como acredito que nada lhe fará tão bem quanto um pouco de descanso, se você me permite, eu mesma beberei o vinho.

Embora se lamentasse por não ter chegado cinco minutos antes, Mrs. Jennings ficou satisfeita com o acordo. Elinor, enquanto bebericava quase todo o vinho, refletiu que, apesar de não serem importantes os efeitos que causava em uma crise de gota naquele momento, a bebida poderia ter poderes curativos no caso de um coração partido, e seria sensato que tanto ela quanto a irmã experimentassem.

O coronel Brandon apareceu enquanto tomavam chá. Pela maneira como olhou ao redor da sala, procurando por Marianne, Elinor imediatamente imaginou que ele não esperava, e nem queria vê-la ali e, em resumo, que ele já estava ciente do motivo de sua ausência. Mrs. Jennings não foi tomada pelo mesmo pensamento, porque, logo que ele entrou, ela caminhou até a mesa de chá onde Elinor ajeitava as coisas e sussurrou:

– O coronel parece mais sério do que nunca. Ele não sabe de nada, então lhe conte tudo, minha querida.

Após alguns minutos, ele posicionou uma cadeira perto dela e, com um olhar que perfeitamente a assegurava de que ele sabia do ocorrido, perguntou sobre Marianne.

— Marianne não está bem — respondeu ela. — Está indisposta o dia todo, então a convencemos a se deitar mais cedo.

— Talvez, então — disse ele, hesitante —, o que ouvi hoje de manhã seja... bem, talvez seja mais verdadeiro do que a princípio eu poderia acreditar.

— E o que você ouviu?

— Que um cavalheiro, que eu tinha razões para crer que... Resumindo: que um homem, que eu *sabia* estar noivo... Como devo lhe contar? Se você já sabe, o que certamente é o caso, posso ser poupado.

Elinor, esforçando-se para manter a calma, respondeu:

— Você se refere ao casamento de Mr. Willoughby com a Miss Grey? Sim, *sabemos* de tudo. Hoje parece ser um dia de revelações gerais, porque ficamos sabendo logo de manhã. Mr. Willoughby é incompreensível! Onde você ouviu a notícia?

— Em uma papelaria em Pall Mall, onde estive a negócios. Duas damas esperavam a carruagem, e uma delas contava à outra sobre a união pretendida em um tom que pouco se importava com a discrição, e que era impossível para mim não ouvir. O nome de Willoughby, John Willoughby, foi mencionado repetidas vezes, o que me chamou a atenção, e o que se seguiu foi uma declaração positiva de que o casamento dele com Miss Grey estava enfim ajeitado, que não era mais um segredo e que ocorreria dentro de poucas semanas, tudo dito com pormenores sobre os preparativos e outros assuntos. Mas de um ponto específico eu me lembrava, porque me ajudou a identificar ainda mais o sujeito: assim que a cerimônia acabasse, eles iriam para Combe Magna, sua residência em Somersetshire. Mas que espanto! Seria difícil descrever como me senti. Fiquei na loja depois que elas haviam ido embora e, após algumas perguntas, entendi que a dama tagarela era Mrs. Ellison, a tutora de Miss Grey, pelo que fui informado.

— Ela é. Você também ouviu que Miss Grey tem uma fortuna de cinquenta mil libras? Se assim for, podemos encontrar as respostas.

— Talvez tenha. Mas Willoughby seria capaz... ao menos eu penso... — Ele parou por um instante e disse, num tom vacilante — e sua irmã... como ela...

— Ela está sofrendo muito. Consigo apenas esperar que passe logo. Tem sido um tormento cruel. Acredito que até ontem ela não duvidava do afeto dele, e talvez até mesmo agora... mas estou quase convencida de que ele nunca sentiu nada por ela. Ele é um mentiroso! E, em alguns aspectos, há uma frieza em seu coração.

— Ah! — disse o coronel Brandon. — Há mesmo, de fato! Contudo, sua irmã não vê assim, pelo que entendi?

— Você a conhece, e talvez até imagine o quão desesperada ela estaria para conseguir defendê-lo, se pudesse.

Ele não respondeu. Após a retirada das louças de chá e preparativos para a mesa de carteado, o assunto morreu. Embora tenha observado os dois com satisfação enquanto conversavam e esperado ver as notícias de Miss Dashwood trazerem alegria imediata ao coronel Brandon — como teria sido com um cavalheiro na flor da idade —, Mrs. Jennings, com espanto, o viu permanecer o resto da noite mais sério e pensativo do que de costume.

CAPÍTULO XXXI

Marianne, após acordar de uma noite de mais descanso do que havia esperado, ainda trazia a mesma tristeza com a qual fechara os olhos. Elinor a incentivou o máximo que pôde a falar de seus sentimentos, e, antes que o café da manhã estivesse pronto, elas haviam falado do assunto repetidas vezes. E tudo da mesma forma: com a convicção firme e os conselhos afetuosos de Elinor e com os sentimentos impetuosos e as opiniões oscilantes de Marianne. Às vezes, ela até conseguia acreditar que Willoughby era tão desafortunado e inocente quanto ela. Em outros momentos, perdia todos os consolos para a impossibilidade de absolvê-lo. Em alguns, ela era absolutamente indiferente aos comentários de todos. Em outros, ela se excluiria do mundo para sempre. Por fim, num terceiro momento, resistiria com bravura. No entanto, era firme em um ponto: sempre que possível, evitaria a presença de Mrs. Jennings, mas a suportaria, se necessário, em um silêncio determinado. Seu coração tinha a rígida certeza de que Mrs. Jennings não via seu sofrimento com compaixão.

— Não, não e não, não pode ser! — exclamava. — Ela não pode sentir. Sua gentileza não é simpatia e sua educação não é ternura. Tudo que quer é fofocar, e ela só gosta de mim porque sou uma fonte para isso.

Elinor não precisava ser lembrada da injustiça com a qual a irmã julgava os outros, muito pelo requinte irritante de sua mente, pela importância excessiva que dava às delicadezas de uma sensibilidade forte e pelas graças de uma conduta polida. Como metade do mundo, se essa metade fosse esperta e educada, Marianne, com excelentes capacidades e disposição, não era nem sensata nem justa. Ela esperava que as pessoas tivessem as mesmas opiniões e sentimentos que ela, e as julgava pelos efeitos imediatos que suas ações tinham sobre ela. Assim sendo, algo aconteceu, enquanto estavam juntas no quarto após o café da manhã, que baixou ainda mais o respeito que Marianne tinha por Mrs. Jennings, porque, devido a seu ponto fraco, a velha senhora provou ser uma fonte de dor novinha para ela, embora ela agisse pelo impulso da maior boa vontade.

Ela entrou no quarto, com uma carta na mão estendida e uma feição sorridente, dizendo:

— Veja, minha querida, tenho algo aqui que lhe fará bem.

Marianne não precisava ouvir mais nada. Num momento, sua imaginação produziu uma carta de Willoughby, cheia de ternura e remorso, explicando tudo que ocorrera, de forma satisfatória e convincente; e logo era seguida por Willoughby entrando apressado no quarto para reforçar, a seus pés e com olhos eloquentes, todas as palavras da carta. A imaginação de um momento foi destruída pelo seguinte. A caligrafia da mãe, que nunca fora mal-recebida, estava diante dela, e, ao perceber a decepção que sucedeu um instante extático que ia além de esperança, Marianne sentiu como se, até ali, nunca houvesse sofrido.

Até mesmo em momentos da mais feliz eloquência, não havia palavras para a crueldade de Mrs. Jennings. Marianne conseguiu repreendê-la apenas com uma torrente violenta de lágrimas: era uma repreensão, porém, tão perdida em seus objetivos, que a velha senhora, depois de expressar pena, retirou-se, ainda se referindo à carta como uma fonte de consolo. Mas esta, quando Marianne conseguiu se acalmar para ler, não trouxe conforto quase nenhum.

O nome de Willoughby estava em todas as páginas. Ainda confiante no noivado e se embasando como nunca na lealdade do rapaz, a mãe apenas havia sido convencida por Elinor a persuadir Marianne a se abrir com ambas. Com tamanha ternura com a filha, com tanta afeição por Willoughby e com a convicção da felicidade futura de ambos, ela soluçava em agonia enquanto lia toda a carta.

Toda a impaciência para retornar havia voltado. Amava ainda mais a mãe pelo excesso de confiança indevida em Willoughby e sentia uma urgência insana em ir embora. Elinor, incapaz de determinar se seria melhor que Marianne permanecesse em Londres ou voltasse a Barton, não ofereceu conselho algum a não ser que tivesse paciência até que soubesse a vontade da mãe. Com o tempo, conseguiu que a irmã consentisse com esse plano.

Mrs. Jennings as deixou mais cedo, porque não ficaria tranquila até que os Middleton e os Palmer pudessem sofrer tanto quanto ela. Recusando a oferta de Elinor para acompanhá-la, saiu sozinha pelo resto da manhã. Elinor, com o coração pesado, ciente da notícia dolorosa que daria à mãe e percebendo, pela carta de Marianne, quão mal havia preparado a mãe para algo assim, sentou-se a fim de prestar contas à Mrs. Dashwood de tudo que ocorrera e de solicitar conselhos sobre o que deveriam fazer. Marianne, por sua vez, entrou na sala de estar assim que Mrs. Jennings saiu e permaneceu com o olhar fixo na mesa em que Elinor escrevia a carta, observando o correr da pena pelo papel, lamentando pela árdua tarefa da irmã, e ainda mais sinceramente pelos efeitos que recairiam sobre a mãe.

E desse modo permaneceram por cerca de 15 minutos, quando Marianne, cujos nervos sensíveis não suportavam qualquer barulho repentino, assustou-se com uma batida à porta.

— Mas quem será?! — exclamou Elinor. — Tão cedo assim! Pensei que estaríamos a salvo.

Marianne foi até a janela.

— É o coronel Brandon! — respondeu, aborrecida. — Nunca estamos a salvo *dele*.

— Ele não vai entrar, porque Mrs. Jennings não está.

— Eu não confiaria *nisso* — retrucou Marianne, retirando-se para o quarto. — Um homem que não tem uma atividade na qual empregar o tempo livre não tem noção do quanto se intromete no tempo dos outros.

O que ela disse se provou correto, mesmo que fosse fundado em injustiça e engano, porque o coronel Brandon *realmente* se fez presente. Elinor, que estava convencida de que ele estava lá por preocupação com Marianne e que via *essa* preocupação estampada no olhar alterado e triste dele, assim como no ansioso, porém breve, interrogatório sobre ela, não poderia perdoar a irmã por estimá-lo tão pouco.

— Encontrei Mrs. Jennings em Bond Street — disse ele, depois de cumprimentá-la —, e ela me incentivou a vir. E fui mais incentivado ainda por considerar que lhe encontraria sozinha, e assim eu desejava. Meu objetivo... meu desejo... meu único desejo... espero, e acredito que seja... é trazer conforto. Não, não devo dizer conforto... pelo menos não conforto no agora... mas sim certeza, uma última certeza à mente de sua irmã. Meu afeto por ela, por você e por Mrs. Dashwood provará isso, se eu puder relatar algumas circunstâncias que nada a não ser o *mais* sincero afeto... o mais puro desejo de ser útil... penso que as justificaria. Embora eu tenha passado horas para me convencer de que estou certo, há alguma razão que me faça estar errado? — ele parou.

— Eu lhe compreendo. Você tem algo a dizer sobre Mr. Willoughby que vai expor ainda mais o caráter dele. Isso demonstrará o maior ato de amizade com Marianne. *Minha* gratidão lhe será dada de imediato por qualquer informação, e a *dela* será conquistada com o tempo. Oras, vamos, conte-me.

— Você ouvirá, então. E, para ser breve, quando eu saí de Barton em outubro passado... espere, isso não servirá... devo voltar um pouco mais. Você pensará que sou um estranho contador de histórias, Miss Dashwood, pois mal sei por onde começar. Preciso falar um pouco de mim, acredito, e *será* bem pouco mesmo. Isso porque — suspirando pesarosamente —, em tal assunto não desejo ser difuso.

Ele parou por um momento para se recompor e, então, com outro suspiro, continuou.

— Provavelmente, você se esqueceu por completo de uma conversa que tivemos (e que não era para lhe impressionar)... uma conversa em Barton Park, na noite de um baile, quando mencionei uma dama que eu, certa vez, conhecera e que parecia muito sua irmã.

— Na verdade — respondeu Elinor —, eu *não* me esqueci.

O cavalheiro pareceu feliz por isso e acrescentou:

— Se eu não estiver enganado pela incerteza e pela parcialidade de uma lembrança tão terna, há uma semelhança muito forte entre elas, tanto em mente como em pessoa. O mesmo ímpeto no coração e a mesma ansiedade de imaginação e espírito. Essa dama era uma de minhas relações mais próximas, uma órfã desde a infância e sob tutela de meu pai. Nossas idades eram quase as mesmas, e quando crianças éramos amigos e companheiros de brincadeiras. Não consigo me lembrar de algum momento em que não amava Eliza; e meu afeto por ela, conforme crescíamos, era tamanho, que, julgando pela minha infelicidade atual e seriedade desanimada, você poderia pensar que jamais fui capaz de sentir algo assim. O afeto dela por mim, creio eu, era tão ardente quanto o de sua irmã por Mr. Willoughby, porém foi embora por causas diferentes, tão desafortunado quanto. Aos 17 anos, eu a perdi para sempre. Ela se casou, contra a própria vontade, com meu irmão. A fortuna dela era imensa, e a propriedade de nossa família estava bem comprometida. E isso, temo eu, é tudo que pode ser dito da conduta de alguém que era seu tio e tutor ao mesmo tempo. Meu irmão não a merecia, ele não a amava. Minha esperança era de que seu afeto por mim a ajudaria a enfrentar qualquer dificuldade, e por um tempo ajudou. Mas, enfim, a miséria de sua situação, pois ela enfrentava muita indiferença, superou todas as suas resoluções, e mesmo que ela tenha me prometido que nada... Minha nossa, como estou lhe contando tudo sem contexto! Nunca lhe contei como tudo se deu. Estávamos a poucas horas de fugir para a Escócia. A deslealdade, ou a burrice, da empregada de minha prima nos traiu. Eu fui banido para a casa de um parente distante, e ela foi proibida de sair, de ver amigos, de se divertir, até que meu pai ganhasse a batalha. Eu confiei na força dela por muito tempo, e o choque foi muito severo. Mas se o casamento fosse feliz, do jeito que eu era jovem à época, em poucos meses eu teria me reconciliado com tudo, ou pelo menos não precisaria lamentar nada agora. Esse, porém, não foi o caso. Meu irmão não tinha respeito por ela, seus prazeres não eram condizentes com o que deveriam e, desde o começo, ele a tratou com rispidez. As consequências disso em uma mente tão jovem, tão viva e tão inexperiente quanto a de Miss Brandon foram naturais. A princípio, ela estava resignada quanto à infelicidade de sua vida; e teria sido feliz se não tivesse se dedicado a superar os arrependimentos que minha memória lhe causava. Com um marido desleal, sem amigos para aconselhá-la ou contê-la (porque meu pai viveu pouco depois que se casaram, e eu estava nas Índias Orientais com meu regimento), quem se espanta por ela ter desmoronado? Se ao menos eu tivesse permanecido na Inglaterra... mas tentei promover a felicidade dos dois ao me retirar de sua vida por anos e, por isso, solicitei meu intercâmbio. O choque que seu casamento me causou – continuou ele, com uma voz alterada – pesou pouco... nem se comparava com o que senti quando fiquei sabendo, dois anos depois, de seu divórcio. Foi *isso* a causa de tamanha tristeza... Até hoje, a lembrança de tudo que sofri...

Ele não falou mais nada e, levantando-se abruptamente, caminhou por alguns minutos pela sala. Elinor, abalada pelo relato e ainda mais pelo sofrimento, não conseguia falar. Ele percebeu a preocupação dela e, indo em direção a ela, pegou-lhe a mão, apertou-a e plantou ali um beijo com enorme respeito. Mais alguns minutos de esforço em silêncio permitiram que ele continuasse com a compostura.

— Passaram-se quase três anos desse período lamentável antes que eu voltasse para a Inglaterra. Minha primeira preocupação, assim que cheguei, era obviamente procurá-la, mas a busca foi tão infrutífera quanto melancólica. Não consegui ir muito além de seu primeiro conquistador, e havia muitas razões para temer que ela somente tivesse se divorciado dele para afundar ainda mais numa vida de pecado. Sua mesada legal não era compatível com a fortuna que tinha, nem suficiente para mantê-la de modo confortável, e meu irmão me contou que meses antes tudo havia sido passado para outra pessoa. Ele imaginava, e poderia fazer isso calmamente, que a extravagância, e a consequente infelicidade de Eliza, obrigaram-na a renunciar ao dinheiro para aliviar alguma necessidade imediata. Enfim, porém, após seis meses na Inglaterra, eu *finalmente* a encontrei. Preocupado com um ex-criado, que havia caído em desgraça, fui visitá-lo em uma casa de detenção, onde estava preso por dívidas. Lá, nessa mesma casa, sob um tipo similar de confinamento, encontrei minha infeliz cunhada. Tão alterada, tão abatida, tão desgastada por sofrimentos de todo tipo! Mal pude acreditar que a figura melancólica e doente diante de mim era o que restava daquela garota amável, radiante e saudável a quem uma vez amei tão cegamente. O que aguentei ao vê-la... mas não posso ferir seus sentimentos na tentativa de descrever... já lhe fiz sofrer demais. Ela estava, pelo que tudo indicava, no último estágio de uma tuberculose, e isso era... sim, era uma situação que me trazia muito alívio. A vida não poderia ajudá-la em nada a não ser lhe dar algum tempo para se preparar melhor para a morte, e esse tempo foi concedido. Eu a visitei todos os dias pelo resto de sua breve vida: estive com ela nos últimos momentos.

Mais uma vez, ele parou o relato para se recuperar, e Elinor expressou seus sentimentos com a mais terna preocupação pelo destino da infeliz amiga. O coronel Brandon disse:

— Espero que sua irmã não se ofenda pela semelhança que vi entre ela e minha pobre e desgraçada parente. Os destinos e as fortunas não são iguais e se a doce e natural disposição de uma pudesse ter sido guiada por uma mente mais firme, ou por um casamento mais feliz, talvez ela seria tudo aquilo que você verá a outra sendo. Mas a que tudo isso nos leva? Parece que lhe atormentei por nada. Ah, Miss Dashwood! É difícil lidar com um assunto intocado por 14 anos. *Serei* mais contido, mais conciso. Ela deixou sob meus cuidados sua única filha, uma garotinha, cria de sua primeira e culpada relação, que estava com três anos à época. Ela amava aquela menina e a manteve por perto, confiando-a a mim como uma coisa valiosa e preciosa; e eu teria tomado conta dela no mais estrito sentido, tomando conta de sua educação, se nossas situações permitissem, mas eu não tinha família, nem casa. Minha pequena Eliza foi então enviada para uma escola. Eu a visitava sempre que podia e, após a morte de meu irmão (que ocorreu há cinco anos e que me deixou a propriedade da família), ela me visitava em Delaford. Digo que ela é uma parente distante, mas sei bem que as pessoas suspeitam de que temos uma relação bem mais próxima. Há três anos, quando ela havia completado seus 14 anos, eu a retirei da escola para colocá-la sob os cuidados de uma mulher muito respeitável em Dorsetshire, que também cuidava de quatro ou cinco garotas da mesma idade. Por dois anos, tive todas as razões para me alegrar com a situação, mas em fevereiro passado, há quase um ano, ela sumiu de repente. Depois de ter expressado um desejo tão sincero, eu lhe permiti (e fui imprudente, como depois descobri) ir a Bath com uma das amigas, que iria visitar o pai doente. Eu sabia que ele era um homem muito bom e tinha a filha dele em alta conta... e era mais do que ela merecia, porque, com um segredo obstinado e imponderado, ela não diria nada, não daria uma pista, embora certamente soubesse de tudo. Ele, o pai dela, bem-intencionado, mas não muito perspicaz, não poderia contribuir com nada, acredito eu. Ele estava confinado dentro de casa enquanto as meninas andavam pela cidade e faziam as amizades que bem quisessem, e ele tentou me convencer, assim como estava ele mesmo convencido, de que a filha nada teria a ver com a situação. Resumindo: a única coisa que eu sabia é que ela havia sumido. Todo o resto, por oito longos meses, não permitiu conjectura alguma. O que eu pensei e temi talvez você possa imaginar... e o que sofri também.

– Meu bom Deus! – exclamou Elinor. – Poderia ser... Willoughby poderia...?

– A primeira notícia dela que tive veio por uma carta dela mesma, em outubro passado. Estava endereçada a mim rumo a Delaford, e a recebi na manhã de nosso passeio a Whitwell. Foi essa a razão da minha partida tão repentina de Barton, que à época pode ter parecido estranha a todos e ofensiva a alguns. Pouco sabia Mr. Willoughby, quando me censurou com olhares por eu ser rude ao arruinar o passeio, que estava sendo chamado para ajudar uma pessoa que ele mesmo deixara na miséria e na tristeza. Mas, *se* ele soubesse, de que adiantaria? Ele teria agido com menos galanteio ou felicidade nos sorrisinhos para sua irmã? Não, pois ele já havia feito algo que nenhum homem compassivo faria com outra pessoa: abandonara a garota, cuja inocência e juventude ele havia ludibriado, em uma situação do pior sofrimento, sem casa respeitável, sem ajuda, sem amigos e sem saber onde ele morava! Ele a abandonou com a promessa de voltar, mas nem sequer retornou, escreveu ou a libertou.

– Isso ultrapassa todos os limites! – exclamou Elinor.

– Agora você conhece o caráter dele: esbanjador, libertino, ou pior que isso. Sabendo disso por muitas semanas, imagine o que senti quando percebi que sua irmã o idolatrava tanto e soube que iria se casar com ele... Somente tente imaginar a preocupação que tive com todas vocês. Quando vim semana passada e lhe encontrei sozinha, estava determinado a saber a verdade, embora não soubesse o que fazer quando me dissesse. Você deve ter achado meu comportamento estranho, mas agora você pode compreendê-lo. Estava sofrendo por vê-las enganadas, por ver sua irmã... Mas o que eu poderia fazer? Não tinha esperança de que minha interferência teria sucesso e, às vezes, eu pensava que a influência de sua irmã poderia fazê-lo uma pessoa melhor. Agora, depois de agir tão desonrosamente, quem pode falar quais eram as intenções dele? Quaisquer que tenham sido, porém, Marianne, talvez, e daqui em diante, sem dúvidas *olhará* para a própria condição com um olhar grato quando compará-la com a de minha pobre Eliza, quando entender a situação desastrosa e perdida dessa pobre garota e se imaginar no lugar dela, com um afeto por ele muito forte, até mais que o dela mesma, e com uma mente atormentada pela autorrepreensão, que a seguirá por toda a vida. Certamente, essa comparação ajudará em algo. Ela sentirá que seu sofrimento não é nada, pois não a fez agir errado, nem a jogou em desgraça. Do contrário, cada amigo deve ficar ainda mais ao lado dela. A preocupação com sua infelicidade e o respeito por sua força ao passar por tudo isso devem fortalecer os laços. Seja discreta, porém, ao contar à sua irmã tudo que lhe contei; você pode dizer melhor quais efeitos serão produzidos. Eu não teria passado pela angústia de lhe atormentar com problemas familiares, com um relato cuja intenção possa parecer me elevar na opinião dos outros, se eu não acreditasse do fundo do meu coração que faria algum bem ou aliviaria os tormentos dela.

Elinor, após o fim do discurso, agradeceu o cavalheiro do modo mais sincero que podia, baseando-se também na esperança de ver algum progresso concreto de Marianne ao ouvir a verdade.

— O que mais me dói — disse ela — são as tentativas de minha irmã de inocentá-lo, mais que tudo. Isso perturba sua mente mais do que a convicção gritante da falta de caráter dele. Embora ela sofra muito, tenho certeza de que agora se acalmará. Você — ela continuou, depois de um breve silêncio – alguma vez viu Mr. Willoughby desde que saiu de Barton?

– Sim, uma única vez. Um encontro seria inevitável – respondeu bastante sério.

Elinor, assustada com a maneira como ele falou, olhando-o ansiosa, disse:

– O quê? Você o encontrou para...

– Não havia outro jeito de encontrá-lo. Mesmo relutante, Eliza me confessou o nome de seu amante. Quando ele voltou a Londres, o que se deu dentro de duas semanas após minha chegada, nós combinamos um duelo: ele para se defender, e eu para condená-lo. Como ninguém se feriu, o duelo nunca chegou a ninguém.

Elinor suspirou diante da necessidade de algo assim, mas achou melhor não o repreender por ele ser homem e soldado.

Depois de uma pausa, o coronel Brandon disse:

– Mas que destino semelhante o de mãe e filha! E eu falhei miseravelmente naquilo que me foi confiado!

– Ela ainda está em Londres?

– Não. Assim que se recuperou do parto, pois estava quase para dar à luz quando a encontrei, eu a enviei, junto com a criança, para o interior; e lá permanecem.

Lembrando, logo em seguida, que ele provavelmente estava mantendo Elinor separada de sua irmã, pôs um fim à visita, recebendo novamente os agradecimentos da dama, e deixando-a repleta de compaixão e estima por ele.

CAPÍTULO XXXII

Quando os pormenores foram repetidos por Miss Dashwood à irmã, tão logo quanto possível, os efeitos não foram totalmente o que Elinor gostaria. Não que Marianne duvidasse da veracidade de tudo, mesmo porque ela ouviu cada detalhe com uma atenção centrada e passiva, não fez objeções nem comentários e não tentou defender Willoughby, mostrando com lágrimas que sabia ser impossível. Embora Elinor soubesse que a convicção da culpa *havia* se firmado em sua mente, visse com satisfação os efeitos disso – como ela não mais evitar o coronel Brandon quando ele as visitava, e conversar com ele até mesmo por vontade própria e com respeito compassivo – e percebesse os ânimos da irmã menos irritadiços e violentos do que antes, ela não percebia nenhum progresso em sua miséria. Sua mente se acalmou, mas essa calmaria se baseava em um desalento pesaroso. A destruição do caráter de Willoughby pesava mais do que a perda de seu afeto. A sedução e a deserção de Miss Williams, a miséria da garota e a dúvida de quais teriam sido as intenções dele com ela mesma atormentaram tanto seu espírito, que ela não era capaz de comunicar seus sentimentos nem a Elinor. Remoendo seus pesares em silêncio, Marianne trouxe mais dor à irmã do que se tivesse falado aberta e frequentemente sobre como se sentia.

Mencionar os sentimentos ou as palavras de Mrs. Dashwood assim que recebera e respondera às cartas de Elinor seria apenas repetir aquilo que as filhas já sentiram e disseram: a decepção não era tão menos dolorosa que a de Marianne, e a indignação era até pior que a de Elinor. Longas e sucessivas cartas chegavam para demonstrar o quanto ela sofria e o que pensava; para expressar sua preocupação agoniada por Marianne e para implorar que ela suportasse tudo com coragem sob tal desgraça. Devia ser mesmo bem ruim o tormento de Marianne para que a mãe falasse em coragem! As raízes de tais arrependimentos deviam ser humilhantes ao extremo, e ela desejava que a filha não precisasse suportá-las!

Mesmo contra a própria vontade por consolo, Mrs. Dashwood determinara que seria melhor que Marianne, naquele momento, estivesse em qualquer lugar que não em Barton, onde tudo poderia trazer de volta o passado de uma maneira muito intensa e angustiante ao reavivar a memória de Willoughby, já que sempre se viram por lá. A recomendação às filhas, portanto, era de que não encurtassem a estadia de Mrs. Jennings; a extensão dessa, embora não tendo um fim certo, fora pensada por todos para durar pelo menos de cinco a seis semanas. Aquela variedade de ocupações, de objetos e de companhia, que não seria possível em Barton, era inevitável em Londres e poderia, talvez, ludibriar Marianne a prestar atenção em outras coisas para além dela mesma, até mesmo trazer um pouco de diversão, ainda que a filha rejeitasse isso no momento.

Do perigo de ver Willoughby de novo, sua mãe considerava que ela estaria mais a salvo em Londres do que no interior, já que a companhia dele deveria ser rejeitada por todos aqueles que se diziam amigos de Marianne. O destino não poderia fazê-los trombar um no outro: nem por negligência, que não os deixaria expostos a surpresas, nem por acaso, pois o tumulto de Londres desfavorecia isso mais do que a calmaria de Barton, onde ele poderia se ver forçado a encontrar com ela em uma das visitas a Allenham quando se casasse; coisa que Mrs. Dashwood, antes prevendo como algo provável, entendia como um evento certeiro.

Ela tinha ainda outro motivo para desejar que as filhas ficassem onde estavam: o enteado enviara uma carta a fim de dizer que estaria com a esposa em Londres antes de meados de fevereiro, e Mrs. Dashwood julgava como correto que elas deveriam ver o irmão às vezes.

Marianne prometera que faria o que a mãe quisesse e, portanto, cedeu aos desejos dela sem objeções. E fez assim mesmo que fosse o contrário do que havia esperado e desejado, mesmo que soubesse estar errado e que a opinião da mãe se baseava em argumentos errados. Pedir que ela ficasse mais tempo em Londres seria privá-la do único respiro possível para todo seu sofrimento, que era a empatia da mãe, e condená-la a companhias e ambientes que a impediriam de qualquer descanso.

Mesmo assim, algo que lhe trazia sofrimento traria algo de bom para Elinor; e esta, por outro lado, suspeitando de que estava fora de seu alcance evitar Edward completamente, confortava-se ao pensar que, embora sua estadia mais longa na cidade agisse contra sua felicidade, isso seria melhor para Marianne do que se retornassem para Devonshire tão logo.

O cuidado de Elinor em proteger a irmã de ouvir o nome de Willoughby não era de se descartar. Marianne, mesmo sem saber de nada, colheu todos os frutos: nem Mrs. Jennings, nem Sir John, nem mesmo Mrs. Palmer, jamais o mencionaram em sua presença. Elinor desejava que a mesma tolerância se estendesse para ela, mas isso era impossível, e ela era obrigada a ouvir dia após dia a indignação de todos.

Sir John estava perplexo: "Um homem do qual ele sempre tivera todas as razões para ter em alta conta! Um rapaz tão amável! Ele não acreditava que havia um cavaleiro mais corajoso na Inglaterra! Era uma coisa inexplicável. Ele desejava de todo coração que Willoughby fosse para os diabos. Não falaria com ele, nem se encontraria com o sujeito por nada no mundo! Não, nem que ficassem lado a lado no abrigo de caça de Barton e precisassem ficar em vigília por duas horas. Mas que canalha! Que sujeitinho desonesto! E, na última vez que se encontraram, ele lhe oferecera um filhotinho da Folly! Estava tudo acabado!"

Mrs. Palmer, à sua maneira, estava igualmente zangada: "Estava determinada a cortar laços de imediato e era grata por nunca ter se familiarizado com ele. Desejava de todo coração que Combe Magna não fosse tão perto de Cleveland, mas isso não significava nada, já que era longe demais para se visitar. Ela o odiava tanto que decidiu nunca mais pronunciar seu nome, e dizia para todo mundo o sujeito imprestável que ele era."

No que estava em seu alcance, o restante da empatia de Mrs. Palmer foi empregado na busca pelos pormenores do casamento que se aproximava e na comunicação destes a Elinor. Logo ela já sabia qual fabricante de carruagens estava montando a de Willoughby, quem estava pintando seu retrato e em qual loja as roupas de Miss Grey estavam.

A calma e a educada despreocupação de Lady Middleton foram um feliz alívio para os ânimos de Elinor, que se sentia oprimida pelas gentilezas constantes e clamorosas dos outros. Ela se sentia em paz por ter certeza de que não despertava o interesse de nem ao menos *uma* pessoa entre os amigos, e era um enorme conforto saber que havia *uma* pessoa que se encontraria com ela sem ter a menor curiosidade por qualquer detalhe pela saúde de Marianne.

A depender das circunstâncias do momento, cada qualificação atinge algo além de seu valor real, e Elinor às vezes se preocupava que toda aquela compaixão inoportuna colocasse a cordialidade como mais indispensável ao consolo ou até mesmo superior a gestos mais amáveis.

Lady Middleton expressava seu entendimento do caso uma ou duas vezes ao dia, se esse fosse mencionado demais, apenas dizendo:

– É muito terrível, de fato!

E, com esse desabafo firme, porém gentil, era capaz não apenas de encontrar as Dashwoods sem expressar qualquer emoção, como também de não falar uma palavra do assunto quando as via. Desse modo, após ter defendido a dignidade das mulheres, e censurado o que havia de errado com os homens, ela pensava ter a liberdade de atender a interesses de suas reuniões e, portanto, estava determinada (mesmo contra as opiniões de Sir John) a deixar seu cartão de visitas com Mrs. Willoughby assim que se casasse, porque ela seria uma mulher rica e elegante.

As perguntas gentis e discretas do coronel Brandon sempre eram bem-vindas à Miss Dashwood. Ele ganhara o privilégio de discussões íntimas sobre a decepção de Marianne por ter tido o cuidado amigável de se esforçar a fim de amenizá-la, então eles sempre conversavam munidos de confiança. O maior prêmio pelo esforço doloroso de trazer à tona tristezas passadas e humilhações presentes lhe foi dado pelos olhares de compaixão de Marianne com os quais ela às vezes o observava e pela gentileza em sua voz quando quer que ela fosse obrigada (embora não com frequência) ou conseguisse se obrigar a conversar com ele. *Esses* lhe asseguravam de que seus esforços nutriram a boa vontade dela no trato com ele, e ainda davam esperanças a Elinor de que tudo apenas melhoraria dali em diante. Mas Mrs. Jennings, que não estava a par de nada disso e que sabia apenas que o coronel estava mais sério do que nunca, não poderia convencê-lo a pedir a mão de Marianne nem se candidatar a fazê-lo ela mesma, o que a fez pensar ao final de dois dias que, em vez de meados do verão, eles não se casariam até o dia de São Miguel. Ao fim de duas semanas, no entanto, estava convencida de que não haveria casamento algum. O bom convívio entre o coronel e a mais velha das Dashwood parecia indicar que as amoreiras, o canal e que o teixo seriam herdados por ela, e, graças a isso, Mrs. Jennings, por um tempo, deixou de pensar em Mr. Ferrars como candidato para desposar Elinor.

No começo de fevereiro, após duas semanas do recebimento da carta de Willoughby, Elinor teve a dolorosa tarefa de contar à irmã que ele havia se casado. Ela tomara o cuidado de solicitar que a informação lhe fosse passada assim que a cerimônia acabasse, já que não queria que Marianne ficasse sabendo por meio dos jornais, os quais eram analisados por esta todas as manhãs.

Ela recebeu a notícia muito bem-composta, não fez comentários e a princípio não derramou nenhuma lágrima, mas, após um breve momento, desmoronou, e, pelo resto do dia, ficou em um estado não menos lastimável do que quando soube do evento.

Os Willoughby deixaram Londres assim que se casaram, e Elinor esperava, já que não havia perigo de vê-los por lá, que pudesse convencer a irmã a sair de casa aos poucos como antes, coisa que não fazia desde que fora atingida pelo duro golpe.

As Steele, a essa altura, já haviam chegado à casa de um parente em Bartlett's Buildings, em Holburn, e logo visitaram os grandes amigos em Conduit e Berkeley Street, sendo recebidas com imensa cordialidade.

Elinor se lamentava com a presença delas, pois esta sempre lhe traria dor, e mal sabia como responder de forma graciosa ao deleite opressor de Lucy quando esta descobriu que elas *ainda* estavam em Londres.

— Ficaria decepcionada se vocês *não* estivessem mais aqui — repetiu com uma ênfase bem-marcada na palavra. — Mas sempre pensei que as *encontraria*. Sempre tive a certeza de que vocês nunca deixariam Londres tão rapidamente, embora você tenha me *dito* em Barton que não ficaria mais que *um* mês. Entretanto, naquela época, eu pensei que você mudaria de ideia em algum momento. Seria uma pena se tivessem ido embora antes que seu irmão e sua cunhada chegassem. Estou imensamente feliz que agora não terão *pressa* para ir e que você não cumpriu com *sua palavra*.

Elinor a entendeu perfeitamente e foi obrigada a empregar todo o seu autocontrole para fingir que *não* havia compreendido.

– Bem, minha querida – disse Mrs. Jennings –, como foi de viagem?

– Não viemos por diligência, isso eu lhe garanto – respondeu Miss Steele em júbilo. – Viemos em uma carruagem do correio, e um cavalheiro muito bonito nos ajudou. O dr. Davies estava vindo para Londres, então pensamos que seria uma boa ideia nos juntarmos a ele em uma carruagem. Ele se comportou muito cordialmente e pagou dez ou doze xelins a mais do que nós.

– Ah, minha nossa! – exclamou Mrs. Jennings. – Muito bom mesmo! E o Reverendo está solteiro, garanto-lhe.

– Ora, vamos – disse Miss Steele, de maneira simplória. – Todos riem de mim por causa do Reverendo, e não sei por quê. Meus primos dizem ter certeza de que eu o conquistei, mas posso lhe garantir que não penso nele nem por um segundo. "Deus, lá vem seu pretendente, Nancy", minha prima disse no outro dia, quando o viu atravessar a rua em direção à casa. "Meu pretendente, oras!", eu disse, "não sei o que você quer dizer. O Reverendo não é meu pretendente".

– Sim, sim, belas palavras, mas de nada adiantam. O Reverendo é o homem, vejo bem.

– Não é mesmo! – respondeu, com bastante sinceridade. – E imploro para que desminta se alguém falar isso.

Mrs. Jennings lhe assegurou com muita satisfação que *não* faria isso, e Miss Steele ficou bastante feliz.

– Suponho que você ficará hospedada com seu irmão e sua cunhada quando eles chegarem, Miss Dashwood – disse Lucy, retornando ao assunto após uma pausa nas insinuações provocativas.

– Não, não penso que devamos.

– Ah, sim, ouso dizer que ficarão.

Elinor não lhe daria o gostinho de continuar as objeções.

– Mas que maravilha que Mrs. Dashwood consegue passar tanto tempo sem vocês!

– Por Deus, muito tempo! – interrompeu Mrs. Jennings. – Oras, a visita está apenas no começo.

Lucy ficou em silêncio.

– Lamento que não possamos ver sua irmã, Miss Dashwood – disse Miss Steele. – Sinto muito por ela não estar bem... – Marianne havia deixado a sala assim que chegaram.

– Você é muito gentil. Minha irmã também lamenta por não poder vê-las, mas nos últimos dias ela vem sofrendo de fortes dores de cabeça, o que a torna inapta para conversas e companhia.

– Ah, minha nossa, mas que pena! Considerando que somos velhas amigas, Lucy e eu... penso que ela poderia *nos* ver. Garanto que não falaremos nada.

Com muita educação, Elinor recusou, porque a irmã talvez já estivesse deitada, ou até mesmo de camisola, sem poder, portanto, marcar presença.

– Bem, se esse é o problema, podemos nós mesmas subir para *vê-la*! – exclamou Miss Steele.

Elinor começou a se aborrecer bastante com tal impertinência, mas foi salva do trabalho de se conter pela repreensão firme de Lucy, a qual, assim como em muitas ocasiões, embora não trouxesse muita doçura às maneiras de uma irmã, era naquele momento uma vantagem para comandar a conduta da outra.

CAPÍTULO XXXIII

Depois de alguma resistência, Marianne cedeu às súplicas da irmã e concordou em sair com ela e com Mrs. Jennings certa manhã, por meia hora. Ela, porém, deixou bem claro que não faria visitas, e nem nada mais além de acompanhá-las à loja de Mr. Gray em Sackville Street, onde Elinor estava em negociação para trocar algumas joias antiquadas da mãe.

Quando chegaram à porta, Mrs. Jennings se lembrou de que havia uma dama no fim oposto da rua a quem deveria prestar uma visita. Ficou decidido, então, que uma vez que ela não tinha negócios a tratar na Gray cuidaria da visita enquanto suas jovens amigas cuidavam dos próprios.

Assim que subiram as escadas, as Dashwood encontraram a loja tão abarrotada de gente, que não havia uma pessoa livre para atendê-las, e elas foram obrigadas a esperar. Tudo que poderiam fazer seria se sentar em um dos cantos do balcão que oferecesse um atendimento mais rápido. Apenas um cavalheiro estava de pé ali, e Elinor tinha esperanças de que pudesse instigar o bom-senso dele por um pedido bem mais rápido. Mas seu olhar afiado e seus gostos delicados se mostraram além de sua educação. Ele estava encomendando um paliteiro para si mesmo, e, até que o tamanho, o formato e os adornos estivessem resolvidos — todos esses foram escolhidos por sua imaginação bem inventiva após examinar e debater por uns 15 minutos sobre cada paliteiro na loja —, ele não tinha tempo para conceder atenção às duas damas além daquele gasto em três ou quatro olhadelas bem superficiais. Foi um tipo de atenção que serviu apenas para dar a Elinor a impressão de uma pessoa e rosto muito marcantes, naturais e de insignificância notável, embora envoltos na última moda.

Mantendo-se alheia de tudo que acontecia, Marianne foi poupada de sentimentos incômodos de desprezo e de ressentimento que seriam causados pela inspeção impertinente de seus semblantes e por condutas insolentes do cavalheiro ao inspecionar e decidir sobre os diferentes detalhes horrorosos dos diferentes paliteiros que lhes foram mostrados. Ela era bastante capaz de guardar seus pensamentos para si e de se manter ignorante com o entorno tanto na loja quanto em seu próprio quarto.

Enfim, o caso foi resolvido. O mármore, o ouro e as pérolas foram encomendados, e o cavalheiro deixou bem claro até que dia poderia viver sem a posse de seu paliteiro. Vestindo as luvas bem devagar, e concedendo outra olhadela para as Dashwood, embora esta mais parecia ordenar do que expressar admiração, ele se retirou com um ar feliz de verdadeira arrogância e falsa indiferença.

Elinor não perdeu tempo em tratar de seu negócio e estava a ponto de concluí-lo quando outro cavalheiro se apresentou ao seu lado. Ela se voltou para ele e, surpresa, descobriu ser seu irmão.

O afeto e o prazer de se encontrarem eram o suficiente para manter uma aparência crível na loja de Mr. Gray. John Dashwood estava bem longe de se lamentar por encontrar as irmãs de novo, e isso as deixou satisfeitas. Suas perguntas com relação à Mrs. Dashwood eram respeitosas e atenciosas.

Elinor ficou sabendo que ele e Fanny estavam na cidade havia dois dias. Ele disse:

— Eu queria muito tê-las visitado ontem, mas era impossível, porque fomos obrigados a levar Harry para ver os animais selvagens no Exeter Exchange, além de passarmos o restante do dia com Mrs. Ferrars. Harry ficou muito feliz. Eu estava determinado a visitá-las *esta* manhã, se eu pudesse gastar meia hora, mas sempre há tanto a se fazer quando se chega a Londres. Estou aqui para encomendar um sinete para Fanny, mas amanhã estou bem certo de que poderia prestar uma visita a Berkeley Street e ser apresentado à sua amiga, Mrs. Jennings. Ouvi dizer que ela é uma mulher de boa fortuna, assim como os Middleton, *aos quais* você deve me apresentar. Já que são parentes de minha madrasta, devo me alegrar em lhes prestar meu respeito. Sei que são vizinhos excelentes lá no interior.

— São mesmo muito excelentes. Não consigo expressar como são atenciosos com nosso conforto e amigáveis em cada detalhe.

— Muito me agrada saber disso. Minha nossa, muito mesmo. Mas assim deve ser. São uma família de imensa fortuna, são seus parentes, e cada civilidade e acomodação que possam fazer da situação agradável são mais do que esperadas. Então vocês estão muito confortavelmente instaladas em sua cabaninha e nada lhes falta! Edward nos deu os detalhes mais encantadores do lugar: ele disse que está tudo muito arrumado, como ele nunca viu antes, e que vocês parecem muito contentes com tudo. Garanto-lhe que ficamos muito satisfeitos em saber disso.

Elinor se sentiu um tanto envergonhada, mas foi poupada de responder devido à chegada do criado de Mrs. Jennings, para dizer que a patroa dele as esperava lá fora. Mr. Dashwood as acompanhou até o pé da escada e foi apresentado à velha senhora na porta da carruagem, e, repetindo que tinha esperanças de poder visitá-las no dia seguinte, partiu.

Sua visita foi pontualmente cumprida, mas ele apareceu com uma desculpa para a ausência da esposa: "Ela estava tão ocupada com a mãe, que não tinha tempo livre para qualquer outra coisa."

Mrs. Jennings, porém, logo lhe garantiu que ele não precisava se preocupar com cerimônias, pois eram todos primos, ou algo do tipo, e que certamente ela tinha esperanças de logo ver Mrs. John Dashwood, e também traria as irmãs para conhecê-la. Os modos dele com *todos*, embora contidos, eram muito gentis, e com Mrs. Jennings, ele era muito cordial. Quando o coronel Brandon apareceu logo depois dele, John Dashwood o observou com uma curiosidade que parecia dizer que ele apenas queria saber se o cavalheiro era rico para que pudesse tratá-lo de maneira igualmente cordial.

Após ficar por cerca de meia hora, ele pediu a Elinor que caminhasse com ele até Conduit Street e que o apresentasse a Sir John e a Lady Middleton. O tempo estava muito bom, e ela prontamente consentiu. Assim que saíram da casa, as perguntas dele dispararam.

– Quem é o coronel Brandon? Ele é um homem de fortunas?

– Sim. Ele é dono de uma ótima propriedade em Dorsetshire.

– Sou grato por isso. Ele parece ser um cavalheiro, e eu penso, Elinor, que devo lhe parabenizar pela perspectiva de uma vida muito bem-estabelecida e respeitável.

– Eu, meu irmão?! O que você quer dizer?

– Ele gosta de você. Eu o observei com muita atenção e estou convencido disso. Qual o valor de sua fortuna?

– Creio que algo em torno de duas mil libras ao ano.

– Duas mil libras ao ano – e, preparando-se para mostrar um tantinho de generosidade e entusiasmo, acrescentou: – Elinor, pelo seu bem e de todo coração, eu gostaria que fosse o *dobro*.

– Sim, acredito em você – respondeu –, mas tenho certeza de que o coronel Brandon não tem o menor desejo de se casar *comigo*.

– Você está enganada, Elinor, muito enganada. Poucos obstáculos do seu lado lhe asseguram para ele. Talvez, ele apenas esteja indeciso agora: sua pequena fortuna talvez o impeça e os amigos dele podem estar aconselhando-o de forma desfavorável à união. Mas um pouco daquela atenção e incentivos que as damas facilmente podem conceder logo o convencerão de maneira involuntária. E não há motivos para que você não lhe dê uma chance. Você não deve supor que nenhum afeto anterior de sua parte... Bem, resumindo: você sabe que um afeto do tipo está fora de questão e que as objeções são intransponíveis... Você é bastante sensata para não perceber isso. O coronel Brandon deve ser o homem, e eu não faltaria com cordialidades para fazê-lo se sentir satisfeito com você e com sua família. É uma união que deixará todos muito satisfeitos. Em resumo: é algo que – diminuindo o tom de voz para um sussurro muito importante – será extremamente bem-vindo para *todos*. – E, recompondo-se, porém, ele acrescentou: – Ou seja, quero dizer... seus amigos estão muito ansiosos para vê-la bem-estabelecida. Fanny mais ainda, porque ela se preocupa com você de todo coração, garanto-lhe, assim como a mãe dela, Mrs. Ferrars. Posso lhe assegurar que é uma mulher muito amável, e isso lhe deixará muito feliz, assim ela disse certo dia.

Elinor não respondeu nada, e ele continuou:

– Seria algo notável, algo engraçado, se Fanny tivesse um irmão e uma cunhada estabelecidos ao mesmo tempo. Mesmo assim, não é algo improvável.

– Mr. Edward Ferrars vai se casar? – indagou Elinor, resoluta.

– Não está tudo resolvido, mas há algo acontecendo. A mãe dele é excelente, pois ela, com a maior generosidade, concederá ao filho mil libras ao ano se a união ocorrer. A dama é a honorável Miss Morton, filha única do falecido Lord Morton, cuja fortuna é de trinta mil libras. É uma relação desejável de ambos os lados, e não tenho dúvidas de que ocorrerá logo. Mil libras ao ano é um bom tanto para uma mãe abrir mão para sempre, mas Mrs. Ferrars é muito nobre. Apenas para lhe dar outro exemplo de sua generosidade: certo dia, assim que chegamos aqui, por estar ciente de que não tínhamos muito dinheiro no momento, ela colocou nas mãos de Fanny um punhado de dinheiro vivo no valor de duzentas libras. E aceitamos, pois gastaremos muito enquanto estivermos por aqui.

Ele pausou na expectativa de que ela consentisse e se compadecesse, e Elinor se viu forçada a dizer:

— Suas despesas tanto na cidade quanto no interior devem ser consideráveis, mas sua renda é bem alta.

— Ouso dizer que não tanto assim, não como muitas pessoas pensam. Mas não estou reclamando, de qualquer modo. Sem dúvidas é uma renda muito confortável, e espero que melhore com o tempo. Estamos cercando Norland Common, o que aumenta em muito os gastos, além da pequena aquisição que fiz da East Kingham Farm... Você deve se lembrar do local onde o velho Gibson vivia. A propriedade era de meu interesse em cada aspecto; tão imediatamente colada em minha própria terra, que me senti na obrigação de comprá-la. Não ficaria em paz comigo mesmo se eu a deixasse cair em outras mãos. Um homem deve pagar por sua conveniência, e isto me *custou* um bom tanto.

— Mais até do que você acha que real e intrinsecamente vale?

— Oras, espero que não. Eu poderia tê-la vendido no dia seguinte por mais do que paguei. Mas, em relação ao dinheiro da compra, talvez eu tenha sido azarado mesmo, porque as ações estavam tão baixas no momento que, se eu não tivesse a quantia necessária no banco, eu precisaria tê-la vendido com um enorme prejuízo.

Elinor apenas sorriu.

— Outra despesa inevitável e muito alta foi a nossa chegada a Norland. Nosso honrado pai, como você deve saber, legalmente transferiu todos os pertences de Stanhill, que restavam em Norland, para sua mãe. Estou longe de me afligir por isso, pois era de direito incontestável dele dispor dos pertences como bem queria, mas, por consequência, fomos obrigados a comprar enormes quantidades de roupas de cama e banho, louças etc. a fim de preencher o que fora levado embora. Após tantos gastos, você deve imaginar o quanto estamos longe de ser ricos e o quanto a gentileza de Mrs. Ferrars é bem-vinda.

— Certamente — respondeu Elinor. — Assistidos pela generosidade dela, espero que possam viver em circunstâncias mais tranquilas.

— Em um ano ou dois, talvez consigamos — disse o cavalheiro bem sério —, mas ainda há um bom tanto a ser feito. Nenhuma pedra foi levantada para a construção da estufa de Fanny, e nada além dos planos para um canteiro foi feito.

— E onde será feita a estufa?

— Na colina atrás da casa. Estamos derrubando todas as nogueiras para abrir espaço para ela. Será uma parte muito agradável de toda a propriedade, e o canteiro de flores será construído em uma descida logo à frente, extremamente bonito. Nós limpamos todos os velhos caminhos espinhentos acima do cume.

Elinor guardou sua preocupação e repreensão para si, e agradeceu por Marianne não estar presente para compartilhar provocações.

Após relatar o bastante para provar a falta de dinheiro, e se livrar da necessidade de comprar um par de brincos para cada irmã na próxima visita à Gray, os pensamentos de John Dashwood se animaram e ele passou a parabenizar Elinor por ter uma amiga como Mrs. Jennings.

— Ela parece ser uma mulher de muito valor, de fato. Sua casa e seu estilo de vida demonstram uma excessiva e boa renda; e não é apenas uma relação que se provou útil até aqui, porque no fim pode ser vantajosa materialmente. O convite a Londres é com certeza algo que as beneficia e, na verdade, mostra uma preocupação tão grande com vocês, que assim que ela morrer todas as perspectivas são de que ela não as esquecerá. Ela deve ter um bom tanto para deixar.

— Devo supor que não muito, porque ela tem apenas a herança, que será passada para as filhas.

— Mas não se deve supor que ela viva gastando cada centavo da renda. Poucas pessoas prudentes fariam *isso* e, qualquer quantia que poupe, ela poderá abrir mão.

— E você não acha mais provável que ela deixe tudo para as filhas do que para nós?

— Ambas as filhas se casaram e se estabeleceram extremamente bem, portanto, não vejo muita necessidade de serem levadas em consideração. Enquanto isso, em minha opinião, pelo jeito que ela lhes trata e lhes dá atenção, vocês ganharam direito em suas considerações futuras, coisa que uma mulher sensata não desprezaria. Nada pode ser mais gentil do que a conduta de Mrs. Jennings e ela faz isso sem nem perceber as expectativas que constrói.

— Mas não há expectativas quanto a nada disso. Na verdade, meu irmão, sua angústia pelo nosso bem-estar e prosperidade lhe faz fantasiar demais.

— Oras, tenha certeza — respondeu ele, parecendo se recompor — que as pessoas têm pouco, muito pouco, poder em suas mãos. Mas, minha querida Elinor, o que se passa com Marianne? Ela não parece nem um pouco bem. Está pálida e emagreceu. Ela está doente?

— Ela não está bem. Vem reclamando dos nervos há várias semanas.

— Lamento por isso. Na idade dela, qualquer doença arruína a juventude para sempre, e a dela foi muito curta! Ela era uma garota linda quando a vi em setembro passado, e tinha chances de atrair os cavalheiros. Havia algo em sua beleza que os agradava muito. Lembro-me de que Fanny costumava dizer que Marianne se casaria mais rápido e melhor do que você; não é que ela não goste de você, mas a beleza de sua irmã a impactou. Bem, ela está enganada, porém. *Agora* me pergunto se Marianne se casará com um homem que valha mais do que quinhentas ou seiscentas libras ao ano, no máximo, e muito estou enganado se você não se sair melhor. Dorsetshire! Sei muito pouco sobre tal lugar, mas, minha querida Elinor, eu ficaria muito contente em saber mais. Penso que posso lhe garantir que Fanny e eu estaremos entre seus primeiros visitantes.

Elinor tentou convencê-lo de que não havia possibilidades de que ela se casasse com o coronel Brandon, mas era uma perspectiva muito satisfatória para que ele desistisse dela, e ele estava mais do que decidido a tentar estabelecer uma amizade com o cavalheiro e a promover o casamento por todos os meios possíveis. Ele já se sentia culpado o bastante por não ter feito nada pelas irmãs e muito ansioso por pensar que todos fizeram muito mais. Um pedido do coronel Brandon, ou uma herança de Mrs. Jennings, seria o meio mais fácil de reparar a própria conduta negligente.

Tiveram muita sorte em encontrar Lady Middleton em casa, e Sir John chegou antes que eles encerrassem a visita. Uma torrente de cordialidades fluía de todos os lados: Sir John sempre gostava de qualquer pessoa e, embora Mr. Dashwood não entendesse muito de cavalos, logo Sir John o teve como um sujeito muito amável, enquanto Lady Middleton observou o bastante de sua aparência para proclamá-lo como uma companhia que valeria a pena manter. Já Mr. Dashwood foi embora encantado com ambos.

— Terei notícias encantadoras para contar a Fanny — disse, enquanto caminhava de volta com a irmã. — Lady Middleton é mesmo uma mulher muito elegante! Tenho certeza de que Fanny ficará contente em conhecê-la. E Mrs. Jennings também, uma mulher extremamente bem-comportada, embora não tão elegante quanto a filha. Sua irmã não deve arranjar desculpas para não a visitar, o que, para dizer a verdade, tem sido um pouco o caso, mas é natural; porque sabemos que Mrs. Jennings é viúva de um homem que construiu a fortuna de uma maneira inferior. Mrs. Ferrars e Fanny, então, tinham a forte convicção de que nem ela, nem a filha eram o tipo de mulher com o qual valesse a pena se associar. Todavia, agora levarei notícias muito satisfatórias para ambas.

CAPÍTULO XXXIV

Mrs. John Dashwood confiava tanto no julgamento do marido que logo no dia seguinte já prestou uma visita à Mrs. Jennings e à Lady Middleton. Sua confiança valeu a pena quando descobriu que a mulher com a qual suas cunhadas estavam de estadia não era de modo algum indigna de atenção. Com relação à Lady Middleton, Fanny a achou a mulher mais encantadora do mundo!

E Lady Middleton ficou igualmente encantada com Mrs. Dashwood. Havia um egoísmo desalmado em ambas, e isso as atraía mutuamente. Elas simpatizaram uma com a outra de um modo insosso na conduta e com uma falta generalizada de compreensão.

Os mesmos modos, no entanto, aqueles que colocaram Mrs. John Dashwood em alta conta para Lady Middleton, não encantaram Mrs. Jennings. Em *sua* opinião, ela não passava de uma mulherzinha orgulhosa, e de modos grosseiros, que encontrou as cunhadas sem qualquer afeto e sem quase uma palavra para lhes dirigir, porque durante os 15 minutos de visita a Berkeley Street, ela passou sete minutos e meio em silêncio.

Embora tenha escolhido não perguntar, Elinor queria muito saber se Edward estava em Londres, mas nada faria com que Fanny mencionasse o nome dele na presença dela de forma voluntária, não até que pudesse confirmar que o casamento com Miss Morton estava certo, ou até que as expectativas do marido quanto ao coronel Brandon fossem atendidas; e isso porque ela acreditava que ambos ainda sentiam atração um pelo outro, então nunca era demais separá-los, fosse por notícias ou ações, em cada ocasião. A informação, porém, que *ela* não daria, logo apareceu por outros meios. Lucy logo a visitou para rogar por sua compaixão por estar impossibilitada de ver Edward, mesmo que ele houvesse chegado à cidade com Mr. e Mrs. Dashwood. Ele não ousaria pisar em Bartlett's Buildings por medo de que o vissem, e, embora a impaciência para se encontrarem fosse indizível, não poderiam fazer nada a não ser trocar correspondências.

Em um curto período, Edward confirmou que estava em Londres ao prestar duas visitas a Berkeley Street. Por duas vezes um cartão dele fora encontrado sobre a mesa, assim que as damas retornaram dos compromissos matinais. Elinor ficou feliz que ele tenha as visitado, e ainda mais contente por não o ter encontrado.

Os Dashwood estavam tão encantados com os Middleton que, embora não mantivessem o hábito de dar qualquer coisa, resolveram lhes dar... um jantar. Assim que a amizade foi estabelecida, eles os convidaram para jantar em Harley Street, onde haviam alugado uma excelente casa por três meses. As irmãs e Mrs. Jennings também foram convidadas, e Mr. John Dashwood teve o cuidado de assegurar a presença do coronel Brandon, que, sempre muito feliz por estar onde quer que as Dashwood estivessem, recebeu a cordialidade ansiosa do outro cavalheiro com surpresa, mas também com muito mais prazer. Todos iriam conhecer Mrs. Ferrars, mas Elinor não sabia dizer se os filhos marcariam presença. A expectativa de *vê-la*, porém, era o bastante para que Miss Dashwood se interessasse pelo compromisso. Embora agora ela pudesse conhecer a mãe de Edward sem aquela ansiedade fortíssima que antes precedera a introdução e pudesse vê-la com perfeita indiferença quanto à opinião que a dama teria dela, o desejo de Elinor de estar na presença de Mrs. Ferrars e a curiosidade de saber como ela era estavam mais vivos do que nunca.

O interesse com o qual ela ansiava pelo encontro foi logo intensificado, mais fortemente do que prazerosamente, ao ficar sabendo que as Steele também haviam sido convidadas.

Elas se colocaram tão em alta conta com Lady Middleton, e tão agradáveis foram suas assiduidades para com ela, que, embora Lucy não fosse tão elegante e a irmã não tão refinada, ela e Sir John estavam determinados a convidá-las para uma estadia de uma ou duas semanas em Conduit Street. A estadia delas começaria alguns dias antes do jantar, situação que foi muito conveniente para as Steele, pois coincidiria com o convite dos Dashwood.

O direito à atenção de Mrs. John Dashwood, como sobrinhas do cavalheiro que havia por muitos anos mantido a tutela do irmão desta, não teria feito muita coisa além de lhes garantir um lugar à mesa. Mas, como convidadas de Lady Middleton, elas deveriam ser bem-vindas. Lucy, que queria há muito tempo ser conhecida pela família, ter um conhecimento mais claro de seus caráteres e dos próprios obstáculos, além da oportunidade de agradá-las, raramente fora tão feliz na vida como quando recebeu o convite de Mrs. John Dashwood.

Com Elinor, o efeito foi o contrário: ela começou a se convencer de que Edward, que vivia com a mãe, assim como esta, seria convidado para um jantar na casa da irmã. Vê-lo pela primeira vez após todo o ocorrido, e ainda mais na companhia de Lucy! Ela mal sabia como poderia suportar!

Tais apreensões, talvez, não estivessem baseadas totalmente no racional, e certamente não na verdade, de modo algum. Essas foram, no entanto, minimizadas não por suas reflexões, mas pela boa vontade de Lucy, que acreditava estar infligindo uma decepção severa quando contou a Elinor que Edward com certeza não estaria em Harley Street na terça-feira, e até mesmo esperava ir mais fundo na dor ao convencê-la de que ele se manteria afastado por seu afeto pungente por ela mesma, coisa que ele não conseguiria esconder quando estivessem juntos.

A terça-feira em que seriam apresentadas àquela formidável sogra chegou, e Lucy dizia enquanto caminhavam escadaria acima, já que os Middleton chegaram logo atrás de Mrs. Jennings e todos seguiram o criado ao mesmo tempo:

– Tenha pena de mim, querida Miss Dashwood! Não há ninguém aqui que possa fazer isso por mim que não você mesma. Garanto-lhe que nem consigo ficar de pé. Meu bom Deus! Em instantes verei a pessoa da qual minha felicidade depende... minha sogra!

Elinor até poderia lhe dar um alívio imediato ao sugerir a possibilidade de que ela pudesse se tornar mais sogra de Miss Morton, a quem logo conheceriam, do que dela. Mas, em vez disso, ela garantiu à Miss Steele, com imensa sinceridade, que sentia pena dela. E Lucy, para seu completo prazer, mesmo se sentindo muito desconfortável, ao menos tinha esperanças de ser um objeto de inveja irreprimível para Elinor.

Mrs. Ferrars era uma mulher pequena, magra e de postura muito ereta, demais até mesmo para a conduta formal, e séria demais em seu semblante, até mesmo para pessoas amargas. Tinha feições pálidas, pequenas e sem beleza alguma, e naturalmente sem expressão, mas uma contração afortunada de sobrancelhas mantinha seu semblante a salvo da desgraça da insipidez ao lhe conferir fortes traços de orgulho e de má índole. Ela não era uma mulher de muitas palavras, porque, diferentemente das pessoas em geral, ela dividia as palavras em proporção a suas ideias. Das poucas sílabas que escaparam de seus lábios, nem ao menos uma foi dirigida à Miss Dashwood, a quem olhava, a qualquer custo, com a determinação vivaz de desgosto.

Elinor não poderia *agora* ficar infeliz com tal conduta. Meses atrás, isso a teria machucado demais, mas estava fora do alcance de Mrs. Ferrars aborrecê-la com isso, e a diferença no tratamento das Steele, que mais parecia ser feita para propositalmente rebaixá-la ainda mais, apenas a divertia. Ela poderia apenas sorrir ao ver a gentileza tanto da mãe quanto da filha para com a mesmíssima pessoa, porque Lucy recebia mais atenção, que elas dariam tudo para humilhar, caso soubessem o tanto que ela sabia. Elinor não tinha poder suficiente para magoá-las no mesmo nível, então se sentou explicitamente esnobada por ambas. Enquanto se divertia com a gentileza para com a pessoa errada, não poderia deixar de pensar no disparate mal-intencionado que surgia disso, nem de analisar as atenções meticulosas com as quais as Steele bajulavam tal atitude, e fazia isso incapaz de não desprezar as quatro damas totalmente.

Lucy era toda júbilo ao ser tão honrosamente notada, e Miss Steele queria apenas ser provocada quanto ao Mr. Davies para se sentir muito feliz.

O jantar era grandioso; os criados, numerosos; e tudo fora feito para mostrar a tendência ao exibicionismo da senhora e a capacidade do senhor de mantê-lo. Apesar das melhorias e das adições à propriedade de Norland e de seu dono ter estado a algumas milhares de libras de ser obrigado a vendê-la sob prejuízo, nada dava sinais daquela indigência que ele tentara inferir: não havia pobreza de tipo algum, exceto de conversas, tópico em que a deficiência era considerável. John Dashwood não tinha muito a contar sobre si mesmo que fosse digno de atenção, e a esposa menos ainda. Porém não havia uma desgraça peculiar nisso, porque era o caso com a maioria dos convidados, já que quase todos penavam sob uma ou outra destas más qualidades a fim de ser agradáveis: falta de tino, natural ou improvisado, falta de elegância, de ânimo, ou de temperamento.

Quando as damas se retiraram para a sala de estar após a janta, essa pobreza ficou ainda mais evidente, porque os cavalheiros *abasteceram* a conversa com tópicos variados: política, cercas em torno de propriedades e cavalos doentes, mas logo isso se encerrou. Apenas um assunto pairou entre as damas até que o café fosse servido: a comparação da altura de Harry Dashwood com o segundo filho de Lady Middleton, William, quase da mesma idade.

Se as crianças estivessem lá, o problema talvez fosse resolvido muito facilmente ao medi-los de uma vez. No entanto, apenas Harry estava presente, e isso conferiu somente declarações especulativas de ambos os lados. Todas tinham o direito de estar corretas em suas opiniões e de repeti-las várias vezes a seu gosto.

E assim se dividiram: duas mães que, embora convencidas de que o filho era o mais alto, por educação elegeram o filho da outra; duas avós, com não menos parcialidade e que eram igualmente sinceras no apoio ao respectivos netos; Lucy, não menos ansiosa por ter que agradar uma mãe em detrimento da outra, embora os garotos fossem notavelmente altos para a idade, disse que não via a menor diferença entre ambos; e Miss Steele, com ainda mais gentileza, decidiu em favor dos dois o mais rápido que pôde.

Elinor, tendo elegido William e ofendido ainda mais Mrs. Ferrars e Fanny, não via necessidade de reforçar sua opinião com mais nenhuma declaração. Marianne, quando solicitada, ofendeu a todas ao declarar que não tinha opinião alguma, já que nunca havia pensado nisso.

Antes de se mudar de Norland, Elinor havia pintado um par de quadros muito bonitos para a cunhada, que agora estavam emoldurados e decoravam a sala de estar. Ao acompanhar os outros cavalheiros até o cômodo, os quadros chamaram a atenção de John Dashwood, que os mostrou propositalmente ao coronel Brandon para que este os admirasse.

— Estes foram feitos pela minha irmã mais velha — disse ele —, e você, sendo um homem de bom gosto, ficará encantado com eles, ouso dizer. Não sei se você já conhecia o trabalho dela, mas o consenso é que minha irmã desenha muito bem.

O coronel, apesar de dispensar qualquer pretensão de ser um *expert*, admirou os quadros com ternura, assim como teria feito com qualquer objeto pintado por Miss Dashwood. Como a curiosidade dos outros foi, é claro, instigada, as telas passaram de mão em mão para análise. Mrs. Ferrars, sem saber que eram de autoria de Elinor, pediu para dar uma olhada. Após receberem um atestado gratificante da aprovação de Lady Middleton, Fanny os passou para a mãe, informando-a ao mesmo tempo que eram de Elinor.

— Hum... muito bonito — murmurou Mrs. Ferrars e, sem observá-los de verdade, devolveu-os à filha.

Talvez Fanny tenha pensado por um momento que a mãe fora um tanto rude, porque, ao enrubescer, ela imediatamente disse:

— São muito bonitos, não são, madame?

Mas percebeu que talvez tenha sido muito cordial, muito incentivadora, e esse temor recaiu sobre ela, pois logo acrescentou:

— Você não acha que há um "quê" do estilo de pintura de Miss Morton, madame? *Ela sim* pinta muito bem! É tão linda a última paisagem que ela fez!

— Lindamente feita! Mas *ela* faz tudo muito bem.

Marianne não poderia suportar isso, e ela já estava bastante irritada com Mrs. Ferrars. Um elogio à outra tão fora de hora em detrimento a Elinor, mesmo que ela não tivesse muita noção do que aquilo queria realmente dizer, fez com que Marianne no mesmo instante dissesse com ardor:

— É um tipo de admiração muito subjetivo! Quem é Miss Morton para nós, afinal? Quem a conhece e quem se importa com ela? É de Elinor que *nós* falamos e em quem pensamos.

Dizendo isso, ela tomou os quadros das mãos da cunhada e passou a admirá-los como deveria.

Mrs. Ferrars parecia extremamente zangada e, postando-se mais altiva do que nunca, retorquiu de forma amarga:

– Miss Morton é filha de Lord Morton.

Fanny estava bastante zangada também, e o marido levou um susto com a audácia da irmã. Elinor se chateou mais com a atitude de Marianne do que com aquilo que a produziu. Já o coronel Brandon, cujos olhos estavam fixos em Marianne, disse que notou apenas aquilo que era amável nas ações dela: o coração afetuoso de alguém que não tolera ver a irmã ser minimamente esnobada.

Os sentimentos de Marianne não cessaram. A insolência fria do comportamento de Mrs. Ferrars com Elinor parecia lhe predizer as dificuldades e os sofrimentos que a irmã enfrentaria, coisa que o coração machucado de Marianne a fazia olhar com horror. Por um impulso forte de uma sensibilidade cheia de afeto, ela se moveu depois de um tempo, caminhou até a cadeira onde a irmã estava e, envolvendo-a pelo pescoço com um dos braços e aproximando a bochecha da dela, Marianne disse em um tom baixo, porém ansioso:

– Querida Elinor, não ligue para elas. Não as deixe fazê-la infeliz.

Ela não conseguia falar mais nada, seus ânimos estavam muito sensíveis e, escondendo o rosto nos ombros de Elinor, desatou a chorar. Isso chamou a atenção geral, e quase todos se preocuparam. O coronel Brandon se levantou e caminhou até elas sem saber o que fizera. Mrs. Jennings, com uma exclamação de "Ah! Pobrezinha!", imediatamente lhe deu alguns sais. Sir John, furioso com a culpada de tal ataque nervoso, no mesmo instante se sentou ao lado de Lucy Steele para lhe contar, em sussurros, um resumo de todo aquele caso chocante.

Em poucos minutos, porém, Marianne estava recuperada o bastante para colocar um fim naquele alvoroço e sentou-se entre eles, embora seus ânimos pelo restante da noite tenham mantido a expressão do que se passara.

— Pobre Marianne! — disse o irmão dela ao coronel Brandon, em um tom baixinho assim que conseguiu falar com ele. — Ela não tem a saúde tão boa quanto a da irmã... ela é muito nervosa... não tem o porte físico de Elinor... E devemos reconhecer que é penoso para uma jovem garota que *fora* muito bela perder os atrativos pessoais. Talvez você não acredite, mas Marianne *era* notavelmente linda há alguns meses, tanto quanto Elinor. Veja que agora não é mais.

CAPÍTULO XXXV

A curiosidade de Elinor em ver Mrs. Ferrars foi saciada, encontrando nela tudo aquilo que tenderia a tornar a relação entre as famílias indesejada. Ela vira o bastante do orgulho, da maldade e do preconceito perseverante para compreender os obstáculos que dificultariam e retardariam o casamento com Edward, caso este fosse do contrário livre. Elinor também vira o suficiente para se sentir grata, pelo *próprio* bem, por um grande obstáculo tê-la salvado de sofrer sob qualquer outra provocação de Mrs. Ferrars, de qualquer dependência dos caprichos, ou de qualquer cuidado para se manter em alta conta. Ou, ao menos, se não conseguisse se alegrar com o noivado de Edward e Lucy, ela se convenceu que *deveria* ficar feliz caso Lucy fosse mais amável.

Ela estava espantada por Lucy estar feliz com as cordialidades de Mrs. Ferrars, por seus interesses e vaidade a cegarem a ponto de ver como elogio as atenções voltadas a ela somente por não ser Elinor ou por se permitir tirar qualquer incentivo de uma preferência que apenas lhe foi dada porque sua situação era desconhecida. E isso não foi percebido apenas pelos olhares de Lucy no jantar, mas foi abertamente proclamado na manhã seguinte, porque, por desejo próprio, Lady Middleton a levou até Berkeley Street na esperança de encontrar Elinor sozinha, apenas para dizer o quanto estava feliz.

E essa esperança se provou afortunada, pois uma carta de Mrs. Palmer fez com que Mrs. Jennings se retirasse no momento seguinte.

— Minha querida amiga! — exclamou Lucy assim que ficaram sozinhas. — Venho para compartilhar minha felicidade. Há algo que poderia ser mais lisonjeiro do que a maneira como Mrs. Ferrars me tratou ontem? Ela foi extremamente amigável! Você sabe como eu temia apenas a ideia de vê-la, mas no instante em que fomos apresentadas havia algo de tão afável em sua conduta que realmente parecia dizer que ela gostara de mim. Não é isso mesmo? Você testemunhou tudo. Você não se espantou?

— Certamente, ela foi muito cordial com você.

— Cordial?! Você não viu nada além de cordialidade? Pois eu vi um bom tanto mais. Ninguém mais foi tratado com tanta gentileza! Sem orgulho, sem arrogância... E a mesma coisa vale para sua cunhada... toda doçura e simpatia!

Elinor queria falar de qualquer outra coisa, mas Lucy a forçou a reconhecer que havia motivos para sua felicidade. Assim, Miss Dashwood foi obrigada a continuar:

— Sem dúvidas, se elas soubessem do noivado, nada poderia ser mais lisonjeiro do que o tratamento com você... Mas já que esse não era o caso...

— Imaginei que você diria isso — respondeu Lucy rapidamente —, mas não havia motivos para Mrs. Ferrars fingir gostar de mim caso não gostasse, e o fato de ela gostar é tudo para mim. Não estrague minha satisfação, pois tenho certeza de que tudo acabará bem e não haverá as dificuldades as quais pensei antes. Mrs. Ferrars é uma mulher encantadora, assim como a filha. São ambas mulheres agradáveis! Espanto-me por você nunca ter dito o quanto agradável era Mrs. Dashwood!

Elinor não tinha respostas para isso, e nem sequer tentou procurar uma.

— Você está doente, Miss Dashwood? Você parece amuada... quase não está falando... tenho certeza de que não está bem.

— Nunca estive tão bem.

— Bem, fico feliz por isso, de todo coração. Mas, de verdade, não parece. Ficaria triste se *você* se adoentasse. Logo você, que tem sido minha maior fonte de consolo em todo o mundo! Só Deus sabe o que eu teria feito sem sua amizade.

Elinor tentou responder de forma educada, embora duvidasse do próprio sucesso. Lucy, porém, pareceu satisfeita, porque logo respondeu:

— Estou perfeitamente convencida de sua preocupação comigo e, ao lado do amor de Edward, é o maior conforto que tenho. Pobre Edward! Mas há algo bom enfim: conseguiremos nos ver mais, e com frequência, porque Lady Middleton está encantada com Mrs. Dashwood, então estaremos em Harley Street um bocado, ouso dizer, e Edward passa parte do tempo com a irmã. Além disso, Lady Middleton e Mrs. Ferrars vão se visitar... e sua cunhada e Mrs. Ferrars foram muito gentis ao repetir várias vezes que sempre ficarão felizes em me ver. Mas que mulheres encantadoras! Estou certa de que, se um dia você contar para sua cunhada o que penso dela, você não falaria o bastante.

Porém, Elinor não lhe deu uma pontinha de esperança de que *falaria* com a cunhada, e Lucy prosseguiu:

— Tenho certeza de que eu perceberia no mesmo instante se Mrs. Ferrars não gostasse de mim. Por exemplo, se ela tivesse apenas me cumprimentado sem dizer nada e nunca mais prestando atenção em mim... você sabe o que quero dizer... Se eu tivesse sido tratada de um jeito ameaçador, eu deveria ter desistido de tudo por desespero. Não teria aguentado, pois, quando ela *odeia*, sei que é de forma terrível.

Elinor foi salva de responder a tamanho triunfo e cordialidade quando a porta foi aberta e um criado anunciou a chegada de Mr. Ferrars. Edward entrou no instante seguinte.

Foi um momento constrangedor, e os semblantes de cada um transpareciam isso. Todos pareciam ridículos, e Edward estava mais inclinado a ir embora do que a entrar na sala. A situação que todos ali estavam ansiosos para evitar recaiu sobre eles da forma mais desagradável possível: não estavam apenas os três juntos, mas estavam juntos sem a presença de alguém para aliviar a tensão. As damas se recompuseram primeiro. Não cabia a Lucy dar as boas-vindas, e o segredo fingido precisava ser mantido. Ela poderia apenas *aparentar* afeto e, após se dirigir a ele brevemente, não disse mais nada.

Mas Elinor precisaria fazer mais do que Lucy. Pelo bem dela e do cavalheiro, precisaria fazer tudo muito bem e, após um instante de reflexão, ela se forçou a lhe dar boas-vindas de um jeito quase tranquilo e sincero, e com um pouquinho mais de esforço tudo melhorou. Ela não permitiria que a presença de Lucy, ou a consciência de qualquer injustiça contra ela, a detivesse de dizer que estava feliz por vê-lo e que se lamentava por estar ausente nas vezes em que visitou Berkeley Street. Ela não temeria tratá-lo de forma atenciosa, pois, por ser seu amigo e quase um parente, lhe era de direito, nem os olhares atenciosos de Lucy, embora logo tenha percebido que a dama a observava de perto.

As condutas de Elinor deixaram Edward seguro o bastante, e ele logo se sentou; mas seu embaraço ainda era maior que o das damas, o que era sensato, embora para os homens isso fosse algo raro. Seu coração não carregava a indiferença do de Lucy, nem sua consciência estava tranquila como a de Elinor.

Lucy, recatada e recomposta, não parecia determinada a facilitar para nenhum dos dois, assim não diria uma palavra. Quase tudo que *foi* dito partiu de Elinor, que se viu obrigada a dar todas as informações quanto à saúde da mãe, à chegada a Londres etc., coisas que deveriam ter sido perguntadas por Edward, mas que não foram.

Seus esforços não cessaram por ali, porque, logo depois, ela sentiu uma determinação heroica de deixar ambos a sós, sob o pretexto de buscar Marianne. E ela realmente colocou o plano em prática, e da maneira mais bem-feita, porque ficou vários minutos enrolando no patamar da escada, com muita força mental, antes que fosse até a irmã. Quando tudo foi concluído, porém, era o momento das ânsias de Edward acabarem, porque Marianne estava tão feliz, que correu imediatamente para a sala de estar. O prazer que sentia em vê-lo era como todos seus sentimentos: intenso nas ações e nas palavras. Foi até Edward com a mão estendida e uma voz que expressava o carinho de uma irmã.

— Querido Edward! Mas que felicidade imensa! Sua presença aqui compensa quase tudo!

O cavalheiro tentou devolver a gentileza como deveria, mas diante de tal testemunha não ousaria dizer metade do que realmente sentia. E mais uma vez todos se sentaram e, por alguns instantes, permaneceram em silêncio. Marianne, que às vezes olhava para Edward, às vezes para Elinor, com uma ternura sincera, apenas se lamentava pela alegria de ambos precisarem ser controlados devido à presença indesejada de Lucy. Edward falou primeiro, a fim de mostrar que havia reparado na aparência alterada de Marianne e de expressar seu temor de que Londres não fosse de seu agrado.

— Ah, não se incomode comigo! — respondeu Marianne, sincera e muito animada, embora estivesse com os olhos marejados enquanto falava. — Não se preocupe com a *minha* saúde. Elinor está bem, como pode ver. E isso basta para nós dois.

Esse comentário não foi muito ponderado e não tranquilizou Edward ou Elinor, nem recobrou a boa vontade de Lucy, que olhou para Marianne com uma expressão nem um pouco amável.

— Você gosta de Londres? — indagou Edward, tentando mudar de assunto.

— Nem um pouco. Esperava muitas alegrias por aqui, mas não encontrei nem sequer uma. O único conforto é poder lhe ver, Edward. E, graças a Deus, você continua o mesmo!

Ela fez uma pausa. Ninguém falou nada.

— Eu acho, Elinor — acrescentou —, que devemos pedir que Edward nos acompanhe em nossa volta para Barton. Em uma ou duas semanas, suponho, iremos partir. E creio que Edward estará um tanto disposto a aceitar a tarefa.

O pobre Edward murmurou alguma coisa, mas o que era, ninguém soube, nem ele mesmo. Marianne, porém, percebendo a ansiedade do rapaz e a entendendo da maneira como queria, ficou perfeitamente satisfeita e mudou de assunto.

— Mas que dia passamos em Harley Street ontem, Edward! Tão chato, tão terrivelmente chato! Há tanto que quero lhe contar sobre isso, mas que não pode ser dito agora.

E, com admirável discrição, ela conseguiu postergar para mais tarde, até que estivessem sozinhos, a garantia de que achara a parentela mútua mais desagradável que nunca e de que estava enojada com a mãe dele.

— Mas por que você não estava lá, Edward? Por que não foi?

— Tinha compromissos em outro lugar.

— Compromissos?! Mas quais eram, justamente quando deveria encontrar tantos amigos?

— Talvez, Miss Marianne — retrucou Lucy, ávida para se vingar dela —, você pense que jovens cavalheiros nunca cumpram com os compromissos, sejam insignificantes ou importantes, caso não tenham interesse algum em mantê-los.

Elinor estava zangada, mas Marianne parecia indiferente quanto à indireta, porque respondeu calmamente:

— Na verdade, não. Penso, e falo sério, que a consciência é a única coisa que manteve Edward longe de Harley Street. E realmente acredito que ele *tem* a consciência mais sensível do mundo; a mais escrupulosa em manter cada compromisso, por menor que seja, e mesmo que vá contra seus interesses ou prazeres. Ele teme causar dor, ferir expectativas e não é capaz de ser egoísta, e nunca vi alguém como ele. Edward é assim, e assim digo. O quê?! Você não quer ser elogiado?! Então não devemos ser amigos, porque todos aqueles que aceitam meu amor e estima devem se submeter aos meus elogios.

No entanto, a natureza dos elogios, naquele caso específico, ia de encontro aos sentimentos de dois terços das pessoas ali, além de ser muito desanimadora para Edward, que logo se levantou com o intento de ir embora.

— Já está indo!? — Marianne se espantou. — Meu caro Edward, mas de jeito algum.

Puxando-o um tanto para o canto, ela sussurrou a esperança de que Lucy não permaneceria muito mais tempo, mas até mesmo esse incentivo falhou, porque ele iria embora. Lucy, que teria ficado mais tempo, se o cavalheiro permanecesse duas horas, partiu logo depois.

— Por que ela nos visita com tanta frequência? — indagou Marianne, assim que a dama saiu. — Ela não percebe que não a queremos aqui?! Que aborrecimento para Edward!

— E por que diz isso? Somos todas amigas dele, e Lucy é a que o conhece há mais tempo. É normal que ele goste de vê-la assim como a nós.

Marianne lhe dirigiu um olhar sério e disse:

— Elinor, você sabe muito bem que esse é um tipo de conversa que não suporto. Se você espera que eu contradiga sua declaração, e suponho que esse seja o caso, você deve se lembrar de que sou a última pessoa no mundo a fazê-lo. Não posso me rebaixar a florear afirmações que não são desejadas.

Assim, ela se retirou da sala. Elinor não ousou segui-la para continuar a conversa, porque estava presa à promessa que fez a Lucy de manter o segredo, então não poderia dar detalhes que convencessem Marianne. E, por mais que as consequências de permanecer na mentira fossem dolorosas, ela se via obrigada a se submeter. Só poderia esperar que Edward não mais expusesse a si mesmo ou a ela ao aborrecimento de ouvir os mal-entendidos calorosos de Marianne, ou à repetição de qualquer sofrimento passado no último encontro… e nisso ela poderia depositar todas as esperanças.

CAPÍTULO XXXVI

POUCOS dias após esse encontro, os jornais anunciaram que a esposa do advogado Thomas Palmer dera à luz um filho e herdeiro em segurança. Era um parágrafo muito interessante e satisfatório, pelo menos para aqueles íntimos que já sabiam do nascimento.

O acontecimento, muito importante para a felicidade de Mrs. Jennings, alterou temporariamente o arranjo de tempo livre e influenciou, quase na mesma proporção, os compromissos das jovens amigas. Ela, que desejava estar com Charlotte o máximo de tempo possível, ia para a casa da filha assim que acordava e retornava apenas tarde da noite. Por outro lado, as Dashwood, a pedido dos Middleton, passavam o dia todo em Conduit Street. Para elas, porém, seria melhor permanecer na casa de Mrs. Jennings, ao menos pela manhã, mas não poderiam contra-argumentar com os desejos de todos. Passavam as horas, portanto, com Lady Middleton e as Steele, as quais, na verdade, valorizavam pouco a companhia delas, assim como supostamente a desejavam.

Elas tinham muito tino para ser companhia desejável para Lady Middleton, e pelas outras eram vistas com inveja, como se fossem intrusas no território *delas* com quem precisavam dividir a gentileza que queriam monopolizar. Embora nada pudesse ser mais educado do que o comportamento de Lady Middleton com Elinor e Marianne, ela não gostava nem um pouco das duas, uma vez que não a bajulavam, nem a seus filhos, então as via como não amáveis. Por gostarem de ler, pensava que elas eram satíricas, talvez sem nem saber o que isso significava, mas isso pouco importava. Era uma censura do senso comum, e bastava.

A presença delas era um incômodo para ela e para Lucy, pois colocava em jogo o ócio de uma e as ocupações da outra. Lady Middleton se sentia envergonhada por não fazer nada na frente delas, enquanto Lucy temia ser desprezada pelas bajulações das quais se orgulhava em empreender. Miss Steele era a menos afetada pela presença de ambas, e estava nas mãos das Dashwood aceitarem-na. Se elas tivessem dado todos os pormenores do caso entre Marianne e Mr. Willoughby, ela teria se imaginado recompensada pelo sacrifício de ter o melhor lugar perto da lareira após o jantar, coisa que a chegada delas proporcionava. Mas nada disso ocorreu, porque, embora ela expressasse pena pela irmã de Elinor, e mais de uma vez tenha soltado reflexões quanto à infidelidade do pretendente de Marianne, não houve resultados, com exceção dos olhares indiferentes daquela, ou da repulsa desta. Um esforço mais sutil talvez a tornasse amiga delas. Se elas ao menos a tivessem provocado quanto ao Reverendo! Assim como as outras, elas estavam pouco dispostas a agradá-la e, se Sir John jantasse fora, ela passaria um dia todo sem ouvir qualquer provocação quanto ao assunto, a não ser aquelas que ela mesma lhe atribuía.

Mrs. Jennings não tinha qualquer suspeita dos ciúmes e desagrados e, portanto, acreditava que era uma coisa maravilhosa as meninas estarem juntas e, toda noite, parabenizava as amigas por terem escapado da companhia de uma mulher velha e estúpida. Às vezes, ela se juntava a elas na casa de Sir John, às vezes na própria, porém carregava sempre um excelente ânimo, todo alegre e altivo, por atribuir a boa saúde de Charlotte aos próprios cuidados. Estava pronta para dar os detalhes mais exatos e minuciosos, e apenas Miss

Steele tinha curiosidade o bastante para ouvi-los. Apenas *uma* coisa a perturbava, o que era motivo de queixa diária: Mr. Palmer mantinha a opinião comum, porém não paternal, dos homens de que todas as crianças eram parecidas. Embora ela conseguisse perceber claramente, e em momentos diferentes, a semelhança gritante entre o bebê e os pais, nada o convenceria do contrário. Não havia como fazê-lo entender que o filho não era exatamente igual a qualquer outro bebê da mesma idade, nem mesmo fazê-lo reconhecer a simples hipótese de que era a criança mais linda do mundo.

É preciso relatar um infortúnio que recaiu sobre Mrs. John Dashwood nessa mesma época. Acontece que, enquanto as duas cunhadas visitavam Harley Street pela primeira vez, outro conhecido dela estava presente... circunstância que aparentemente não poderia lhe causar mal. Mas, enquanto a imaginação das pessoas pode levá-las a formar julgamentos errados de nossa conduta e determiná-la pelas aparências, a felicidade de alguém deve, em alguma medida, sempre estar à mercê do acaso. No caso presente, essa dama que chegou por último permitiu que sua imaginação fosse tão além da verdade e das probabilidades que, ao apenas ouvir o nome das Dashwood e compreender que eram irmãs de Mr. Dashwood, logo concluiu que elas ficariam de estadia em Harley Street. E esse mal-entendido deu origem, dentro de um ou dois dias depois, a convites tanto para elas quanto para o irmão e a cunhada a fim de comparecerem a um concerto em sua residência. As consequências para Mrs. John Dashwood iam além da necessidade inconveniente de conceder uma carruagem para buscar as Dashwood, porque, o que era pior, ela precisaria se submeter ao desprazer de tratá-las bem; e quem garantia que elas não esperariam passear com ela uma segunda vez? Era bem verdade que o poder de desapontá-las sempre estava em suas mãos. Entretanto, isso não bastava, porque, quando as pessoas estão dispostas a agir de um modo que sabem ser errado, costumam se sentir feridas pela expectativa de qualquer coisa melhor por parte delas.

Aos poucos, Marianne retornava ao hábito de sair todos os dias, e se tornou indiferente para ela se iria ou não, tanto que ela se arrumava quieta e mecanicamente para cada compromisso noturno, embora não esperasse qualquer diversão e muitas vezes só sabia para onde iriam no último minuto.

Enquanto se arrumava, era perfeitamente indiferente ao vestido e à aparência, concedendo-lhes nem metade da atenção dada por Miss Steele nos primeiros cincos minutos juntas após se arrumarem. Nada *lhe* escapava do olhar minucioso e da curiosidade geral: ela via e perguntava tudo; não se aquietava até que descobrisse o preço de cada parte da vestimenta de Marianne; poderia ter descoberto o número de vestidos com melhor julgamento que a própria; e ainda tinha esperanças de descobrir, antes de irem, quanto a garota gastava na lavanderia por semana e o quanto tinha para gastar consigo mesma por ano. A impertinência de tais escrutínios, além do mais, era muitas vezes encerrada com algum elogio, que deveriam ser vistos como algo a mais, mas eram considerados por Marianne como a pior das impertinências. Após passar por uma inspeção do calor e da fabricação de seu vestido, da cor dos sapatos e do estilo do penteado, ela tinha quase certeza de ter ouvido algo como "garanto-lhe que está muito bonita e ouso dizer que conquistará muitos corações".

Com tamanho incentivo, ela se despediu e dirigiu-se à carruagem do irmão, na qual estavam prontas para entrar cinco minutos após da chegada desta à porta, o que era de uma pontualidade não muito agradável para a cunhada, que as levou até a casa da conhecida e esperava que qualquer atraso pudesse ser um inconveniente tanto para ela quanto para o cocheiro.

Os acontecimentos da noite não foram fora do comum. A festa, como qualquer outra em que haja um concerto, compreendia muitas pessoas que tinham verdadeiro gosto pelo espetáculo e muitas outras sem um pingo dele. E os artistas eram, como de costume, do próprio ponto de vista, assim como dos amigos íntimos, os melhores artistas particulares da Inglaterra.

Elinor não era do tipo musical, e nem fingiria ser. E assim ela não tinha escrúpulo algum em desviar o olhar do piano, quando bem quisesse, nem ficou presa à presença de uma harpa e de um violoncelo, e seu olhar recairia em qualquer objeto da sala. Em uma dessas olhadelas panorâmicas, ela percebeu, entre um grupo de jovens cavalheiros, aquele que havia dado uma aula sobre paliteiros na Gray. Ela notou logo depois que ele a olhava e conversava com seu irmão, e estava determinada a descobrir o nome do jovem com este, quando os dois caminharam em sua direção. Mr. Dashwood lhe apresentou Mr. Robert Ferrars.

Ele se dirigiu a ela com uma cordialidade tranquila e abaixou a cabeça em uma reverência de modo que lhe assegurou, tão claro como as palavras teriam feito, que ele era o exato almofadinha descrito por Lucy. Ela teria sido tão feliz se o afeto por Edward tivesse dependido menos dos méritos dele que dos de seus parentes mais próximos! Porque, assim, a reverência do irmão teria dado o toque final àquilo começado pelo mau humor da mãe e da irmã. Mas, enquanto se espantava com a diferença entre os dois irmãos, ela não achou que a futilidade e a arrogância de um pudessem apagar toda a tolerância com a modéstia e o mérito do outro. Por que *eram* diferentes ficou a cargo de Robert lhe explicar no decurso dos próximos 15 minutos de conversa: falava do irmão e lamentava a extrema deselegância que ele acreditava ser a causa que mantinha Edward afastado de companhias apropriadas. Franca e generosamente, ele atribuía isso muito menos a carências naturais do que ao infortúnio da educação particular, enquanto ele mesmo estava muito apto a se misturar ao mundo como qualquer outro homem, embora talvez sem qualquer educação privada ou superioridade material nata, e apenas com as vantagens de uma educação pública.

— Juro de coração — acrescentou ele — que não é nada além disso, e assim afirmo muitas vezes para minha mãe quando ela se lamenta. "Minha cara madame", sempre lhe digo, "você deve se acalmar. O mal agora é irreparável, e é culpa sua. Por que você se deixou levar mais pelo julgamento do meu tio Robert do que por seu próprio bom-senso, colocando Edward sob educação particular no momento mais crítico da vida? Se você o tivesse mandado à Westminster como eu fui, em vez de enviá-lo ao Mr. Pratt, tudo isso seria evitado". É assim que vejo a situação, e minha mãe está perfeitamente convencida de seu erro.

Elinor não faria objeções, porque, qualquer que fossem suas opiniões sobre as vantagens do ensino público, ela não conseguiria pensar na estadia de Edward com Mr. Pratt de modo satisfeito.

— Você mora em Devonshire, penso eu — foi o próximo comentário —, em uma cabana perto de Dawlish.

Elinor o corrigiu quanto à localização, o que o deixou espantado por alguém conseguir morar em Devonshire sem estar perto de Dawlish. De qualquer modo, ele concedeu uma aprovação sincera quanto ao tipo de moradia e disse:

— De minha parte, gosto demais de cabanas: há sempre tanto conforto e elegância. E digo mais: se tivesse dinheiro para gastar, eu compraria um pedacinho de terra e construiria eu mesmo uma cabana, a uma curta distância de Londres, para onde eu pudesse me dirigir a qualquer momento, levar alguns amigos e ser feliz. Lord Courtland, um amigo, pediu meus conselhos certo dia e me apresentou três plantas de casas no estilo Bonomi. Eu deveria decidir qual era o melhor. "Meu caro Courtland", disse eu imediatamente jogando todas na lareira, "não escolha nenhuma delas, e sim construa uma cabana". Imagino que seja isso que ele fará. Algumas pessoas pensam que não há aposentos nem espaço em uma cabana, mas se enganam. Estive mês passado na casa de meu amigo Elliot, perto de Dartford. Lady Elliot queria dar um baile, "mas como?", disse ela. "Meu caro Ferrars, diga-me como proceder. Não há espaço nesta cabana nem para dez casais, e onde posso oferecer a ceia?" *Eu*, que não via dificuldade alguma, disse: "Minha cara Lady Elliot, não se apavore. O salão de jantar acomoda 18 casais com facilidade. As mesas para jogos podem ser postas na sala de estar; a biblioteca pode receber o chá e outros bebes; e a ceia pode ser feita no salão." Lady Elliot ficou encantada com as ideias. Medimos a sala de jantar e descobrimos que acomodaria exatamente 18 casais, e o evento foi feito de acordo com meu plano. Pois bem, veja, se as pessoas souberem como aproveitar o espaço, é possível ter o mesmo conforto tanto em uma cabana quanto em uma residência mais espaçosa.

Elinor concordou com tudo, porque pensava que ele não merecia que ela discordasse racionalmente.

John Dashwood, que não sentia mais prazer na música do que a irmã mais velha, permitiu-se a liberdade de focar em qualquer outra coisa, e um pensamento lhe ocorreu durante a noite, o qual ele comunicou à esposa assim que chegaram em casa para que ela o aprovasse. Ao considerar o erro de Miss Dennison, que supôs que as irmãs dele estavam de estadia em sua casa, Mr. Dashwood viu como apropriado realmente convidá-las como hóspedes, pelo menos enquanto os compromissos de Mrs. Jennings a mantivessem fora de casa. Os gastos seriam irrisórios, e não haveria mais inconvenientes. Considerando tudo, seria um cuidado necessário que sua consciência apontava como caminho para a liberdade da promessa que fizera ao pai. Fanny ficou perplexa com a proposta e disse:

— Não vejo como será possível sem que ofendamos Mrs. Jennings, porque elas passam todos os dias com ela; caso contrário, eu ficaria feliz. Você sabe que sempre faço tudo que está ao meu alcance para lhes dar atenção, como fiz hoje com o concerto. Mas elas são convidadas de Lady Middleton. Como posso pedir que fiquem longe?

O marido, humilde, não percebeu o quão forte foi essa objeção.

— Elas já passaram uma semana em Conduit Street, e Lady Middleton não se aborreceria se elas ficassem por aqui o mesmo tanto de dias, já que somos parentes próximos.

Fanny esperou uns instantes e, com ares renovados, retrucou:

— Meu amor, eu as convidaria de todo meu coração, se isso estivesse ao meu alcance. Mas já decidi chamar as Steele para passar alguns dias conosco. São garotas muito comportadas e gentis, e penso que merecem atenção, já que o tio tratou Edward tão bem. Podemos convidar suas irmãs em outro ano, afinal, já as Steele talvez nem estejam mais na cidade. Tenho certeza de que você gostará delas. Bem, na verdade, você *já* gosta delas, muito mesmo, assim como minha mãe. E Harry as tem como favoritas!

Mr. Dashwood estava convencido, pois entendia a necessidade de convidar as Steele imediatamente, e sua consciência estava tranquila com a decisão de chamar as irmãs em outro ano. Ao mesmo tempo, porém, secretamente suspeitava que um ano a mais já tornaria o convite desnecessário, porque Elinor se mudaria para Londres como esposa do coronel Brandon, e Marianne seria hóspede *deles*.

Feliz com a escapatória e orgulhosa de sua astúcia ligeira que lhe permitiu isso, Fanny na manhã seguinte escreveu para Lucy a fim de solicitar a companhia dela e da irmã por alguns dias em Harley Street, assim que Lady Middleton julgasse possível. Isso foi o bastante para deixar Lucy moderada e realmente feliz. Mrs. Dashwood parecia mesmo trabalhar a seu favor por conta própria: valorizando suas esperanças e promovendo suas expectativas! A oportunidade de estar com Edward e a família dele era, acima de tudo, da mais alta importância para seus interesses, assim como o convite acalentava seus sentimentos! Era uma vantagem que não poderia nunca ser reconhecida o bastante, nem deveria demorar muito a ser usada. Assim, a visita a Lady Middleton, que não tinha prazo para acabar, instantaneamente se encerraria em dois dias.

Quando o bilhete foi mostrado a Elinor, coisa que ocorreu dentro de dez minutos após seu recebimento, pela primeira vez Miss Dashwood pôde compartilhar das expectativas de Lucy. Isso porque um sinal tão incomum de gentileza, concedido com pouco tempo de amizade, parecia mostrar que a boa vontade com Lucy vinha de algo além de uma mera maldade contra Elinor. Com tempo e dedicação, poderia realizar todos os desejos daquela. Suas bajulações já haviam subjugado o orgulho de Lady Middleton e feito uma senhora entrada no coração de Mrs. John Dashwood e esses resultados abririam portas para algo maior.

As Steele foram para Harley Street, e todas as informações que chegavam a Elinor apenas reforçavam ainda mais as expectativas do evento. Sir John, que as visitara mais de uma vez, trazia detalhes do favoritismo das garotas por lá como algo impressionante. Mrs. Dashwood nunca estivera tão satisfeita com qualquer jovem dama em sua vida como o quanto estava com as Steele: comprara para cada uma um porta-agulhas feito por algum emigrante, chamava Lucy pelo primeiro nome e pensava que não conseguiria ficar longe delas.

CAPÍTULO XXXVII

Mrs. Palmer estava tão bem no fim de duas semanas, que sua mãe não achou mais necessário gastar todo o dia com ela. Contentando-se em visitar a filha apenas uma ou duas vezes ao dia, retornou a seus hábitos e à sua casa, na qual encontrou as Dashwood prontíssimas para lhe prestar novamente atenção.

Pela terceira ou quarta manhã após estarem restabelecidas em Berkeley Street, Mrs. Jennings, ao retornar da casa de Mrs. Palmer, entrou na sala de estar, onde Elinor estava sentada sozinha, com tanta pressa como se quisesse preparar a outra para ouvir algo maravilhoso. Deu-lhe apenas tempo para ter essa ideia e imediatamente disse, como se estivesse se justificando:

– Deus! Minha querida Miss Dashwood! Você ficou sabendo?

– Não, madame. Sabendo de quê?

– Algo muito estranho! Mas lhe contarei tudo. Quando cheguei à casa de Mr. Palmer, encontrei Charlotte desesperada com a criança. Ela tinha certeza de que o filho estava doente: ele chorava, esperneava e estava coberto de manchas vermelhas. Mas eu o peguei no colo imediatamente e disse "Por Deus, minha querida! Não é nada, é apenas uma dermatite", e a enfermeira disse o mesmo. No entanto, Charlotte não estava convencida, então Mr. Donavan foi chamado; e, por sorte, ele vinha de Harley Street, então passou por lá no mesmo instante. Assim que viu a criança, disse o mesmo que nós, que não era nada, apenas dermatite, e assim Charlotte se acalmou. Quando ele estava indo embora, me ocorreu, e não sei por que pensei nisso, que eu deveria perguntar as novidades. Com isso, ele sorriu, de um jeito meio afetado, e ficou sério, parecia saber coisa ou outra, e por fim disse num sussurro "Temo que qualquer notícia desagradável chegue às jovens damas sob seus cuidados quanto à indisposição da cunhada, então preciso avisar que não há motivo para alarde. Espero que Mrs. Dashwood fique bem".

– O quê!? Fanny está doente?

– E foi isso mesmo que perguntei, minha querida: "Deus! Mrs. Dashwood está doente?" E então fiquei sabendo de tudo; e pelo que entendi, resumindo, é isto: Mr. Edward Ferrars, aquele jovem com o qual eu costumava lhe provocar (mas, enfim, estou imensamente feliz que não era nada daquilo), parece estar noivo há um ano de minha prima Lucy! Aí está, minha querida! E criatura alguma sabia um "a" disso, exceto Nancy! Você acredita nisso? Não há novidade alguma no fato de que gostam um do outro, mas conseguiram esconder tanto tempo sem levantar suspeita! *Isso* é estranho! Nunca os vi juntos, ou eu teria descoberto imediatamente. Bem, mantiveram segredo por medo de Mrs. Ferrars, e nem ela, nem seu irmão e cunhada suspeitaram de qualquer coisa; até esta manhã, quando a pobre Nancy, que é uma criatura de boas intenções, mas não consegue guardar segredos, deixou escapar tudo. "Deus!", pensando consigo mesma, "eles gostam tanto da Lucy que tenho certeza de que não dificultaram nada". E foi até Mrs. Dashwood, que estava trabalhando em um bordado para o tapete, sem nem suspeitar o que iria atingi-la, porque ela dissera ao marido, apenas cinco minutos antes, que pensava em unir Edward com a filha de algum Lord, não me lembro qual. Oras, imagine o golpe que foi para seu caráter orgulhoso e vaidoso. Imediatamente, ela caiu em uma histeria violenta, gritava tanto que os berros chegaram ao marido, que estava no quarto no andar de baixo pronto para escrever uma carta a um dos administradores no interior. Ele se levantou no mesmo instante e subiu correndo as escadas, apenas para presenciar uma cena horrível, porque Lucy havia acabado de chegar e nem sonhava com o que se passava. Pobre coitada! Tenho pena dela. Ouso dizer que foi tratada muito mal, porque Mrs. Dashwood a repreendeu com fúria e quase a fez desmaiar. Nancy estava de joelhos e chorava amargamente, enquanto Mr. Dashwood andava pelo quarto sem saber o que fazer. A esposa ordenou que as senhoritas não deveriam ficar nem mais um minuto naquela casa, o que fez com que até mesmo o marido ficasse de *joelhos* para persuadi-la que ao menos deixasse as jovens fazerem as malas. E então ela ficou histérica de novo, e o marido teve tanto medo que mandou chamar Mr. Donavan, que por sua vez chegou e encontrou a casa nesse alvoroço. A carruagem já esperava na porta para levar minhas pobres primas embora, e elas subiram no veículo no mesmo instante em que Mr. Donavan estava de saída. Ele disse que a coitadinha da Lucy nem conseguia ficar de pé, e Nancy estava tão ruim quanto. Digo-lhe: não tenho paciência com sua cunhada, e espero de todo coração que se casem contra a vontade dela. Deus! Que sofrimento se abaterá sobre Mr. Edward quando ele ficar sabendo! Quando ouvir que sua amada fora tratada de forma tão desdenhosa! Dizem que ele gosta dela profundamente, e deve mesmo. Eu não deveria me espantar por ele estar apaixonado assim! Mr. Donavan pensa o mesmo. Eu e ele conversamos muito sobre o caso; e o melhor de tudo é: ele voltou a Harley Street para ficar a postos quando contarem para Mrs. Ferrars, que foi chamada assim que minhas primas foram embora, pois *ela* poderia ter um surto histérico; e deve mesmo, pelo que sei. Não tenho pena delas. Não sei de ninguém que fez tanto rebuliço por causa de dinheiro e grandeza. Não há motivos para Edward e Lucy não se casarem, porque estou certa de que Mrs. Ferrars pode bancar o filho e, mesmo que Lucy não tenha muito dinheiro, ela sabe melhor que ninguém como lidar com qualquer coisa. Ouso dizer que, se Mrs. Ferrars desse apenas quinhentas libras ao ano para o filho, Lucy agiria como se tivessem oitocentas. Deus! Eles ficariam tão confortáveis em uma cabana como a sua, talvez uma um pouquinho maior, com duas empregadas e criados. Penso que eu poderia arranjar uma empregada para eles, porque minha Betty tem uma irmã sem emprego, e ela seria perfeita.

Mrs. Jennings parou o relato, e Elinor, que tivera tempo suficiente para colocar os pensamentos no lugar, foi capaz de articular uma resposta e uns comentários dentro do esperado para aquele assunto. Estava feliz por não demonstrar qualquer suspeita de interesse no caso; e por Mrs. Jennings (como assim esperava) ter parado de imaginar que ela sentia afeto por Edward. Além de estar feliz por Marianne não estar presente, ela foi capaz de falar no assunto sem embaraço algum e de dar sua opinião, como acreditava, com imparcialidade sobre a conduta de todos os envolvidos.

Mal poderia pensar em quais eram suas expectativas disso tudo, embora tentasse a todo custo afastar a ideia da possibilidade de que tudo acabasse sem o casamento de Edward e Lucy. O que Mrs. Ferrars diria e faria, mesmo que não houvesse dúvidas de como seria, ela estava ansiosa para ouvir; e mais ainda para saber como Edward se comportaria. Por *ele*, ela sentia compaixão; por Lucy, muito pouco, e foi custoso sentir esse pouquinho; pelo resto das pessoas, nada.

Como Mrs. Jennings não conseguiria falar em outro assunto, Elinor julgou necessário preparar Marianne para a discussão. Não havia tempo a perder, era preciso desmascarar tudo, colocá-la a par da verdade e convencê-la a ouvir o caso da boca de outras pessoas sem deixar transparecer a inquietação pela irmã, ou qualquer ressentimento contra Edward.

A tarefa de Elinor era dolorosa: ela retiraria aquilo que pensava ser a maior fonte de consolo para a irmã, daria detalhes de Edward que ela temia que arruinassem o rapaz para sempre na conta de Marianne, além de fazer esta sentir toda a decepção mais uma vez, pela semelhança entre os casos, a qual ela *imaginava* que seria bem grande. Mas, mesmo que tal tarefa fosse dura, era necessária, e Elinor se apressou a colocá-la em prática.

Ela estava longe do desejo de remoer os próprios sentimentos, ou de transparecer que sofria muito, a não ser que seu autocontrole, que vinha praticando desde que soube do noivado, sugerisse uma pista do que seria viável a Marianne. Seu relato foi claro e conciso, e, embora não pudesse ser dado sem emoção, não houve angústia intensa nem lamentos impetuosos. *Isso* era por conta de quem ouvia, porque Marianne escutava horrorizada, além de chorar demais. Cabia a Elinor ser o ombro amigo dos outros, mesmo quando o sofrimento era dela, assim como quando era deles. Ela ofereceu todo o alívio que poderia, ao assegurar que estava bem e que absolvia Edward de toda a culpa, exceto a da imprudência.

Marianne, porém, por um tempo não acreditava em nada. Edward não passava de um segundo Willoughby; e, por Elinor ter reconhecido que *amara* o rapaz de verdade, como ela poderia estar sofrendo menos? Quanto a Lucy Steele, Marianne a considerava tão desagradável, tão incapaz de atrair um homem sensato, que não se convenceu a princípio e, depois, não pôde perdoar Edward por nenhuma afeição sentida no passado. Ela nem sequer admitiria que o sentimento era natural e Elinor deixou que ela pensasse assim, pois apenas um melhor conhecimento da espécie humana a convenceria do contrário.

O relato não foi muito além de contar sobre o noivado e há quanto tempo ele existia. Marianne desabou e cessou qualquer pormenor que viria, e, por um momento, tudo que se poderia fazer seria amenizar seu sofrimento, diminuir o alarde e enfrentar o ressentimento. A primeira pergunta que fez, e que precisa de mais detalhes, foi:

— Há quanto tempo você sabe disso, Elinor? Ele escreveu para você?

— Faz quatro meses que sei. Quando Lucy foi a Barton Park pela primeira vez em novembro, ela me confidenciou o noivado.

Ao ouvir tal confissão, os olhos de Marianne expressaram todo o horror que a boca não conseguiu. Após uma pausa de espanto, ela exclamou:

— Quatro meses?! Você sabe disso há quatro meses?!

Elinor confirmou.

— O quê?! Você me auxiliou em meu sofrimento com tudo isso no coração? E eu ainda tive a coragem de repreendê-la por estar feliz!

— Não cabia naquele momento que você soubesse que eu me sentia o oposto!

— Quatro meses! — exclamou Marianne mais uma vez. — Tão tranquila! Tão alegre! Como você conseguiu?

— Pensei e senti que estava cumprindo meu dever. Minha promessa a Lucy me obrigou a manter o segredo. Eu devia isso a ela, então precisava evitar que qualquer pista escapasse. E devia também à minha família e amigos, pois não poderia deixá-los preocupados com algo que estava fora de meu alcance decidir.

Marianne parecia chocada, e Elinor acrescentou:

— Por várias vezes desejei esclarecer meus sentimentos a você e à nossa mãe. Uma ou duas vezes tentei, mas não poderia fazer isso sem quebrar a promessa, então não seria possível me convencer.

— Quatros meses! E mesmo assim você o amava!

— Sim. Mas eu não amava apenas Edward; e, enquanto a quietude dos outros fosse querida a mim, eu estava feliz por conseguir poupá-los dos meus verdadeiros sentimentos. Agora, consigo pensar e falar nisso sem sentir demais. Não quero vê-la sofrer por minha causa, porque lhe garanto que eu mesma já não sofro. Há muitas coisas em que me apoiar: sei que não provoquei qualquer decepção por imprudência minha e guardei o segredo o máximo que pude sem espalhá-lo. Absolvo Edward por sua falha essencial de conduta, e o quero bem; e sei que ele sempre vai cumprir com seus deveres, embora agora nutra alguns arrependimentos, mas no fim de tudo ele será feliz. Não falta bom-senso a Lucy, e isso é a base para que qualquer coisa boa nasça. Afinal, Marianne, mesmo que haja encanto na ideia de um amor único e constante, mesmo que digam que a felicidade de alguém depende apenas de uma pessoa específica, não quer dizer, não cabe e não é possível que seja assim. Edward se casará com Lucy. Ele se casará com uma mulher que é superior em personalidade e inteligência em comparação à metade das mulheres; e o tempo e a rotina ensinarão ao marido dela a esquecer que alguma vez ele pensou que alguém fosse superior a *ela*.

— Se seu modo de pensar é assim — disse Marianne —, se a perda de algo tão importante é facilmente compensada por outra coisa, sua resolução e seu autocontrole são, talvez, menos espantosos. Consigo compreendê-los melhor.

— Eu lhe compreendo, mas não suponha que eu não tenha sentido muito. Por quatro meses, Marianne, precisei suportar essas coisas em pensamento, sem poder conversar com uma única criatura; e ainda sabia que você e nossa mãe ficariam devastadas quando quer que eu lhes contasse, e ainda assim eu não poderia prepará-las de jeito algum. Fiquei sabendo do noivado, e de certo modo foi algo forçado pela própria pessoa cujo compromisso arruinava minhas perspectivas. Além disso, ela ainda me contou, como penso, com triunfo. Precisei, portanto, me livrar das suspeitas dessa pessoa ao me esforçar e parecer indiferente a um assunto cujo meu interesse era enorme. E isso ocorreu mais de uma vez, porque precisei ouvir suas esperanças e seus júbilos repetidas vezes. Eu sabia que Edward e eu nos separaríamos sem nem precisar ouvir qualquer coisa que me fizesse menos desejosa da união. Nada mostrava que ele era indigno, nem indiferente a mim. Precisei lidar com a grosseria de Fanny e com a insolência de Mrs. Ferrars, além de sofrer a punição por um afeto de cujas vantagens nem sequer aproveitei. E tudo isso se desenrolou em um momento que você sabe muito bem não ser dos mais felizes para mim. Se você me vê capaz de sentir algo, certamente pode supor o quanto sofro *agora*. A firmeza de minha mente, com a qual sou capaz de pensar no assunto, e o consolo que estou disposta a admitir são resultado de um esforço constante e doloroso. Eles não surgiram sozinhos e não se mostraram presentes logo no começo a fim de aliviar meu sofrimento. Não, Marianne.

Ou seja, se eu não precisasse manter o segredo, talvez nada teria me barrado de mostrar abertamente o quanto eu estava infeliz, nem mesmo o que eu devia a meus amigos mais queridos.

Marianne estava um tanto desanimada.

– Ah, Elinor! Você me fez odiar a mim mesma para sempre. O quão rude fui com você! Justo com você, que tem sido minha única fonte de conforto, que tem aguentado meu sofrimento junto a mim, que parecia estar sofrendo apenas por minha causa! É assim que lhe agradeço? É apenas desse modo que consigo retribuir? Porque seu mérito é bem nítido, e eu tentei desprezá-lo.

A ternura mais amorosa sucedeu essa confissão. No estado de espírito que Marianne estava, Elinor não teve dificuldade alguma em conseguir qualquer promessa que solicitasse; e, assim, a irmã se comprometeu a nunca comentar com alguém sobre o assunto com qualquer tom de amargura, a encontrar Lucy sem transparecer um pingo maior de desgosto por ela e, até mesmo, a ver Edward, se o acaso os colocasse juntos, sem qualquer alteração nas cordialidades com ele. Essas eram concessões imensas, mas, onde quer que Marianne sentisse que havia errado, reparação alguma era demais.

E ela cumpriu as promessas de forma admirável. Ela acompanhava os comentários de Mrs. Jennings sem qualquer mudança de semblante, não discordava em nada e disse umas três vezes "sim, madame". Ouvia a anfitriã elogiar Lucy apenas com mudanças de lugar, de uma cadeira para outra, e, quando Mrs. Jennings falava do amor de Edward, sentia apenas uma coceirinha na garganta. Ver a irmã avançar rumo à bravura fez com que Elinor se sentisse à altura de qualquer coisa.

A manhã seguinte trouxe um novo desafio, pois o irmão as visitou, acompanhado da pior seriedade, a fim de discutir o terrível caso, além de trazer notícias da esposa.

– Suponho que vocês estejam sabendo – disse ele, na maior solenidade assim que se sentou – da revelação chocante que foi feita ontem sob nosso teto.

Todas fizeram que sim, e parecia um momento horrível demais para falar qualquer coisa.

— Minha esposa sofreu demais, assim como Mrs. Ferrars. Bem, em resumo: é um caso complicado e que gera aborrecimentos. Mas espero que essa tempestade passe sem que ninguém saia ferido. Pobre Fanny! Esteve histérica ontem, o dia todo. Entretanto, não causarei muito alarde por aqui. Donavan garante que não há nada com que se apreender, pois ela tem uma boa saúde e sua resiliência não se iguala a nada. Ela tem suportado tudo com a força de um anjo! Ela diz que nunca confiará em alguém de novo. E não é de se espantar, já que fora tão enganada! Receber tamanha ingratidão quando demonstrou enorme gentileza e confiança! Foi algo bem incomum de sua benevolência convidar aquelas duas jovens à sua casa, e isso somente porque ela achava que mereciam atenção, que eram garotas comportadas e inofensivas, e que seriam ótimas companhias. Se não fosse isso, gostaríamos de ter convidado você e Marianne no lugar, enquanto sua amada amiga cuidava da filha. E agora somos tratados assim! A pobre Fanny, muito abalada, disse: "Queria de todo coração que tivéssemos convidado suas irmãs em vez delas."

Ele fez uma pausa esperando que o agradecessem; assim foi feito, e ele prosseguiu:

— Não há palavras que descrevam o quanto a pobre Mrs. Ferrars sofreu ao ficar sabendo por meio de Fanny. Enquanto ela estivera planejando, na maior das intenções, um casamento apropriado para ele, o rapaz já estava esse tempo todo noivo de outra pessoa! Nunca que tal suspeita teria passado pela sua cabeça! Se ela suspeitasse de *qualquer* coisa, não seria do lado *dele*. "Por *ele*", disse ela, "eu me senti segura", e enfim decidiu chamar Edward, que apareceu. E lamento pelo sucedido: nada o fez desistir do noivado, nem os pedidos da mãe, assegurados pelos meus argumentos como podem supor, nem as súplicas de Fanny. Dever e afeto, tudo foi desprezado por ele. Nunca imaginei que Edward fosse tão teimoso, tão insensível.

A mãe lhe explicou as intenções generosas caso ele se casasse com Miss Morton; disse que iria deixar em sua posse a propriedade de Norfolk, que, sem impostos, renderia mil libras ao ano; até mesmo ofereceu, quando viu a situação desesperadora, mil e duzentas libras. Se ele persistisse no noivado inferior, em oposição a isso tudo, ela mostrou a miséria que seria a união: ele ficaria apenas com as duas mil libras que lhe eram de direito, ela nunca mais iria vê-lo e, além de não ajudá-lo com um tostão, caso ele conseguisse qualquer cargo em qualquer profissão que oferecesse plano de carreira, ela faria de tudo para impedir que ele subisse.

Marianne, em indignação extática, juntou as mãos e exclamou:

— Meu bom Deus! Isso é possível?

— Bem, imagine, Marianne — respondeu o irmão —, a teimosia capaz de resistir a tais argumentos. Sua perplexidade é muito natural.

Marianne estava prestes a retrucar, mas se lembrou de suas promessas e desistiu.

— Isso tudo, porém — continuou ele —, foi em vão. Edward quase não abriu a boca, mas as poucas palavras que disse foram bem determinadas. Nada poderia persuadi-lo a desistir do noivado. Ele persistiria, custasse o que custasse.

— Oras, pois bem! — exclamou Mrs. Jennings, com a mais verdadeira sinceridade, sem conseguir continuar quieta. — Ele então agiu como um homem honesto! Você que me perdoe, Mr. Dashwood, mas, se ele tivesse agido de outra forma, eu o teria considerado um canalha. O assunto um tanto me interessa, assim como a você, já que Lucy Steele é minha prima, e creio que não há garota mais doce no mundo todo, nem alguma que mais mereça um bom marido.

John Dashwood se espantou bastante, mas estava tranquilo, sem dar brechas para provocações, e nunca quis ofender ninguém, especialmente alguém de boa fortuna. Ele, portanto, retrucou, sem qualquer ressentimento:

— Nunca que eu faltaria com o respeito com qualquer parente seu, madame. Ouso dizer que Miss Lucy Steele é mesmo uma mulher merecedora, mas neste caso a união deve ser repreensível. E convenhamos que é muito extraordinário ela ter se comprometido em um noivado secreto com um jovem cavalheiro sob tutela de seu tio, e ainda mais filho de uma mulher tão rica como Mrs. Ferrars. Bem, basicamente eu não quero julgar o comportamento de qualquer pessoa detentora de seu respeito, Mrs. Jennings. Todos queremos que ela seja feliz, e a conduta de Mrs. Ferrars, considerando tudo, tem sido aquela que qualquer mãe amável e consciente adotaria. Tem sido digna e generosa. Edward escolheu o próprio caminho, e eu receio que tenha sido um bem ruim.

Marianne sinalizou uma apreensão similar, e o coração de Elinor se contorceu por Edward amar uma mulher que nada poderia lhe oferecer, e ainda assim ia contra as ameaças da mãe.

— Bem, senhor, e como tudo se resolveu? — indagou Mrs. Jennings.

— Sinto dizer, madame, que da maneira mais infeliz. Edward está banido para sempre do convívio da mãe. Ele deixou a casa dela ontem, mas para onde ele foi, e se ainda está em Londres, não sei; mesmo porque *nós* não podemos perguntar, é claro.

— Pobrezinho! E o que será dele?

— De fato, madame! É uma consideração bem triste. Nascido sob a perspectiva de afluência! Não consigo pensar em uma situação mais deplorável. Juros de duas mil libras... Como um homem pode viver com isso? Quando me recordo que ele poderia, se não fosse pela burrice, dentro de três meses receber duas mil e quinhentas libras (porque Miss Morton tem uma fortuna de trinta mil), não consigo imaginar uma condição mais terrível. Devemos lamentar por ele, porque, além disso, não está ao nosso alcance ajudá-lo.

— Pobrezinho! — exclamou Mrs. Jennings. — Saiba que ele é muito bem-vindo para se hospedar em minha casa, e assim lhe diria se pudesse vê-lo. Não é adequado que ele passe a viver por conta própria agora, em pousadas e tavernas.

O coração de Elinor se encheu de gratidão pela gentileza com Edward, embora não tenha conseguido reprimir um sorrisinho pela proposta.

— Se ele se dispusesse a fazer algo por si mesmo — falou John Dashwood —, assim como seus amigos se dispõem a fazer por ele, agora Edward poderia estar numa situação adequada, sem qualquer carência. Mas, do jeito que as coisas são, ninguém pode ajudá-lo. E há algo ainda pior contra ele: sua mãe decidiu, em um estado de espírito muito natural, a passar *aquela* propriedade para o nome de Robert imediatamente, aquela que deveria ter sido de Edward em condições adequadas. Quando saí hoje de manhã, ela estava conversando com o advogado sobre isso.

— Bem! — disse Mrs. Jennings. — Essa é a vingança *dela*. Todos fazem as coisas à própria maneira. Mas eu não agiria assim: dar a independência para um filho só porque o outro me aborreceu.

Marianne se levantou e andou pela sala.

— Há algo que possa ser mais aborrecedor para os ânimos de um homem — continuou John — do que ver o irmão mais novo sendo dono de uma propriedade que deveria ter sido dele? Pobre Edward! Sinto muito por ele.

Após mais alguns minutos passados nesse mesmo tipo de burburinho, Mr. Dashwood deu a visita por encerrada e foi embora, mas não sem antes garantir às irmãs que ele realmente acreditava que o estado de saúde de Fanny não era grave e que elas não precisavam, portanto, se preocupar muito. As três damas sentiam a mesma coisa com aquela situação toda, pelo menos no que dizia respeito à conduta de Mrs. Ferrars, dos Dashwood e de Edward.

A indignação de Marianne veio à tona assim que o irmão deixou a casa e, como a veemência dela não permitia que Elinor fosse discreta, e isso era desnecessário para Mrs. Jennings, elas se juntaram em uma crítica ferrenha a todos.

CAPÍTULO XXXVIII

Mrs. Jennings elogiava a conduta de Edward de forma muito calorosa, mas apenas Elinor e Marianne entendiam o verdadeiro mérito por trás dela. *Elas* apenas sabiam que não houvera muita coisa para tentá-lo à desobediência e o quanto era pequeno o consolo, além da consciência de fazer o certo, que poderia ampará-lo na perda de amigos e de fortuna. Elinor se alegrava com a integridade do rapaz, e Marianne o perdoou pelas ofensas e por estar compassiva com a punição. Embora a confiança entre todos tenha sido restabelecida ao que era antes, devido à tal descoberta, esse não era um assunto que as irmãs gostavam de se remoer sozinhas. Elinor o evitava por princípios, como se quisesse se concentrar mais nos próprios pensamentos, porque Marianne continuava a acreditar de maneira positiva e ávida que Edward ainda gostava dela, e disso Elinor queria se livrar. Ao tentar manter uma conversa acerca de um assunto que apenas a deixava cada vez mais insatisfeita, quando comparava naturalmente a conduta de Elinor com a dela mesma, o ímpeto de Marianne logo a abandonou.

Ela sentia toda a força de tal comparação, mas não da maneira como Elinor havia esperado, ou seja, com um esforço por parte dela. Marianne sentia com a dor da contínua autorrepreensão, arrependia-se amargamente por não ter se esforçado antes, e isso trazia apenas a tortura da penitência, sem esperanças para reparação. Sua mente estava tão fragilizada que ela pensava ser impossível qualquer esforço, e assim ficou ainda mais desanimada.

Por um ou dois dias, não tiveram notícias nem de Harley Street, nem de Bartlett's Buildings. Embora muito do assunto fosse de conhecimento delas, tanto que Mrs. Jennings poderia espalhar a fofoca sem precisar saber mais, ela resolvera prestar uma visita de consolo e inquirição às primas, assim que possível, pois nada além do impedimento físico em receber mais visitas que o normal a impossibilitava de ir imediatamente.

O terceiro dia após o conhecimento do caso era um domingo muito agradável e bonito, atraindo muitos para os Kensington Gardens, mesmo que fosse apenas a segunda semana de março. Entre esses muitos, estavam Mrs. Jennings e Elinor, mas Marianne preferiu ficar em casa a se aventurar por espaços públicos, porque sabia que os Willoughby haviam voltado para Londres e temia encontrá-los.

Assim que entraram nos jardins, uma conhecida íntima de Mrs. Jennings se voltou para elas, e Elinor não achou ruim ela continuar ali, deixando-se levar pelas conversas dela, pois assim poderia refletir em paz. Ela não viu os Willoughby, nem Edward, nem ninguém que pudesse por acaso ser de interesse dela, fosse por pena ou por alegria. Mas, enfim, e para seu espanto, Miss Steele a abordou, e mesmo tímida ela expressou o quanto estava grata por encontrá-las e deixou as próprias companhias por um tempo para se juntar a elas, por incentivo de Mrs. Jennings; e esta sussurrou para Elinor imediatamente:

— Arranque tudo dela, minha querida. Ela lhe dirá tudo que quiser saber. Como pode ver, não posso deixar Miss Clarke.

Felizmente, para a curiosidade de Mrs. Jennings e de Elinor, ela contaria tudo *sem* que lhe perguntassem, porque, caso contrário, nada seria dito.

— Estou feliz por tê-las encontrado — disse Miss Steele, tomando Elinor pelo braço como se fossem amigas —, porque o que eu mais queria era vê-la — abaixando o tom, disse: — Suponho que Mrs. Jennings esteja sabendo de tudo. Ela está brava?

— Com você, acredito que não.

— Que bom. E Lady Middleton? Está brava?

— Não posso supor que ela tenha motivos para estar brava.

— Estou imensamente feliz por isso. Bom Deus! Que penúria eu passei! Nunca vi Lucy tão zangada em toda minha vida. Ela jurou que nunca mais iria fazer um chapéu para mim, ou qualquer outra coisa, enquanto vivesse. Mas agora ela está tranquila, e somos amigas de novo. Veja, ela fez este laço para o meu chapéu, e adicionou esta pena ontem à noite. Bem, agora *você* vai rir de mim também. Mas por que eu não posso usar laços cor-de-rosa? Não me importo se é a cor favorita do Reverendo. Ao menos, nunca imaginaria que de todas as cores ele gostaria dessa, se ele não tivesse me falado. Minhas primas ficam me atormentando! E digo que às vezes nem sei onde fixar o olhar.

Ela havia passado para um assunto acerca do qual Elinor nada poderia comentar e, portanto, logo mais julgou vantajoso voltar para o primeiro e disse em um tom vitorioso:

— Bem, Miss Dashwood, as pessoas podem falar o que quiserem sobre Mr. Ferrars ter desistido de Lucy, porque é tudo mentira, garanto-lhe. E é uma vergonha que boatos tão maldosos sejam espalhados por aí. O que quer que Lucy pense, não é da conta de ninguém ficar especulando.

— Pois eu nunca ouvi tais boatos, posso lhe garantir — respondeu Elinor.

— Ah, não? Mas estão dizendo, sei que sim, e por mais de uma pessoa. Miss Godby comentou com Miss Sparks que ninguém em perfeito juízo esperaria que Mr. Ferrars trocasse Miss Morton, cuja fortuna era de trinta mil libras, por Lucy Steele, que não tinha nada e isso eu ouvi da própria Miss Sparks. Além disso, meu primo Richard disse que temia que Edward fosse embora. Quando ficamos três dias sem notícias dele, eu não sabia o que pensar. Creio que Lucy já havia dado tudo como perdido, porque saímos da casa de Mr. Dashwood na quarta-feira e não tivemos notícias de Mr. Ferrars nem na quinta, nem na sexta e nem no sábado, então não sabíamos o que havia acontecido. Lucy pensou em escrever para ele, mas logo se decidiu do contrário. E então tudo se esclareceu: como ele fora chamado em Harley Street, como falara com a mãe e com todos, e como deixara claro que ele amava apenas Lucy e que não se casaria com ninguém mais além dela. Ficamos sabendo também que ficara tão transtornado com tudo, que ele montou no cavalo e se dirigiu para o interior, para algum lugar, e se hospedou em uma pousada durante a quinta e a sexta, a fim de pensar em tudo melhor. Após refletir muito, repetidas vezes, ele disse que lhe parecia cruel manter Lucy sua noiva, já que agora ele estava sem fortuna, sem nada, e quem sairia perdendo seria ela, porque ele tinha apenas duas mil libras, sem esperanças de mais. Se ele se ordenasse, como pretendia, não ganharia nada além da assistência de um ajudante de paróquia, e como poderiam viver disso? Ele não suportaria vê-la nessa situação, então implorou, se ela tivesse a menor consideração, para que ela terminasse tudo de uma vez e o deixasse seguir em frente. Eu o ouvi falar tudo isso da forma mais sincera possível. E era pelo bem *dela*, e por *ela*, que ele dissera que partiria, e não por benefício próprio. Juro por tudo que é mais sagrado que Mr. Ferrars nunca disse estar cansado de Lucy ou que queria se casar com Miss Morton, ou algo do tipo. Bem, saiba que Lucy não deu ouvidos para tais baboseiras, então ela lhe disse imediatamente (com muita ternura, amor e afins... Ah, minha nossa! É impossível repetir tais coisas)... ela lhe disse que por nada no mundo iria desistir, que viveria com ele mesmo com uma ninharia, que, por menos que ele tivesse, ela ficaria grata por ter tudo, ou algo do tipo. Mr. Ferrars ficou imensamente feliz, e conversaram por um tempo sobre o que deveriam fazer: decidiram que era melhor esperar que ele se ordenasse e que começasse a receber um salário. Não pude ouvir mais nada, porque minha prima me chamou dizendo que Miss Richardson havia chegado na carruagem dela para levar uma de nós a Kensington Gardens. Bem, fui obrigada a entrar na sala e interrompê-los, para perguntar a Lucy se ela gostaria de ir, mas ela não queria deixar Edward. Então desci correndo as escadas, vesti um par de meias de seda e vim com os Richardson.

— Não entendi o que você quis dizer com interrompê-los — disse Elinor. — Estavam todos no mesmo cômodo, certo?

— Não, na verdade, não. Oras, Miss Dashwood! Você pensa que as pessoas trocam confidências quando há outras por perto? Ah, que vergonha! Você é mais esperta que isso (rindo pretensiosamente). Não, não. Eles se trancaram na sala de estar sozinhos, e tudo que ouvi foi por trás da porta.

— O quê?! — exclamou Elinor. — Então você me contou o que ouviu por trás da porta? Lamento não ter sabido disso antes, porque eu lhe pouparia de me dar detalhes de uma conversa que você não deveria ter ouvido. Como você pôde ser tão injusta com sua irmã?

— Oras! Não há problema algum *nisso*. Eu apenas fiquei de pé perto da porta e ouvi o que deu. E sei que Lucy faria o mesmo, porque um ou dois anos atrás, quando Martha Sharpe e eu tínhamos muitos segredos, minha irmã nunca teve escrúpulos em se esconder no guarda-roupas ou atrás da tela da lareira, de propósito, só para ouvir nossas conversas.

Elinor até tentou mudar de assunto, mas Miss Steele não se deixou distrair nem por uns minutos daquilo que mais lhe rondava os pensamentos.

— Edward diz que vai para Oxford em breve, mas no momento ele está hospedado em Pall Mall, nº... Mas que mulher maldosa é a mãe dele, não? E seu irmão e sua cunhada não foram muito gentis! Bem, de qualquer modo, não devo dizer nada deles para *você*. Eles nos mandaram de volta para casa na própria carruagem, o que foi até mais do que eu esperava. Estava com medo de que sua cunhada pedisse os porta-agulhas com os quais ela nos havia presenteado um ou dois dias antes, mas, enfim, nada foi dito, e eu tive o cuidado de manter o meu bem escondido. Edward disse ter negócios em Oxford, então deveria ficar por lá por um tempo e, depois *disso*, quando arranjar um bispo, vai se ordenar. Pergunto-me em qual paróquia ele ficará! Bom Deus! (rindo enquanto falava.) Apostaria minha vida na certeza do que minhas primas falarão quando souberem. Dirão que devo escrever para o Reverendo, para que este arranje a paróquia para Edward. Sei bem que farão isso, mas saiba que eu nunca falarei nada. "Oras!", devo dizer imediatamente, "pergunto-me por que vocês pensam assim. *Eu* escrevo para o Reverendo, minha nossa!".

– Bem – disse Elinor –, é um alívio estar preparado para o pior. Você já tem as respostas.

Miss Steele estava prestes a responder, mas suas companhias logo se aproximaram e ela julgou necessário abordar outro assunto.

– Ah, veja! Lá vêm os Richardson. Eu tinha um bom tanto para lhe contar, mas não posso me separar deles por mais tempo. Eles são pessoas muito requintadas. O cavalheiro ganha uma fortuna, e a família tem a própria carruagem. Estou sem tempo de conversar com Mrs. Jennings sobre isso, então imploro para que você lhe diga o quanto estou feliz por ela não estar zangada conosco, e faça o mesmo com Lady Middleton. Ah, se algo acontecer e você e sua irmã precisarem ir embora, e Mrs. Jennings precisar de companhia, saiba que ficaremos felizes em ficar com ela pelo tempo necessário. Suponho que Lady Middleton não nos convidará mais. Adeus, lamento a ausência de Miss Marianne. Mande minhas lembranças a ela. Oras! Se você não estivesse com seu vestido de musselina de bolinhas...! Penso se você não tem medo de rasgá-lo.

E esse foi seu comentário preocupado ao partir, porque, depois disso, ela apenas teve tempo para se despedir de Mrs. Jennings antes que Miss Richardson a chamasse de volta. Elinor foi deixada com um punhado de informações que alimentaria suas reflexões por um tempo, embora tivesse ouvido muito pouco além do que já previra e esboçara em sua mente. O casamento entre Edward e Lucy estava firme, mas quando ocorreria era incerto, assim como ela já havia previsto. Exatamente como ela esperava, tudo dependia de Edward conseguir uma promoção, que, naquele momento, parecia quase impossível.

Assim que entraram na carruagem, Mrs. Jennings estava sedenta por informações, porém Elinor não queria espalhar notícias que foram obtidas de forma injusta, então se limitou a repetir alguns poucos detalhes que julgou que Lucy, pelo próprio bem, gostaria que fossem conhecidos. Tudo que contou estava relacionado à continuidade do noivado e aos meios para promovê-lo, e isso arrancou de Mrs. Jennings o seguinte comentário, o qual já era esperado:

— Aguardar até que ele tenha meios para se manter! Sim, sabemos bem como *isso* vai acabar: eles vão esperar um ano apenas para descobrir que nada de bom surgirá disso, e então vão se ajeitar com um salário de cinquenta libras ao ano, com adição das duas mil libras e um tantinho dado pela Mrs. Steele e pelo Mr. Pratt. Sem contar que eles vão gerar um filho por ano! Que Deus os ajude! Serão tão pobres! Preciso pensar em como posso ajudá-los quanto a mobiliar a casa. Duas empregadas e dois criados, com certeza! Não, não, eles precisam de uma empregada robusta para todos os tipos de serviço. A irmã de Betty não serviria *agora*.

Na manhã seguinte, Elinor recebeu uma carta de Lucy pelo correio expresso:

"Bartlett's Buildings, março.

Espero que minha querida Miss Dashwood me perdoe pela liberdade de lhe escrever, mas sei que sua consideração por mim lhe fará feliz ao ouvir as boas novas sobre Edward e eu, depois de todos os problemas pelos quais passamos nos últimos tempos. Assim, não pedirei mais desculpas, mas apenas prosseguirei para dizer que, graças a Deus, embora tenhamos sofrido terrivelmente, até que agora estamos bem, e felizes como sempre devemos ser nos braços um do outro. Passamos por muitos desafios e opressões, mas ao mesmo tempo reconhecemos verdadeiros amigos, e você está entre eles, de cuja gentileza sempre me lembrarei, e Edward também, para quem contei. Tenho certeza de que você ficará contente em saber, assim como Mrs. Jennings, que passei duas horas completas com ele ontem à tarde. Ele não queria nem ouvir falar de nossa separação, embora eu tenha insistido nisso por prudência, por pensar ser meu dever, e ele teria partido naquele momento caso eu consentisse. Mas ele disse que nunca faria isso, que não se importava com a raiva da mãe enquanto pudesse contar com meu amor. Nossas perspectivas não são das melhores, com certeza, mas devemos esperar e torcer pelo melhor. Em breve ele se ordenará, e, caso esteja ao seu alcance, peço que o recomende a alguém que lhe conceda um benefício eclesiástico, porque sei que não se esquecerá de nós. E sei que Mrs. Jennings também, pois acredito que ela intercederá a nosso favor para Sir John ou Mr. Palmer, ou qualquer amigo que nos auxilie. A pobre Anne é bem culpada, mas ela fez tudo com boas intenções, então não a recrimino. Espero que não seja incômodo para Mrs. Jennings nos visitar. Caso ela passe por aqui esta manhã, seria muita gentileza, e minhas primas amariam conhecê-la. Bem, o papel está terminando, então devo concluir. Peço que mande minhas lembranças felizes e respeitosas a ela, a Sir John, a Lady Middleton e às crianças mais queridas dela, quando você puder encontrar com eles. Abraços à Miss Marianne,

Sua, etc."

Assim que Elinor finalizou a leitura, ela pensou ser da vontade da autora da carta que Mrs. Jennings a lesse, e assim entregou a correspondência a esta, que a leu em voz alta fazendo muitos comentários, tanto de satisfação quanto de elogio.

– Oras, muito bem! Como ela escreve bem! Sim, foi muito apropriado deixá-lo partir se assim desejasse. Isso é muito do feitio de Lucy. Pobrezinha! Queria tanto *poder* arranjar um benefício eclesiástico para ele! Veja, ela me chama de "querida Mrs. Jennings". Ela é a garota mais amável que já existiu, e tenho dito. Oras, esta frase aqui está muito bem escrita. Sim, sim, devo visitá-la, com certeza. Como ela é atenciosa por pensar em todos! Obrigada minha querida, por me mostrar a carta. É a carta mais bonita que já vi, e dá muito mérito aos sentimentos e reflexões de Lucy.

CAPÍTULO XXXIX

As Dashwood estavam em Londres há dois meses, a impaciência de Marianne para ir embora somente aumentava. Ela sentia falta do ar, da liberdade e da quietude do interior e imaginava que, se houvesse algum lugar no mundo que lhe traria paz, seria Barton. Elinor não estava menos ansiosa pela partida, mas menos inclinada a acreditar que se daria tão logo, porque estava consciente das dificuldades de uma viagem longa, estas desconhecidas por Marianne. No entanto, ela começou a pensar muito nisso e até mesmo já havia mencionado tal desejo à querida anfitriã, que resistiu a todos com aquela eloquência natural à sua boa vontade. Um plano, porém, surgiu, e, embora esse as detivesse mais algumas semanas longe de casa, era melhor do que qualquer outro. Os Palmer iriam para Cleveland no final de março, para o feriado de Páscoa. Mrs. Jennings e suas duas jovens amigas receberam um convite muito amável de Charlotte para que fossem com eles. Somente isso não seria o suficiente para manter a gentileza de Miss Dashwood, contudo Mr. Palmer reforçou o convite com tanta educação, que isso, somado à mudança de comportamento dele desde que soube dos infortúnios de Marianne, acabou convencendo Elinor a aceitá-lo com prazer.

Quando ela contou a Marianne o que fizera, esta respondeu de forma não muito favorável, porém.

– Cleveland?! – exclamou, muito agitada. – Não, eu não posso ir para Cleveland.

– Você se esqueceu – comentou Elinor, com gentileza – de que não fica perto de...

– Mas é em Somersetshire... Não posso ir para lá... justamente para onde eu tanto ansiava... Não, Elinor, não espere que eu vá.

Elinor não discutiria a decência de superar tais sentimentos, e sim tentaria apenas convencer a irmã por outros argumentos: era um meio de ter uma data fixa de retorno à casa da mãe, tão querida e por quem ansiava ver, assim como era a maneira mais confortável e plausível do que qualquer outra, e talvez até mesmo sem grandes atrasos. Cleveland, a poucos quilômetros de Bristol, ficava apenas a um dia de distância de Barton, mesmo que fosse um longo dia de viagem. Além disso, o criado da mãe poderia auxiliá-las até lá e, como não havia motivos para que ficassem mais de uma semana em Cleveland, elas estariam em casa em pouco mais de três semanas. Como o amor de Marianne pela mãe era dos mais sinceros, o plano deveria prevalecer sem dificuldades sobre os males fantasiosos que ela causara.

Mrs. Jennings não estava nem um pouco cansada das hóspedes, então ela as pressionou para que retornassem com ela de Cleveland. Elinor estava grata pelo carinho, mas não mudaria de ideia, e, com a aprovação da mãe já garantida, todos os preparativos para a volta delas já estavam finalizados na medida do possível. Marianne sentiu um alívio ao deixar claro o tempo que a separava de Barton.

– Ah, coronel! Não sei o que faremos sem as Dashwood – foi o comentário de Mrs. Jennings assim que o cavalheiro as visitou após a partida ser resolvida enfim. – Elas estão decididas a voltar para casa após os Palmer. Como seremos tristes quando eu retornar! Deus! Ficaremos os dois sentados, encarando um ao outro, como dois gatos entediados.

Talvez Mrs. Jennings esperasse que, ao esboçar com vontade esse futuro tedioso, ela conseguisse instigar o cavalheiro a pedir Elinor em casamento, o que lhe garantiria uma escapatória. Ela até mesmo tinha razão para pensar que era causa ganha, porque Elinor, ao se dirigir até a janela para tirar as medidas de um quadro que faria para uma amiga, foi seguida por ele, cujo olhar carregava muitas intenções, e ambos conversaram por muitos minutos. Os efeitos dessa conversa não escaparam à Mrs. Jennings, que, embora fosse digna de ouvir tudo, até mesmo mudara de lugar a fim de *não* ouvi-la, indo para perto do piano que Marianne tocava no momento. Ela não pôde, porém, deixar de perceber que Elinor enrubescera, ouvia com ansiedade e estava atenta demais ao que ele falava para continuar o trabalho. Suas esperanças foram ainda mais nutridas quando Marianne parou de tocar para mudar de partitura, porque algumas palavras do coronel chegaram a seu ouvido, e ele parecia estar se desculpando pela situação não tão boa de sua residência. E isso não deixava dúvidas, mas Mrs. Jennings se perguntava se era necessário tal comentário. Ela, porém, supôs ser a etiqueta social adequada. Não conseguiu distinguir a resposta de Elinor, mas, julgando os movimentos de seus lábios, pensou que a jovem dissera não haver obstáculo algum *nisso*, e assim elogiou a garota em pensamento por ser tão honesta. Conversaram mais alguns minutos sem que ela entendesse uma palavra, quando outra pausa afortunada de Marianne a permitiu ouvir as seguintes palavras na voz calma do coronel:

— Receio que não deva ocorrer tão logo.

Perplexa e chocada com um discurso nada apaixonado, Mrs. Jennings estava prestes a exclamar: "Deus! Mas o que impede a união?!" Todavia, controlou tal desejo e apenas refletiu em silêncio: "Mas que estranho! Com certeza ele não precisa esperar até que fique mais velho."

Esse atraso do lado do coronel não parecia, porém, ofender nem aborrecer sua bela companheira em nada, porque, assim que terminaram a conversa, cada um seguiu para um lado. Mrs. Jennings claramente ouviu Elinor dizer em um tom que carregava seus sentimentos reais:

— Sempre serei grata a você.

Mrs. Jennings estava encantada com a gratidão de Elinor e apenas se espantava com o fato de que, após ouvir tal frase, o coronel fosse capaz de ir embora, imediatamente como fez, da forma mais fria possível, sem ao menos responder à gentileza! Ela nunca pensara que seu velho amigo pudesse ser um pretendente tão apático.

O que se passara entre eles foi o seguinte:

— Fiquei sabendo — disse ele, bastante compassivo — da injustiça sofrida pelo seu amigo, Mr. Ferrars, pelas mãos da família. Pelo que ouvi, ele foi banido totalmente do convívio deles por persistir no noivado com uma jovem muito merecedora. É verdade isso?

Elinor confirmou, e ele respondeu, muito emocionado:

— É terrível esta crueldade imprudente de dividir, ou de ao menos tentar, duas pessoas jovens que se amam. Mrs. Ferrars talvez não saiba o que faz, não saiba para onde está jogando o filho. Eu encontrei Mr. Ferrars duas ou três vezes em Harley Street e muito me agradou sua companhia. Ele não é aquele tipo de jovem com quem se faz amizade em pouco tempo, mas o conheci suficientemente para lhe desejar bem, e, como seu amigo, desejo mais ainda. Sei que ele quer se ordenar, então seja gentil em lhe informar que o benefício eclesiástico de Delaford está sem dono, como bem li no jornal de hoje, e pode ser dele, se ele julgar vantajoso. Mas ponderar *essa* possibilidade, talvez, julgada a situação em que se encontra, seja loucura. Apenas queria que fosse um valor mais alto. É uma casa paroquial, porém pequenina. O último titular em exercício tirava menos de duzentas libras ao ano, e, por mais que essa quantia possa crescer, receio que não tanto a ponto de lhe garantir uma renda confortável. Bem, de qualquer forma, será um prazer apresentá-la a ele. Peço que o assegure disso.

A perplexidade de Elinor quanto a essa tarefa não poderia ter sido maior, ainda que o coronel tivesse pedido a mão dela em casamento. A promoção na carreira, aquela que há dois dias ela julgara impossível para Edward, foi providenciada para que ele pudesse se casar. E justamente *ela*, de todas as pessoas no mundo, ficou encarregada de lhe contar! Ficou tão abalada que Mrs. Jennings pensara ser por outro motivo, mas, mesmo que houvesse qualquer sentimento menos puro e menos agradável, seu respeito pela benevolência e sua gratidão por aquela amizade em particular, que juntas fizeram o coronel Brandon tomar essa atitude, foram sentidas intensamente, além de postas em palavras de maneira carinhosa. Ela o agradeceu de todo coração e mencionou os princípios e a disposição de Edward da maneira que mereciam, e ainda prometeu que cumpriria a tarefa com prazer, se fosse mesmo o desejo dele colocar nas mãos de outra pessoa um dever tão agradável. Ao mesmo tempo, porém, ela não conseguiria não julgar que o coronel Brandon era a melhor pessoa a fazer isso. Era algo do qual ela gostaria de ser poupada, pois não estava disposta a dar a Edward a dor de receber um compromisso vindo *dela*. Por motivos de uma sensibilidade similar, o coronel Brandon se recusou e parecia tão desejoso que ela mesma fizesse isso, que Elinor não poderia se opor mais. Edward, por sua vez, devia estar em Londres ainda, e felizmente ela soube de seu endereço por Miss Steele. Ao longo do dia, ela poderia ir até ele para lhe informar. Quando ficou combinado esse acordo, o coronel Brandon passou a falar das próprias vantagens em garantir a presença de um vizinho tão respeitável e agradável, e foi nessa parte que ele mencionou, pesaroso, que a casa era pequena e sem graça, no entanto, um mal com que Elinor, assim como Mrs. Jennings supôs, pouco se importava, ao menos quanto ao tamanho.

— A pequeneza da casa — disse ela — não trará qualquer inconveniente para eles, suponho, porque será equivalente ao tamanho da família e da renda.

O coronel se surpreendeu com o fato de que Elinor considerava essa proposta a causa do casamento certeiro de Mr. Ferrars, porque ele não pensava ser possível que a renda do benefício de Delaford atraísse alguém com aquele estilo de vida, então disse:

– Essa pequenina casa paroquial *pode* trazer conforto para Mr. Ferrars estando solteiro, mas não permitirá um casamento. Lamento dizer, mas minha ajuda termina aqui, e não há mais nada que eu possa fazer. Se, porém, por algum imprevisto estiver em meu alcance ajudá-lo, passarei a vê-lo como uma pessoa diferente do que vejo agora, caso eu não esteja tão disposto a ser útil quanto desejaria no momento. O que eu faço agora, na verdade, parece nada, já que pouco o ajuda na conquista daquilo que deve ser seu único e principal objetivo para ser feliz. O casamento deve ser algo desejado a longo prazo. Eu, ao menos, receio que não deva ocorrer tão logo.

A ofensa aos sentimentos delicados de Mrs. Jennings se justificava pela maneira como o cavalheiro pronunciou tais palavras. Porém, após o relato daquilo que se passou entre Elinor e o coronel Brandon, enquanto estavam próximos à janela, a gratidão expressa por aquela quando se despediram talvez parecesse em geral não menos sensatamente empolgante, nem menos adequadamente dita se houvesse partido de um pedido de casamento.

CAPÍTULO XL

— Bem, Miss Dashwood — disse Mrs. Jennings, sorrindo sagazmente, assim que o cavalheiro havia se retirado —, não lhe perguntarei o que o coronel lhe disse, porque, acredite, embora eu *tenha* tentado me manter distante para não ouvi-los, não pude deixar de pescar palavras suficientes para entender do que se tratava. E posso lhe garantir que nunca fiquei tão satisfeita em minha vida, e desejo a vocês toda a felicidade do mundo.

— Obrigada, madame — respondeu Elinor. — É algo de muita felicidade para mim, e sou muito sensível à bondade do coronel Brandon. Não há muitos homens que agiriam como ele. Poucas pessoas têm um coração tão compassivo! Nunca fiquei tão perplexa em toda minha vida.

— Deus! Minha querida, você é muito modesta. De jeito algum eu estou perplexa, porque sempre soube que, mais cedo ou mais tarde, isso aconteceria provavelmente.

— Você se baseia no seu julgamento quanto à benevolência geral do coronel, mas no mínimo você não poderia prever que a oportunidade surgiria tão logo.

— Oportunidade!? — repetiu Mrs. Jennings. — Ah! Quanto a isso, quando um homem toma uma decisão, de um jeito ou de outro, logo ele encontrará uma oportunidade. Bem, minha querida, mais uma vez lhe desejo toda a felicidade do mundo. E, se alguma vez for procurar um casal feliz, saberei onde encontrá-lo.

— Você iria até Delaford para isso, suponho — respondeu Elinor, com um sorriso sutil.

— Sim, minha querida, com certeza. E quanto à casa ser ruim, não sei o que o coronel pretende ao dizer isso, porque é tão boa quanto qualquer uma que já vi.

— Ele disse que precisa de manutenção.

— Bem, e de quem é a culpa? Por que ele não a reforma? Quem deveria fazer isso que não ele mesmo?

Elas foram interrompidas pelo criado para anunciar que a carruagem estava à porta, e Mrs. Jennings, pronta para sair, disse:

— Bem, minha querida, devo ir antes que o assunto se esgote. Mas, de qualquer modo, conversaremos mais à noite, porque estaremos sozinhas. Não peço que vá comigo porque ouso dizer que sua mente está ocupada demais para se importar com companhias, e, além disso, você deve contar à sua irmã.

Marianne havia deixado a sala antes de começarem a conversar.

— Certamente, madame, direi tudo a ela. Mas não contarei a mais ninguém no momento.

— Ah, pois bem! — disse Mrs. Jennings, um tanto desapontada. — Então você não quer que eu comente nem com a Lucy? Penso em ir além de Holborn hoje.

— Não, madame, nem mesmo com ela, por favor. Um dia de atraso não fará muita diferença, e até que eu tenha escrito para Mr. Ferrars, penso que ninguém deve saber. Farei *isso* imediatamente. É importante que não percamos tempo com ele, porque há muito que fazer em relação à ordenação.

Essa fala, a princípio, deixou Mrs. Jennings bastante confusa. Ela não conseguia entender de imediato o motivo pelo qual Elinor deveria escrever para Mr. Ferrars com tanta urgência. Apenas alguns minutos de reflexão, porém, iluminaram sua mente com uma ideia muito feliz, e ela exclamou:

– Ah, nossa! Entendi. Mr. Ferrars é o homem. Bem, melhor para ele. Sim, com certeza, ele deve se ordenar o mais rápido possível. E fico muito feliz em ver que as coisas estão tão avançadas entre vocês. Mas, minha querida, isso não é um pouco estranho? Não deveria ser o coronel a escrever a carta? Tenho certeza de que ele é a pessoa mais apropriada.

Elinor não entendeu muito bem o começo da fala de Mrs. Jennings, nem pensou valer a pena perguntar. Assim, ela respondeu apenas à pergunta final.

– O coronel Brandon é um homem tão sensível, que ele prefere que alguém anuncie suas intenções a Mr. Ferrars.

– Então *você* foi obrigada a fazê-lo. Bem, *esse* tipo de sensibilidade é muito esquisita! De qualquer modo, não vou perturbá-la (vendo que Elinor já se preparava para escrever), você conhece melhor os próprios assuntos. Adeus, minha querida. A última notícia que me deixou feliz assim foi quando Charlotte deu à luz.

E ela se foi, apenas para retornar em um instante:

– Estive pensando na irmã de Betty, minha querida. Ficaria feliz em arranjar para ela uma patroa tão boa, mas, se ela seria uma boa companhia para uma dama, não sei dizer. Ela é uma excelente empregada e costura muito bem. Bem, enfim, você terá tempo para pensar nisso.

– Certamente, madame – respondeu Elinor, sem prestar muita atenção ao que fora dito, pois estava mais ansiosa por ficar sozinha do que por ser o centro do assunto.

Como ela deveria começar, como deveria se expressar naquela carta, estava nas mãos dela. A situação particular entre os dois tornava aquela tarefa difícil. O que para muitas pessoas seria a coisa mais simples do mundo, para ela gerava o temor de falar demais, ou pouco, e assim continuou sentada, pensativa, olhando para o papel, lápis à mão, até que foi interrompida pela entrada de ninguém menos que Edward.

Ele se encontrara com Mrs. Jennings à porta em seu caminho até a carruagem enquanto ele se dirigia até a casa para deixar um cartão de despedida. Ela, após se desculpar por não o acompanhar, pediu que ele entrasse e disse que Miss Dashwood estava no andar de cima e desejava conversar com ele sobre algum assunto muito particular.

Elinor estava se consolando, em meio à perplexidade, que por mais que fosse difícil se expressar por carta, ao menos era mais fácil do que fazê-lo pessoalmente, até que seu visitante chegou, obrigando-a ao pior esforço de todos. Ela ficou bastante espantada e confusa com aquela presença repentina. Ela não o vira desde que o noivado se tornou público e, portanto, desde que ele soube que ela tinha conhecimento dele. Isso, com a consciência daquilo em que pensava e com a notícia que deveria dar ao cavalheiro, fez com que ela se sentisse um tanto desconfortável. Mas ele também estava nervoso, e eles se sentaram em um estado bem promissor de embaraço. Se ele havia pedido desculpas pela intromissão ao entrar na sala, não se lembrava. Determinado a prevenir qualquer coisa, ele se desculpou assim que pôde dizer algo após se sentar.

— Mrs. Jennings me disse — falou ele — que você queria falar comigo, pelo menos foi o que entendi... caso contrário, eu não teria lhe interrompido de tal maneira. Ao mesmo tempo, eu muito lamentaria deixar Londres sem me despedir de você e de sua irmã, especialmente porque é provável que leve um tempo... não é provável que eu terei o prazer de vê-las de novo. Partirei para Oxford amanhã.

— Você não teria partido — respondeu Elinor, recobrando-se e determinada a falar logo aquilo que tanto temia — sem receber nossos desejos de felicidade, mesmo que não pudéssemos falar pessoalmente. Mrs. Jennings estava certa ao lhe dizer que eu tenho algo para contar. Algo importante, que eu estava prestes a escrever em carta. Fui encarregada da tarefa mais agradável (e ela respirava mais rápido do que o normal enquanto falava). O coronel Brandon, que esteve aqui apenas há dez minutos, por saber que você se ordenará, quer que eu lhe comunique que ele tem enorme prazer em lhe oferecer o benefício de Delaford, que está vago, e que apenas desejava que rendesse mais. Permita-me lhe parabenizar por ter um amigo tão respeitável e sensato e compartilhar seu desejo de que o benefício fosse mais alto. A renda é de duzentas libras ao ano. Isso lhe permitirá... talvez seja mais que uma residência temporária... em resumo, talvez lhe permita alcançar seus ideais de felicidade.

Não havia palavras para o que Edward sentiu, ninguém poderia descrever. Ele *transparecia* toda a perplexidade que uma notícia inesperada e impensada como aquela não deixaria de causar e ele disse apenas duas palavras:

— Coronel Brandon?

— Sim — continuou Elinor, juntando mais coragem, já que o pior já havia passado —, o coronel Brandon. Ele faz isso como uma prova de sua preocupação com tudo que se passou nos últimos dias, pela situação cruel em que você foi posto pela conduta injustificável de sua família... uma preocupação que estou certa de ser compartilhada por mim, por Marianne e por todos os seus amigos. É também uma prova do quanto ele lhe admira em caráter e aprova particularmente seu comportamento na presente ocasião.

— O coronel Brandon me concederá um benefício? Como isso é possível?

— A grosseria de seus parentes faz com que você se espante ao se deparar com pessoas amigáveis.

— Não — respondeu ele, de repente consciente —, isso não diz respeito a *você*, porque seria cego se deixasse de reconhecer que devo tudo à sua gentileza. Sinto... expressaria se pudesse... mas, como você sabe, não sou bom com palavras.

— Você se engana. Garanto-lhe que você deve tudo isso inteiramente, ao menos quase inteiramente, ao seu próprio mérito e ao discernimento do coronel Brandon. Não tive participação alguma nisso. Eu nem sequer sabia, até compreender as intenções dele, que o benefício estava sem dono, nem me ocorreu que ele possuísse tal benefício para oferecer. Como meu amigo e de minha família, talvez ele tenha até mais prazer em lhe concedê-lo... na verdade, sei que *sim*. Mas, minha nossa, você não me deve nada.

A verdade a obrigou a reconhecer uma pequena participação na história toda, mas Elinor estava ao mesmo tempo tão indisposta a parecer uma benfeitora de Edward, que ela reconheceu tudo com hesitação; e isso contribuiu para fixar uma suspeita recente nos pensamentos do rapaz. Por um tempo, ele se sentou absorto em reflexões, após Elinor parar de falar. Enfim, como se fosse um esforço, ele disse:

– O coronel Brandon me parece um homem de valor e respeito. Sempre ouvi falarem assim dele, e sei que seu irmão, Mr. Dashwood, muito o estima. Sem dúvidas, ele é um homem sensato e um verdadeiro cavalheiro em modos.

– De fato – respondeu Elinor –, acredito que você o verá, após se conhecerem melhor, da maneira como sempre lhe contaram. Como vocês serão vizinhos muito próximos, porque entendo que a casa paroquial é perto da mansão, é importante que ele *seja* tudo isso.

Edward não respondeu, mas dirigiu um olhar a Elinor assim que ela virou o rosto; um olhar tão sério, tão sincero e tão desanimado, que parecia dizer que dali em diante ele desejaria que a distância entre a casa paroquial e a mansão fosse maior.

– O coronel Brandon, penso eu, reside na St. James Street – disse ele logo após se levantar da cadeira.

Elinor lhe disse o número da casa.

– Devo me apressar, então, para lhe agradecer da maneira como você não me permitiu fazer com *você*, para lhe assegurar que ele me fez um homem muito... extremamente feliz.

Elinor não tentou impedi-lo, e eles se despediram, com a garantia do lado *dela* de desejos infindáveis de felicidade em qualquer mudança de situação que recaísse sobre ele; do lado *dele*, houve apenas uma tentativa de retornar os bons desejos, mais do que a vontade de expressá-los.

"Quando nos encontrarmos de novo", disse Elinor para si mesma, assim que ele fechou a porta, "ele será marido de Lucy".

Com tal agradável antecipação, ela se sentou para remexer o passado, relembrar as palavras e se esforçar para compreender os sentimentos de Edward, assim como, é claro, refletir acerca da própria insatisfação.

Quando Mrs. Jennings chegou em casa, mesmo que retornasse de um encontro com pessoas que nunca vira antes, e que renderiam um bom tanto de conversa, seus pensamentos estavam tão ocupados com o segredo de enorme importância, mais que qualquer outra coisa, que ela retomou o assunto assim que Elinor apareceu.

— Bem, minha querida! — exclamou. — Pedi que o jovem viesse lhe encontrar. Fiz bem, não fiz? E suponho que você não tenha enfrentado qualquer dificuldade... Ele estava relutante em aceitar a proposta?

— Não, madame. *Isso* seria pouco provável.

— Bem, e quando ele estará pronto? Porque tudo parece depender disso.

— Na verdade, sei pouco sobre essas formalidades, tão pouco que mal consigo mensurar o tempo, nem sei a duração dos preparativos necessários. Mas suponho que em dois ou três meses ele estará ordenado.

— Dois ou três meses?! Deus! Minha querida, e você fala isso de uma forma tão tranquila. E como pode o coronel esperar dois ou três meses? Deus, tenha piedade de mim! *Eu* ficaria bastante impaciente! E, embora eu seja grata por tal bondade com o pobre Mr. Ferrars, não acho que valha a pena esperar tanto tempo por ele.

Tenho certeza de que é possível encontrar alguém tão bom quanto, alguém já ordenado.

– Minha cara madame, mas em que você está pensando? Oras, o único objetivo do coronel Brandon é ser útil a Mr. Ferrars.

– Mas que Deus lhe perdoe, minha querida! Com certeza você não está tentando me convencer de que o coronel apenas quer se casar com você na intenção de dar reles dez guinéus a Mr. Ferrars!

O engano não poderia continuar depois disso, e logo se explicou o caso. As duas se divertiram bastante naquele momento, sem que houvesse qualquer tristeza por parte delas. Isso porque Mrs. Jennings apenas trocou um deleite por outro, embora sem desistir do primeiro.

– Sim, sim, a casa paroquial é pequena – disse ela, após passar aquele rompante de espanto e satisfação. – E é bem provável que precise de manutenção. É um tanto ridículo, porém, ouvir um homem se desculpar, como pensei, pelas condições de uma casa que, até onde sei, possui cinco salas de estar no térreo, e acho que a governanta me disse que cabem até 15 camas! E se desculpar com você, que está acostumada a viver em uma cabana! Mas, minha querida, precisamos apressar o coronel quanto aos reparos na casa, para que esteja confortável antes que Lucy se mude.

– Mas o coronel não parece considerar o benefício alto o suficiente para que se casem.

– O coronel é um tolo, minha querida, só porque ele mesmo vive com duas mil libras ao ano, ele pensa que ninguém deve se casar com menos. Escreva o que lhe digo, se eu estiver viva, com certeza visitarei a casa paroquial de Delaford antes do dia de São Miguel e não irei a menos que Lucy esteja lá.

Elinor compartilhava um pouco de sua opinião, quanto à probabilidade de que eles não esperariam muito mais.

CAPÍTULO XLI

Após o agradecimento de Edward ao coronel Brandon, ele foi comunicar as boas novas a Lucy. A alegria do rapaz era tamanha quando chegou a Bartlett's Buildings, que ela foi capaz de garantir à Mrs. Jennings, que a visitou no dia seguinte com felicitações, que nunca havia visto Edward tão animado na vida.

Sua felicidade e seus ânimos estavam bastante evidentes, e ela compartilhou com Mrs. Jennings as expectativas dela de que todos estariam juntos na casa paroquial de Delaford antes do dia de São Miguel. Ao mesmo tempo, Lucy estava tão longe de negar os méritos concedidos a Elinor por Edward, que ela falou na amizade desta por ambos com o maior carinho. Estava mais que pronta para prestar seus deveres com ela e abertamente declarou que nenhum esforço de Miss Dashwood para vê-los bem, fosse no presente ou no futuro, a surpreenderia, porque ela era capaz de fazer qualquer coisa por aqueles que tanto estimava. Quanto ao coronel Brandon, ela não estava apenas pronta para adorá-lo como um santo, como estava realmente ansiosa para que fosse tratado da melhor forma possível por todos e que os dízimos rendessem ainda mais. Lucy também planejou secretamente, enquanto estivesse em Delaford, que ela mesma, até onde conseguisse, avaliaria os criados, a carruagem, o gado e as galinhas dele.

Fazia mais de uma semana desde que John Dashwood prestara uma visita a Berkeley Street, e, considerando que não sabiam de mais nada quanto ao estado de saúde de sua esposa, com exceção das perguntas verbais, Elinor começou a sentir que era necessário prestar uma visita. Essa obrigação, porém, não apenas ia contra sua própria vontade, mas também não recebia qualquer incentivo de suas companheiras. Marianne, não contente em apenas recusar a visita, estava ansiosa em evitar que a irmã fosse. Mrs. Jennings, embora deixasse a carruagem à disposição de Elinor, detestava tanto Mrs. John Dashwood, que nem mesmo sua curiosidade em ver como ela estava após a última revelação, nem seu forte desejo de confrontá-la ao tomar partido de Edward puderam superar sua indisposição de estar na companhia dela mais uma vez. O resultado foi: Elinor precisou prestar a visita sozinha, e ninguém poderia estar menos disposta que ela, e ainda corria o risco de ter um *tête-à-tête* com uma mulher que mais ninguém tinha tantos motivos para odiar.

Mrs. Dashwood não se encontrava, mas, antes que a carruagem pudesse dar meia-volta, seu marido sem querer saiu da casa. Ele expressou enorme prazer em encontrar Elinor, disse que estava indo a Berkeley Street e garantiu que Fanny ficaria muito contente em vê-la, convidando-a então para entrar. Eles subiram as escadas até a sala de estar, mas ninguém estava lá.

— Suponho que Fanny esteja no próprio quarto. Irei até ela agora mesmo, porque sei que ela não se oporá em *vê-la*. Na verdade, bem longe disso. *Agora* mais do que nunca... Mas, enfim, você e Marianne sempre foram as favoritas. Por que sua irmã não veio?

Elinor inventou qualquer desculpa.

— Bem, não lamento que esteja sozinha — respondeu ele —, porque tenho um punhado de coisas para lhe dizer. Esse benefício do coronel Brandon... é verdade? Ele realmente o concedeu a Edward? Fiquei sabendo disso ontem, sem querer, e estava indo até você para lhe perguntar um pouco mais.

– É perfeitamente verdade. O coronel Brandon concedeu o benefício paroquial de Delaford a Edward.

– É mesmo?! Bem, isso é bastante surpreendente! Sequer são parentes... nem amigos são! E ainda mais agora, que os benefícios rendem mais! De quanto é o valor?

– Mais ou menos duzentas libras ao ano.

– Muito bem... e para passar para frente um benefício desse valor... supondo que o último beneficiário estivesse velho e doente, e provavelmente renunciaria a ele em breve... ele poderia, suponho, ter lucrado mil e quatrocentas libras. E como ele deixou esse assunto pendente até a morte de tal pessoa? *Agora* já é tarde para vendê-lo, mas um homem com o bom-senso do coronel Brandon... Muito me espanta ele agir de maneira tão imprudente em um assunto cujas preocupações são naturais e comuns! Bem, estou convencido de que todos os seres humanos possuem um bom tanto de inconsistência em seu caráter. Suponho, porém, ao refletir, que o caso talvez seja *este*: Edward manterá o benefício apenas até o momento em que a pessoa para quem o coronel vendeu o benefício seja velha o suficiente para assumi-lo. Sim, sim, é isso, tenho certeza.

Elinor o contradisse com veemência, e ele se viu obrigado a acreditar em suas palavras quando ela contou que havia sido encarregada de levar a oferta do coronel Brandon a Edward e, portanto, sabia dos termos envolvidos.

– É mesmo surpreendente! – exclamou ele, após ouvir a explicação. – E quais seriam os motivos do coronel Brandon?

– Um muito simples: ser útil a Mr. Ferrars.

– Bem, bem... seja lá o que o coronel Brandon for, Edward é um homem de muita sorte. Não comente nada com Fanny porque, mesmo que eu tenha lhe explicado tudo, e ela tenha lidado muito bem, é provável que não queira falar muito nisso.

Elinor teve certa dificuldade em se abster de comentar que Fanny suportaria com elegância uma aquisição de fortuna pelo irmão que não empobrecesse nem a ela nem ao seu filho.

— Mrs. Ferrars — acrescentou ele, abaixando o tom de voz como se mostrasse a importância do assunto — não sabe de nada disso ainda, e penso que seja melhor mantê-la ignorante pelo tempo que for. Quando se casarem, receio que ela descobrirá tudo.

— Mas por que tanto cuidado? Embora não possamos supor que Mrs. Ferrars sentiria a mínima satisfação em descobrir que o filho tem dinheiro para se bancar... já que isso era algo impensável. Ainda assim, por que ela se importa, dado seu último comportamento? Ela renegou o filho... o expulsou, e fez aqueles sob os quais tem alguma influência expulsá-lo também. Certamente, após fazer tudo isso, não posso imaginar que ela estaria sujeita a se entristecer ou se alegrar por conta dele, porque não está interessada em nada que lhe diz respeito. Ela não seria tão desequilibrada ao ponto de negar conforto a um filho, mas ainda guardar a ansiedade de uma mãe!

— Ah, Elinor! — disse John. — Seus argumentos são bons, mas baseados no desconhecimento da natureza humana. Quando o casamento infeliz de Edward acontecer, tenha certeza de que a mãe dele sofrerá tanto quanto se não o tivesse expulsado. Portanto, cada circunstância que possa adiantar esse evento terrível deve ser escondida dela o máximo que pudermos. Mrs. Ferrars nunca esquecerá que Edward é seu filho.

— Você me surpreende. Tendo a pensar que *no momento* ela já quase se esqueceu.

— Você se engana demais quanto a ela. Mrs. Ferrars é uma das mães mais carinhosas do mundo.

Elinor ficou calada, e Mr. Dashwood disse após uma breve pausa:

— *Agora* queremos casar Robert com a Miss Morton.

Elinor, sorrindo ao ouvir o tom sério e decidido do irmão, respondeu bem tranquila:

– Suponho que a moça não tenha poder de escolha nesse caso.

– Poder de escolha?! O que você quer dizer?

– Apenas suponho que, pelo seu jeito de falar, para Miss Morton tanto faz com quem ela se casará, Edward ou Robert.

– Certamente, não há diferença. Robert, agora, para todas as causas e efeitos, é considerado o filho mais velho. E, acima de tudo, eles são dois jovens muito agradáveis, não vejo um como sendo superior ao outro.

Elinor não disse mais nada, e John permaneceu calado por um tempo também. Suas reflexões se encerraram assim:

– De *uma* coisa eu posso lhe garantir, minha querida irmã – gentilmente pegando sua mão e falando em um sussurro terrível –, e assim farei, porque sei o quanto ficará feliz. Tenho ótimos motivos para pensar... Na verdade, minhas fontes são as melhores, ou eu não os repetiria, pois do contrário seria muito errado falar nisso... Mas são fontes confiáveis... Não que eu tenha ouvido da boca de Mrs. Ferrars, mas Fanny ouviu e me contou... Bem, resumindo: quaisquer que sejam as objeções contra uma certa... uma certa união, você entende... seria muito mais bem-vista por ela, não lhe traria metade da humilhação que a *atual* traz. Fiquei muito feliz em saber que Mrs. Ferrars vê por esse ângulo, uma circunstância agradável para todos, você sabe. "Não teria comparação", disse ela, "dos males seria o menor, e estaria feliz em aceitar *agora* o menor". Enfim, está tudo fora de cogitação... não deve ser mencionado nem pensando sobre... já que nenhum compromisso pode acontecer, está tudo acabado. Pensei que deveria lhe contar, porque sei o quanto lhe deixaria feliz. Não que você tenha razões para se arrepender, minha querida Elinor. Não há dúvidas de que você está se saindo muito bem... bem demais, talvez até melhor, considerando tudo. O coronel Brandon tem passado um tempo com você?

Elinor ouvira o bastante, e não para massagear seu ego ou elevar seu senso de importância, mas apenas para deixá-la agitada e lhe perturbar os pensamentos. Assim, ficou muito feliz em ser poupada da necessidade de responder alguma coisa, e do perigo de ouvir mais bobagens do irmão, quando Mr. Robert Ferrars entrou na sala. Após alguns minutos de conversa, John Dashwood, ao se lembrar que Fanny ainda não sabia da presença da cunhada, retirou-se em busca da esposa e Elinor foi deixada para se familiarizar mais com Robert, aquele que confirmava cada vez mais a opinião desfavorável que ela tinha quanto ao seu caráter e sentimentos. Isso porque ele portava uma despreocupação alegre e uma autocomplacência em seus modos enquanto desfrutava de uma divisão injusta do amor e da generosidade da mãe, fruto do preconceito contra o irmão banido e conquistada apenas pelo seu jeito libertino de levar a vida e pela integridade do irmão.

Mal se passaram dois minutos que estavam juntos e ele começou a falar de Edward, porque ele também ouvira falar do benefício e estava cheio de perguntas a fazer. Elinor repetiu os detalhes, assim como fizera com John. E seus efeitos em Robert, embora bem diferentes, não foram menos chocantes do que para *aquele*. Ele riu quase sem moderação. A ideia de Edward se tornar um clérigo e viver em uma casinha paroquial o divertia além da conta e quando imaginou Edward rezando em uma sobrepeliz branca e publicando as proclamas do casamento entre John Smith e Mary Brown... nada poderia ser mais ridículo.

Enquanto Elinor esperava pela conclusão de tamanha bobagem, e permanecia calada e impassivelmente séria, ela não conseguiu evitar que seus olhos se fixassem nele com um olhar que transmitia todo o desprezo que sentia. Era um olhar, porém, muito bem-empregado, porque aliviava seus sentimentos sem entregar qualquer informação ao cavalheiro. Ele mudou da astúcia para a sabedoria, mas não por alguma repreensão dela, e sim pela própria sensibilidade.

— Entenda isso como uma piada — disse ele, enfim, após se recuperar da risada descontrolada que havia encompridado consideravelmente a alegria verdadeira daquele momento. — Mas, minha nossa, é um negócio muito sério. Pobre Edward! Ele está arruinado para sempre. Sinto muito por isso, porque sei que ele é uma criatura de bom coração, e um sujeito muito bem-intencionado, como ninguém no mundo. Não o julgue, Miss Dashwood, baseada em *sua* pouca familiaridade com ele. Pobre Edward! Sua conduta certamente não é da natureza mais alegre. Mas não nascemos todos, como sabe, com os mesmos dons... a mesma destreza. Pobre rapaz! Vê-lo cercado por pessoas estranhas... já era de dar pena por si só! Mas juro, por tudo que é mais sagrado, que acredito que ele tenha o coração mais bondoso na Inglaterra; declaro e proclamo que nunca fiquei tão chocado em minha vida como quando tudo explodiu. Eu não conseguia acreditar, minha mãe foi a primeira a me contar. E eu, sentindo que deveria agir com compostura, imediatamente lhe disse: "Minha cara madame, não sei quais são suas intenções nesse caso, mas, quanto a mim, devo dizer que, se Edward se casar com essa jovem dama, nunca mais o verei." De fato, eu estava chocado além do limite! Pobre Edward! Ele se arruinou... se isolou para sempre de companhias decentes! Mas, como sempre digo à minha mãe, não me surpreende nem um pouco, porque, com a educação que teve, era de se esperar. Minha pobre mãe estava quase tendo um ataque.

— E você já viu a moça?

— Sim. Certa vez, enquanto ela estava hospedada nesta casa, eu prestei uma visita de dez minutos, e isso foi o suficiente para eu decifrá-la: apenas uma garota simplória do interior, sem estilo e elegância, nem perto de ser bonita. Lembro-me dela muito bem, é o tipo de garota que conquistaria Edward, suponho. Assim que minha mãe me contou do noivado, eu me ofereci para tentar dissuadi-lo da união, mas era tarde demais para fazer qualquer coisa, porque infelizmente eu não estava por perto e somente soube do ocorrido depois da ruptura, quando eu não poderia interferir. Se eu tivesse ficado sabendo algumas horas antes, penso que alguma coisa poderia ter sido feita. Certamente, eu exporia os argumentos de maneira bem rígida: "Meu caro rapaz", teria dito, "pense no que você está fazendo. Você está se colocando em uma união vergonhosa e desaprovada por toda nossa família". Bem, não consigo deixar de pensar que algum resultado eu teria, mas agora é tarde demais. Edward deve estar até mesmo passando fome, com certeza, absolutamente.

Robert havia acabado de afirmar isso com enorme compostura quando Mrs. John Dashwood entrou, colocando um ponto-final no assunto. Embora *ela* nunca tenha comentado nada com a família, Elinor podia ver o baque em sua mente, na certa perturbação facial com a qual se apresentou e na tentativa de ser cordial com Elinor. Ela até mesmo expressou sua preocupação com as Dashwood precisarem deixar Londres tão cedo e esperava poder vê-las mais vezes. Era um esforço em que o marido, que a auxiliara até a sala e prestava atenção em cada palavra dela com ares apaixonados, parecia distinguir detalhadamente de forma afetuosa e delicada.

CAPÍTULO XLII

O encontro entre irmão e irmãs em Londres terminou com mais uma visita breve a Harley Street, onde Elinor fora parabenizada por John Dashwood pela conquista de viajar até Barton sem gastar um tostão e pela companhia do coronel Brandon, que as acompanharia até Cleveland em um ou dois dias. Tudo que foi dito quanto a um encontro no interior se resumia em um convite sutil de Fanny para que fossem a Norland a qualquer momento em que estivessem por perto, o que era bastante improvável de ocorrer, e em uma garantia calorosa, porém menos aberta, de John para Elinor quanto à prontidão com a qual ele a visitaria em Delaford.

Ela se divertia ao observar que todos os amigos pareciam determinados a mandá-la para Delaford, que era o lugar, dentre todos os outros, que ela menos gostaria de visitar ou de morar. Não eram apenas o irmão e Mrs. Jennings que consideravam aquele lugar sua futura morada, mas também Lucy, que, na partida de Elinor, disse que a visitaria lá.

Era começo de abril, e bastante cedo no dia, quando as pessoas de Hanover Square e Berkeley Street deixaram suas residências para se encontrarem na estrada, com hora marcada. Para o bem de Charlotte e da criança, a viagem duraria mais que dois dias, e

Mr. Palmer, a fim de viajar mais rápido com o coronel Brandon, se juntaria a elas em Cleveland.

Marianne, que não tivera muitos momentos felizes em Londres e estava ansiosa para ir embora, não conseguiu, assim que a partida se concretizou, dizer adeus à casa em que ela havia aproveitado pela última vez aquelas esperanças e a confiança em Willoughby, agora extintas para sempre, sem muita dor. E nem foi capaz de conter as lágrimas ao deixar a cidade em que Willoughby permaneceria, ocupado com seus novos compromissos e planos, dos quais ela não participaria.

A alegria de Elinor enquanto partiam era mais positiva: ela não tinha nada em que fixar pensamentos; não deixara ninguém para trás, e que lhe traria um tantinho de arrependimento por se separar para sempre; estava feliz por se ver livre da perseguição da amizade de Lucy e por levar a irmã embora sem que tivesse visto Willoughby depois do casamento; e estava esperançosa que alguns meses de calmaria em Barton pudessem recompor a paz de espírito de Marianne, assim como confirmar a própria.

A viagem foi segura. O segundo dia as levou até o querido, ou proibido, condado de Somerset, porque assim ele parecia à imaginação de Marianne. Na manhã do terceiro dia, elas seguiram para Cleveland.

A residência de Cleveland era espaçosa e moderna, e estava situada em um gramado em declive. Não havia grandes áreas vazias para passear, mas os jardins eram bem extensos. Assim como qualquer outra residência naquele nível de importância, a propriedade tinha uma plantação de arbustos, um bosque para caminhadas e uma estradinha de cascalhos que circundava a plantação e que levava até a frente da casa. O gramado era repleto de árvores e a casa era rodeada por pinheiros, sorveiras e acácias e um grosso painel formado por todas juntas, entremeado por choupos-da-lombardia, que deixavam escondidas as áreas de trabalho.

Marianne entrou na casa com o coração transbordando emoções ao pensar que estava apenas a doze quilômetros de Barton e nem a 50 de Combe Magna. Antes mesmo de permanecerem por cinco minutos dentro da residência, enquanto os outros estavam ocupados ajudando Charlotte a apresentar o filho à governanta, Marianne saiu e seguiu até os arbustos agitados pelo vento, e que agora faziam sua beleza e sua importância aparecerem. De lá, onde se situava seu templo grego, os olhos dela vaguearam por uma extensa faixa de terra até o sudeste e repousaram tranquilos no cume mais alto das colinas no horizonte, pensando que do alto Combe Magna poderia ser vista.

Naqueles momentos de tristeza preciosa e paralisante, ela encontrava alívio nas lágrimas por se sentir agoniada em Cleveland. Enquanto voltava por um caminho diferente, feliz por todo aquele privilégio oferecido pela liberdade interiorana e por poder vagar por lá em sua solidão livre e suntuosa, ela resolveu passar quase todas as horas, de todos os dias enquanto permanecesse com os Palmer, na indulgência de caminhadas solitárias.

Marianne retornou em tempo de se juntar aos outros assim que estavam saindo de casa, a fim de dar um passeio pelos arredores mais próximos. A manhã passou rápido: perambularam pelos jardins em torno da cozinha, contemplaram as trepadeiras que já davam flores, ouviram o jardineiro reclamar das pragas, e se demoraram nas estufas, onde a perda de suas plantas favoritas, expostas e machucadas pela geada duradoura, fez com que Charlotte risse. Deu mais risadas ao visitar o galinheiro, onde encontrou a empregada se lamentando pelas galinhas terem abandonado o ninho, ou por terem sido atacadas por raposas, ou pela rápida queda das ninhadas.

Marianne, pela manhã estar agradável e seca, não havia calculado uma mudança de clima quando planejou suas caminhadas pela propriedade. Assim, surpresa, ela se viu impedida de sair após o jantar pela chuva. Ela ansiava por uma caminhada crepuscular até o templo grego e talvez por toda a propriedade, e não seria uma noite um tantinho fria ou úmida que a deteria, mas uma chuva torrencial e constante fez com que até mesmo *ela* não conseguisse imaginar um clima seco ou agradável para passear.

Havia poucas pessoas, e as horas passaram rápido. Mrs. Palmer estava ocupada com o filho, e Mrs. Jennings, com a costura do tapete. Conversaram sobre os amigos que haviam deixado, os encontros de Lady Middleton e se perguntavam se o coronel Brandon e Mr. Palmer já teriam passado por Reading naquele momento. Elinor, embora não se importasse muito, se juntou à conversa. Por outro lado, Marianne, que tinha as manhas de encontrar a biblioteca de qualquer casa, sempre desprezada pelas famílias, logo encontrou um livro.

Mrs. Palmer, com seu humor constante e amigável, não lhes deixava faltar nada para que se sentissem bem-vindas. A sinceridade e a vivacidade de suas maneiras mais do que compensavam a falta de compostura e elegância, que a faziam muitas vezes pecar na polidez. Sua gentileza, aparente em um rosto tão bonito, era envolvente. Suas bobagens, embora nítidas, não eram detestáveis, porque não havia vaidade. Elinor perdoaria tudo, menos sua risada.

Os dois cavalheiros chegaram no dia seguinte a tempo de um jantar bem tardio, fazendo com que o grupo ganhasse uma adição agradável e uma desejada variedade de assuntos, uma vez que a chuva constante havia reduzido as conversas a quase nada.

Elinor conhecera muito pouco Mr. Palmer, e, com isso, vira muitas variações na maneira de se comunicar com ela e com Marianne, então não saberia como ele se comportaria estando em território familiar. Ela, porém, encontrou o cavalheiro mais gentil em sua conduta com todos os visitantes, apenas era rude com a esposa e com a sogra esporadicamente. Ele conseguia ser uma companhia agradável, e Elinor percebeu que só não era o tempo todo porque tinha a mania de se imaginar superior às pessoas em geral, assim como se sentia com relação à Mrs. Jennings e a Charlotte.

Quanto ao seu caráter e seus costumes, Elinor notou que não eram diferentes dos traços comuns aos homens de sua idade: comia com elegância, mas sempre chegava atrasado; adorava o filho, mas fingia esnobá-lo; e passava as manhãs jogando bilhar, quando deveria estar trabalhando. Elinor gostava dele mais do que imaginara, mas não se lamentava por não conseguir gostar mais, e por se deixar levar com complacência pelas lembranças do temperamento amável, gostos simples e sentimentos diferentes de Edward quando observava o Epicurismo, o egoísmo e a arrogância de Mr. Palmer.

O coronel Brandon, que esteve em Dorsetshire recentemente, trouxe notícias de Edward, ou ao menos de seus problemas. Tratando Elinor como uma amiga sem sentimentos por Mr. Ferrars e como sua confidente, o coronel falou um bocado acerca da casa paroquial de Delaford, de seus problemas e dos reparos que pretendia fazer. A conduta com ela nesse assunto, assim como em qualquer outro, a felicidade nítida ao reencontrá-la após uma ausência de apenas dez dias, a prontidão em conversar com ela e a estima pela opinião dela poderiam muito bem justificar a tendência de Mrs. Jennings em enxergar afeto por parte do cavalheiro. E tudo isso seria o suficiente para Elinor perceber por si mesma, se, desde o começo, ela ainda não acreditasse que era Marianne sua pretendente verdadeira, mas, do jeito como era, tal ideia mal permeara seus pensamentos, com exceção das sugestões de Mrs. Jennings. Elinor, porém, não conseguia deixar de se ver como a melhor observadora das duas: ela prestava atenção nos olhares dele, enquanto Mrs. Jennings, apenas no comportamento. Além disso, escapou também de Mrs. Jennings, por não ser expressa em palavras, a preocupação que ele sentiu quando Marianne se adoentou, sentiu dores de cabeça e na garganta, sinais de um forte resfriado, mas Elinor, sim, conseguiu distinguir os sentimentos e o alarde desnecessário de um apaixonado.

Marianne pegou uma gripe fortíssima, embora tenha tentado negá-la ou fazer pouco caso por um ou dois dias. E isso aconteceu porque, no fim da tarde do terceiro e do quarto dias, ela deu seus passeios agradáveis não apenas pelo caminho de cascalhos até os arbustos, mas por toda a propriedade, especialmente até os arredores mais distantes, onde havia algo de mais selvagem, onde as árvores eram mais antigas e a grama mais alta e molhada e ainda foi imprudente o bastante para se sentar com os sapatos e as meias molhados. A gripe se espalhou para os outros e fez as atenções se voltarem para ela, que negou todos os remédios que surgiram de todos os cantos. Embora estivesse com febre, com os membros doloridos, tosse e dor de garganta, uma boa noite de sono a curaria completamente; e foi com muita dificuldade que Elinor a convenceu a tomar um ou dois remédios mais simples, assim que foi para a cama.

CAPÍTULO XLIII

Marianne se levantou na manhã seguinte em seu horário habitual, e, a cada pergunta, respondia que estava melhor. Até mesmo tentou provar isso ao se ocupar de atividades costumeiras. O problema era que, ao passar um dia todo tremendo ao lado da lareira com um livro na mão, e que não conseguia ler, ou deitada no sofá, debilitada e lânguida, não conseguia mostrar muita melhora. Quando, enfim, ela foi mais cedo para a cama, ainda mais indisposta, o coronel Brandon estava espantado com a compostura de Elinor, que, embora cuidasse da irmã o dia todo, contra a vontade desta, e a obrigasse a tomar os remédios à noite, também acreditava na certeza e na eficácia do sono bem-dormido, assim como Marianne, e não via motivo para alarde.

Uma noite inquieta e de muita febre frustrou as expectativas de ambas. Quando Marianne, após tentar se manter de pé, confessou que não conseguia nem se sentar, e voltou por livre e espontânea vontade para a cama, Elinor estava mais que pronta para seguir o conselho de Mrs. Jennings em chamar o boticário dos Palmer.

Ele foi e examinou a paciente, mas, embora consolasse Miss Dashwood ao falar que esperava ver a irmã dela curada em poucos dias, acabou preocupando Mrs. Palmer por conta do bebê, uma vez que o boticário explicou abertamente que Marianne tinha uma tendência à infecção. Mrs. Jennings, que desde o princípio olhava para as reclamações de Marianne com mais seriedade que Elinor, agora parecia temerosa com o relatório de Mr. Harris. Reforçando os medos e as precauções de Charlotte, ela mais que depressa levantou a necessidade da filha se retirar junto com o bebê, e Mr. Palmer, embora visse essas apreensões como desnecessárias, não conseguiu resistir à ansiedade e à insistência da esposa. A partida dela, portanto, foi marcada e, dentro de uma hora após a chegada de Mr. Harris, ela foi embora com o bebê e com a enfermeira para a casa de um parente próximo de Mr. Palmer e que vivia a poucos quilômetros, do outro lado de Bath, para onde o marido havia lhe prometido que iria em um ou dois dias, após suas súplicas mais calorosas, e para onde ela queria muito que a mãe a acompanhasse. Mrs. Jennings, no entanto, com o coração dos mais gentis, o que fez Elinor amá-la, disse que não sairia de Cleveland até que Marianne melhorasse e que tomaria o lugar daquela mãe da qual ela mesma havia arrancado a filha, prestando o cuidado mais carinhoso possível. Elinor encontrou nela a ajudante mais disposta e ativa para todos os momentos, pronta para compartilhar seu cansaço, além de ter as habilidades e a melhor experiência no cuidado de adoentados.

A pobre Marianne, abatida e cabisbaixa por causa da enfermidade, e sentindo-se muito doente, não mais esperava que estaria bem no dia seguinte, e, apenas por pensar em como o amanhã poderia ser caso não fosse essa infeliz doença, ela ficava ainda mais enferma. Isso porque, naquele dia, elas começariam a viagem de volta para casa e, assistidas por um criado de Mrs. Jennings, elas pegariam a mãe de surpresa na manhã seguinte. O pouco que dizia era apenas para lamentar quanto ao atraso inevitável, embora Elinor tentasse animá-la e fazê-la acreditar, como *ela* mesma acreditava, que seria por pouco tempo.

O dia seguinte não trouxe qualquer mudança ao estado de Marianne. Certamente ela não estava melhor, mas, com exceção da falta de melhoras, não parecia pior. O número de pessoas era menor, porque Mr. Palmer, embora não quisesse ir, tanto por bondade e gentileza quanto por desgosto de aparentar sentir medo da esposa, foi convencido pelo coronel Brandon a cumprir a promessa que fizera a ela. Enquanto aquele se preparava para ir, este, com muito esforço, passou a falar que iria também. Nesse caso, porém, a gentileza de Mrs. Jennings era muito bem-vinda, porque a partida do coronel no momento em que seu amor estava inquieto por causa do estado da irmã, seria privá-las, assim ela pensava, de todo conforto. Ele, que satisfazia um desejo primeiro de seu coração por complacência, não poderia mais fingir qualquer resistência quando Mrs. Jennings afirmou que sua permanência em Cleveland era necessária a ela mesma, porque ela precisava dele para jogar baralho enquanto Miss Dashwood estivesse ocupada cuidando da irmã etc., assim suplicando para que ficasse; especialmente quando as súplicas dela foram reforçadas por Mr. Palmer, que parecia aliviado por deixar uma pessoa muito capaz de auxiliar ou aconselhar Miss Dashwood em qualquer emergência.

Não contaram nada disso a Marianne, é claro. Ela não sabia que os donos de Cleveland haviam partido por causa dela, dentro de apenas sete dias da chegada. Ela não estranhou a ausência de Mrs. Palmer e, como isso não a preocupava, nem sequer mencionou o nome dela.

Dois dias se passaram da partida de Mr. Palmer, e sua condição não melhorara muito. Mr. Harris, que a visitava todos os dias, continuava pregando veementemente uma recuperação rápida, e Elinor também estava otimista, mas os outros não viam a situação de forma tão animadora. Mrs. Jennings estava apavorada pela ideia de que Marianne não superaria a doença, e o coronel Brandon, que sempre concordava com os presságios dela, não estava no melhor dos espíritos para contradizer aquele. Ele tentou ser racional contra qualquer medo, então o julgamento do boticário parecia ser absurdo, mas as longas horas de cada dia em que era deixado sozinho eram favoráveis demais à cada ideia melancólica, e ele não conseguia expulsar de sua mente a convicção de que não veria mais Marianne.

Na manhã do terceiro dia, porém, as apreensões terríveis de ambos quase cessaram, porque, quando Mr. Harris chegou, ele disse que a paciente estava melhor: seu pulso estava mais forte, e cada sintoma, mais promissor do que no dia anterior. Elinor, as esperanças confirmadas, era toda alegria. Nas cartas à mãe, ela se deleitava no fato de que permaneceria fiel aos próprios julgamentos, em vez de ceder aos dos amigos, não se deixando abater pela indisposição responsável pelo atraso que as prendeu em Cleveland, além de quase colocar uma data de quando Marianne poderia viajar.

Mas o dia não se encerrou tão favorável assim. Com o decorrer da noite, Marianne se sentiu doente mais uma vez, ficando mais inquieta e desconfortável do que antes. A irmã, porém, ainda otimista, estava disposta a atribuir essa mudança à fadiga causada por Marianne precisar se levantar para arrumarem sua cama, e, administrando com cuidado os remédios prescritos e com muita satisfação, viu que ela caiu em sono profundo, do qual esperava sair resultados positivos. O sono, embora não tão tranquilo quanto Elinor esperava, durou um bom tempo, e, ansiosa para ver as melhoras, não saiu do lado da irmã. Mrs. Jennings, sem perceber qualquer mudança, foi para a cama mais cedo do que de costume, e a criada, uma das principais enfermeiras, seguindo os passos da patroa, retirou-se para o quarto da governanta. Elinor ficou sozinha com Marianne.

O repouso desta ficou ainda mais perturbado, e Elinor, que observava com atenção incansável sua mudança contínua de posição e ouvia os sons frequentes, porém inarticulados, de suas reclamações escaparem de seus lábios, estava prestes a acordá-la daquele sono doloroso quando Marianne, despertada de repente por algum barulho na casa, deu um pulo e, na intensidade febril, exclamou:

— A mamãe está vindo?!

— Ainda não! — exclamou Elinor, escondendo o pavor e ajudando Marianne a se deitar de novo. — Mas ela estará aqui, espero, o mais rápido possível. É um longo caminho, sabe, daqui até Barton.

— De toda forma ela não pode passar por Londres! — exclamou Marianne, da mesma forma agitada. — Se ela passar por lá, eu nunca mais a verei.

Elinor percebeu, muito preocupada, que a irmã estava fora de si e, enquanto tentava acalmá-la, sentiu seu pulso: estava mais fraco e rápido do que nunca! Marianne, que ainda delirava quanto à mãe, fez com que a preocupação da irmã crescesse tão rapidamente, que ela estava determinada a chamar Mr. Harris naquele instante, além de despachar um mensageiro até Barton atrás da mãe. Consultar o coronel Brandon quanto à melhor maneira de colocar o último plano em prática foi um pensamento que logo tomou forma e, assim que pediu à criada que ficasse com Marianne, ela se apressou até a sala de estar, onde sabia que ele estaria até altas horas da noite.

Não havia tempo a perder, e em instantes seus medos e dificuldades foram colocadas diante dele. O cavalheiro a ouviu em um desânimo silencioso, mas logo as preocupações de Elinor eram desnecessárias, porque, com uma prontidão adequada à situação e já prevista por ele, o coronel Brandon se ofereceu para ser o mensageiro que buscaria Mrs. Dashwood. Elinor não apresentou objeções que não pudessem ser vencidas. Ela lhe agradeceu de forma breve, porém calorosa, e, enquanto ele apressava o criado para que levasse uma mensagem a Mr. Harris e uma ordem para que preparassem os cavalos de correspondência, ela escreveu uma curta nota à mãe.

Era muito grata por ter um amigo como o coronel Brandon, que também seria companhia para a mãe dela. Que alívio! Era uma pessoa cuja companhia e julgamento a guiariam, cuja assistência a acalmaria e cuja amizade a tranquilizaria! Até onde sua presença, seus modos e sua ajuda pudessem minimizar o choque de Mrs. Dashwood, eles minimizariam.

Ele, enquanto isso, qualquer que fosse seu sentimento, fingia ter a firmeza de uma mente composta, fez qualquer preparativo necessário com a maior das destrezas e calculou com exatidão a hora em que retornaria. Nem mesmo um segundo foi perdido com atrasos. Os cavalos chegaram antes do esperado, e o coronel Brandon, apenas apertando a mão de Elinor, dando-lhe um olhar solene e falando poucas palavras baixas demais para ela ouvir, apressou-se para dentro da carruagem. Era quase meia-noite quando ela retornou ao quarto da irmã para esperar pela chegada do boticário e cuidar dela pelo resto da noite. A noite foi de sofrimento para ambas, porque as horas passavam com dores incessantes e delírios do lado de Marianne, e com uma ansiedade muito cruel do lado de Elinor, antes que Mr. Harris chegasse. Suas apreensões cresceram, e cobravam o excesso de confiança que ela sentira no começo; e a criada que lhe fazia companhia, porque ela não permitiu que Mrs. Jennings fosse chamada, apenas a torturava mais, devido a insinuações daquilo que a patroa sempre pensara.

Os pensamentos de Marianne, intermitentemente, se fixavam de modo incoerente na mãe e, sempre que pronunciava seu nome, Elinor sentia uma pontada de dor no coração e se repreendia por ter menosprezado dias e dias aquela doença e desejado um alívio imediato. Ela imaginava que qualquer alívio teria sido em vão e que havia demorado a fazer qualquer coisa, além de projetar em pensamentos a mãe chegando tarde demais para ver a filha amada, ou ao menos para vê-la sã.

Ela estava prestes a mandar mais alguém atrás de Mr. Harris, ou, se *ele* não pudesse ir, pediria algum conselho, quando ele chegou, não antes das cinco horas da manhã. Suas observações, porém, desculparam o atraso, porque, embora reconhecendo uma piora inesperada e desagradável no quadro de Marianne, ele não via perigo concreto e explicou que um novo tratamento garantiria o alívio da doença, e fez isso com uma confiança, mesmo em menor grau, que passou para Elinor. Ele prometeu que voltaria dentro de três ou quatro horas, deixando tanto a paciente quanto a cuidadora dela mais tranquilas do que antes.

Mrs. Jennings ficou sabendo de tudo pela manhã, não sem preocupação extrema e repreensões por não ter sido chamada para ajudar. Seus medos anteriores, agora com muitas razões para voltarem, não deixaram espaço para dúvidas quanto ao que ocorreria. Embora tentasse consolar Elinor, estava tão convicta do perigo que Marianne corria, que não foi capaz de oferecer palavras de esperança. Em seu coração, já havia luto. A rápida decadência e a morte de uma garota tão jovem e amável quanto Marianne abalaria até a pessoa menos envolvida na história. Marianne poderia esperar mais da compaixão de Mrs. Jennings, a quem fizera companhia por três meses, ainda estava sob seus cuidados e sabia que a garota havia sido magoada e sofrido muito. O sofrimento de Elinor, sua favorita, também se colocava diante dela. Quando Mrs. Jennings considerava que Marianne era para Mrs. Dashwood aquilo que Charlotte era para ela, a empatia da garota quanto aos sofrimentos da mãe era verdadeira.

Mr. Harris foi bastante pontual na segunda visita, mas ficou desapontado ao perceber que suas esperanças da última consulta não mais existiam: os medicamentos não funcionaram, a febre era constante e Marianne estava cada vez mais quieta, cada vez mais fora de si, em um estado de grave estupor. Elinor, compreendendo os receios do boticário em um instante, propôs que pedissem uma segunda opinião, mas ele julgou desnecessário: ainda havia algo a se tentar, uma nova prescrição, de cujo sucesso ele estava tão confiante quanto da última, e encerrou sua visita com garantias animadoras que apenas chegaram aos ouvidos de Elinor, mas não em seu coração. Ela estava calma, exceto quando pensava na mãe. Mas estava quase sem esperanças, e assim continuou até meio-dia, raramente saindo de perto da cama em que Marianne repousava. Seus pensamentos perambulavam por entre imagens de luto e de amigos em sofrimento, e sentia o espírito sufocado ao máximo pelas palavras de Mrs. Jennings, que não hesitava em atribuir a severidade e o perigo de tal enfermidade às muitas semanas de indisposição prévia causada pela decepção sofrida por Marianne. Elinor sabia que eram argumentos sensatos, e por isso mesmo suas reflexões eram ainda mais miseráveis.

Por volta do meio-dia, porém, ela imaginou, e esperava ter sentido, uma melhora no pulso da irmã, embora tenha sido cautelosa e temesse a decepção, por isso não disse nada a ninguém. Ela esperou, observou e examinou o pulso de Marianne várias vezes e, enfim, com uma ansiedade mais difícil de esconder sob o pretexto da calma, mais até do que seu sofrimento prévio, ela ousou comunicar suas esperanças. Mrs. Jennings, embora tenha precisado reconhecer uma melhora temporária após sentir o pulso de Marianne, tentou evitar que a amiga alimentasse expectativas. Elinor, procurando motivos para desconfiar, também se convenceu a não nutrir esperanças. Mas era tarde demais, e a esperança já havia se instalado. Sentindo a ansiedade tomar conta dela, Elinor se debruçou sobre a irmã para observar... mal sabia o quê. Meia hora se passou, e a pulsação parecia favorecê-la. Outros sintomas apareceram também: a respiração, a pele e os lábios de Marianne inundavam Elinor com sinais de melhora, além do olhar da irmã se fixar nela com traços de lucidez, embora ainda estivesse letárgico. Ansiedade e esperança tomaram conta dela na mesma proporção e retiraram qualquer resquício de tranquilidade até que Mr. Harris chegasse às quatro da tarde. Ela chorou de alegria e se tornou mais confiante e aliviada frente às garantias e felicitações do boticário quanto à recuperação da irmã, que ultrapassou suas expectativas.

Marianne estava, em todos os aspectos, muito melhor, e ele disse que ela não corria mais perigo. Mrs. Jennings, talvez satisfeita com a explicação parcial de que seu presságio ocorrera no último estado grave, permitiu-se confiar no julgamento do boticário e admitiu, com alegria genuína e entusiasmo inequívoco, que a cura era possível.

Elinor não estava animada, pois sua alegria era de um tipo diferente e a guiava para qualquer sentimento que não a felicidade. Marianne estar viva, saudável e de volta aos braços dos amigos e da devotada mãe era uma imagem que enchia o coração de Elinor com sensações extraordinárias de alívio, expandindo-se em uma gratidão calorosa. Mas não havia demonstrações abertas de alegria, nem palavras ou sorrisos. Tudo que ela carregava no peito era uma satisfação, silenciosa e intensa.

Com poucas intromissões ao longo do dia, Elinor continuou ao lado da irmã, acalmando-a, satisfazendo cada pergunta de seu espírito debilitado, ajudando em cada necessidade e mantendo a atenção em cada olhar e respiro. É claro que a possibilidade de uma recaída em alguns momentos ocorreria para lembrá-la do que era a ansiedade, mas quando ela notou, em suas observações frequentes e minuciosas, que cada sinal de melhora continuava e que Marianne, às seis da tarde, caiu em um sono tranquilo, estável e que parecia confortável, ela aquietou cada dúvida.

O tempo passava, e o coronel Brandon estava prestes a retornar. Às dez da noite, assim como Elinor confiou, ou pelo menos não muito tempo depois, sua mãe poderia se acalmar do suspense terrível sob o qual deveria estar viajando rumo a eles. O coronel também se tranquilizaria! Embora fosse menos alvo de pena. Ah! O tempo passava tão devagar e os mantinha no escuro!

Às sete da noite, ela deixou Marianne em seu profundo sono e se juntou à Mrs. Jennings para um chá. Não comeu muito nem no café da manhã, devido aos medos que sentia, nem no jantar, pelo motivo oposto; e aquele chazinho, portanto, tomado sob sentimentos de alegria, era particularmente bem-vindo. Após encerrarem, Mrs. Jennings tentou convencê-la a descansar antes que a mãe chegasse e a deixar que *ela* tomasse conta de Marianne, mas Elinor não estava cansada, não seria capaz de dormir e nem ficaria longe da irmã por um instante sequer. Mrs. Jennings a acompanhou até o quarto da adoentada, a fim de se certificar de que tudo continuava bem, deixou Elinor mais uma vez com seus deveres e pensamentos e se retirou para o próprio quarto, onde escreveria cartas e dormiria.

A noite estava fria e tempestuosa. O vento soprava violentamente ao redor da casa, enquanto a chuva batia contra as janelas, mas Elinor, que era pura alegria, não se importava. Marianne continuava dormindo mesmo com rajadas de ventos, e os viajantes tinham uma agradável surpresa esperando-os para compensar cada dificuldade.

O relógio bateu oito horas. Se fossem dez, Elinor estaria convencida de que ouvira uma carruagem se aproximar da casa, e sua convicção foi tão forte, apesar da *quase* impossibilidade de que tivessem chegado, que ela foi até o closet adjacente e abriu uma persiana, apenas para sanar a dúvida. No mesmo instante, ela percebeu que seus ouvidos não a enganaram: as lamparinas flamejantes de uma carruagem se colocavam à vista, e, sob uma luz distorcida, ela conseguia ver que era puxada por quatro cavalos. A chegada tão rápida não só mostrava o excesso de alarde sob o qual a mãe se encontrava, como também explicava essa pressa inesperada.

Nunca em sua vida, Elinor sentiu tanta dificuldade em se acalmar como naquele momento. O conhecimento dos sentimentos da mãe assim que a carruagem parou à porta... de sua dúvida... seus medos... talvez de seu desespero! Daquilo que ela tinha para contar! Sabendo de tanto, era impossível se manter calma. Tudo que restava era se apressar, e, deixando a criada de Mrs. Jennings cuidando de Marianne, ela correu escada abaixo.

A agitação no vestíbulo, enquanto ela passava pelo corredor interno, manteve sua certeza de que eles estavam em casa. Ela correu até a sala de estar, entrou... e viu apenas Willoughby.

CAPÍTULO XLIV

Elinor, horrorizada pela visão dele, obedeceu ao primeiro impulso de seu coração de instantaneamente deixar a sala. Estava com a mão na maçaneta quando foi impedida por um avanço violento e as seguintes palavras, em um tom mais de ordem que de súplica:

– Miss Dashwood, por meia hora... dez minutos... peço que fique.

– De jeito nenhum, senhor – respondeu com firmeza. – *Não* ficarei. Seus negócios não podem ser *comigo*. Os criados, suponho, se esqueceram de lhe avisar que Mr. Palmer não se encontra.

– Mesmo que tivessem me dito – retrucou ele com veemência – que Mr. Palmer e toda a parentela estavam nos infernos, isso não me faria dar meia-volta. Meu negócio é com você, e apenas você.

– Comigo?! – no mais alto dos espantos. – Bem, senhor... seja rápido... e se possível... menos rude.

– Sente-se, e serei ambos.

Elinor hesitou, não sabia o que fazer. A possibilidade de o coronel Brandon chegar e encontrá-la ali passou pela sua cabeça. Mas ela prometeu ouvi-lo, e sua curiosidade, assim como sua palavra, estavam comprometidas. Após um momento de reflexão, portanto, concluindo que a prudência deveria ser descartada e que a familiaridade tomaria seu lugar, ela andou em silêncio até a mesa e se sentou. Ele se sentou na cadeira oposta, e por meio minuto ninguém falou.

— Por favor, seja rápido, senhor — disse Elinor, impaciente. — Não tenho tempo a perder.

Ele estava sentado absorto em pensamentos e pareceu não ouvi-la.

— Sua irmã — disse ele, abrupto, um instante depois — não corre mais perigo. Ouvi um dos criados dizer. Que Deus seja louvado! É verdade? Mesmo?

Elinor não respondeu, e ele repetiu a pergunta com muita ansiedade.

— Pelo amor de Deus, diga-me! Ela corre perigo ou não?

— Esperamos que não.

Ele se levantou e andou pela sala.

— Se eu soubesse há meia hora... mas já que *estou* aqui — falando com uma alegria forçada enquanto voltava para a cadeira —, o que isso significa? Ao menos uma vez, Miss Dashwood... e talvez seja a última vez... sejamos alegres juntos. Estou propício à alegria. Seja sincera — e suas bochechas se iluminaram ainda mais —, você me vê mais como um canalha ou um tolo?

Elinor o olhou ainda com mais espanto. Ela começou a achar que ele estava bêbado, e nada mais justificaria a peculiaridade daquela visita e de tais modos. Com tal percepção, ela imediatamente se levantou e disse:

— Mr. Willoughby, aconselho que volte já para Combe. Não tenho tempo para permanecer em sua companhia. Quaisquer que sejam seus negócios comigo, amanhã serão mais bem explicados.

— Eu lhe compreendo — respondeu, com um sorriso expressivo e um tom perfeitamente calmo. — Sim, estou bastante bêbado. Um copo de cerveja preta junto ao rosbife em Marlborough foi o bastante para me alterar.

– Marlborough!? – exclamou Elinor, cada vez mais sem entender o que ele queria.

– Sim... Saí de Londres hoje às oito da manhã, e os únicos dez minutos que passei fora da carruagem foi quando precisei comer um lanchinho em Marlborough.

A firmeza de seus modos e a exatidão de seu olhar enquanto falava convenceram Elinor de que ele não estava ali por estar alcoolizado, qualquer que fosse a bobagem imperdoável que o levara até Cleveland. Após um momento de reflexão, ela disse:

– Mr. Willoughby, você *deveria* saber, e eu certamente *sei*, que, após tudo que se passou, você vir até aqui desse jeito, obrigando-me a lhe dar atenção, requer uma desculpa bem particular. O que é que você quer?

– Eu quero – respondeu ele, muito sério –, se eu puder, fazê-la me odiar um pouco menos do que me odeia *agora*. Quero lhe explicar as coisas de algum modo, desculpar-me pelo passado e abrir meu coração, ao tentar lhe convencer que, embora eu sempre tenha sido um cabeça-dura, nem sempre fui um canalha. Quero conseguir algo como o perdão de Ma... de sua irmã.

– Foi mesmo por esse motivo que você veio?

– Por tudo que é mais sagrado, sim – foi sua resposta, do jeito caloroso que lhe lembrava o antigo Willoughby e, mesmo contra a vontade, ela pensou que ele estava sendo sincero.

– Se isso é tudo, então fique satisfeito, porque Marianne lhe *perdoa*, ela fez isso *há* muito tempo.

– Ela me perdoou?! – exclamou ele, no mesmo tom ansioso. – Então ela me perdoou antes do que deveria. Mas ela deve me perdoar mais uma vez, sob melhores argumentos. *Agora*, será que você pode me ouvir?

Elinor assentiu com a cabeça.

— Não sei — disse ele, após um momento de expectativa do lado de Elinor, e de consideração do dele — de que maneira você expôs minha conduta à sua irmã, ou quais motivos diabólicos jogou sobre mim. Talvez, seja difícil pensar algo bom de mim... porém, vale a pena tentar, e você deve ouvir tudo. Quando conheci sua família, não havia outras intenções na amizade que não fossem passar o tempo de modo agradável enquanto eu era obrigado a permanecer em Devonshire. Eu queria que fosse mais agradável do que nunca. O jeito interessante e o caráter amável de sua irmã me encantaram e o comportamento dela comigo quase desde o começo foi de um tipo... é assustador, quando penso em como era, em como *ela* era, que eu tenha sido tão insensível! Mas, devo confessar, que no início meu ego era massageado por isso. Descuidei de sua felicidade e pensei apenas em minha diversão, deixando-me levar por sentimentos que sempre tive o hábito de satisfazer, e, assim, esforcei-me, da maneira que pude, em agradá-la, sem qualquer desejo de um afeto mútuo.

Miss Dashwood, nesse momento, olhando-o com desprezo dos mais furiosos, interrompeu-o e disse:

— Pouco vale a pena, Mr. Willoughby, que continue o relato, ou que eu continue ouvindo muito mais. Um começo assim não pode trazer nada de bom. Não me faça sofrer com a continuação desse assunto.

— Pois eu insisto que ouça tudo — retrucou ele. — Nunca tive uma fortuna alta, mas sempre gastei demais e mantive o costume de fazer amizades com pessoas de melhor renda que eu. Desde que atingi a maioridade, ou até antes, penso eu, minhas dívidas aumentaram. Embora a morte de minha velha prima, Mrs. Smith, pudesse me salvar, por não ser algo certo, e possivelmente distante, minhas intenções por um tempo foram de restabelecer minha situação financeira ao me casar com uma mulher rica. Me casar com sua irmã, portanto, não era algo possível. E fiz isso de uma maneira má, cruel e egoísta que nem mesmo o olhar mais desdenhoso e indigno, mesmo o seu, Miss Dashwood, pode ser demais... Eu agia desta maneira: tentava ganhar a estima dela, sem intenção alguma de ser recíproco. Mas uma coisa pode ser dita por mim: mesmo sob tanta vaidade e egoísmo, eu nunca pensei no tamanho do estrago, porque não sabia, até então, o que era amar alguém. Mas eu soube? Bem, talvez existam dúvidas, porque, se eu tivesse realmente amado, eu teria sacrificado meus sentimentos à vaidade, à cobiça? Ao evitar a pobreza, de cujos horrores eu seria mantido longe pelo afeto e pelos amigos de sua irmã, eu perdi tudo que poderia ter feito disso uma bênção, ao pensar apenas na afluência.

Elinor, de coração um tantinho mais amolecido, disse:

– Então você pensou, em algum momento, em gostar dela?

– Resistir àqueles atrativos, àquela ternura! Há algum homem no planeta que poderia ter conseguido? Sim, com muita insensatez, me vi sinceramente apegado a ela, e, as horas mais felizes de minha vida foram gastas com ela, quando eu sentia que minhas intenções eram dignas e meus sentimentos, inocentes. Mesmo quando estava determinado a me declarar, eu me permiti, dia após dia, e de maneira inadequada, adiar o momento, por não estar disposto a começar um noivado enquanto minha situação era terrivelmente vergonhosa. Não vou discutir... nem vou permiti-la discursar acerca do absurdo de minha hesitação em dar minha palavra em algo que já segurava minha honra. O ocorrido provou que agi como um idiota detestável, porque tudo apontava para a chance de me tornar uma pessoa odiosa e deplorável para sempre. Enfim, porém, tomei minha decisão e estava disposto, assim que pudesse encontrá-la sozinha, a explicar as atenções que eu lhe dava e que lhe garantiam de um afeto que tanto me machucava demonstrar. Mas, nesse ínterim... das poucas horas que se passaram antes que eu pudesse ter a chance de falar com ela a sós... ocorreu algo... algo infeliz, que arruinou todo meu plano e alívio. Descobri algo – Willoughby hesitou e olhou para baixo. – De algum modo, Mrs. Smith, cujo interesse era me abster de sua herança, fora informada, por algum parente distante talvez, de um caso, de uma união... mas não preciso explicar mais nada – acrescentou, olhando para Elinor muito vermelho e com um tom inquisidor –, seus amigos íntimos... Bem, provavelmente você soube de tudo tempos atrás.

– Sim, eu soube – respondeu Elinor, enrubescendo do mesmo modo e endurecendo mais uma vez seu coração, para evitar qualquer pena por ele. – Soube de tudo. E como você vai explicar qualquer culpa nesse negócio terrível, confesso que está além do meu entendimento.

– Tente se lembrar de quem você ouviu a história! Foi de alguém imparcial? Reconheço que eu deveria ter respeitado o caráter e a situação dela. Não quero me justificar, mas ao mesmo tempo não posso deixar que você suponha que não tive nada me encorajando... porque ela foi ferida, era irrepreensível, e porque agi como um libertino, *ela* deve ser uma santa. Se o ímpeto de suas paixões, a fraqueza de seu entendimento... porém, não estou tentando me justificar. Seu apego por mim merecia ser tratado melhor, e eu frequentemente, com enorme autorrepreensão, relembrava da ternura que, por um breve período, teve o poder de criar algo recíproco. Eu desejo... de todo meu coração que nunca tivesse sido assim. Mas eu magoei não somente sua irmã, como também aquela pessoa cuja adoração por mim (posso dizer isso?) era não menos amável que a dela e cuja mente... ah, tão mais superior!

– Sua indiferença, porém, com aquela garota infeliz... devo assim dizer, por mais que o assunto seja desagradável... sua indiferença não é desculpa para sua conduta negligente. Não pense que está perdoado por qualquer fraqueza, qualquer defeito natural de compreensão dela, porque sua crueldade é injustificável. Você deve saber que, enquanto se divertia em Devonshire, em busca de novos planos, sempre feliz e alegre, ela foi reduzida à indigência das mais extremas.

– Mas juro, por tudo que é mais sagrado, que eu *não* sabia – respondeu ele, calorosamente. – Não me lembro de ter omitido meu endereço, e um simples bom-senso talvez a tivesse ajudado a me encontrar.

— Bem, senhor, e o que Mrs. Smith disse?

— Ela me censurou imediatamente pela minha conduta, e talvez você imagine como fiquei confuso. A pureza de sua vida, a formalidade de suas ideias, sua ignorância quanto ao mundo... tudo estava contra mim. Não era possível negar, e cada esforço para amenizar a situação foi em vão. Ela já estava disposta a desacreditar na moralidade de minha conduta em geral e, além disso, estava bem descontente com a pouca atenção que eu lhe dava, com o pouco tempo que lhe dedicava durante minha visita. Em resumo: tudo se acabou numa ruptura. Apenas uma coisa poderia me salvar. No auge de sua moralidade, ela disse que perdoaria o passado se eu me casasse com Eliza. Eu não aceitei... e fui oficialmente despachado da casa dela e de sua herança. Durante a noite do ocorrido... eu deveria partir na manhã seguinte... passei ponderando qual deveria ser minha conduta futura. A luta era terrível, mas logo acabou. Meu afeto por Marianne, minha plena convicção de que ela gostava de mim... nada disso foi suficiente para compensar o medo da pobreza, ou entender melhor aquelas ideias falsas do que é necessário aos ricos, às quais eu estava naturalmente inclinado a me apegar, e que foram alimentadas pelo convívio com amigos abastados. Tinha motivos para acreditar que minha esposa de agora me manteria seguro, se eu decidisse por ela, e então me convenci a pensar que nada mais restava a ser feito pela prudência comum. Mas uma situação terrível estava à minha espera antes que eu deixasse Devonshire: eu deveria jantar com vocês naquele dia, então eu precisava de uma desculpa para não ir. Se eu deveria mandar um bilhete ou ir pessoalmente, foi um ponto de longa ponderação. Encontrar Marianne seria horrível, e eu duvidava se conseguiria manter minha decisão caso a visse. Quanto a isso, porém, eu subestimei minha própria generosidade, como sabe, porque eu fui, encontrei com ela, e ela estava miserável, e mesmo assim a deixei... a deixei esperando nunca mais vê-la.

— E por que você foi pessoalmente, Mr. Willoughby? — indagou Elinor, de maneira repreensiva. — Um bilhete daria conta de tudo. Era mesmo necessário nos visitar?

— Era necessário por causa de meu orgulho. Eu não suportaria deixar o interior de uma maneira que fizesse vocês, e o resto da vizinhança, suspeitarem de qualquer coisa que as levasse a compreender a verdade por trás do que se passara entre mim e Mrs. Smith... e por isso decidi prestar uma visita à cabana em meu caminho até Honiton. Ver sua irmã, porém, foi terrível, e, para piorar a situação, ela estava sozinha. Vocês partiram para não sei onde. Na noite anterior, eu a havia deixado tão firme e completamente decidido a fazer o certo! Poucas horas antes teriam nos unido para sempre. Me lembro de como estava feliz, alegre, enquanto caminhava da cabana para Allenham, satisfeito comigo mesmo, feliz com todos! Mas em nosso último encontro como amigos, eu conversei com ela com um sentimento tão grande de culpa, que quase fui incapaz de manter a mentira. Sua tristeza, sua decepção, seu profundo arrependimento, quando lhe contei que fui obrigado a sair de Devonshire imediatamente... nunca me esquecerei... tudo isso somado à confiança, à dependência que ela tinha em mim!... Ah, meu Deus!... mas que completo canalha sem coração eu fui!

Ambos permaneceram em silêncio por um tempo, e Elinor falou:

— Você disse à minha irmã que voltaria logo?

— Não sei o que disse — respondeu, impaciente. — Quanto ao passado, falei pouco, sem dúvidas, e, provavelmente, muito mais das coisas que justificavam o futuro. Não posso pensar nisso... de nada adianta. E então sua querida mãe apareceu para me torturar ainda mais, com toda aquela gentileza e confiança. E graças a Deus, fui *mesmo* torturado! Me sentia miserável. Miss Dashwood, você não tem ideia do quanto me sinto aliviado ao relembrar minha tristeza. Sinto que mereço todo o ressentimento pelas besteiras estúpidas e trapaceiras de meu coração, e todo o sofrimento é apenas um prêmio e um júbilo para mim. Bem, abandonei aqueles que amava, apenas para me juntar àqueles com quem era indiferente. Minha viagem para Londres... com meus próprios cavalos, no tédio absoluto... sem ninguém para conversar... sozinho com minhas reflexões empolgantes... quando eu pensava em tudo que seria convidativo!... quando me lembrava de Barton, tão ameno! Ah, foi uma viagem abençoada!

Ele parou, e Elinor, embora sentisse pena, estava impaciente para que ele fosse embora e disse:

– Bem, senhor, isso é tudo?

– Tudo!? Não... Você se esqueceu dos ocorridos em Londres? Daquela carta infame? Ela lhe mostrou?

– Sim, cada uma delas.

– Quando recebi a primeira (e foi imediatamente, porque eu estava na cidade o tempo todo), o que senti foi... não é possível expressar com palavras comuns, mas de maneira mais simples... talvez simples demais para expressar qualquer emoção... Meus sentimentos foram de dor. Cada linha e cada palavra eram... numa metáfora banal que seria proibida pela autora se ela estivesse aqui... uma adaga em meu coração. Saber que Marianne estava em Londres foi como... um raio. Adagas e raios! Eu seria bastante repreendido por ela! Seus gostos, suas opiniões... penso que eu os conhecia mais do que a meus próprios, e sei que são mais queridos para mim.

O coração de Elinor, que passara por diversos estados no curso daquela conversa extraordinária, estava amolecido de novo. Mesmo assim, sentia que era seu dever impedir que Willoughby falasse de qualquer outra coisa do tipo.

– Isso não está certo, Mr. Willoughby. Lembre-se de que você é casado. Conte apenas aquilo que sua consciência acha necessário que eu saiba.

– A carta de Marianne despertou todos os meus remorsos, e isso porque ela me reforçou que eu ainda era muito querido, assim como nos velhos tempos, e que, apesar das muitas semanas separados, ela ainda mantinha os sentimentos constantes e cheios de confiança na firmeza dos meus. Digo que foram despertados porque o tempo e Londres, os negócios e a efemeridade haviam, em certa medida, adormecido aqueles remorsos, e eu estive nutrindo um patife durão, imaginando-me indiferente e escolhendo pensar que ela também se sentia assim. Falava comigo mesmo sobre o passado como algo banal, um negócio trivial, dava de ombros para provar isso, e silenciava cada repreensão, superava cada hesitação, ao secretamente dizer vez ou outra que "eu ficarei muito feliz quando souber que ela se casou com alguém adequado". Mas a carta de sua irmã fez com que eu olhasse melhor para mim. Senti que ela era infinitamente mais querida para mim do que qualquer mulher no mundo e que eu a tratava de forma vergonhosa. Mas então tudo foi arranjado entre mim e Miss Grey, e desistir era impossível. Tudo que eu precisava fazer era evitar vocês duas, então não respondi a Marianne, com a intenção de me resguardar de qualquer outra notícia dela. Por um tempo, decidi que não visitaria Berkeley Street, mas, enfim, julgando ser mais inteligente fingir que eu era apenas um conhecido comum, esperei que saíssem de casa, enquanto as observava, e deixei meu cartão.

— Esperou que saíssemos de casa?!

— Sim, exatamente. Você se espantaria ao ouvir o quanto eu as observei, o número de vezes em que quase nos trombamos. Muitas vezes entrei em lojas para evitar que me vissem, quando passavam de carruagem. Por estar hospedado em Bond Street, raros eram os dias em que eu não tinha um vislumbre de uma ou outra, e nada poderia ter nos mantido tão separados se não fossem minha constante vigilância e meu desejo invariável e prevalecente de me manter fora de vista. Evitei os Middleton o quanto pude, assim como todos aqueles que nos fossem de relação em comum. Porém, por não estar ciente de que estavam em Londres, esbarrei em Sir John no primeiro dia deles na cidade, e no dia seguinte fui até a casa de Mrs. Jennings. Ele me convidou para uma festa, um baile em sua casa naquela noite. Mesmo que ele *não* tivesse me falado, como se quisesse me incentivar, que você e sua irmã estariam lá, eu sabia que isso era muito provável para me atrever a ir. Na manhã seguinte, recebi outro bilhete curto de Marianne... ainda apaixonado, sincero e confiante... para tornar *minha* conduta ainda mais detestável. Não pude responder. Tentei, mas não conseguia escrever uma frase. Pensei nela, acredito, em cada momento do dia. Se você puder sentir pena, Miss Dashwood, sinta pena da situação em que me encontrava *naquele momento*. Mesmo com os pensamentos e o coração inundados por sua irmã, precisei fingir ser o pretendente feliz de outra mulher! Aquelas três ou quatro semanas foram as piores. Bem, enfim, não preciso lhe dizer, vocês me encontraram. E que pessoa mais doce eu ignorei! Mas que noite de agonia! Marianne, linda como um anjo, chamando-me de Willoughby com aquela voz! Ah, Deus! Esticando a mão para mim, pedindo explicações, com aqueles olhos hipnotizantes fixos na nítida preocupação em meu rosto! E Sophia, ciumenta como o diabo do outro lado, olhando tudo que... bem, isso não justifica nada, está tudo acabado. Mas que noite! Fugi de todos vocês assim que pude, mas antes eu vira o rosto doce de Marianne pálido como um fantasma. *Aquele* foi o último vislumbre que tive dela, a última maneira com a qual ela se mostrou. Foi uma visão horrível! Ainda assim, quando penso nela hoje quase morrendo, é um alívio imaginar que eu sabia exatamente qual seria sua aparência para aqueles que a vissem pela última vez. Conforme eu viajava, ela estava constantemente diante de mim, na mesma aparência e cor.

Uma pausa breve de consideração de ambos os lados ocorreu. Willoughby se levantou primeiro e disse:

– Bem, preciso ir. Sua irmã está mesmo melhor, fora de perigo?

– Temos certeza de que sim.

– Sua pobre mãe! Tão devota de Marianne.

— Mas a carta, Mr. Willoughby, sua própria carta. Você tem algo a dizer sobre isso?

— Sim, sim, *aquela* em particular. Você sabe que sua irmã escreveu de novo na manhã seguinte, viu o que ela disse. Estava tomando café da manhã nos Ellison... e a carta dela, com algumas outras, foi entregue a mim por alguém da hospedaria. E Sophia a notou antes de mim... e o tamanho, a elegância do envelope e a caligrafia imediatamente levantaram suspeitas. Tempos antes, alguma notícia vaga chegara até ela sobre meu afeto por alguma jovem em Devonshire, e tudo que se passara na noite anterior lhe entregou quem era a moça, fazendo-a ainda mais ciumenta. Fingindo um ar de brincadeira, que é amável nas mulheres que se ama, ela abriu a carta imediatamente e a leu. Bem, ela teve o que mereceu pela insolência. As palavras a devastaram, e eu poderia suportar isso, mas não a fúria e a malícia dela... e precisava a todo custo acalmá-la. Resumindo... o que você acha da escrita da minha esposa? Delicada, carinhosa, bastante feminina... não é?

— Sua esposa?! Mas a carta estava com a sua caligrafia.

— Sim, mas eu apenas tive o mérito de servilmente copiar as frases que muito me envergonhavam de assinar. O conteúdo era dela... seus próprios pensamentos felizes e dicção gentil. Mas o que eu poderia fazer? Estávamos noivos, os preparativos sendo feitos, o dia quase decidido... Mas estou falando como um tolo. Preparativos! Dia! Para ser sincero, eu precisava do dinheiro dela e, em uma situação como a minha, tudo era necessário para evitar uma ruptura. Afinal, o que significaria para meu caráter aos olhos de Marianne e de seus amigos a maneira como eu me expressaria? Era apenas para terminar tudo. A intenção era me declarar um canalha, e não importava se eu faria isso com educação ou grosseria. "Estou arruinado para sempre aos olhos deles", dizia para mim mesmo, "Estou banido para sempre de seu convívio, já pensam que sou um sujeito sem princípios, então essa carta somente me tornará um patife". Meus argumentos eram esses enquanto copiava as palavras de minha esposa, em uma espécie de desatenção e desespero, e assim me despedi das últimas relíquias de Marianne. As outras três cartas... que infelizmente estavam em minha carteira, ou eu teria negado que existiam e as guardaria para sempre... fui obrigado a devolvê-las, sem poder beijá-las. E a mecha de cabelo... eu também a carregava na carteira, que era inspecionada pela minha esposa na mais servil virulência... a querida mecha... cada recordação foi arrancada de mim.

— Você está errado, Mr. Willoughby, e é muito culpado — retrucou Elinor, enquanto sua voz, involuntariamente, deixava transparecer sua compaixão —, pois não deveria falar assim, nem de Mrs. Willoughby nem de minha irmã. Sua esposa tem o direito de ser tratada com educação e ao menos com respeito. Ela deve gostar de você, ou não teria se casado. Tratá-la com tamanha grosseria, falar dela com injúrias não pode reparar o que fez com Marianne... nem posso imaginar que seja um respiro para sua consciência.

— Não fale da minha esposa — disse ele, suspirando profundamente. — Ela não merece sua compaixão. Ela sabia que eu não a amava quando nos casamos. Bem, nos casamos e fomos para Combe Magna a fim de sermos felizes, e depois retornamos para Londres para manter a alegria. Você sente pena de mim agora, Miss Dashwood? Ou eu disse tudo em vão? Sou... nem que seja um pouco... sou menos culpado do que antes? Nem sempre minhas intenções estiveram erradas. Consegui justificar alguma parte de minha culpa?

— Sim, certamente você se eximiu... um pouco. Você provou, no geral, ter menos defeitos do que eu havia acreditado. Provou que em seu coração há menos, muito menos, maldade. Mas mal consigo imaginar... pelos danos que causou... que poderia ser pior.

— Você contará para sua irmã o que lhe contei, quando ela estiver em condições? Peço que lhe conte para que ela também me olhe de um jeito mais leve. Você me disse que ela já me perdoou. Deixe que eu imagine que, se ela tiver um conhecimento mais profundo de meu coração e de meus sentimentos atuais, isso arrancará dela um perdão mais espontâneo, mais natural, mais gentil, e mais honroso. Conte-lhe de minha miséria e penitência... diga-lhe que meu coração nunca foi infiel a ela e, se puder, que neste momento ela é ainda mais querida para mim.

– Eu direi o que for necessário ao equivalente à sua explicação. Mas você ainda não me explicou o motivo específico de sua visita e como ficou sabendo que ela estava doente.

– Ontem à noite, no saguão do teatro Drury Lane, esbarrei em Sir John Middleton e, quando ele viu quem eu era, pela primeira vez em dois meses falou comigo. Que ele havia rompido relações comigo desde que me casei, não foi surpresa alguma. Agora, porém, sua alma amável, honesta e boba, cheia de indignação contra mim, e de preocupação com Marianne, não pôde resistir à tentação de me contar o que sabia que deveria me afligir, embora talvez pensasse que *não* surtiria efeito. Da maneira mais concisa que conseguia, portanto, ele me contou que Marianne Dashwood estava à beira da morte em Cleveland por causa de uma febre infecciosa... uma carta de Mrs. Jennings naquela manhã comunicava o perigo eminente... e que os Palmer haviam ido embora de tanto medo etc. Eu estava chocado demais para conseguir fingir insensibilidade até mesmo para um homem sem discernimento como Sir John, e o coração dele se amoleceu quando viu meu sofrimento. Quase todo o ressentimento que sentia havia desaparecido quando, assim que nos despedimos, ele chacoalhou minha mão enquanto me lembrava de uma promessa antiga envolvendo um filhotinho da minha cadela. O que eu senti quando soube que sua irmã estava morrendo, e ainda mais acreditando que eu era o pior crápula da face da terra, desprezando-me e me odiando em seus últimos momentos... Como eu poderia saber quais pensamentos horríveis ela teria atribuído a mim? *Uma* pessoa seria capaz de me desenhar como sendo capaz de qualquer coisa... O que senti foi terrível! Tomei minha decisão e, às oito da manhã de hoje, entrei em minha carruagem. Isso é tudo.

Elinor não respondeu. Seus pensamentos estavam fixos no dano irreparável que a independência precoce e suas consequências naturais de ócio, desperdício e luxúria causaram na mente, no caráter e na felicidade de um homem que unia todas as vantagens de personalidade e de habilidades à disposição naturalmente sincera e honesta e ao temperamento sensível e afetuoso. O mundo fizera dele uma pessoa extravagante e vaidosa... e a extravagância e a vaidade o transformaram em alguém sem coração e egoísta. A vaidade, na busca por seu prêmio carregado de culpa às custas de outra pessoa, envolveu Willoughby em um afeto verdadeiro, que precisou ser sacrificado pela extravagância, ou ao menos pela sua cria, a necessidade. Cada propensão ao erro que o levava pelo caminho do mal também o puniu. O afeto do qual ele bruscamente se separou, contra o decoro, os sentimentos e todas as boas intenções, agora, quando não mais disponíveis, controlavam cada pensamento, e, aquela união, pelo bem da qual ele havia deixado Marianne largada às traças, sem qualquer escrúpulo, provavelmente atestaria uma fonte de infelicidade a ele mesmo de uma natureza muito mais incurável. Elinor foi retirada desse devaneio por Willoughby, que, acordando também de um devaneio pelo menos tão doloroso quanto, preparava-se para ir e disse:

— Não adianta continuar aqui. Devo ir.

— Você está voltando para Londres?

— Não... para Combe Magna. Tenho negócios a tratar, mas depois rumarei para Londres em um ou dois dias. Adeus.

Ele estendeu a mão, e ela não pôde lhe negar a dela, a qual ele apertou com carinho.

— Então você me vê *mesmo* com melhores olhos do que antes? — indagou ele, soltando a mão dela e se recostando contra a lareira, como se tivesse esquecido a partida.

Elinor lhe garantiu que sim, que ela o perdoava, tinha pena dele e queria seu bem, até mesmo a felicidade dele, e ainda acrescentou alguns conselhos gentis sobre como ser feliz. A resposta do cavalheiro não foi das mais animadoras.

– Quanto a isso, levarei a vida da melhor maneira que puder. A felicidade em casa está fora de cogitação. Se, porém, eu puder pensar que você e os seus realmente se interessam pelo meu destino e ações, talvez seja o meio... talvez me coloque nos trilhos... ao menos, penso que talvez seja algo por que viver. Certamente perdi Marianne para sempre. Se por algum acaso abençoado eu tivesse a liberdade de novo...

Elinor o interrompeu com repreensão, e ele respondeu:

– Bem, adeus, de novo. Devo ir embora e conviver com o horror de um evento.

– O que você quer dizer?

– O casamento de sua irmã.

– Você está bastante enganado. Ela não poderia estar mais perdida para você do que está agora.

– Mas outra pessoa a ganhará. E se esse alguém for, entre todos, alguém que não tolero... Mas não ficarei aqui até perder sua solidária boa vontade, ao mostrar que aquela que mais feri é quem eu menos consigo perdoar. Adeus... que Deus lhe abençoe!

E, com essas palavras, ele quase saiu correndo da sala.

CAPÍTULO XLV

Após algum tempo da partida de Willoughby, até mesmo depois que o som de sua carruagem já não era mais ouvido, Elinor ainda se sentia oprimida demais por uma torrente de pensamentos, cada um mais distinto do que o outro, mas cujo resultado geral era a tristeza, até mesmo para pensar na irmã.

Willoughby, o homem que apenas meia hora atrás abominava por ser o tipo mais desprezível de homem. Willoughby, apesar de todas as falhas, produziu um nível de compaixão pelos sofrimentos decorridos destas, o que a fez pensar nele como alguém que nunca mais estaria em seu convívio. E pensou com ternura e arrependimento quase equivalentes, como logo reconheceu dentro de si, mais pelos desejos dele do que pelos méritos. Elinor sentia que a influência dele sobre ela aumentava por motivos que não deveriam, racionalmente, ter peso algum: a aparência de atrativos incomuns e os modos sinceros, vivos e afetuosos que não deveriam receber mérito. Havia ainda o amor ardente por Marianne, que não era inocente a ponto de merecer indulgência. Mas ela se sentia assim, antes que pudesse sentir a influência diminuir.

Quando, enfim, voltou para o lado daquela Marianne adormecida, ela a encontrou despertando, renovada por um longo e tranquilo sono, assim como esperava. O coração de Elinor transbordava. O passado, o presente, o futuro, a visita de Willoughby, a segurança de Marianne e a chegada tão esperada da mãe a deixaram tão agitada que nem mesmo sentia cansaço, e seu único medo era não conseguir esconder o ocorrido da irmã. O medo durou pouco, porém, porque dentro de meia hora após a saída de Willoughby, ela foi novamente chamada escada abaixo pelo som de outra carruagem. Ansiosa por poupar a mãe de cada momento desnecessário daquele terrível suspense, ela correu imediatamente para o corredor de entrada e alcançou a porta da frente bem a tempo de recebê-la e ajudá-la enquanto entrava.

Mrs. Dashwood, cujo pavor conforme se aproximavam da casa quase a convencera de que Marianne havia falecido, não conseguia falar, nem mesmo com Elinor. Mas *ela*, sem esperar por saudações ou perguntas, imediatamente deu à mãe notícias tranquilizadoras, e, esta, absorvendo tudo com o carinho de sempre, em um instante fora tomada pela felicidade, assim como, antes, havia sido pelo medo. A filha e o amigo seguraram cada um dos braços dela e a levaram para a sala de estar, e, lá, derramando lágrimas de alegria, embora não falasse uma palavra, abraçou Elinor repetidas vezes, soltando-a vez ou outra para apertar a mão do coronel Brandon, com um olhar que dizia de uma só vez o quanto era grata e sua convicção de que ele partilhava do mesmo sentimento de felicidade. Ele partilhava, porém, em um silêncio até maior que o dela.

Assim que se recuperasse, o primeiro desejo de Mrs. Dashwood era ver Marianne, e, em dois minutos, ela estava na presença da filha amada, mais querida ainda por aquele período de ausência, infelicidade e perigo. A satisfação de Elinor, em ver como ambas se sentiam no reencontro, apenas foi abalada pela apreensão de que isso poderia perturbar o sono da irmã, mas Mrs. Dashwood conseguia manter a calma, e até mesmo a prudência, quando a vida de uma filha estava em risco, e Marianne, satisfeita por saber que a mãe estava por perto, e consciente de estar fraca demais para conversar, submeteu-se ao silêncio e à quietude prescritos por cada cuidadora ao seu redor. Mrs. Dashwood *ficaria* ao lado da filha a noite toda, e Elinor, concordando com as súplicas da mãe, foi dormir. Mas o descanso, necessário depois de uma noite inteira sem dormir e de muitas horas de uma ansiedade exaustiva, não foi alcançado por causa da irritação. Willoughby, "o coitado do Willoughby", como ela se permitia chamá-lo, não saía de seus pensamentos. Ela ouviu suas justificativas e ora se culpava, ora se redimia por tê-lo julgado tão severamente. Todavia, a promessa de que contaria à irmã se mantinha dolorosa: ela temia o que isso causaria em Marianne e até duvidava se a explicação permitiria que a irmã fosse feliz com outro, e por um momento desejou que Willoughby fosse viúvo. Mas, ao pensar no coronel Brandon, ela se repreendeu; sentiu que os sofrimentos e a lealdade *dele*, mais do que os do rival, eram merecedores de Marianne, e não mais desejaria a morte de Mrs. Willoughby.

O choque de ver o coronel Brandon como mensageiro em Barton foi menos impactante para Mrs. Dashwood, porque já estava alarmada. Estava tão ansiosa por Marianne, que já havia decidido partir para Cleveland no dia seguinte, sem esperar por mais nenhuma notícia. A viagem já estava tão planejada que os Carey ficaram incumbidos de buscar Margaret, já que sua mãe não estava disposta a levá-la a um lugar infeccioso.

Marianne continuou a melhorar a cada dia, e a alegria radiante de Mrs. Dashwood, em aparência e espírito, provou que se tratava da mulher mais feliz do mundo, como ela mesma declarava repetidas vezes. Elinor não conseguia ouvir, nem testemunhar, tal declaração sem se perguntar se a mãe ao menos se lembrava da existência de Edward. Mas Mrs. Dashwood, confiante apenas no relato calmo de Elinor quanto à sua decepção, deixou-se levar pela exuberância de sua alegria ao pensar apenas no que poderia fazer para aumentá-la. Marianne estava livre do perigo em que o julgamento errado da mãe, assim esta pensava, em incentivar uma união infeliz com Willoughby, havia colocado a filha e em sua recuperação havia ainda outra fonte de felicidade não imaginada por Elinor. Mrs. Dashwood, então, colocou-a a par assim que a primeira oportunidade de estarem a sós surgiu.

— Pelo menos estamos sozinhas. Minha Elinor, você ainda não está a par de todos os motivos de minha felicidade. O coronel Brandon ama Marianne, e ele mesmo me disse.

A filha, alternadamente se sentindo feliz e triste, surpresa e não surpresa, manteve-se em silêncio e atenta.

— Você nunca age como eu, querida Elinor, ou eu me espantaria com a sua calma agora. Se eu tivesse parado para refletir sobre o que seria bom para a minha família, eu teria proclamado que o coronel Brandon se casar com alguma de vocês duas seria a melhor coisa. Entre vocês duas, penso que Marianne será mais feliz com ele.

Elinor estava um tanto inclinada a perguntar o motivo, já que nenhum parecia se basear em uma consideração imparcial da idade, do caráter ou dos sentimentos de ambos. No entanto, a mãe sempre se deixava levar pela imaginação em assuntos interessantes, então a filha apenas sorria, em vez de perguntar qualquer coisa.

— Ele abriu o coração ontem enquanto viajávamos, e de maneira quase inconsciente e não planejada. Eu, como você pode imaginar, não conseguia falar de mais nada além de minha filha, e ele não era capaz de esconder o sofrimento. Vi que era equivalente ao meu. Além disso, ele, talvez, pensando que uma simples amizade não justificaria tamanha empatia, pois assim o mundo é hoje... ou, talvez, ele nem estivesse pensando direito... e se deixando levar por sentimentos irresistíveis, me colocou a par de seu afeto sincero, carinhoso e leal a Marianne. Ele se apaixonou por ela, minha Elinor, quando a conheceu.

Elinor, nesse momento, porém, percebeu não as palavras e a declaração do coronel Brandon, mas o embelezamento que era natural à imaginação fértil da mãe, que floreava o que bem queria.

– Seu carinho por ela, infinitamente superior a qualquer coisa que Willoughby jamais sentiu ou fingiu sentir, muito mais caloroso, sincero e leal... como sempre devemos vê-lo... resistiu ao conhecimento de que Marianne tinha uma preferência infeliz por aquele jovem imprestável! Sem egoísmo, sem alimentar esperanças! Como ele conseguia vê-la feliz com outro? Mas que homem nobre, sincero e honesto! Ninguém pode se enganar quanto a *ele*.

– O caráter do coronel Brandon – disse Elinor –, por ser um homem excelente, não deixa espaço para dúvidas.

– Sei bem disso – respondeu a mãe, séria –, porque, depois de tal aviso, *eu* seria a última a encorajar esse amor, ou até mesmo a ficar feliz. Mas ir me buscar como ele fez, de forma tão proativa e amigável, é o suficiente para mostrar que ele é um dos homens mais dignos.

– Seu caráter, porém, não se limita a apenas a *um* ato de bondade para o qual seu afeto por Marianne o teria levado caso sua humanidade não estivesse em discussão. Mrs. Jennings e os Middleton o conhecem há muito tempo, e eles o amam e o respeitam na mesma proporção; até mesmo minha amizade com ele, embora há pouco estabelecida, é bastante considerável. Eu o estimo e valorizo tanto, que, se Marianne puder ser feliz com ele, estarei tão disposta quanto você a pensar que essa união é a maior bênção do mundo. O que você respondeu? Você permitiu que ele alimentasse qualquer esperança?

– Ah, meu amor, eu não pude falar em esperança nem com ele nem comigo mesma. Marianne, naquele momento, poderia estar à beira da morte. Mas ele não esperou incentivo ou esperança. A confissão dele foi involuntária, como uma efusão irrepreensível para acalmar uma amiga, e não um pedido a uma mãe. Ainda assim, depois de um tempo, porque por um momento eu estava abalada e *disse* que se ela sobrevivesse, e eu acreditava que iria, minha maior felicidade seria promover o casamento deles. Desde que chegamos, desde que recebemos a notícia tão boa, eu venho repetindo isso a ele mais efusivamente, dando-lhe todo o incentivo ao meu alcance. O tempo, um pouquinho de tempo, fará o resto. O coração de Marianne não ficará preso para sempre a um homem como Willoughby. Os méritos do coronel Brandon logo vão garantir tudo.

— A julgar pelos ânimos dele, porém, você ainda não conseguiu que ele ficasse igualmente otimista.

— Não. Ele pensa que o amor de Marianne está fincado muito profundamente para sofrer qualquer mudança a longo prazo e, mesmo que ele imagine o coração dela livre de novo, não tem confiança em si mesmo, devido à diferença de idade e à disposição de que um dia consiga fazê-la gostar dele. Bem, ele está enganado. É vantajoso que ele seja mais velho que ela, pois assim seu caráter e seus princípios são reforçados, e, quanto à disposição, acredito que seja exatamente o que fará sua irmã feliz. Seus modos e sua pessoa também trabalham a seu favor, mas minha parcialidade não me cega: certamente ele não é tão bonito quanto Willoughby; mas, ao mesmo tempo, há algo ainda mais agradável nas feições dele. Sempre havia algo no olhar de Willoughby, se você puxar pela memória, de que eu não gostava.

Elinor *não* conseguia se lembrar, mas a mãe não lhe deu tempo para assentir e continuou:

— E seus modos, os modos do coronel, não são apenas mais agradáveis para mim do que os de Willoughby, mas são de um tipo que sei que podem chamar mais a atenção de Marianne. A gentileza, a atenção genuína às pessoas e a simplicidade máscula e espontânea estão muito mais em sintonia com a disposição verdadeira dela do que a vivacidade do outro, muitas vezes artificial e inoportuna. Tenho certeza de que se Willoughby fosse mesmo amável, já que se mostrou o contrário disso, Marianne ainda assim não seria tão feliz com *ele* do que será com o coronel Brandon.

Ela pausou. A filha não concordava tanto com ela, mas sua objeção não foi ouvida e, portanto, não ofendeu.

— Ela estará a uma pequena distância de mim em Delaford — acrescentou Mrs. Dashwood —, mesmo que eu permaneça em Barton. Ouvi dizer que é um vilarejo bem grande, então as possibilidades de que haja por perto uma casinha ou cabana que possa nos acomodar são certeiras.

Pobre Elinor! E lá estava mais um esquema para levá-la a Delaford! Mas ela era teimosa.

— E não nos esqueçamos de sua fortuna! Na minha idade, sabe, todos se preocupam com *isso*. Embora eu não saiba e nem queira saber de quanto é, tenho certeza de que é boa.

Foram interrompidas pela entrada de uma terceira pessoa, e Elinor se retirou para conseguir refletir em paz, desejar sucesso ao amigo e, mesmo assim, sentir uma pontada de dor por Willoughby.

CAPÍTULO XLVI

A doença de Marianne, mesmo que fosse debilitante, não durou tanto para que sua recuperação fosse lenta. A juventude, a força natural e a presença da mãe para assisti-la permitiram que fosse sem dificuldades para o quarto de vestir de Mrs. Palmer dentro de apenas quatro dias da chegada daquela. Uma vez lá, e por pedido de Marianne, o coronel Brandon foi convidado a visitá-la, porque ela estava impaciente para derramar seus agradecimentos a ele por ter ido buscar a mãe.

Sua emoção ao entrar no quarto, ao notar a aparência abatida de Marianne e ao pegar a mão pálida que ela imediatamente esticou para ele foi tamanha que, para Elinor, deveria derivar de algo maior que sua afeição pela irmã, ou da consciência de que os sentimentos dele eram conhecidos. Ela logo notou no olhar melancólico e nas feições cambiantes do cavalheiro a provável repetição de cenas miseráveis do passado, vindas à tona pela semelhança entre Marianne e Eliza, já conhecida por Elinor e então fortalecidas pelos olhos ocos, pela pele em tom amarelado, pela postura curvada dos doentes e pelos agradecimentos carinhosos por uma tarefa peculiar.

Mrs. Dashwood, não menos atenta que a filha quanto ao que se passava, mas com um olhar bem diferente, e, portanto, observando outros efeitos, não viu nada no comportamento do coronel Brandon além das sensações mais simples e autoevidentes. Nas palavras e ações de Marianne, ela se convenceu a encontrar a certeza de que algo maior que a gratidão já nascia.

Ao final de um ou dois dias, Marianne ficava visivelmente mais forte a cada 12 horas. Mrs. Dashwood, igualmente encorajada pela vontade não só própria, mas também das filhas, começou a falar na volta para Barton. Dois amigos dependiam da decisão dela: Mrs. Jennings não deixaria Cleveland enquanto as Dashwood estivessem lá, e o coronel Brandon logo se convenceu, por pedidos de todas, de que sua estadia era igualmente certa, senão igualmente indispensável. A pedido dele e de Mrs. Jennings, Mrs. Dashwood foi convencida a aceitar a carruagem dele na viagem de volta, para que a filha adoentada ficasse mais confortável. A convite de Mrs. Dashwood e de Mrs. Jennings, cuja boa vontade ativa a tornava amigável e hospitaleira para outras pessoas assim como para ela mesma, o coronel se comprometeu com prazer a prestar uma visita à cabana no curso de algumas semanas.

O dia da separação e da partida chegou, e Marianne foi assistida cuidadosamente pelo coronel Brandon ao entrar na carruagem, na qual ele parecia ansioso para que ela tomasse pelo menos metade do espaço. Mas isso não antes de se despedir demorada e carinhosamente de Mrs. Jennings, a quem era profundamente grata, a quem respeitava e desejava o melhor, como se no fundo de seu coração ela reconhecesse a falta de atenção com a senhora no passado. Quanto ao coronel, ela se despediu com a cordialidade de uma amiga. Mrs. Dashwood e Elinor entraram logo em seguida, e os outros ficaram sozinhos para conversar sobre as viajantes e sentir o tédio, até que Mrs. Jennings foi chamada à carruagem, onde poderia fofocar com a empregada pela perda de suas jovens companhias, enquanto o coronel Brandon seguia o caminho, de forma solitária, para Delaford.

As Dashwood passaram dois dias na estrada, e Marianne ficou entediada em ambos, sem qualquer fadiga notória. As atenciosas acompanhantes fizeram de tudo para dar a atenção mais zelosa e o cuidado mais solícito para deixá-la confortável, e ambas foram recompensadas pela tranquilidade física e pelos ânimos calmos de Marianne. Elinor estava feliz em perceber essa calma, porque, semana após semana de sofrimento, tomada por uma angústia da qual nem sequer tinha coragem de falar, tampouco tinha força para esconder, agora via com felicidade que não seria capaz de compartilhar uma aparente compostura da mente, que era, assim como ela esperava, resultado de uma reflexão séria e que eventualmente poderia torná-la feliz e alegre.

Conforme se aproximavam de Barton e reconheciam os cenários de cada campo e árvore — que traziam à tona recordações ora particulares, ora dolorosas —, Marianne ficou em silêncio e pensativa, escondendo o rosto das outras duas e sentando-se com um olhar sério e vago, que atravessava a janela. Elinor não se espantava nem a culpava. Quando viu que a irmã estivera chorando, assim que a ajudou a descer da carruagem, percebeu apenas um sentimento muito natural para sentir qualquer coisa além de pena, e discretamente permitiu que o nutrisse. No geral, ao observar as condutas subsequentes, Elinor detectou que a irmã estava disposta a se esforçar de forma sensata, porque, tão logo entraram na sala de estar, Marianne lançou um olhar resoluto e firme ao redor, como se estivesse determinada, de uma vez por todas, a se acostumar com os objetos que guardavam memórias de Willoughby. Ela disse pouco, mas cada frase objetivava alegria e, embora certas vezes um suspiro tenha escapado, nunca estava desacompanhado de um sorriso para compensar.

Após o jantar, tentaria tocar piano. Ela tentou, mas a partitura em que seu olhar repousou foi um presente de Willoughby, em que havia alguns dos duetos favoritos de ambos e, na capa, estava escrito seu nome na caligrafia dele. Não conseguiria. Balançou a cabeça, guardou a partitura e, após correr os dedos pelas teclas por um momento, reclamou de fraqueza nas mãos, fechando o instrumento de novo. No entanto, ela declarou com firmeza que no futuro praticaria muito.

A manhã seguinte não abalou esses sintomas felizes, do contrário: com a mente e corpo igualmente fortalecidos por uma noite de sono, ela conversava e aparentava estar mais animada, ansiava pelo retorno de Margaret e falava da amada família que logo estaria junta novamente, das ocupações em comum e da alegre companhia de que compartilhavam, como se apenas esta trouxesse a felicidade digna de ser desejada.

– Quando o clima estiver estável, e eu recuperar minhas forças – disse ela –, caminharemos longas distâncias juntas. Caminharemos até a fazenda na beira da colina, para ver as crianças por lá. Iremos até as novas plantações de Sir John em Barton Cross e até Abbeyland. Com frequência, devemos ir até as ruínas antigas do priorado, para tentar traçar suas fundações o mais longe que já conseguiram atingir. Sei que seremos felizes, que o verão passará alegre. Não quero acordar muito mais tarde do que às seis da manhã e, desse horário até o jantar, devo dedicar cada momento entre a música e a leitura. Fiz meu plano e estou determinada a estudar a fundo. Conheço muito bem nossa biblioteca, e não há muita coisa para ler que não seja entretenimento. Mas, em Barton Park, há muitas obras dignas de leitura, e há outras mais modernas que sei que posso pedir emprestadas para o coronel Brandon. Caso eu leia seis horas por dia, devo aumentar bastante, no decorrer de um ano, o repertório de informações das quais sinto carecer.

Elinor a admirava por traçar um plano de tão nobre origem. Sorria ao ver a mesma vontade ávida, que já levara a irmã a extremos de uma indolência letárgica e de uma insatisfação egoísta, ser aplicada no desenvolvimento excessivo de um esquema racional e de virtuoso autocontrole. Deixou de sorrir, porém, quando se lembrou de que ainda não cumprira a promessa a Willoughby: temia que a notícia perturbasse Marianne de novo e arruinasse, ao menos por um tempo, essa perspectiva correta de uma tranquilidade ocupada. Estava disposta, portanto, a adiar o terrível momento e, assim, resolveu esperar que a saúde da irmã estivesse mais estável, antes que contasse tudo; só que essa resolução foi feita apenas para ser quebrada.

Já tinham se passado dois ou três dias antes que Marianne visse um clima adequado o bastante para uma adoentada como ela se aventurar lá fora. Enfim, uma manhã agradável e amena surgiu, e instigou o desejo da filha e a confiança da mãe. Marianne, apoiada nos braços de Elinor, foi autorizada a caminhar o quanto quisesse, desde que não se cansasse, pelo gramado em frente à casa.

As irmãs estabeleceram um ritmo lento, pois assim requeria a fraqueza de Marianne em um exercício nunca mais posto em prática desde que caiu de cama. Avançaram um pouco além da casa para ter uma vista completa da colina mais importante na parte de trás, e Marianne, com os olhos voltados para esta, disse calmamente:

— Lá, exatamente naquele ponto — apontando com uma das mãos —, naquele pico elevado, foi onde caí e onde conheci Willoughby.

Seu tom abaixou junto com as palavras, mas logo foi reavivado assim que acrescentou:

— Estou feliz por descobrir que posso olhar para lá sem sentir muito! Elinor, devemos falar nesse assunto de novo? — indagou, hesitante. — Ou é errado? Eu *consigo* fazer isso agora, espero, como deveria.

Elinor calorosamente permitiu que ela se abrisse.

— Quanto ao arrependimento — disse Marianne —, superei isso, no que diz respeito a *ele*. Não pretendo falar de sentimentos passados, mas sim do que sinto *agora*. No momento, se eu pudesse satisfazer apenas um ponto, se eu pudesse me permitir imaginar que nem *sempre* ele estivera fingindo, nem *sempre* me enganando... mas, acima de tudo, se eu pudesse ter a certeza de que nunca foi tão perverso quanto meus receios o pintaram, desde que a história daquela garota infeliz...

Ela parou. Elinor, com muita alegria, estimava suas palavras, quando respondeu:

— Se pudesse ter certeza, você pensa que ficaria em paz.

— Sim. Minha paz de espírito depende disso, porque não é apenas horrível imaginar que uma pessoa, que fora o que *ele* foi para mim, seja capaz de tais intenções, mas também o que devo pensar de mim mesma? Em uma situação como a minha, a que mais além de um amor imprudente e vergonhoso eu poderia ser exposta?

— E como você vê o comportamento dele?

— Pensaria que ele é... Ah, eu ficaria tão feliz de supor que ele é apenas muito, muito instável.

Elinor não respondeu, porque estava ponderando dentro de si se era adequado contar a história imediatamente, ou se deveria continuar adiando-a até que Marianne estivesse melhor de saúde. Elas caminharam em silêncio por um tempo.

— Não estou desejando muitas felicidades a ele — disse Marianne, enfim, com um suspiro —, quando desejo que as reflexões íntimas dele não sejam tão menos desagradáveis que as minhas. Ele vai sofrer bastante com elas.

— Você está comparando seu comportamento com o dele?

— Não. Eu comparo com aquilo que deveria ter sido. Comparo com o seu.

— Nossas situações em pouco se parecem.

— Elas são mais parecidas do que nosso comportamento. Elinor, não deixe que sua gentileza defenda aquilo que seu julgamento deve repreender. Minha doença me fez pensar, deu-me tempo ocioso e tranquilidade suficientes para pensar com seriedade. Muito antes que eu pudesse falar, eu já era capaz de tecer reflexões. Considerei o passado: desde nossa familiaridade com ele no outono passado, não vi nada em minha conduta que não fosse uma sequência de atos imprudentes contra mim mesma e de grosseria com os outros.

Percebi que meus próprios sentimentos prenunciavam meu sofrimento e que minha falta de força frente a eles quase me matou. Minha enfermidade, como bem sabia, foi inteiramente culpa minha, porque negligenciei minha saúde, e eu sentia, naquela época, que isso era errado. Se eu tivesse morrido, teria sido uma autodestruição. Não reconhecia o perigo até que ele estivesse longe. Mas, diante dos sentimentos advindos de tais reflexões, espanto-me com minha recuperação... espanto-me que a ânsia por viver, para ter tempo de me redimir com Deus e com vocês todos, não tenha me matado. Se eu tivesse morrido, teria lhe deixado em total miséria, minha cuidadora, amiga e irmã! Você, que conviveu com o meu egoísmo e o meu jeito rabugento dos últimos dias, que conheceu todos os lamentos do meu coração! Como eu teria sobrevivo em *suas* lembranças? E a mamãe também! Como você poderia consolá-la? Não consigo colocar em palavras a raiva que sinto de mim. Sempre que olho para o passado, vejo deveres negligenciados, ou alguns com os quais fracassei. Parece que magoei todo mundo. A gentileza, a gentileza constante de Mrs. Jennings... eu recompensei com um desdém ingrato. Agi com injustiça e insolência com os Middleton, os Palmer e as Steele, com todos os meus conhecidos, com um coração de pedra contra os méritos e sempre nutrindo um temperamento irritadiço contra cada preocupação deles. Por mais que não merecessem tanto, até mesmo a John e Fanny eu dei menos do que lhes era de direito. Mas você, acima de todos, até mesmo da mamãe, foi maltratada por mim. Eu, e apenas eu, sabia dos segredos de seu coração e seus pesares. Ainda assim, em que isso me influenciou? A nenhuma compaixão que nos beneficiasse. Seu exemplo estava diante de mim, mas de que adiantou? Fui mais empática com você e com sua situação? Por acaso tentei ser tolerante como você, ou procurei amenizar suas restrições ao tomar parte naquelas tarefas de complacência generalizada ou de agradecimentos particulares que, até então, você desempenhava sozinha? Não. Quando descobri que você estava infeliz, assim como quando eu pensava o contrário, continuei a negligenciar cada esforço de dever ou amizade. Raramente permitia que qualquer tristeza existisse fora de mim, lamentava apenas *aquele* coração que me enganou e deserdou, deixando-lhe sofrer por minha causa, justamente a pessoa por quem sinto um amor incontrolável.

Marianne encerrou a torrente de autorrepreensão, e Elinor, ansiosa por acalmá-la, embora fosse sincera demais para bajulações, imediatamente deu os elogios e o apoio merecidos por sua sinceridade e remorso. Marianne lhe apertou a mão e respondeu:

— Você é muito gentil. O futuro será meu teste: tracei meu plano e, se eu conseguir me ater a ele, meus sentimentos serão contidos e meu temperamento, melhorado. Não preocuparei mais as pessoas, nem torturarei a mim mesma. Viverei solenemente pela minha família. Você, a mamãe e a Margaret, daqui em diante, devem ser o centro do meu mundo, e assim dividirei meu amor entre vocês. Nunca mais sentirei a menor tentação em me afastar de você e de nosso lar. Se eu fizer novas amizades, será apenas para mostrar que meu espírito é humilde, meu coração tranquilo e que sou capaz de ser cortês e de praticar os deveres mais simples da vida, com gentileza e tolerância. Quanto a Willoughby... seria em vão dizer que logo, ou que em algum momento, eu o esquecerei. Suas recordações não podem ser soterradas por mudança de circunstâncias ou de opiniões. Mas serão moderadas, controladas pela fé, pela razão e pelo esforço constante.

Ela pausou e acrescentou, bem baixinho:

— Se eu pudesse ao menos saber o que se passa no coração *dele*... tudo ficaria em paz.

Elinor, que estivera ponderando sobre a adequação de rapidamente arriscar expor seu relato, sem se sentir perto de qualquer decisão, ouviu essas palavras. Percebendo que a ponderação nada faria e que a resolução deveria tomar seu lugar, logo se viu contando a história.

Ela manejou o relato com cuidado, assim esperava. Preparou a ouvinte ansiosa com cautela; relatou simples e honestamente os pontos centrais em que se baseavam as desculpas de Willoughby; foi justa com o arrependimento dele e amenizou apenas as declarações dele atuais de afeto. Marianne não disse uma palavra. Ela tremia, os olhos dela estavam fixos no chão, e os lábios, mais brancos até mesmo do que quando estava doente. Milhares de perguntas brotavam em seu coração, mas ela não ousou fazer nem sequer uma. Ela absorvia cada sílaba com ansiedade e ofegante; sua mão, sem que ela percebesse, apertou a de Elinor, e lágrimas escorriam por suas bochechas.

Elinor, temendo que ela estivesse cansada, guiou-a até em casa. Até que chegassem à porta da cabana, facilmente convicta da curiosidade da irmã, embora nenhuma pergunta tenha sido feita, falaram apenas de Willoughby e da conversa que tiveram. Ela foi cuidadosa em dar os pormenores da conversa e do semblante do rapaz, desde que esses detalhes fossem seguros. Assim que entraram em casa, Marianne, com um beijo de gratidão e estas três palavras articuladas entre lágrimas, "Conte à mamãe", afastou-se da irmã e rumou escada acima. Elinor não tentaria perturbar uma solidão tão necessária quanto aquela que a irmã buscava. Com a mente ansiosa já antecipando os resultados e com a decisão de trazer o assunto à tona de novo, caso Marianne falhasse nisso, ela se dirigiu para o saguão a fim de cumprir a ordem da irmã quando se separaram.

CAPÍTULO XLVII

Mrs. Dashwood não ficou impassível enquanto ouvia as justificativas de seu outrora favorito. Estava feliz por ele poder ser absolvido de uma parte da culpa que lhe fora atribuída... sentiu pena dele... desejou que fosse feliz. Mas os sentimentos do passado não poderiam ser restaurados. Nada poderia lhe conceder uma confiança inabalável novamente e um caráter imaculado aos olhos de Marianne. Nada poderia apagar o conhecimento do que esta sofreu por conta dele, nem remover a culpa dele em relação a Eliza. Nada poderia, portanto, recolocá-lo em seu lugar de estima, nem magoar os interesses do coronel Brandon.

Se Mrs. Dashwood, assim como a filha, pudesse ter tido a oportunidade de ouvir da boca de Willoughby toda a história... se ela pudesse ter testemunhado o sofrimento e ficado sob o poder do semblante e dos modos dele, é provável que seria mais compassiva. Mas não estava nas mãos de Elinor, nem ela queria isso, nutrir esses sentimentos na mãe com um relato detalhado, assim como acontecera com ela. A reflexão trouxera calma a seus julgamentos e sensatez à sua opinião quanto ao abandono de Willoughby. Ela, portanto, queria apenas contar a simples verdade e revelar os fatos que eram necessários ao caráter dele, sem tornar pomposa a franqueza que poderia lhe colocar caraminholas na cabeça.

De noite, quando estavam todas juntas, Marianne começou a falar dele por livre e espontânea vontade, mas não sem um esforço, uma preocupação e uma inquietude, com os quais estivera centrada por um tempo. A voz tremida e o fato de ficar vermelha quando falava mostravam isso muito bem.

– Queria deixar claro para vocês duas que eu compreendo tudo... assim como desejam.

Mrs. Dashwood teria interrompido a filha imediatamente para acalmá-la se Elinor, ansiosa por ouvir a opinião imparcial da irmã, não a tivesse silenciado com um olhar impaciente. Marianne continuou devagar:

– Fiquei muito aliviada de ouvir o que Elinor me contou hoje de manhã... era exatamente o que eu queria ouvir. – Por alguns instantes, ela perdeu a voz, mas, recuperando-se, acrescentou muito mais calma: – Estou mais do que satisfeita e não queria que fosse diferente. Eu nunca seria feliz com ele após descobrir tudo isso, porque cedo ou tarde eu descobriria. Perderia a confiança e o respeito, e nada poderia amenizar meus sentimentos.

– Eu sei, eu sei! – exclamou a mãe. – Feliz com um homem de práticas tão libertinas! Alguém que perturbou a paz do nosso amigo mais querido, do melhor homem! Não... minha Marianne não tem coração para ser feliz com um homem desse tipo! A consciência dela, a consciência e a sensibilidade, sentiria o mesmo que a do marido.

Marianne suspirou e repetiu:

– Não queria que fosse diferente.

– Você pondera a questão – respondeu Elinor –, exatamente com a mentalidade amadurecida e a sensata compreensão que são necessárias. Ouso dizer, ainda, que você percebeu, assim como eu, não apenas nesta, mas em muitas outras situações, motivos suficientes para se convencer de que seu casamento lhe colocaria em ciladas e decepções em que você não seria amparada por ele com um afeto menos certo. Se tivesse se casado, você sempre seria pobre, porque o descontrole nos gastos é reconhecido até mesmo por ele, e todo seu comportamento mostra que a abnegação é um termo pouco compreendido pelo cavalheiro. As exigências dele e sua inexperiência combinadas, ainda mais sob uma renda muitíssimo baixa, com certeza lhe fariam sofrer, sofrimento este que você se lamentaria muito por não ter conhecido ou pensado antes. O *seu* senso de honra e honestidade, assim que você despertasse para a situação, teria lhe conduzido, como bem sei, a uma tentativa de economizar cada centavo possível. E, talvez, desde que sua economia limitasse apenas seu próprio conforto, você sofresse para colocar tudo em prática, e muito além disso... o quanto seu esforço máximo conseguiria fazer para impedir a ruína que começara antes mesmo do casamento? Além *disso*, se você tivesse se esforçado, por mais sensato que fosse, em limitar os divertimentos *dele*, você não temeria perder lugar no coração dele e fazê-lo se arrepender da união que o colocara em tamanhas dificuldades, em vez prevalecer sobre sentimentos egoístas demais para concordar com suas ações?

Os lábios de Marianne tremiam, e ela repetiu:

— Egoísta? — em um tom que implicava "você acha mesmo que ele é egoísta?".

— Todo o comportamento dele — respondeu Elinor —, do começo ao fim, esteve fincado em egoísmo. Foi o egoísmo que o fez, antes de mais nada, brincar com seus sentimentos, e também adiar a confissão, quando ficou noivo; além de levá-lo a partir de Barton. A própria diversão, e tranquilidade, eram suas regras de ouro, em todos os casos.

— É verdade. *Minha* felicidade nunca foi seu objetivo.

— No momento, ele se arrepende do que fez. E por quê? Porque viu que aquilo não foi bom para ele, não o deixou feliz. As circunstâncias agora não são vergonhosas... Ele não sofre com nenhum mal do tipo e pensa apenas ter se casado com uma mulher cujo temperamento é menos admirável que o dele. Ele seria feliz se tivesse se casado com você? As dificuldades seriam outras. Ele sofreria com os aborrecimentos financeiros que hoje não são nada para ele, já que não existem. Teria uma esposa de cujo temperamento não poderia reclamar, mas sempre passaria necessidade, sempre seria pobre. Provavelmente, logo aprenderia a hierarquizar os inúmeros confortos de uma propriedade ampla e de uma boa renda como algo de maior importância, até mesmo quanto à felicidade no lar, do que o temperamento de uma esposa.

– Não tenho dúvidas – disse Marianne. – E não há nada de que me arrepender, com exceção de minha própria conduta tola.

– É preferível que diga "da imprudência de sua mãe", minha filha – retrucou Mrs. Dashwood. – *Ela* deve ser a culpada.

Marianne não deixou que ela continuasse, e Elinor, satisfeita pelas duas reconhecerem os erros, queria evitar qualquer resquício do passado que pudesse abalar o ânimo da irmã. Portanto, retomando o primeiro assunto, imediatamente continuou:

– Penso que *um* comentário deve ser tecido de maneira justa nessa história: todas as dificuldades de Willoughby surgiram de seu primeiro crime contra a virtude, quando se comportou mal com Eliza Williams. Esse crime foi a raiz de todos os outros menores e de todos os descontentamentos de agora.

Marianne assentiu quase calorosamente a esse comentário, e sua mãe se deixou levar por uma enumeração dos sofrimentos e dos méritos do coronel Brandon, com um ímpeto que apenas a união da amizade e das intenções poderia ditar. Marianne não pareceu, no entanto, ouvir muito.

Elinor, como esperara, percebeu que nos dois ou três dias seguintes a irmã não mais se fortalecia. Ainda que a determinação dela continuasse desperta, ela ainda tentava aparentar estar calma e alegre, porém Elinor poderia seguramente confiar que o tempo estabilizaria a saúde de Marianne.

Margaret retornou e a família estava junta novamente, acomodada tranquilamente na cabana. Se não estivessem ocupadas com tanto vigor em seus afazeres como quando chegaram a Barton, ao menos planejavam entusiasmadas a execução destes no futuro.

Elinor estava impaciente por notícias de Edward. Não ouvira mais nada dele desde que deixou Londres, nada dos novos planos, nem mesmo de onde estava morando. Trocou algumas cartas com o irmão por causa do estado de saúde de Marianne, e, na primeira carta de John, havia a seguinte frase: "Não temos notícias do nosso pobre Edward e não podemos perguntar nada sobre esse assunto proibido, apenas chegamos à conclusão de que ele ainda deve estar em Oxford." E isso era tudo que ela sabia de Edward pela correspondência, já que o nome do rapaz nem sequer foi mencionado nas próximas. Ela não estava fadada, porém, a permanecer ignorante de suas ações.

Elas enviaram o criado da casa a Exeter a negócios certa manhã. Depois de seu retorno, e enquanto as servia à mesa, ele pôde satisfazer todas as perguntas da patroa quanto aos ocorridos durante a tarefa e este foi seu comentário por conta própria:

— Madame, suponho que a senhora tenha ouvido falar que Mr. Ferrars se casou.

Marianne deu um pulo violento, fixou os olhos em Elinor, viu que ela empalidecia e caiu de volta na cadeira em um surto de histeria. Mrs. Dashwood, cujos olhos intuitivamente haviam tomado a mesma direção dos de Marianne, enquanto respondia à pergunta do criado, ficou chocada ao perceber pelo semblante de Elinor o quanto sofria, e, um instante depois, igualmente abalada pela situação de Marianne, não sabia qual filha acudir primeiro.

O criado, vendo apenas que Miss Marianne passava mal, teve o bom-senso de chamar uma das empregadas, que, com a ajuda de Mrs. Dashwood, levou Marianne para outro cômodo. Àquela altura, ela já estava melhor, e sua mãe, deixando-a aos cuidados de

Margaret e da empregada, retornou para Elinor, que, embora ainda muito desorientada, havia conseguido recuperar a razão e a voz a ponto de perguntar a Thomas quanto à fonte da informação. Mrs. Dashwood imediatamente tomou as rédeas da situação, e Elinor se viu beneficiada pelo relato sem precisar ela mesma buscá-lo.

— Quem lhe contou que Mr. Ferrars se casou, Thomas?

— Eu vi Mr. Ferrars com meus próprios olhos, madame, hoje de manhã em Exeter, junto com a esposa dele, Miss Steele, como a chamavam. Eles estavam estacionando a carruagem à porta da hospedaria New London, enquanto eu entrava lá com uma mensagem de Sally, de Barton Park, para o irmão, que é um dos mensageiros. Acontece que dei uma olhada para cima quando passava pela carruagem, e percebei de pronto que era a mais nova das Steele. Então retirei meu chapéu, e ela me reconheceu e me chamou, perguntou como a senhora ia, madame, e também as jovens senhoritas, especialmente Miss Marianne, pediu que eu lhes trouxesse seus cumprimentos e os de Mr. Ferrars, os melhores desejos e saudações, e pediu que eu lhes contasse o quanto lamentavam por não terem tido tempo de vir vê-las, mas estavam com pressa para seguir em frente, porque estavam rumando para outra direção. Enfim, disseram que, quando voltassem, fariam uma visita.

— Mas ela lhe disse que estava casada, Thomas?

— Sim, madame. Ela sorriu e disse que havia mudado o nome desde que chegou por essas bandas. Ela sempre foi uma jovem amável e sincera, e muito comportada. Então me senti à vontade para desejar felicidades para ela.

— Mr. Ferrars estava na carruagem com ela?

— Sim, madame. Eu vi que ele estava se curvando de volta para dentro, mas ele não me olhou... nunca foi um cavalheiro de muitas palavras.

Em seu coração, Elinor conseguia facilmente entender por que ele não se expôs, e Mrs. Dashwood parecia pensar o mesmo.

— Não havia mais ninguém na carruagem?

— Não, madame, só os dois.

— Você sabe de onde vinham?

— Vinham direto de Londres, como Miss Lucy... Mrs. Ferrars me disse.

— E eles estão rumando mais para o oeste?

— Sim, madame... mas não para ficar muito. Logo vão estar de volta, e daí com certeza vão fazer uma visita.

Mrs. Dashwood olhava para a filha, mas Elinor era esperta demais para esperar qualquer visita. Ela reconheceu o caráter de Lucy na mensagem e tinha muita certeza de que Edward nunca chegaria perto delas. Ela comentou com a mãe, em voz baixa, que provavelmente estavam indo em direção à casa de Mr. Pratt, perto de Plymouth.

Thomas não tinha mais informações para dar. Elinor parecia querer ouvir mais.

— Você os viu ir embora, enquanto retornava?

— Não, madame. Os cavalos estavam de saída, mas não consegui ficar muito mais tempo por lá, porque poderia me atrasar.

— Mrs. Ferrars parecia bem?

— Sim, madame, ela disse o quanto estava bem. E para mim ela sempre foi uma dama muito bonita... e parecia estar muito contente.

Mrs. Dashwood não tinha mais perguntas, e Thomas, assim como a toalha de mesa, não parecia mais necessário, sendo então ambos dispensados. Marianne comunicara que não comeria mais nada, e o apetite da mãe e da irmã igualmente se perdeu. Margaret talvez se visse como uma garota de sorte, porque, por mais que as irmãs se sentissem inquietas ultimamente e negligenciassem refeições, ela nunca foi obrigada a passar um dia sem jantar.

Quando a sobremesa e o vinho foram servidos, Mrs. Dashwood e Elinor foram deixadas a sós e permaneceram juntas em silêncio, munidas de reflexões semelhantes. Mrs. Dashwood temia ousar qualquer comentário, não se aventurando em oferecer conselhos. Percebeu que havia errado em confiar nas palavras de Elinor quanto ao seu estado, concluindo que a filha amenizara todos os sentimentos à época a fim de poupá-la, como mãe, de mais infelicidade, já que ela sofria com Marianne. Descobriu que se deixou enganar pela atenção cuidadosa e atenta da filha, ao pensar que o amor por Edward, que certa vez compreendera muito bem, era mais fraco do que estivera disposta a acreditar, ou do que agora provava ser. Temia, com essa convicção, que tivesse sido injusta e desatenta... não, quase rude... com Elinor e que, na agonia de Marianne, porque estava mais ciente e era mais nítida a situação, tivesse dedicado muito de sua ternura e se deixado esquecer que Elinor, talvez, também fosse uma filha em sofrimento, mas certamente que demonstrava menos e era mais forte.

CAPÍTULO XLVIII

ELINOR descobriu a diferença entre a expectativa de um evento desagradável, por mais que a razão lhe dissesse para considerá-lo certo, e a certeza em si. Descobriu que, involuntariamente, sempre alimentou uma esperança de que algo pudesse acontecer, enquanto Edward fosse solteiro, que o impedisse de se casar com Lucy. Pensava que algumas reflexões dele, comentários de amigos, ou mesmo algumas oportunidades melhores para a moça pudessem surgir, e, assim, todos ficariam felizes. Mas agora ele estava casado, e ela repreendia o próprio coração pelas esperanças à espreita que tanto pioravam a dor da notícia recebida.

A princípio ela se surpreendeu por ele ter se casado tão logo, antes que pudesse se ordenar (assim ela pensava), e consequentemente antes que estivesse em posse do benefício paroquial. Por outro lado, bem depressa ela percebeu o quão provável era que Lucy, em seu cuidado com a própria situação e em sua pressa por mantê-lo seguro com ela, talvez tivesse desconsiderado tudo menos o risco de atrasos. Eles se casaram na cidade e agora se apressavam para a casa do tio. O que Edward teria sentido estando tão perto de Barton, ao ver o criado de Mrs. Dashwood, ao ouvir a mensagem de Lucy?!

Ela supunha que logo eles se acomodariam em Delaford... Delaford... aquele lugar que tanto lhe instigara o interesse, com o qual tanto queria se familiarizar, e, ainda assim, desejava evitar. Ela os imaginou na casa paroquial. Via em Lucy a patroa ativa e idealizadora, unindo ao mesmo tempo o desejo de uma aparência bonita com a máxima economia de despesas, envergonhada por ser suspeita de metade de seus costumes financeiros; buscando os próprios interesses em cada pensamento, bajulando o coronel Brandon, Mrs. Jennings e todos os amigos ricos. Nada lhe agradava em Edward: não sabia o que imaginava, nem o que queria imaginar, se ele estava feliz ou não... tentou espantar da mente cada resquício dele.

Elinor se vangloriava porque alguém conhecido em Londres lhe mandaria uma carta anunciando o evento, dando pormenores... Mas, dia após dia, nenhuma carta alguma foi entregue, nenhuma notícia. Embora incerta se deveria culpar alguém, ela encontrou defeitos em cada amigo ausente. Eram todos descuidados ou insensíveis.

— Quando você vai escrever para o coronel Brandon, madame? — foi a pergunta feita à mãe que surgiu de uma mente impaciente por qualquer notícia.

— Eu escrevi semana passada, meu amor, e espero vê-lo, e não apenas receber uma carta. Eu o pressionei, com muita vontade, para que viesse nos ver. Não me espantaria, então, vê-lo passar por aquela porta hoje, amanhã, ou qualquer dia.

Isso já era algo, algo por que ansiar. O coronel Brandon *deveria* ter alguma coisa para contar.

Mal havia acabado de se convencer disso, quando a silhueta de um homem em cima de um cavalo atraiu seu olhar para a janela. Ele parou no portão. Era um cavalheiro: o coronel Brandon. Podia ouvir mais ruídos e ela tremia de expectativa. Mas *não* era ele, nem mesmo alguém de sua altura e ares. Se fosse possível, ela diria que deveria ser Edward. Elinor olhou de novo: o cavalheiro havia descido do cavalo e ela não poderia estar enganada, era Edward.

Ela se moveu e se sentou. "Ele está vindo de Mr. Pratt na intenção de nos ver. *Ficarei* calma. *Manterei* o autocontrole."

Em um instante, ela notou que as outras, assim como ela, perceberam o engano e as viu empalidecerem, olharem para ela e sussurrarem algumas poucas frases entre si. Ela daria tudo para que pudesse falar e fazê-las entender que esperava que não tratassem Edward com frieza e desprezo, mas não conseguia falar nada e foi obrigada a confiar na discrição delas.

Nem uma sílaba foi dita em voz alta, e todas esperaram em silêncio pela entrada do visitante, cujos passos foram ouvidos no caminho de pedrinhas. Em um instante, ele estava na entrada e, depois, diante delas.

Seu semblante, assim que entrou, não era dos mais felizes, até mesmo para a percepção de Elinor. Suas feições estavam pálidas e transpareciam ansiedade. Ele, por sua vez, parecia temer a recepção, consciente de que não merecia gentilezas. Mrs. Dashwood, porém, em sintonia com os desejos da filha, por quem se guiaria do fundo do coração, recebeu-o com um olhar de complacência forçada, estendeu-lhe a mão e desejou felicidades.

Ele corou e balbuciou uma resposta ininteligível. Elinor falara junto com a mãe e, quando o instante de gestos findou, ela desejava ter dado as mãos a ele. Mas era tarde demais e, com um semblante que mostrava estar aberta, sentou-se de novo e falou do tempo.

Marianne se retirara de vista o máximo que pôde, a fim de esconder o aborrecimento, e Margaret, compreendendo um tantinho, mas não tudo, pensou que era dever dela agir com dignidade. Ela, então, tomou seu lugar o mais distante possível, mantendo um silêncio rígido.

Quando Elinor parou de se jubilar com a secura da estação, uma pausa horrível tomou lugar, mas logo acabou com Mrs. Dashwood se sentindo obrigada a expressar sua esperança de que ele havia deixado Mrs. Ferrars muito bem. Apressado, ele respondeu positivamente.

Outra pausa.

Elinor, decidida a se esforçar mesmo que temesse o som da própria voz, disse:

– Mrs. Ferrars está em Longstaple?

– Em Longstaple?! – respondeu ele, surpreso. – Não, minha mãe está em Londres.

– Quis dizer – disse Elinor, pegando alguns bordados da mesa – Mrs. *Edward* Ferrars.

Ela não ousou olhar para cima, mas a mãe e Marianne voltaram o olhar para ele. Ele enrubesceu, parecia confuso e, após hesitar, disse:

– Talvez você queira dizer… meu irmão… você se refere à Mrs. … à Mrs. *Robert* Ferrars.

– Mrs. Robert Ferrars!? – foi repetido por Marianne e por sua mãe no espanto mais extremo. Embora Elinor não conseguisse falar, até mesmo *seus* olhos estavam fixos nele com um espanto impaciente. Ele se levantou e caminhou até a janela, aparentemente sem saber o que fazer; pegou um par de tesouras que estavam por perto e, enquanto cortava pedaços da bainha, ele disse apressado:

– Talvez vocês não saibam, talvez não tenham ouvido que meu irmão recentemente se casou com a mais nova… com Miss Lucy Steele.

Com uma perplexidade indescritível, as palavras dele ecoaram pelos ouvidos de todos, menos de Elinor, que estava sentada com a cabeça inclinada em direção ao bordado, em um estado tão grande de agitação, que mal sabia onde estava.

– Sim – disse ele –, eles se casaram semana passada. Estão em Dawlish agora.

Elinor não conseguia mais ficar sentada. Ela quase saiu correndo da sala e, assim que fechou a porta atrás de si, explodiu em lágrimas de alegria, que pensou a princípio que nunca parariam. Edward, que até então olhara para qualquer lugar que não fosse para ela, viu que ela correu e, talvez, notou, ou ouviu, sua comoção. Isso porque imediatamente depois ele caiu em um devaneio, no qual comentário algum, perguntas ou as mais amáveis intenções de Mrs. Dashwood podiam penetrar. Enfim, sem dizer uma palavra, ele se retirou da sala e caminhou em direção ao vilarejo, deixando as outras perplexas e espantadas com uma mudança tão repentina e maravilhosa de sua situação... era uma perplexidade que nada além de suas conjecturas poderia amenizar.

CAPÍTULO XLIX

Por mais inexplicáveis que parecessem as circunstâncias de sua liberdade para toda a família, era certo que Edward estava livre. Em qual objetivo essa liberdade seria empregada foi facilmente predeterminado por todas, porque, após experimentar as bênçãos de *um* noivado imprudente, feito sem o consentimento da mãe, por mais de quatro anos, nada mais seria esperado dele que não outro fracasso *nesse* quesito, outro noivado nos mesmos termos.

Sua missão a Barton, na verdade, era bem simples: pedir Elinor em casamento. Considerando que ele não era inexperiente nisso, seria estranho que se sentisse desconfortável como se sentiu, tão necessitado de incentivo e ar puro.

Não é preciso explicar em detalhes quanto tempo Edward levou para encontrar a solução adequada, quando uma oportunidade de colocá-la em prática surgiu, de que maneira ele se expressou e como foi recebido. A única coisa a se dizer é: quando se sentaram à mesa às quatro da tarde, aproximadamente três horas depois da chegada do cavalheiro, ele havia assegurado sua dama, conseguido o consentimento da mãe dela e não apenas se encontrava no furor de um apaixonado, mas, sob a luz da verdade e da razão, era um dos homens mais felizes. Em seu coração, transbordava muito mais do que o sucesso de um amor correspondido: estava liberto, sem qualquer autorrepreensão, de um compromisso que há tanto lhe entristecia, com uma mulher que ele deixara de amar há muito tempo. Além disso, se enchia de júbilo por estar seguro com aquela outra dama, em quem ele pensava quase a ponto de enlouquecer, assim que passou a desejá-la. Ele foi arrancado não da dúvida ou do suspense, mas sim da infelicidade para a felicidade e a mudança era expressa de uma maneira sincera, genuína, espontânea e grata, sentimento que seus amigos nunca haviam visto nele.

Seu coração estava aberto para Elinor; suas fraquezas e erros, reconhecidos e seu amor juvenil por Lucy, visto com toda a dignidade filosófica de alguém aos 24 anos.

— Foi uma inclinação tola e vã de minha parte — disse ele —, consequência da ignorância e da falta de obrigações. Se minha mãe tivesse me colocado em algum cargo ativo assim que saí da tutela de Mr. Pratt aos 18 anos, eu penso, não, tenho certeza, de que nada disso teria acontecido. Isso porque eu deixei Longstaple com o que pensava ser, à época, uma preferência invencível pela sobrinha dele. Ainda assim, se eu tivesse algum objetivo para o qual pudesse empregar meu tempo e me manter longe dela por alguns meses, muito logo eu teria superado aquele amor imaginado, especialmente ao me misturar mais ao mundo, o que eu deveria ter feito. Em vez de fazer alguma coisa, porém, em vez de ter qualquer profissão que escolhessem para mim, ou que me fosse permitida escolher, eu retornei para casa para ficar sob o ócio absoluto. Pelos 12 meses seguintes, não me engajei nem mesmo em alguma ocupação universitária, algo oferecido pela Universidade, porque somente ingressei em Oxford aos 19 anos. Eu não tinha, portanto, nada para fazer a não ser me imaginar apaixonado, e como minha mãe não tinha um lar em todos os aspectos tranquilo, como eu não tinha amigos, meu irmão não era um companheiro e eu detestava novas amizades, não era de se estranhar que eu estivesse em Longstaple com frequência, onde sempre me senti em casa e era bem-vindo. Passei grande parte do meu tempo lá, dos 18 aos 19 anos, e Lucy era toda amável e solícita, além de ser bonita... ao menos eu pensava assim à época. E eu conhecia poucas mulheres, então não conseguia tecer comparações e nem ver defeitos. Considerando tudo, tolo como nosso noivado foi, tolo como se provou ser, espero que naquela época não tenha sido uma bobagem incomum e indesculpável.

Dentro de poucas horas, a mudança nos pensamentos e na felicidade das Dashwood foi tamanha, tão imensa, que elas sabiam que não conseguiriam dormir. Mrs. Dashwood, feliz demais para ficar tranquila, não sabia como amar Edward nem como elogiar Elinor o suficiente, como ser grata o bastante por ele estar livre sem magoá-lo, nem como lhes dar tempo livre juntos e a sós para conversarem e, ainda assim, como desejava, aproveitar a presença e a companhia de ambos.

Marianne não era capaz de expressar a felicidade dela apenas por meio de lágrimas. Comparações foram feitas, arrependimentos surgiam e sua alegria, embora sincera assim como o amor pela irmã, era de uma espécie que não lhe traria ânimo nem palavras.

Mas Elinor... como descrever os sentimentos *dela*? Do momento em que soube que Lucy estava casada com outro e que Edward estava livre ao instante em que ele explicou todo o ocorrido, ela sentia tudo, menos calma. Mas, quando este se encerrou, quando todas as dúvidas e preocupações foram extintas, ao comparar sua situação com o que havia passado recentemente — vê-lo livre do noivado de forma honrável, beneficiando-se imediatamente disso, por poder lhe declarar o amor mais carinhoso e leal, como ela sempre supôs —, ela se sentia oprimida e tomada pela própria felicidade. Como a mente humana estava sempre disposta a se familiarizar facilmente com mudanças positivas, foram necessárias algumas horas para acalmar os ânimos de Elinor e trazer tranquilidade ao seu coração.

Edward ficaria hospedado na cabana pelo menos por uma semana. Por mais que surgissem outros compromissos, era impossível não desfrutar da companhia de Elinor ao menos por esse período, e menos que isso também não bastaria para dizer metade do que deveria ser dito sobre o passado, o presente e o futuro. Isso porque, embora algumas poucas horas, gastas na labuta de uma conversa incessante, possam jorrar assuntos em comum mais que suficientes entre duas criaturas racionais, entre apaixonados é diferente. Entre *eles*, assunto algum é encerrado, nem qualquer comentário é feito até que tenha sido feito ao menos vinte vezes mais.

O casamento de Lucy e a perplexidade incessante e justa entre todos formavam, é claro, uma das primeiras conversas entre os dois apaixonados. Elinor, que sabia de pormenores de ambas as partes, olhava para a situação como a coisa mais extraordinária e inexplicável que já presenciara. Estava além de sua compreensão como eles acabaram juntos e quais foram os atributos que atraíram Robert a Lucy, de quem Elinor ouvira falar sem qualquer admiração — uma garota noiva do irmão dele, além disso, e por quem o irmão fora expulso da família. Para seu coração, era um caso maravilhoso; para sua imaginação, até mesmo ridículo; mas, para sua razão e bom-senso, um completo quebra-cabeça.

Edward não poderia fazer nada além de tentar explicar a situação ao supor que, talvez, quando Lucy e Robert se conheceram acidentalmente, a vaidade dele fora nutrida pela bajulação dela, levando, aos poucos, a todo o resto. Elinor se lembrava do que Robert lhe dissera em Harley Street, quanto ao que suas próprias reflexões poderiam ter feito no caso de Edward, se não fosse tão tarde. Ela contou para o Edward.

— *Isso* é muito a cara de Robert — foi o comentário imediato. — E *isso* — acrescentou em seguida —, talvez estivesse na mente dele quando se conheceram. Lucy, talvez no começo, tenha pensado em procurá-lo apenas por causa de seu bom cargo político a meu favor. Outras intenções podem ter surgido depois.

Por quanto tempo eles mantiveram esse segredo, porém, Edward e Elinor estavam igualmente sem respostas, porque, enquanto ele permanecera em Oxford por vontade própria desde que deixou Londres, não tivera meios de saber notícias de Lucy que não fossem por ela mesma, e as cartas dela não eram menos frequentes nem menos apaixonadas que o normal. A menor suspeita, portanto, nunca ocorrera para que ele se preparasse para o que se seguiria, e, quando o assunto explodiu em uma carta da própria Lucy, ele ficara, por um tempo, um tanto estupefato entre a perplexidade, o horror e a alegria de tamanho livramento. Ele colocou as cartas no colo de Elinor.

"Caro senhor,

Ao estar certa de que perdi seu amor há muito tempo, pensei ter a liberdade de conceder o meu afeto a outra pessoa, e não há dúvidas de que serei feliz com ele assim como, certa vez, pensei que seria com você, mas desprezo a possibilidade de aceitar a mão de um enquanto meu coração é de outro. Sinceramente, desejo que seja feliz em sua escolha, e não será minha culpa se não pudermos ser sempre bons amigos, como é apropriado agora. Posso dizer seguramente que não tenho ressentimentos, e estou certa de que você será gentil o bastante para não nos querer mal. Seu irmão ganhou meu coração por completo e, como não poderíamos viver um sem o outro, acabamos de nos casar e estamos indo para Dawlish por algumas semanas, lugar que seu irmão é muito curioso por conhecer, mas achei melhor lhe incomodar primeiro com esta carta. Continuarei sempre sendo

sua amiga e cunhada mais sincera,

Lucy Ferrars.

P.S.: queimei todas as suas cartas e devolverei seu retrato na primeira oportunidade. Por gentileza, destrua meus esboços, mas sinta-se à vontade para guardar o anel com minha mecha de cabelo."

Elinor leu e devolveu a carta sem tecer qualquer comentário.

— Não pedirei sua opinião quanto ao estilo de escrita — disse Edward. — Por nada no mundo eu entregaria uma carta dela para *você*, em outros tempos. Como cunhada, já é ruim o suficiente, mas como esposa! Como senti vergonha conforme lia as cartas dela! Ouso dizer que, desde o primeiro semestre desse negócio tolo, esta é a primeira carta que recebo cujo conteúdo compensa os defeitos de estilo.

— Quaisquer que tenham sido os meios — disse Elinor, após um tempo —, eles estão casados, e sua mãe teve o castigo que mereceu. Por estar ressentida com você, ela concedeu a independência a Robert, que a utilizou para fazer as próprias escolhas. E, na verdade, ela subornou um filho com mil libras ao ano para que ele acabasse fazendo algo pelo qual ela deserdou o outro. Dificilmente ela será menos magoada com Robert se casando com Lucy, suponho, do que seria se fosse você no lugar dele.

— Ela será mais, porque Robert sempre foi o favorito. Será mais e, pelos mesmos motivos, ela se esquecerá dele mais rápido.

Em que estado a mãe e o irmão se encontravam naquele momento, ele não saberia dizer, porque ele não tentara estabelecer contato algum com sua família. Ele deixara Oxford após um dia do recebimento da carta de Lucy, e tinha apenas um objetivo em mente: chegar a Barton. Não teve tempo para traçar qualquer plano que não estivesse ligado à estrada da forma mais intrínseca. Edward não conseguiria fazer nada até que soubesse qual seria o destino com Miss Dashwood, e, por sua pressa em buscar *esse* destino, deve-se supor no geral que ele não esperava uma recepção cruel, apesar do ciúme que já sentira do coronel Brandon, apesar da modéstia com a qual ele via os próprios erros e da gentileza com a qual falava de suas dúvidas. Mas era *seu* dever esperar tal recepção, e assim o fez, lindamente. O que ele diria quanto ao assunto um ano depois, somente os casais podem imaginar.

Estava perfeitamente claro para Elinor que Lucy quis enganar Thomas em sua mensagem, ir embora com um toque de malícia contra Edward, e este, agora completamente esclarecido quanto ao caráter dela, não tinha escrúpulo algum em acreditar que ela fosse capaz das piores maldades por falta de uma boa índole. Embora seus olhos estivessem abertos há muito tempo, até mesmo antes de conhecer Elinor, para a ignorância e para a falta de tolerância da moça em alguns assuntos, igualmente ele as associou à ausência de uma boa educação. Até que recebesse a última carta de Lucy, ele sempre acreditara que ela era uma garota gentil e de bom coração, que realmente o amava. Nada além de tal persuasão poderia tê-lo feito colocar um ponto-final no noivado, o qual, muito antes de expô-lo à fúria da mãe, já vinha sendo uma fonte contínua de inquietação e arrependimento para ele.

— Pensei que era minha obrigação — explicou —, independentemente de meus sentimentos, dar a Lucy a opção de continuar comigo ou não, quando fui banido por minha mãe e fiquei sem qualquer amigo para me ajudar. Em uma situação assim, onde não parece haver nada para instigar a cobiça ou a vaidade de qualquer criatura, como eu poderia supor, quando ela insistiu tão calorosa e sinceramente em compartilhar o destino comigo, qualquer que fosse, que nada além do amor menos verdadeiro era seu incentivo? Mesmo agora, não consigo entender sob quais pretextos ela agiu, ou imaginar quais vantagens poderiam existir em se acorrentar a um homem por quem ela não tinha o menor afeto e que tinha apenas duas mil libras no bolso. Ela não poderia adivinhar que o coronel Brandon me concederia o benefício paroquial.

— Não, mas ela poderia supor que algo de bom lhe aconteceria, que sua família, com o tempo, pudesse se conformar. De qualquer forma, ela não perdeu nada ao manter o noivado, porque ela provou que tal situação não impediu sua inclinação, tampouco suas ações. A união era certamente respeitável, e com certeza os amigos dela viam com bons olhos. Além disso, se nada mais vantajoso surgisse, seria melhor que se casasse com *você* do que permanecer solteira.

Edward, é claro, imediatamente estava convencido de que nada seria tão mais natural à conduta de Lucy, nem mais explicativo quanto aos motivos dela.

Elinor lhe repreendeu, duramente como todas as mulheres repreendem a imprudência da qual se vangloriam, por ter passado tanto tempo com elas em Norland, quando ele deveria estar ciente da própria inconstância.

— Você se comportou muito mal — disse ela —, e estou deixando de lado minha convicção, porque nossos parentes puderam imaginar e esperar *algo* que nunca aconteceria, por causa de sua situação à época.

Ele era capaz apenas de proclamar a ignorância dos próprios sentimentos e a confiança errada na força do noivado.

— Fui humilde demais ao pensar que, pela minha *lealdade* estar comprometida com outra pessoa, não haveria perigo algum em estar com você. Pensava também que a consciência de meu noivado serviria para manter meu coração seguro e imaculado assim como minha honra. Sabia que eu lhe admirava, mas dizia para mim mesmo que era apenas amizade. E, até que eu começasse a fazer comparações entre você e Lucy, não consegui compreender o quão longe eu fui levado. Depois disso, assim suponho, *errei* em continuar tanto tempo em Sussex, e os argumentos que usei para ficar em paz quanto a isso não eram melhores que estes: o perigo é apenas meu, não estou ferindo ninguém além de mim mesmo.

Elinor sorriu e balançou a cabeça.

Foi com prazer que Edward recebeu a notícia de que o coronel Brandon era esperado na cabana, porque ele desejava não apenas conhecê-lo melhor, mas também ter uma oportunidade de convencer o cavalheiro de que ele não tinha mais ressentimentos quanto ao benefício paroquial de Delaford.

— Porque, no momento — disse —, após agradecimentos tão ingratos de minha parte, ele deve pensar que eu nunca o perdoarei pela oferta.

Ele estava espantado, *então*, por nunca ter visitado o lugar. Mas havia se interessado tão pouco pelo assunto, que ele devia todo seu conhecimento da casa, do jardim, e da gleba, da extensão da paróquia, das condições da terra e dos lucros do dízimo a Elinor, que ouvira o coronel Brandon falar tanto disso, e ouvira com atenção, tornando-a conhecedora do assunto.

Havia apenas uma questão em aberto entre eles, uma única dificuldade a ser superada. Eles se uniram por um afeto mútuo, com as aprovações mais calorosas dos amigos verdadeiros, e o conhecimento íntimo um do outro parecia dar por certa a felicidade do casal... e, então, faltava-lhes apenas uma renda com a qual pudessem viver. Edward tinha duas mil libras, e Elinor, mil, somadas ao benefício de Delaford, era tudo que eles tinham em seus nomes, porque era impossível que Mrs. Dashwood lhes provesse mais. Não estavam, nenhum dos dois, apaixonados o suficiente para pensar que três mil e quinhentas libras ao ano lhes trariam conforto.

Mas Edward não estava com as esperanças zeradas em relação a alguma mudança favorável no comportamento da mãe, e *nisso* ele depositava o restante da renda. Elinor, porém, não poderia depender disso, porque, já que Edward não se casaria com Miss Morton, e ainda a escolheu em vez de Lucy Steele — o que, nas palavras pomposas de Mrs. Ferrars, era dos males o menor —, ela temia que a ofensa de Robert teria apenas o propósito de enriquecer Fanny.

O coronel Brandon chegou quatro dias após Edward, para completar a felicidade de Mrs. Dashwood e lhe conceder a dignidade de ter, pela primeira vez desde que se mudou para Barton, mais companhias que a casa poderia acomodar. Era de Edward o privilégio de primeiro visitante, então o coronel Brandon caminhava todas as noites de volta ao seu antigo quarto em Barton Park, de onde ele retornava geralmente pelas manhãs, cedo o bastante para interromper o primeiro *tête-à-tête* dos apaixonados antes do café da manhã.

Ele passou três semanas em Delaford sem muito para fazer, ao menos durante a noite, a não ser calcular a discrepância das faixas etárias de 36 e 17 anos. Isso o fez chegar a Barton em um estado de espírito que requeria todas as melhorias possíveis na aparência de Marianne, toda a gentileza de suas boas-vindas e todo o incentivo das palavras de Mrs. Dashwood para que ele se animasse. Entre amigos tão queridos, e muita bajulação, ele se reanimou, porém. Nenhum rumor quanto ao casamento de Lucy havia chegado aos ouvidos dele, então ele não sabia de nada; e as primeiras horas de sua visita foram gastas consequentemente com ele ouvindo e se espantando. Mrs. Dashwood lhe explicou tudo, e ele viu novos motivos para se animar com o que fizera por Mr. Ferrars, já que eventualmente promoveria os interesses de Elinor.

É dispensável dizer que, à medida que os cavalheiros se conheciam mais a fundo, mais estimavam um ao outro, porque não poderia ser diferente. A semelhança entre o que entendiam ser bons princípios e bom-senso, entre disposição e modo de pensar, provavelmente teria sido suficiente para cultivar uma amizade, sem qualquer outro atributo. Mas estarem apaixonados por duas irmãs, muito queridas uma para a outra, fez com que se afeiçoassem imediata e inevitavelmente, o que, caso fosse o contrário, seriam necessários os efeitos do tempo e do julgamento, talvez.

As cartas de Londres, que poucos dias atrás teriam feito cada nervo de Elinor tremer de agonia, agora chegavam apenas para serem lidas menos com comoção do que com alegria. Mrs. Jennings escreveu para contar a história maravilhosa, para expor a indignação dela com aquela garota desleal e sua compaixão com o pobre Mr. Edward, porque ela tinha certeza de que ele quase idolatrava aquela lambisgoia imprestável e que agora deveria estar de coração partido em Oxford. Em sua carta, dizia:

"Penso que nada nunca foi mantido em segredo dessa forma, porque eles se casaram dois dias depois que Lucy me visitou para um chá. Ninguém suspeitava de nada, nem mesmo Nancy. Pobrezinha! veio me visitar aos prantos no dia seguinte, assustada pela reação de Mrs. Ferrars, e também por não saber como chegar a Plymouth, porque parecia que Lucy lhe pedira dinheiro emprestado antes de sair para se casar, e supomos que com o objetivo de ostentar, deixando a pobre Nancy com apenas sete xelins no bolso. Fiquei contente em poder ajudá-la com cinco guinéus para que conseguisse chegar a Exeter, onde ela pretendia ficar por três ou quatro semanas com Mrs. Burgess, na esperança, como eu lhe disse, de se entrosar com o Reverendo de novo. Ouso dizer que a grosseria de Lucy em não a levar junto na carruagem foi a pior das atitudes. Pobre Mr. Edward! Não consigo parar de pensar nele, mas você deve convidá-lo para ficar em Barton, e Miss Marianne precisa tentar consolá-lo."

As palavras de Mr. Dashwood na carta que escrevera eram das mais solenes. Mrs. Ferrars era a mulher mais infeliz, Fanny sofrera com tormentos mentais, e ele era grato por ambas estarem vivas após tamanho tombo. A ofensa de Robert era imperdoável, mas a de Lucy era infinitamente pior. Mrs. Ferrars nunca mais queria ouvir os nomes deles mencionados, e, mesmo que no futuro perdoasse o filho, a esposa dele nunca seria reconhecida como sua nora, ou permitida em sua presença. O segredo com o qual levaram o caso era racionalmente tratado como algo que piorava o crime cometido, porque, se quaisquer suspeitas fossem levantadas, medidas apropriadas teriam sido tomadas para evitar o casamento. John pediu que Elinor compartilhasse de seu lamento pela união entre Lucy e Edward não ter ocorrido, pois serviu apenas como um meio de espalhar ainda mais danos na família. Assim ele continuava:

"Mrs. Ferrars nunca mais mencionou o nome de Edward, o que não nos surpreende, mas, para nosso imenso espanto, ele não mandou nenhuma linha quanto ao assunto. Talvez, porém, ele esteja quieto por medo de nos ofender. Desse modo, devo lhe dar uma pista, por meio de um bilhete endereçado a Oxford, de que eu e sua irmã pensamos que uma carta em tom de submissão, cujo destinatário seja Fanny e que possa ser mostrada à mãe, não seja inadequada. Conhecemos o coração bondoso de Mrs. Ferrars e sabemos que ela não deseja nada mais do que estar de bem com os filhos."

Esse parágrafo era muito importante para as perspectivas e ações de Edward. Estava convencido a tentar uma reconciliação, embora não exatamente nos termos ressaltados pelo cunhado e pela irmã.

— Uma carta em tom de submissão! — repetiu. — Eles esperam que eu implore pelo perdão de minha mãe, pela ingratidão de Robert com *ela* e pela ruptura *comigo*? Não me sujeitarei a isso. O que aconteceu não me tornou humilde nem penitente, mas sim muito feliz, só que isso não importará. Não penso em sujeição alguma que *seja* apropriada.

— Você deve pedir perdão — retrucou Elinor —, porque você ofendeu as pessoas, e penso que você deva *agora* ousar mostrar alguma preocupação por ter se metido em um noivado que despertou a fúria de sua mãe.

Ele concordou que deveria.

— E quando ela lhe perdoar, talvez seja conveniente um pouquinho de humildade enquanto estiver lhe contando de um segundo noivado quase tão imprudente quanto o primeiro aos olhos *dela*.

Não havia nada com que não concordasse, mas ele ainda resistia à ideia de escrever uma carta na qual mostrasse uma submissão apropriada. Para facilitar para ele mesmo, já que afirmava estar mais disposto a fazer concessões terríveis pessoalmente do que por carta, resolveu-se que, em vez de escrever para Fanny, ele iria para Londres, onde, em pessoa, ele lhe imploraria para que ela agisse em seu favor.

— E, se eles se interessam *verdadeiramente* por uma reconciliação, pensarei que até mesmo John e Fanny possuem algum mérito — disse Marianne, em sua disposição renovada de ternura.

Após uma visita de apenas três ou quatro dias do coronel Brandon, os dois cavalheiros partiram juntos de Barton. Iriam imediatamente para Delaford, para que Edward pudesse ver com os próprios olhos sua futura morada e ajudar seu benfeitor e amigo a decidir quais melhorias eram necessárias. De lá, após algumas noites, ele deveria prosseguir com sua viagem para Londres.